- 本书受江苏省社会科学基金资助出版 -

文化转型下的
唐宋文集序跋研究

梅 华◎著

南京大学出版社

图书在版编目(CIP)数据

文化转型下的唐宋文集序跋研究 / 梅华著. —南京：南京大学出版社，2020.7
ISBN 978-7-305-23497-2

Ⅰ.①文… Ⅱ.①梅… Ⅲ.①序跋-古典文学研究-中国-唐宋时期 Ⅳ.①I207.62

中国版本图书馆 CIP 数据核字(2020)第 109933 号

出版发行	南京大学出版社
社　　址	南京市汉口路22号　　邮　编 210093
出 版 人	金鑫荣
书　　名	文化转型下的唐宋文集序跋研究
著　　者	梅　华
责任编辑	胡　豪
助理编辑	刘　丹
照　　排	南京紫藤制版印务中心
印　　刷	江苏凤凰通达印刷有限公司
开　　本	718×1000　1/16　印张 23.25　字数 333 千
版　　次	2020 年 7 月第 1 版　2020 年 7 月第 1 次印刷
ISBN	978-7-305-23497-2
定　　价	80.00 元

网　　址：http://www.njupco.com
官方微博：http://weibo.com/njupco
官方微信：njupress
销售咨询热线：(025)83594756

* 版权所有，侵权必究
* 凡购买南大版图书，如有印装质量问题，请与所购图书销售部门联系调换

序

近一百年前,日本学者内藤湖南提出"唐宋变革论",此学说经过他的学生宫崎市定的发扬光大,对后世产生了广泛影响。尽管近些年来,有学者提出质疑或者反对,但唐宋"变革"或者"转型"说,(日本学者的"唐宋変革論"直译成汉语即"唐宋变革论",国内宋代文学研究者更倾向于用意译的"转型"一词,故以下行文径用"唐宋转型"。特此说明。)仍然持续发挥出其在中国史学、文学、哲学等领域研究中的重要作用。学者们在"转型"思维下观照"唐型文化"与"宋型文化"并践履于唐宋文学研究中,已经取得显著成果。

进入21世纪以来,中国大陆的宋代文学研究繁荣兴盛。唐宋转型是这一时期受到相当关注的文学观念和研究方法之一,也产生了一批在此学说影响下的研究论著。宋代文学学会名誉会长王水照先生对唐宋转型之于宋代文学研究的意义非常重视。1997年,王先生主编《宋代文学通论》一书,其"绪论"标题是"宋型文化与宋代文学",将"宋型文化"视为"中国传统文化成熟期的型范",并由此来考量宋代文学的种种面相及其生成原因。2005年,王先生主编"日本宋学研究六人集"丛书,在丛书《前言》中,他给予"内藤学说"很高评价:"内藤氏的宋代近世说,以唐宋转型或曰变革为核心内容,从横向上突出宋代文化或文明的高度成就,从纵向上追寻当下社会的历史渊源,体现了对历史首创性的尊重,对历史承续性的观察,体现了东方文化本位的思想立场,构成了完整的宋史观。"次年,王先生又撰文《重提"内藤命题"》,文中说:"纲举才能目张,

'内藤命题'关心宋代社会的历史定位,关心其时代特质,关心社会各个领域的新质变化,等等,就为宋代研究提供了这样一个'纲'。对于我们宋代文学研究而言,也是这样一个'纲'。"此文重申"内藤命题"的意义,把"内藤命题"提到了宋代文学研究之"纲"的高度。包括王先生门下才俊在内的一批宋代文学研究者,从不同的视野和角度,对宋型文化和宋代文学展开了精彩纷呈的探索。

梅华博士的《文化转型下的唐宋文集序跋研究》书稿,就是她在这一学术领域积极探索的结果。

唐宋两代相较而言,宋代文集的编纂、刊印、传播显然远迈唐代。这其中,有活字印刷术等科学技术的支持因素,也有宋代文人以文传世的自觉意识。宋人生前自编其集或者身后由其子孙、门生、书商等编印其集的行为非常普遍。而文集有序或者跋,也是由来已久的传统,一般把孔子序《尚书》视为序文之端绪。跋(题跋)文的产生要晚一些。明代吴讷《文章辨体序说》云:"汉晋诸集,题跋不载,至唐韩、柳始有读某书及读某文,题其后之名。"明代徐师曾《文体明辨序说》亦曰:"题、读始于唐,跋、书起于宋。"到了宋代,序跋文已经发展得十分成熟。宋代文集的刊印,有序或者有跋,或者序跋并存,已然成为定式。文集的繁荣,也带来文集序跋的繁荣。学界对宋代文集序跋有一定的关注,但专题研究的论著则很少。故从选题看,梅华研究这个题目,有学术探索的勇气和创新价值。

通读全稿,我以为这部书稿的特点有如下几方面:

第一,切入角度好。宋代文集序跋繁盛,是学界已经注意到的现象。但如果仅仅把序跋作为一种文体创作看待,即便是面面俱到的讨论,似乎只是回答了"是什么",而未能涉及"为什么是"的层面。梅华把宋代文集序跋置于唐宋文化转型的大背景下,将唐代文集序跋作为直接的参照系来考量宋代文集序跋,不仅展现了宋代文集序跋的创作样貌,更揭示了其之所以然的深层原因,从而深化了对宋代文集序跋的研究,也是唐宋转型研究的一个很好的文学个案。

第二，资料工作扎实。关于宋代文集序跋，祝尚书先生编著有《宋集序跋汇编》，于2010年在中华书局推出，这给梅华的课题研究提供了很大便利。但梅华并没有仅仅依据祝先生的著作就开始研究，而是自己把《全宋文》全部摸查了一遍。当时学校图书馆只版本库有一套《全宋文》，概不外借，师生只能坐在那里翻阅。于是，有一年多的时间，梅华每天在版本库从开门待到下班，把360册《全宋文》翻了一遍，将筛选出的3000多篇序跋逐一研读。除《全宋文》外，她还从其他文献中辑录《全宋文》未收的宋代文集序跋若干，为后面的写作奠定了扎实的文献基础。她坚持不懈的读书精神，给版本库的老师留下了深刻印象。在她毕业几年后，版本库的老师还常常对其他学生提及她当年读书的情形，赞赏有加。

第三，学术眼光敏锐，关注点颇为精当。宋代文集序跋文本繁多，涉及的研究内容十分丰富。梅华首先将唐宋对比，审视文化转型下的宋代文集序跋的独有特色，指出宋代文人文学观念的新变以及"文以序传"的自觉意识是催生文集序跋的创作动因。其次，从宋代文集序跋中的校雠知识与文献价值、文集序跋中的文集传播、地域、家族文学叙写、宋代理学家文集序跋、宋代奏议集序跋诸层面，展开对宋代文集序跋的研究。这几个考察点都很能抓住宋人文集序跋的特点，有的放矢，从而展示了宋代文集序跋的独特性所在。比如理学家的文集序跋强调的作家修养、心性理论，重道轻文的文道观，质朴无华的审美趣尚等特点，与理学家的身份特征颇为契合。宋代奏议集的繁荣，与宋代文人士大夫以天下为念的忧患意识、广开言路的政治风气密切关联。奏议序跋褒贬讴歌的主观倾向、君臣契合的心理期待，既是奏议集作者及序跋作者的政治期许，也是时代风云际会所造就。

这部书稿，系梅华在其博士学位论文基础上修订而成。梅华读博时已在高校任教数年，有很好的专业功力。三年间，我和她有师生之间的授受，更多的则是同行之间的交流。三年艰辛的读博生涯，她精进努力，业务上更进一步。她取得博士学位后,并未将学位论文立刻出版,而是经过几年的沉淀、思考,对其做了充分的修订。她的博士学位论文是对宋代文集序跋的专题研究,现在的书稿是对文化转型下的唐宋文集序跋的研究,相信读者诸君自能看出她毕业之后对这一课题的持续思考和深入探析。

当然,就宋代文集序跋研究而言,有待深挖细化的工作还有很多。比如,序和跋毕竟分属两个不同的文体,写作手法、承载功能等各自有别。本书稿将其相提并论,突显了对它们共通性的研究,于其不同点则关注不够。另外,书稿对序跋本身的文学审美性亦甚少措意。这些层面的研究,都还可以继续开展。

宋代文学研究领域中,宋文研究是比较薄弱的一环,研究空间广阔,大有可为。梅华已经在这方面有了很好的基础。她正当学术研究的旺盛时期,又聪敏勤奋,相信持之以恒,她对宋代文集序跋的思考还会有新的拓展,她的宋代文学研究也一定能够收获值得期待的优秀成果。

张文利

2020 年 6 月 26 日

于终南山下西北大学长安校区

目 录

绪 论 ··· 001

第一节 研究对象的辨析与界定 ·· 001
    一、序与文集序 ·· 001
    二、题跋与文集题跋 ·· 005

第二节 唐宋转型论的学理梳理及其在本研究的应用 ···························· 012
    一、唐宋转型论的学理梳理 ·· 012
    二、唐宋转型论在本研究的应用 ·· 015

第三节 本研究的学术价值及其创新之处 ··· 018
    一、学术价值 ··· 019
    二、创新之处 ··· 020

第一章 唐前文集序跋之演进 ·· 021

第一节 先秦两汉魏晋时期——文集序的兴起 ··································· 021
第二节 南北朝时期——文集序的成长 ·· 027

第二章 唐代文集序跋之特点 ·· 033

第一节 唐代文集序跋的写作特点 ··· 033
    一、对赋创作手法的借鉴和化用 ·· 033
    二、序兼传体写作模式的确立 ·· 041

第二节 唐代文集序跋的文学批评功能 ·· 046

一、"绍周继汉"的复古文学史观 …………………………… 046
　　二、对所序文集作品的选评与分类 …………………………… 049

第三章　宋代文集序跋的新变 ………………………………… 055

第一节　文章艺术与文学观念的新变 ……………………… 055
　　一、语言形式与表达方式的转变 ……………………………… 056
　　二、文学观念的转变 …………………………………………… 066

第二节　"文以序传"的意识自觉 ………………………… 082
　　一、文集序跋意识自觉的表现 ………………………………… 083
　　二、文集序跋意识自觉之历史条件 …………………………… 087
　　三、文集序跋意识自觉之影响 ………………………………… 094

第四章　宋代文集序跋中的校雠知识与文献价值 …………… 100

第一节　文集序跋所蕴积之校雠学知识 …………………… 100
　　一、宋代校雠学兴起之原因 …………………………………… 102
　　二、宋代文集序跋中蕴积之校雠知识 ………………………… 106

第二节　由《眉山唐先生文集》序跋考述其版本 ………… 117
　　一、《眉山唐先生文集》序跋对唐庚生平材料的补充 ……… 117
　　二、《眉山唐先生文集》版本梳理 …………………………… 121

第三节　文集序跋的史学文献价值 ………………………… 124
　　一、与史书记载相印证 ………………………………………… 124
　　二、对相关史书的补充与辨误 ………………………………… 127
　　三、对党争与社会离乱的记录与反映 ………………………… 130

第五章　宋代文集序跋中的文集传播 ………………………… 135

第一节　北宋文集序跋与文集传播 ………………………… 135
　　一、宋人宗唐学唐之风潮 ……………………………………… 136
　　二、北宋朝廷对刊印本朝文人文集之限制 …………………… 139

  三、元祐学术之禁 …………………………………………… 142
 第二节 南宋文集序跋与文集传播 ………………………… 146
  一、"最爱元祐"语境下文人文集之整理与刊印 ………… 148
  二、唐宋文之争与南宋文章选本的编纂与刊印 ………… 151
 第三节 由文集序跋看宋人对文集传播方式的选择 ……… 157
  一、刻石传播 ……………………………………………… 157
  二、印本、写本传播 ……………………………………… 162
  三、宋人对石刻、写本与印本三种传播方式的认知与评论 … 166

第六章 宋代文集序跋中的地域、家族文学叙写 …………… 170

 第一节 宋代文集序跋的地域文化考察 …………………… 171
  一、宋人地域观念之兴起 ………………………………… 172
  二、宋代文集序跋中的地域抒写 ………………………… 185
  三、序跋作者与文集作者之间的地域关联 ……………… 191
 第二节 宋代文集序跋的家族文化考察 …………………… 199
  一、宋代新型家族文化的内在理念 ……………………… 199
  二、宋代新型家族文化的外在形式 ……………………… 205
  三、"家族文化传统"成为一种文学叙写方式 …………… 214

第七章 宋代理学家文集序跋 …………………………………… 223

 第一节 宋代理学家群体文集序跋概况 …………………… 224
  一、北宋理学家群体文集序跋分析 ……………………… 224
  二、南宋理学家群体文集序跋分析 ……………………… 232
 第二节 真德秀所撰文集序跋探析 ………………………… 247
  一、真德秀的"气"论 ……………………………………… 249
  二、真德秀重"诚"的作家修养论 ………………………… 253
  三、真德秀的评人标准：道德、功业、辞章 ……………… 256
 第三节 魏了翁所撰文集序跋分析 ………………………… 260

一、魏了翁重道轻文的文道观 ………………………………… 262
　　二、魏了翁养气、重学的作家修养论 ……………………… 265
　　三、魏了翁自然无华的审美趣尚 …………………………… 270

第八章　宋代奏议集序跋 ………………………………………… 275

　第一节　奏议文体辨析——以表、状、札子为例 …………… 275
　　一、"表"之变迁 ……………………………………………… 276
　　二、"状"之形态 ……………………………………………… 281
　　三、"札子"之演变 …………………………………………… 285
　第二节　宋代奏议文之繁荣与奏议集之编纂 ………………… 289
　　一、宋代奏议文之繁荣 ……………………………………… 289
　　二、宋代奏议集之编纂 ……………………………………… 295
　第三节　宋代奏议集序跋之书写特色及心理期待 …………… 300
　　一、褒贬讴歌：奏议集序跋之书写特征 …………………… 301
　　二、君臣契合：奏议集序跋之追期 ………………………… 306

结　语 ……………………………………………………………… 311

附　录 ……………………………………………………………… 318

　　一、《全宋文》所收文集序跋补遗 …………………………… 318
　　二、宋代奏议集序跋列表 …………………………………… 341

参考文献 …………………………………………………………… 346

后记 ………………………………………………………………… 360

绪 论

第一节 研究对象的辨析与界定

序跋文是中国古代散文中的"重镇",作者云集,种类众多,历代文章选本中多有选录,如姚鼐《古文辞类纂》将文体分为十三大类,其中序跋列为文体中的第二大类;吴曾祺的《涵芬楼古今文抄》分文体为十三大类,序跋为其中重要的一门;等等。一些重要的文体学论著对序跋文也多有论述,如吴讷《文章辨体》、吴师曾《文体明辨》、贺复征《文章辨体汇选》等。但序跋本身数量庞大,又分为许多种类,本书只将其中一部分作为研究对象。诚如刘勰《文心雕龙·序志》中曰:"原始以表末,释名以章义,选文以定篇,敷理以举统。"①故在正式研究之前,有必要对本书的研究对象加以辨析与厘定。

一、序与文集序

从文字学的角度,对"序"率先做出解释的是《尔雅》,其《释宫》篇曰:"东西墙谓之序。"郭璞注曰:"所以序别内外。"邢昺疏曰:"此谓室前堂上东厢、西厢之墙也,所以次序分别内外亲疏,故谓之序也。"②据郭璞的注以及邢昺的疏可以判断"序"在原义的基础上,已引申出了"次序"之意。先秦文献中

---

① [南朝梁]刘勰:《文心雕龙》,范文澜注,人民文学出版社,1962年,第727页。
② [清]阮元校刻《十三经注疏》,中华书局,1980年,第2597页。

多假借为"叙""绪"等字。如段玉裁曰:"经传多假序为叙,《周礼》《仪礼》序字注多释为次第是也。""《周颂》:'继序思不忘。'《传》曰:'序,绪也。'此谓序为绪之假借字。"①据段玉裁的注,大概可以知道"序"在其原始意义的基础上,引申出了"次第""端绪"等义。

文体学论著在从文体学的角度对"序"予以界定时常常是对"序"字引申义的延伸。如"序"字引申为"次第",其文体特征主要表现为条理次序。贺复征《文章辨体汇选》曰:"序,东西墙也。文而曰序,谓条次述作之意若墙之有序也。"朱全宰《文通》曰:"叙者,所以叙作者之意,谓其言次第有叙,故曰叙也。"再如"序"字引申为"端绪",其文体特征是条陈其事。"《毛传》云:'序者,绪也。'则绪述其事,使理相胤续,若茧之抽绪。"人们除了根据"序"字的引申义对"序"从文体学的角度予以界定外,还根据以"序"命名的创作实例来界定"序"的文体特点。如《尚书序》曰:"《书》序,序所以为作者之意。昭然义见,宜相附近,故引之各冠其篇首。"两者相比,似乎根据创作实例来厘定"序"的文体特征影响更大。因为《尚书序》中"序所以为作者之意"的观点得到后来众多人的呼应,如刘知几、王应麟、曾国藩等人的观点均是由此生发。

明代吴讷的观点可以说既涉及"序"的引申义,又关注到以"序"命名的创作实例,最后总结出了"序"的文体功能,故影响深远,其观点目前被广泛引用,其中曰:"《尔雅》云:'序,绪也。'序之体,始于《诗》之大序,首言六义,次言风雅之变,又次言《二南》王化之自。其言次第有序,故谓之序也。东莱云:'凡序文籍,当序作者之意,如赠送燕集等作,又当随事以序其实也。'大抵序事之文,以次第其语,善叙事理为上。"②

通过以上的文献梳理与辨析,有关"序"的字义演变以及文体特征与字义之间的关联,直至最后成为一种成熟的文体样式,大致有这样一种渊源脉络。

---

① [汉]许慎撰,[清]段玉裁注《说文解字注》,上海古籍出版社,1981年,第444页。
② [明]吴讷、徐师曾:《文章辨体序说 文体明辨序说》,于北山、罗根泽校点,人民文学出版社,1962年,第42页。

序有自序和他序之别。诚如清赵翼所云："孙炎云：序，端绪也，孔子作序及尚书序，子夏作诗序，其来尚已。然何休、杜预之序左氏、公羊，乃传经者之自为序也；史迁、班固之序传，乃作史者之自为序也；刘向之叙录诸书，乃校书者之自为序也。其假手于他人以重于世者，乃皇甫谧之序左思《三都》始。"①赵翼指出，较早的书序均为自序其书，而他序的始作俑者是皇甫谧。当时左思写就《三都赋》之后，担心自己声名不扬，就请声名较大的皇甫谧为其作序，以此来抬高自己文章的影响。后来，他序似乎成为书序的主导。他序是否能真正达到"序作者之意"的初衷呢？学人纷纷质疑。近人张相曾曰："作者之意，引伸乎序。然自人言之，不若自己言之之深切著明也。《史记》《说文》，不朽之业，迹其枢要，尤在自序，他人有心，予忖度之，乌能如其腹中所欲言乎？"②张相对他序提出质疑。而近人林纾针对学术各有专长的特点，分析了为他人之书撰序之不易，从而对为他人作序持谨慎态度，其曰：

> 数种(序)中，书序最难工。人不能奄有众长，有书求序者，各有专家之学。譬如长于经者，忽请以史学之序，长于史者，忽请以经学之序；门面之语，固足铺叙成文，然语皆隔膜，不必直造本人精微。故清朝考据家恒互相为序。惟既名为文家，又不能拒人之请。故宜平时窥涉博览，运以精思；凡求序之书，尤必加以详阅，果能得其精处，出数语中其要害，则求者亦必餍心而去。③

对于自序与他序的这种差异，许多人实际上都有自己的认识，并根据自己作品的实际情况和需要来最终决定是自序，还是他序。如现代作家萧乾对此做过相应的思考，他最终还是选择自序，其在《书的序跋》中云："我总觉得一本书应当靠它自身的价值去与读者见面。我本人写的或翻译的书大都

---

① [清]赵翼：《陔余丛考》，商务印书馆，1957年，第425页。
② 张相编《古今文综》，中华书局，1936年。
③ 《林纾选评古文辞类纂》，慕容真点校，浙江古籍出版社，1986年，第44页。

印有自己的序跋——尤其是1979年以后重印的。我认为不管创作还是翻译,作者或译者都有义务向读者交代一下自己的初衷和意图。"①

在众多以"序"命名的文章中,大概可以分为四类,分别是书序、篇序之序,字序之序,记序之序,赠序之序。杨庆存曾阐述曰:

> 序作为一种文体,滥觞于两汉,发展于魏晋,兴盛于李唐而变化于赵宋。传孔安国《尚书序》称'序所以为作者之意',大体昭示了序的功能。约成于汉代的《毛诗序》《史记·太史公自序》《汉书叙传》、扬雄《法言序》等,大都立足全书,进行宏观的阐释申述,或者兼及作者自身,是为常式。其后又有文集序、赠送序、燕集序、字序(解释人的名字)、杂序(事物序)等相继问世。②

其中"文集序"是众多以"序"命名文章中的一类,也是与本研究关系最密切的一类,但有关"文集"的内涵具体指什么,似乎不同的人在不同场合会有不同的理解,所以有必要在此对"文集"作以辨析。

所谓文集,古今意义有所不同。据马端临《文献通考》经籍考五十七载录,汉时未有"以集名书"者,所以《汉书·艺文志》载赋颂歌诗一百家,均不以"集"名篇。晋代荀勖、南朝王俭在书目分类上凡是涉及诗赋者,也未以"集"名篇。③ 直到梁阮孝绪《七录》始有文集录,其《七录序》曰:"王以诗赋之名不兼余制,故改为文翰,窃以顷世文词总谓之集,变翰为集,于名尤显,故序文集录为内篇第四。"④据阮孝绪自序,其所谓"文集"乃是"文词之总",包括楚辞、别集、总集、杂文四部。后来的目录书基本上延续了阮孝绪《七录》中有关文集的界定与分类,如《隋书·经籍志》有集部一门,下分楚辞、别集、总集三类。《隋书·经籍志》以后的目录书门类尽管互有出入,但几乎大同

---

① 萧乾:《书的序跋》,《出版史料》2003年第3期。
② 杨庆存:《宋代散文研究》,人民文学出版社,2002年,第199页。
③ [元]马端临:《文献通考》,卷二百三十,中华书局,1986年。
④ [唐]释道宣:《广弘明集》,卷三,四库全书本。

小异，在门类内容方面，并未出现明显变化。

现代意义上的文集一般指一人或多人作品的集合，其中汇集有诗、词及各种文章，分为别集和总集两种形式。鉴于古今人们对文集的界定与分类，本书的文集主要指诗集，或诗文集，包括别集和总集，不包括楚辞、词集。对于文章中的奏议文若单列成集者，陈振孙在《直斋书录解题》集部中分出"章奏"一类，其曰："凡无他文而独有章奏，及虽有他文而章奏复独行者，亦别为一类。"①同样，马端临在《文献通考》经籍考集部中，除了有传统的赋诗类、别集类、总集类之外，也特别析出了章奏类。所以，本书在此采纳陈振孙等人的分类标准，即凡是独立而行的奏议集也归入文集的范畴，作为本书的研究对象之一。

综上，本书所谓文集序是指人们为诗集、诗文集、奏议集所撰之序文，包括对诗文作品的评鉴、对诗文作者的记述以及对诗文集传播的载录等文章内容。

二、题跋与文集题跋

题跋作为一种文体，经历了由题、跋分而论之，到题跋合为一体的发展历程。据现存文献考索，较早以"题"名篇者，应是东汉时期蔡邕的《题曹娥碑后》，其文曰："黄绢幼妇，外孙齑臼。"注文曰："《后汉·列女曹娥传》：'元嘉元年，县长度尚改葬娥于江南道傍，为立碑焉。'注引《会稽典录》：度尚弟子邯郸淳，字子礼，弱冠有异才，作《曹娥碑》，操笔而成，无所点定。其后蔡邕又题八字。"②可见，蔡邕的《题曹娥碑后》是由邯郸淳的《孝女曹娥碑》而发，其中隐含着对邯郸淳碑文的评鉴。随之，晋代王羲之有《题卫夫人笔阵图后》一文，该文主要是针对旧题卫夫人撰的一篇书法论著——《笔阵图》而发，指出练习书法者应"先干研墨，凝神静思，预想字形大小、偃仰、平直、振动，令筋脉相连，意在笔前，然后作字"③。隋代释智永有《书右军乐毅论后》，

---

① ［宋］陈振孙：《直斋书录解题》，上海古籍出版社，1987年，第634页。
② ［清］严可均辑《全上古三代秦汉三国六朝文》，中华书局，1958年。
③ ［清］严可均辑《全上古三代秦汉三国六朝文》，中华书局，1958年。

其对王羲之的书帖《乐毅论》评价甚高,毫不吝啬其溢美之词曰:"《乐毅论》者,正书第一。梁世模出,天下珍之。自萧、阮之流,莫不临学。"①以上目前文献可考的数篇初具题跋文的特性,但大体来说唐前以"题后""书后"名篇的作品尚寥若晨星,到了唐代尤其是中唐以后,这类作品开始逐步增多,如欧阳询《题诸家帖》、顾升《题妻庄宁书心经后》、李翱《题燕太子丹传后》、颜真卿《题湖州碑阴》、崔龟从《书敬亭碑阴》、皮日休《题后魏书释老志》、杜牧《题荀文若传后》、司空图《题柳柳州集后序》……宋代更是"题"类文学样式的大繁荣期,以"题后""书后"名篇的作品就不可胜数了,其依附的载体可以说无所不包,涉及诗文、书画、金石等。它们大多是由原书(原文、原画等)引申发挥、记录读后心得之作。

鉴于大量"题后""书后"文学创作实践的存在,文体理论著述不得不关注这一现象,从而将其提到一个理论高度予以概括和总结。明代吴讷《文章辨体序说》:"汉晋诸集,题跋不载,至唐韩、柳始有读某书及读某文,题其后之名。"明代徐师曾《文体明辨序说》:"题、读始于唐,跋、书起于宋。"吴讷和徐师曾均认为"题"这类文学样式始于唐代,但根据上文所列的具体文学创作实例来看,这种结论还有待商榷。相对而言,清代王兆芳《文章释》中对"题后"的解释更接近历史真实,其中曰:"源出《荀子》末篇'今为说者'一章,流有晋王羲之《题卫夫人笔阵图后》(《始皇帝本纪后》非班固亲记,《索引》言后人取附),唐韩退之《读荀子》及《读仪礼》诸篇、《张中丞传后叙》,陆龟蒙《书李贺小传》,后宋董逌《广川书跋》。六朝以来,亦题诗为书后。"②在文体理论著述中,人们除了探讨"题"作为一种文学样式的源与流外,还从"题"的字义申发出其应具有的文体特征。近人张相在《古今文综评文》中解释道:"《说文》:'题,额也。'引伸其谊,遂为居前。此一说也。《诗》:'题彼脊令',《传》曰'题,视也。'《释名》亦曰:'题,谛也,审谛其名号也。'此一说也。然题之为文,不必居前,'题后'之体,可为佐证。斯审谛之说允矣。"③张相指出题

---

① 〔清〕严可均辑《全上古三代秦汉三国六朝文》,中华书局,1958年。
② 王水照编《历代文话》,第7册,复旦大学出版社,2007年,第6274页。
③ 张相编《古今文综》,中华书局,1936年。

作为一种文体，取"审谛之义"，其位置居前居后并无定格。吴曾祺在《涵芬楼文谈》中也言："'题后'即书后也。谓之题者，取审谛之义，义见释名。"①可见，"题"仅作为一种文体名称，究其本源，并无居后之限。

"跋"作为一种文体，似乎比"题"产生得要晚一些。朱迎平在《宋代题跋文的勃兴及其文化意蕴》一文中，根据唐代李绰《尚书故实》、张彦远《历代名画记》等文献，认为在六朝时已有跋尾押署之制，当时一些名画多有帝王或名家跋尾，并指出后来的"跋文"由六朝时期的"跋尾"发展而来。②笔者检索《全上古三代秦汉三国六朝文》尚未发现有以"跋"名篇者，但在《全唐文》中则有韩择木《相国帖跋》、陶谷《右军书黄庭经跋》等③。可以说，在唐代已出现正式以"跋"命名的书画鉴赏类跋文了。到了宋代跋文的范围逐步扩大，除了传统的由书画而发的跋文，还产生了大量对文人文集有感而发的跋文，这些跋文在形式上以"跋××"和"××跋"为主，如张昭《窦氏联珠集跋》、程戬《赵湘南阳集跋》、晏殊《跋宋景文诗》等。宋代跋文的对象不再局限于书画，与"题"的对象有了融合，因此"题"与"跋"两种文体在实际创作中呈现出渐趋合流的态势。

考诸文献可知，"题""跋"并称始于欧阳修。欧阳修将其创作的二十七篇书某后、读某后类的文章收集在一起，总名为《杂题跋》。这些以"题跋"为总名的篇目涉及书法作品、绘画作品以及文人文集等方面的内容。在欧阳修之后，苏轼、黄庭坚、杨万里、陆游等人，均有大量的题跋作品。明人毛晋在《跋〈容斋题跋〉》中曰："题跋一派，惟宋人当家。"④鉴于大量题跋作品的存在，宋人在文集编纂时，常常将"题跋"作为一个独立的门类而单列。在别集编纂方面，从宋人自编文集的文体分类编次看，最早将"题跋"单列一目编入

---

① 王水照编《历代文话》，第 7 册，复旦大学出版社，2007 年，第 6638 页。
② 朱迎平：《宋代题跋文的勃兴及其文化意蕴》，《文学遗产》2000 年第 4 期。
③ 毛雪：《古代题跋文体源流述略》，《平顶山师专学报》2003 年第 1 期。
④ ［明］毛晋：《津逮秘书》，上海博古斋 1922 年影印本。

文集的是南宋周必大自编的《省斋文集》①。就总集编纂而言，南宋吕祖谦的《宋文鉴》是最早将题跋文作为一种文类编入总集者，其中收录了欧阳修、苏轼、杨万里等二十二家题跋文。

从理论上阐释题跋的文体属性及特征的是明代人。明代徐师曾《文体明辨序说》："按题跋者，简编之后语也。凡经、传、子、史、诗、文、图、书之类，前有序引，后有后序，可谓尽矣。其后览者，或因人之请求，或因感而有得，则复著词以缀于末简，而总谓之题跋。至综其实，则有四焉：一曰题，二曰跋，三曰书某，四曰读某。……曰题跋者，聚类以该之也。其词考古证今，释疑订谬，褒善贬恶，立法垂戒，各有所为，而专以简劲为主，故与序引不同。"②徐师曾在此指出题跋大概是因感而发，主要包括题、跋、书某、读某四类，在内容上以考证释疑、褒贬警戒为主，在写法上以简洁为要。

根据题跋对象与题跋者之间的关系，题跋可分为自我题跋与为他人题跋两种。自我题跋一般抒情性更浓，题跋的内容与题跋对象之间有一定的距离，人们更倾向于在自我题跋中抒发一些生活感触与人生感悟。比如，黄庭坚在《题自书卷后》中云："崇宁三年十一月，余谪处宜州半岁矣。官司谓余不当居关城中，乃以是月甲戌，抱被入宿子城南予所僦舍喧寂斋。虽上雨傍风，无有盖障，市声喧愦，人以为不堪其忧，余以为家本农耕，使不从进士，则田中庐舍如是，又可不堪其忧耶？既设卧榻，焚香而坐，与西邻屠牛之机相直，为资深书此卷，实用三钱买鸡毛笔书。"③黄庭坚在此题跋文中，抒写了其尽管身处贬所，但从容淡定的人生态度。苏轼在《书黄泥坂词后》中云："余在黄州，大醉中作此词，小儿辈藏去稿，醒后不复见也。前夜与黄鲁直、张文潜、晁无咎夜坐。三客翻到几案，搜索箧笥，偶得之，字半不可读，以意

---

① 张海鸥、罗婵媛：《宋人自编集的文体分类编次意义——以欧、苏、周、陆别集为例》，《河北师范大学学报》2013 年第 2 期。
② [明] 吴讷、徐师曾：《文章辨体序说 文体明辨序说》，于北山、罗根泽校点，人民文学出版社，1962 年，第 136 页。
③ 《黄庭坚全集》，刘琳、李勇先、王蓉贵点校，四川大学出版社，2001 年，第 645 页。

寻究,乃得其全。文潜甚喜,手录一本遗余,持元本去。"①从此题跋文中,我们可以看到苏轼的日常生活以及交友情况。难能可贵的是,苏轼虽身处贬所,但心态自若,有仰慕其才华的苏门学士追随于左右,常与他诗酒相娱。周紫芝《书自作小词后》:"李公择暮年学草书,东坡见之,言:'李十八草书似鹦鹉,能言不过数句耳。'后数年,赵德麟复见之,问:'吾书何如?'德麟笑曰:'可作秦吉了矣。'仆顷岁尝作《中秋词》,后三十年夜饮花下,作《木芙蕖词》。二词之作,日月几一世,而语之工拙相去几何?岂非前一词似鹦鹉,后一词可作秦吉了耶?"②周紫芝通过此题跋文,记录了苏轼和赵令畤前后对李公择草书的幽默风趣点评,以此来评价其词的前后变化。

与自我题跋相比,为他人题跋根据题跋者的创作动机可分为主动型与被动型两种。所谓主动型一般是指题跋者自发地针对题跋对象而发表一些言说或读后心得等,文法较为随意,多丛残小语、细碎之言。比如,李之仪《书林逋处士诗后》:"西湖风物固不迁,但无和靖辈人物尔,览之怅然。姑溪老农。"③李之仪在读罢林逋诗作后大为佩服,进而感叹西湖虽然景色美丽依旧,但已经没有林逋这样的高人隐士了。苏轼的《题刘壮舆文编后》云:"近日晨起,减衣,得头风病,然亦不甚也。取刘君壮舆文编读之,失疾所在。曹公所云,信非虚语,然陈琳岂能及君耶?建中靖国元年四月十二日书。"④在此题跋中,苏轼以寥寥几语,抒写了其读刘壮舆文编之后的感触,真可谓"有意而言,意尽言止"。黄庭坚《书陶渊明诗后寄王吉老》云:"血气方刚时读此诗,如嚼枯木。及绵历世事,知决定无所用智。每观此篇,如渴饮水,如欲寐得啜茗,如饥啖汤饼。今人亦有能同味者乎?"⑤黄庭坚在此题跋中,指出在不同的人生阶段读陶渊明诗会有不同的体悟,从而道出渊明诗的魅力。所

---

① 《苏轼文集》,孔凡礼点校,中华书局,1986年,第2137页。
② 曾枣庄、刘琳主编《全宋文》,第162册,上海辞书出版社,安徽教育出版社,2006年,第188页。
③ 曾枣庄、刘琳主编《全宋文》,第112册,上海辞书出版社,安徽教育出版社,2006年,第163页。
④ 《苏轼文集》,孔凡礼点校,中华书局,1986年,第2074页。
⑤ 《黄庭坚全集》,刘琳、李勇先、王蓉贵点校,四川大学出版社,2001年,第1404页。

谓被动型多是题跋者在他人请求下撰写题跋。相对主动型题跋而言,被动型题跋更能体现题跋文应有的一些程式——先点明题跋对象,接着介绍题跋的原因或者抒发题跋者的观点,最后有落款。比如,周必大《跋秦少章诗卷》云:"右秦少章古、律诗一卷,宗人愚卿兄弟示予求跋。昔东坡苏公送少章诗云:'秦郎忽过我,赋诗如《卷阿》。句法本黄子',谓鲁直也,'二豪与揩磨',谓其兄少游及张文潜也。又云:'瘦马识骁耳,枯桐得云和。'其见称许如此。今卷末有《和钱蒙仲越州见寄》一首,东坡盖尝次其韵云:'二子有如双白鹭,隔江相照雪衣明。'呜呼!少章诗名为不朽矣。嘉泰辛酉十月庚子。"①

依据不同的分类标准,人们将题跋分成不同的种类。张相在《古今文综》中曰:"综其流别,约分为四:捃逸抽秘,考订丛残,是曰故籍之属;一帛一缣,望古遥集,是曰书体之属;文章不朽,性命与契,是曰诗文之属;摩挲尺幅,遐思渊渊,是曰图画之属。大抵炎张剩义,景仰名流,体为志余,词为杂缀。"②在张相看来,题跋文依据题跋对象可分为书籍题跋、书法题跋、诗文题跋、绘画题跋四类。若依据题跋文的具体内容又可分为学术性题跋与文学性题跋两种。朱迎平在《宋代题跋文的勃兴及其文化意蕴》一文中认为"学术类题跋以载录、考订、议论为基本体式,并且这类题跋与所题对象联系较为紧密。而文学类题跋与所题对象联系较为松散,所题对象只是一个引子,题跋文由此生发,主要抒写题跋者之情性"。③而本书的研究对象"文集题跋"主要是依据题跋对象而分出的一个门类。所谓文集如上文所言,主要包括文人的诗集、诗文集、诏令集与奏议集。所谓文集题跋主要指以文集为题跋对象而撰写的题跋文,不包括单篇诗文题跋。文集题跋内容丰富,既包括题跋者文学见解的阐释与人生志向的抒发,也包括对文集版本真伪存佚的考辨等。

---

① 曾枣庄、刘琳主编《全宋文》,第 231 册,上海辞书出版社,安徽教育出版社,2006 年,第 23 页。
② 张相编《古今文综》,中华书局,1936 年。
③ 朱迎平:《宋代题跋文的勃兴及其文化意蕴》,《文学遗产》2000 年第 4 期。

文集题跋相对文集序而言，一般篇幅较短，写来比较随意，少有正襟危坐之感。作者在撰写题跋时，摆脱了政治的需要、社会的影响等约束，反而使其具有强烈的文学性与趣味性。如苏轼《题子明诗后》："吾兄子明，旧能饮酒，至二十蕉叶，乃稍醉。与之同游者，眉之蟆颐山观侯老道士，歌讴而饮。方是时，其豪气逸韵，岂知天地之大秋毫之小耶？不见十五年，乃以刑名政事著闻于蜀，非复昔日之子明也。侄安节自蜀来，云子明饮酒不过三蕉叶。吾少年望见酒盏而醉，今亦能三蕉叶矣。然旧学消亡，凤心扫地，枵然为世之废物矣。乃知二者有得必有丧，未有两获者也。"①苏轼在此题跋文中感叹其族兄尽管酒量大减，但功业大有进展，而自己酒量渐增，学术却不见进步，其中透露出作者的无奈与自嘲。又如，魏了翁《跋六安县尉顾士龙诗卷》："开禧初，余以职事课诸生射于右序。或挽五石弓，神色闲雅，若无意于射中，而未尝有虚镞者；或挽不及石而汗颜掉腕，其发不能以三十步者；或既取其大，引不能满，而易其次者，又易其下者。齐量之浅深，气格之高下，毫末不能以强。余方舍然有感于为文之法，顾为同僚语，会顾六安以一编诗求跋，因为书目前所见以赠。"②魏了翁在这篇二百多字的跋文中通过射箭时人们的各种表现——"神色闲雅""汗颜掉腕""引不能满"，最后点出"为文之法"在于"无意为文"的深刻道理，言简意赅，极具说服力。再如，林光朝《读韩柳苏黄集》："苏、黄之别，犹丈夫、女子之应接，丈夫见宾客，信步出将去，女子则非涂泽不可。韩、柳之别，则犹作室。子厚则先量自家四至所到，不敢略侵别人田地；退之则惟意之所指，横斜曲直，只要自家屋子饱满，不问田地四至或在我与别人也。"③林光朝在此跋文中通过形象的比喻来说明苏、黄，韩、柳诗文之异同。

综上所述，本书的"文集序跋"是指文集序和文集题跋两部分，其中包括

---

① 《苏轼文集》，孔凡礼点校，中华书局，1986年，第2132页。
② 曾枣庄、刘琳主编《全宋文》，第310册，上海辞书出版社，安徽教育出版社，2006年，第83页。
③ 曾枣庄、刘琳主编《全宋文》，第210册，上海辞书出版社，安徽教育出版社，2006年，第37页。

为诗集、诗文集、奏议集所撰之序跋,其中有别集序跋,也有总集序跋,但不包括楚辞序跋和词集序跋。

第二节　唐宋转型论的学理梳理及其在本研究的应用

唐宋转型(变革)论是一个开放型并具有延展性的理论,引起众多学者的关注。这些研究既有对理论本身的研究[①],也有对该理论在各学科领域的应用研究。[②] 本研究拟在唐宋转型的理论体系下考察唐代文集序跋的特点与宋代文集序跋的新变,重点聚焦于宋型文化对宋代文集序跋的影响。

一、唐宋转型论的学理梳理

唐宋转型论一般认为是日本汉学家、京都学派的开创者内藤湖南提出的。内藤湖南在1922年公开发表《概括的唐宋时代观》一文[③],其认为唐代为中古历史的结束,唐末五代是中古走向近代的"过渡期",而宋代为近代历史的开端。该文的主旨在于指出唐、宋两代在政治体制、经济体制以及文化

---

① 针对唐宋变革理论本身的研究主要聚焦于"唐宋变革论"提出的时间、"唐宋变革论"的内容以及"唐宋变革论"产生的背景等。代表性成果主要有柳立言:《何谓"唐宋变革"》,《中华文史论丛》2006年第1期;张广达:《内藤湖南的唐宋变革说及其影响》,《张广达文集》第3辑《史家、史学与现代学术》,第112页;李庆:《关于内藤湖南的"唐宋变革论"》,《学术月刊》2006年第10期;张邦炜:《"唐宋变革论"的首倡者及其他》,《中国史研究》2010年第1期;牟发松:《"唐宋变革说"三题——值此说创立一百周年而作》,《华东师范大学学报》2010年第1期;杨际平:《走出"唐宋变革论"的误区》,《文史哲》2019年第4期。
② 关注该理论在各学科领域应用研究的代表性成果有:罗袆楠:《模式及其变迁——史学史视野中的唐宋变革问题》,《中国文化研究》2003年夏之卷;李华瑞:《"唐宋变革论"对国内宋史研究的影响》,《中国史研究》2010年第1期;葛焕礼:《唐宋思想文化转型:国内不同学科范式下的研究与认知》,《云南大学学报》2010年第2期;莫砺锋:《关于"会通唐宋"的简单思考》,《文学遗产》2017年第6期;韩经太:《宋型文化人格与唐宋转型艺境的一体生成》,《中国文化研究》2017年秋之卷;等等。
③ 刘俊文:《日本学者研究中国史论著选译》第一卷《通论》,中华书局,1992年,第10—18页。

性质上有显著差异。① 内藤的唐宋时代观经他的学生宫崎市定等人的发挥和完善,具有合理性和启示性,因此被美国学者吸纳。

对唐宋变革问题的争论有很多,其中以刘子健、郝若贝、韩明士为代表的美国学者将其争论的焦点聚集在士大夫在唐宋时代的变化。据介绍,郝若贝在美国的《哈佛亚洲周刊》(*Harvard Journal of Asiatic Studies*)发表了《中国的人口、政治与社会的转型:750—1550》一文。该文指出,在750—1550年间,中国的人口、政治与社会发生了巨大变化,并对江南几类大家族进行考察,发现南宋社会文化精英的社会心态和人生志向与北宋有所不同。北宋的文化精英大都怀有荐贤举善、安邦治国的人生志向,因而不惜离开故土。到了南宋时期,文化精英虽也有报效朝廷之志,但他们更多选择立足于地方,成为地方精英。同样,韩明士也认为两宋的文化精英的心态和作为不同,北宋的文化精英志在中央,而南宋的文化精英志在地方。② 另外,美国学者关于这一转型的具体时间与日本学者的认知也存在一定差异,他们认为这一转型发生在两宋之间。1974年,《中国转向内在——两宋之际的文化转向》③一书出版,该书将北宋与南宋两个时期进行研究,认为中国从南宋开始转向内在,并认为这种转型发生在南宋初期,"这一转型不仅使南宋呈现出与北宋迥然不同的面貌,而且塑造了此后若干世纪中中国的形象"。一般认为,有关唐宋转型论美国学者重点在于强调南宋和北宋的不同以及转向,而日本学者则强调中唐到两宋之间的变革和延续。④

---

① 关于唐、宋两代的具体差异可参阅张广达:《内藤湖南的唐宋变革说及其影响》,《张广达文集》第3辑《史家、史学与现代学术》,第112页;牟发松:《"唐宋变革说"诸问题述评》,《历史教学问题》2014年第4期;李贵:《中唐至北宋的典范选择与诗歌因革》绪论部分,复旦大学出版社,2012年,第6—7页。
② 参阅刘方:《唐宋变革与宋代审美文化转型》,学林出版社,2009年,第35—38页。
③ 刘子健:《中国转向内在——两宋之际的文化转向》,赵冬梅译,江苏人民出版社,2002年。
④ 详参李贵:《中唐至北宋的典范选择与诗歌因革》,复旦大学出版社,2012年,第2—13页。

中国古代就有类似于唐宋转型的一些直观认识①，但未能如内藤湖南那般将其系统化或理论化。到了20世纪，中国学者针对唐宋两个历史时期的变革与延续问题有了热烈的讨论。② 其中，胡适、王国维、严复、陈寅恪、傅乐成等谈论史学，多打破朝代界限考察历史变迁。如陈寅恪在《论韩愈》中指出："综括言之，唐代之史可分为前后两期，前期结束南北朝相承之旧局面，后期开启赵宋以降之新局面，关于政治社会经济者如此，关于文化学术者亦莫不如此。"③钱穆、柳诒徵、蒙文通、侯外庐等论思想、文学亦认为中唐至北宋是一个连贯发展的阶段。如蒙文通在《中国历代农产量的扩大和赋役制度及学术思想的演变》一文中，指出："唐代中叶，虽然在学术思想上发生了这一次革新运动，无论在经学、文学、史学、哲学，各方面都发生了反对旧传统的新学术，而为宋代一切学术的先河；但这一新学术，终唐以至五代，都还没有能够形成学术界的主流，还不能取旧传统的地位而代之……及至宋仁宗庆历以后，新学才走向勃然兴盛的坦途，于是无论朝野，都是新学的天下了。但是，新学的幼苗，却是发芽和生长在中唐以后。"④

综上所述，无论是中国学者还是日本、欧美学者都不再将唐宋两代视为截然不同的两个时期，而是努力从唐代寻找宋代文化的源头，以及宋代文化对唐代尤其中唐以后文化的因袭和延续。中外学者有关唐宋转型的认识能达成某种程度上的共识，即可说明唐宋变革论有其合理性，在一定程度上符合中国历史的现实。

---

① 张邦炜《"唐宋变革论"的首倡者及其他》一文认为南宋的郑樵已言简意赅地指出唐末五代至宋代的社会变化和延续，《中国史研究》2010年第1期。李贵《中唐至北宋的典范选择与诗歌因革》绪论部分认为叶燮在《百家唐诗序》中对中唐枢纽地位的认识有开创性，复旦大学出版社，2012年，第13页。单磊《赵翼的"唐宋史学变革"思想及其对内藤湖南的影响》一文认为赵翼在他的《廿二史札记》和《陔余丛考》等著述中，认为唐宋时期史学著述发生了一系列变化，并对内藤湖南的唐宋变革说产生了一定的影响，《史学史研究》2017年第3期。
② 详参李贵：《中唐至北宋的典范选择与诗歌因革》，复旦大学出版社，2012年，第13—22页。
③ 陈寅恪：《金明馆丛稿初稿》，上海古籍出版社，1980年，第296页。
④ 蒙文通：《中国历代农产量的扩大和赋役制度及学术思想的演变》，《四川大学学报》1957年第2期。

二、唐宋转型论在本研究的应用

唐宋转型论在政治、经济、文化、文学、艺术等领域引起了较大反响,人们纷纷以此作为理论参照系从事科学研究。尽管唐宋转型论本身对文学艺术的唐宋转型论述不多,但文学界以唐宋转型论为切入点,从事唐宋文学研究却成绩斐然。① 本研究也以唐宋转型论为理论支撑和基础,对唐宋文集序跋这一具体文学领域做深入探讨和研究。

文化转型视域下的唐宋文集序跋研究,不仅包括对唐代文集序跋特点的挖掘,也包括对文化转型后宋型文化场域中的宋代文集序跋研究。唐宋时期是文集序跋的繁荣期,尤其是两宋时期,由于人们热衷于文集的整理与编纂,雕版印刷术的发展成熟又带来文集刊刻的繁荣,再加上宋人文集序跋意识的自觉,在各种因素的综合作用下,宋代文集序跋出现了空前繁荣的局面。宋代文集序跋之繁荣主要表现在三个方面:首先,宋代文集序跋的创作群体庞大。检诸宋人别集,几乎每位作家都有数量不等的文集序跋留存于世。其次,宋代文集序跋数量激增。笔者据《全宋文》及相关文献统计,有宋一代留存于世的文集序跋几近三千篇,其数量远远超过宋以前的任何一个朝代,并且从单个作家的创作数量来看,其中陆游、周必大、刘克庄等人的文集序跋数量有百篇之多。最后,宋代文集序跋创作形式自由。有的洋洋洒洒近千言,有的仅寥寥数笔,一切依序跋作者之体认与情景需要而任意抒写。因此,本书的研究重点是宋型文化特质如何在文集序跋中得以呈示和体现。

从唐宋文化转型的角度出发,在宋型文化的坐标系中观照宋代文集序跋是本书的研究思路。宋型文化这一术语是台湾学者傅乐成于1972年在《唐型文化与宋型文化》一文中率先提出的,其在该文中指出唐宋文化的"最大的不同点"是"大体说来,唐代文化以接受外来文化为主,其文化精神及动

---

① 详参张文利:《新世纪以来唐宋转型视域下宋代文学研究的回顾与思考》,《中国宋代文学学会第十一届年会暨宋代文学国际研究会论文集》,第8—19页。

态是复杂而进取的","到宋,各派思想主流如佛、道、儒诸家,已趋融合,渐成一统之局,遂有民族本位文化的理学的产生,其文化精神及动态亦转趋单纯与收敛。南宋时,道统的思想既立,民族本位文化益形强固,其排拒外来文化的成见,也日益加深。"①傅乐成概括了唐宋文化的不同类型,在内容上虽不乏商榷之处,但还是得到许多学者的回应。② 本书也是在宋型文化观照下对宋代文集序跋进行的一个创新研究,主要表现在:

一、淑世情怀在宋代文集序跋中的表现。有宋一代大行右文政策,文官政治为宋人参政议政、关注时事提供了制度保障,使其在政治方面具有强烈的使命感和忧患意识。宋代文人士大夫大都以"修齐治平"自许,怀抱着汲汲于世的政治热情,具有强烈的淑世情怀。这种淑世情怀使得宋代文集序跋在内容方面有不同于唐代文集序跋的地方,其重点转向了"人",主要从政治生涯、学问素养、道德品格等方面对文集作者予以记述和评鉴,尤其注重对文集作者政治功业进行铺写。序跋作者侧重于对文集作者的政治功业进行渲染铺写,详细记载文集作者的仕宦经历和为官情况。如周源《武溪集序》中详尽地记述了余靖一生的政治功业,序文开门见山以余靖一生"以功业为己任",又以文章只是其余力所及作为总起,曰:"公倜傥负气节,以功业为己任,以文章帖职丽正,落落不常。"③为了突出余靖一生"以功业为己任"这一重点,文章接下来分别从余靖为谏官期间,"益奋不顾,争抨权倖";为知制诰期间,曾三次出使北戎,"究机会,辨方言,赋诗虏庭";蛮僚侬智高叛乱期间,"以农兵扞乡里";在岭西作经略安抚使期间,"以轻兵蹄番禺城下",制服"贼盗";等等。这些鲜活的事例紧扣主题中心而展开,从而使余靖以一员不计私利忠心为国的干吏形象生动地展现在世人面前。另外,文集序跋注

---

① 傅乐成:《唐型文化与宋型文化》,《"国立"编译馆馆刊》第 1 卷第 4 期。
② 王水照《宋代文学通论》中的《绪论:宋型文化与宋代文学》是对宋型文化在宋代文学研究中的有益尝试,为宋型文化与宋代文学如何进行具体而微的研究提供了一个范例,故影响颇大。刘方在《宋型文化与宋代美学精神》中对宋型文化的内在结构给出了全面论述,其曰:"宋型文化作为一种文化类型,是由内核——制度——物质三层文化建构的产物。"
③ 曾枣庄、刘琳主编《全宋文》,第 46 册,上海辞书出版社,安徽教育出版社,2006 年,第 89 页。

重对文集作者报效朝廷的政治热情予以讴歌。比如,周紫芝《溪堂文集序》曰:"建炎三年,敌骑大入,建康失守,诸将自溃,抄略郡邑。次卿与余皆携家夜窜山谷。不逾日,敌至泾,次卿仓皇与余相失,全家为贼所得。会郡有檄招抚贼就食,疑不敢决,且欲微刺其意,命次卿草书,口授其意,颇不自下。次卿高目奋髯谓敌言:'吾知有死尔,不忍为尔作笺也。'遂被害而死。"①周紫芝对王次卿在刀锯鼎镬之下依然能够凛然不屈,抗声对敌至为敬佩,并对王次卿立节明义的品性予以讴歌和颂扬。宋代文集序跋无论是对文集作者的政治功业进行铺叙,还是对文集作者报效君国的忠贞精神予以讴赞,实际上是文集作者对士大夫济世救国、舍我其谁的时代精神的一种折射和反映。

宋人的淑世精神除了使宋代文集序跋在内容方面增添了对文集作者政治功业的叙写外,在文集编纂方面也形成了自己的特色,其最突出的一点就是奏议集的盛行。有宋一代实行文官政治,鼓励文武百官积极上书言事,从而带来了奏议类文章创作的繁荣。鉴于宋代奏议类文章的大量存在,陈振孙在《直斋书录解题》中始以"章奏"一门,列于集部之末。奏议类文章普遍存在于宋代文人文集中,这些奏议文章真实具体地记录了文集作者参政议政的过程,也是宋人淑世精神在文学创作中的具体体现。

二、尚理的文化特质在宋代文集序跋中的表现。在唐宋转型的大背景下,思想史也经过了一次重大的转型。从中唐开始,儒学的复兴就逐步展开,到宋代得到了充分发展,最终形成了宋型文化的内核精神——宋学。宋学崇尚义理,注重思辨,有强烈的反传统倾向和大胆的疑古精神。宋人具有内敛、理性的文化性格,这种文化性格使得宋人对平淡美尤为推崇。另外,尚理的文化特质使得宋人喜用"理"来衡文,这与宋代诗歌中所追求的"理趣"审美特征相一致。由于宋人重理性、喜议论,所以宋代的文集序跋,较唐代来说,议论的部分明显增多,形成了所谓的"变体"。

三、文集传播方式的改变在宋代文集序跋中的表现。印刷术的发明与

---

① 曾枣庄、刘琳主编《全宋文》,第 162 册,上海辞书出版社,安徽教育出版社,2006 年,第 157 页。

普及,是形成唐宋转型的关键因素。诚如内藤湖南所说:"印刷技术的发展对弘扬文化是个巨大推动,随之出现了学问的民众化倾向。"[①]宋代印刷术的普及,可谓一次媒介革命,改变了文集在创作、传播、接受等方面的方式。本书主要分析了文集传播方式的改变。宋代文集由唐代的手抄传播为主变为以印刷传播为主,这一传播方式的改变,带来了宋代刻书业的发达,从而产生了大量的刊刻序跋。反之,这些刊刻序跋也为我们提供了大量有关宋代文集刊印出版方面的信息。另外,印刷术广泛应用于刊印各类书籍带来了宋代校雠学的发达。在宋代文集序跋中存在大量对校雠知识的记录与反映。

四、家族制度嬗变在宋代文集序跋中的表现。家族组织是社会结构的重要组成部分,是唐宋文化转型的一个重要表现。随着隋唐门阀家族制度的逐渐衰落,有宋一代形成了以官僚士绅为核心力量,以"敬宗睦族"为指导思想,以"尊尊亲亲"为核心的伦理观念下的新型家族形态。这一新型家族形态注重对家谱的编修以及家族总集的编纂。另外,新型家族制度使得宋人在撰序题跋时常常从家族的角度观照文集作者,对文集作者的文学源头予以追溯,或对文集作者的文学成就后继有人感到欣慰。

综上所言,宋型文化内容十分丰富,涉及许多领域,限于个人专业与能力,本书只就宋代文集序跋中有代表性的几点进行一些初步探讨和研究。希望通过这一研究,可以拓展唐宋文化转型研究的视野,从而使人们对唐宋文化转型有一更深入的理解和认识。

第三节 本研究的学术价值及其创新之处

唐宋文集序跋主要指唐宋时期人们所撰写的文集序跋,既包括唐宋时

---

① [日]内藤湖南:《中国近代史》,载《中国史通论》上册,社会科学文献出版社,2004年,第389页。

期人们为前代文集所撰之序跋，也包括唐宋时期人们为本朝文集所撰之序跋。囿于此一范围，笔者钩稽《全唐文》《全唐文补遗》《全宋文》及相关文献，目前可搜集到唐代文集序跋作品共一百六十多篇，宋代文集序跋几近三千篇，涉及作者近千人。这些文集序跋内容丰富，既有对文集作者生平的记述，也有对文集作品的品评，还有对文集编纂、刊刻、流传的记录，这些历经千有余年而侥幸保存下来的前人文化遗存为我们深入研究唐宋文学提供了第一手的资料。

一、学术价值

文集序跋居前殿后，占据着一部文集最好的位置，承担着向读者推荐和评说该文集的重任，故对文集序跋的研究具有重要的意义。唐宋则是文集序跋发展的重要时期，尤其是中唐以后文集序跋作品数量增多，到了宋代雕版印刷术的普及更是带来了文集序跋的极度繁荣。宋人不仅在编纂文集时会撰写序跋，而且在刊刻文集时也会撰写序跋。首先，这些文集序跋中包含着撰序者对文集作品的评价，或对当时文坛风尚提出自己的判断，从而具有重要的文学批评价值。其次，这些文集序跋中记录着有关文集的编纂、刊刻、校勘等方面的内容，也涉及文集作者生平履历，或对社会离乱的记录，从而具有重要的文献价值。再次，为人撰序题跋，或请人撰序题跋成为文人之间沟通交流的一种方式，我们可以从中窥探这一时期文人的生活情境与交流方式，而人们撰序题跋的初衷是期望文集流播于后，故在撰序题跋时会主观地选择一些有利于文集传播的因素予以重点书写，影响着读者对作家、作品的接受，从而具有重要的传播价值。总之，对唐宋文集序跋进行全面、细致地研究，可以丰富、充实唐宋文学的研究。

将唐宋文集序跋置之于文化转型这一宏观的语境之下，可以更好地窥探文化转型对唐宋文集序跋内容、艺术等方面的影响，从而具有重要的价值与意义。反之，通过唐宋文集序跋的研究找到文学观念嬗变的轨迹，这个嬗变过程正是唐宋文化转型的最好印证，从而具有重要的方法意义。

另外，"为人作序"是中国特有的一种文化传统。这一传统历史悠久，积淀着中华民族独特的文化意识。时至今日,这一独特的文化传统依然影响着当代人"为人作序"的心理。通过对唐宋文集序跋的研究可以发现,"为人作序"这一当今司空见惯的文化现象可谓渊源深远,这一研究可以为当下乃至以后的"为人作序"提供学理借鉴和写作文范。

二、创新之处

鉴于唐宋文学研究的现状以及唐宋文集序跋所包含的丰富文化信息,笔者拟在前人已有的研究成果基础上,对唐宋文集序跋进行全面探讨,以期推动唐宋文集序跋研究向纵深发展。其创新之处主要表现在:

一、唐宋文集序跋表达方式的转变。唐代文集序跋在表达方式上以叙事为主,而宋代文集序跋,由于受到宋人重理性、喜议论等文化特质的影响,在铺叙成文方面议论的成分明显增多,形成了所谓的"变体"。

二、唐宋文集序跋中所体现的文学观念的转变。通观宋代文集序跋,尤其是北宋中后期以后的文集序跋,与唐代文学序跋相比,在表现时人的文学观念上形成了不同于前代的特点,这一方面表现在宋人撰序题跋时希望通过文章复古来完成救世的使命,故更强调文章的社会功能;另一方面表现在宋人审美观念的转变,更强调雅淡质朴的自然美。

三、宋人文集序跋意识自觉化。有宋一代,文人们通过为本人文集自序自跋、请他人给自己文集代为序跋或受请托而为他人文集作序题跋,使得文集序跋这一文化现象不断得以强化,最终形成了"文以序传"的集体认同。

四、宋型文化特征在宋代文集序跋中的体现。首先,宋人文集的刊刻、出版与文学传播、接受方式的转型;其次,宋人地域观念的兴起以及宋代家族制度的嬗变均在文集序跋中有所体现,使得地域、家族文学书写成为宋代文集序跋创作中一种重要的书写方式。

第一章　唐前文集序跋之演进

在探讨唐代文集序跋之前,有必要对唐前文集序跋的发展概况稍做梳理,以理清其发展脉络及各个时段的特征。由于唐以前跋文相当罕见,因此所谓唐前文集序跋实际上主要是文集序。顾名思义,文集序是以文集的存在为前提,即先有文集,再有文集序。作为一种特定的文体形式,文集序在唐代以前经历了一个从出现、成长到逐步成熟的漫长发展过程。

第一节　先秦两汉魏晋时期——文集序的兴起

据清代严可均所编《全上古三代秦汉三国六朝文》[①]统计,在先秦两汉时期存世的各种典籍类序文计三十有六篇,其分布的时段及典籍类别如下:

表1-1　先秦两汉时期各种典籍类序文篇数

朝代	六艺略	诸子略	诗赋略	兵书略	数术略	方技略	共计
三代秦	0	1	1	0	0	1	3
汉代	17	15	1	0	0	0	33

注:在此基本采用《汉书·艺文志》的分类方法,但诗赋略中不包括单篇诗赋之序。另,目录学中有关叙录之类也不列入讨论范围,如刘向《别录》等。

---

① 严可均所编《全上古三代秦汉三国六朝文》(中华书局,1958年)最大的特点是"全",正如其在《总叙》中所说:"广搜三分书,与夫收藏家秘笈,金石文字,远而九译,旁及释道鬼神。起上古迄隋,鸿裁巨制,片语单辞,罔弗综录,省并复叠,联类畸零。"可以说此书在很大程度上反映了上古三代、秦汉三国、六朝文的总貌,并且其对所收录的每篇文章都注明了文献出处,这在某种程度上也增加了其收录文章的可信度。

如上表所示,汉代以前典籍序尚不多见,更遑论文集序。释文莹《玉壶清话自序》曰:"夫黄帝之时,世淳事简,尚有风后、力牧为史官,藏其书群玉山中。古之所以有史者,必欲其传。无其传,则圣贤治乱之迹都寂寥于天地间。"① 当时世人尚缺乏著书立说以传之后世的观念和意识,能够留存下来的文献大都依靠史官的记录。诚如章学诚所言:"古者朝有典谟,官存法令,风诗采之闾里,敷奏登之庙堂,未有人自为书,家存一说者也。"② 上古时期除官方政令典章及民间歌谣外,私人少有著述传世,章氏所论未出此意。战国时期,诸子百家,各展所长,各持己见,是中国学术史上的繁荣时期,但此时人们著述意识依然淡薄。傅斯年认为战国时的著述特点有三:"一、战国时'著作者'之观念不明了。二、战国时记言书多不是说者自写,所托只是有远有近有亲有不相干罢了。三、战国书除《吕览》外,都只是些篇,没有成部的书。战国书之成部,是汉朝人集合的。"③ 故先秦诸子著述,多非一时一人所撰,大多是后来由其门人弟子整理而成,且到了汉代才开始对这些著述进行大规模的整理。此外,先秦时期人们的文学观念还很朦胧,尚未产生现代意义上的文学概念,并且文学尚未取得独立地位,而多与学术、政治混为一体,故此时尚不具备产生文集的条件,自然更不可能有文集序的出现。

到了汉代,典籍序逐渐增多。据王月的《汉代书序研究》统计,汉代典籍序在西汉主要有《淮南子·要略》《太史公自序》《盐铁论·杂论》《法言序》;到了东汉,则有《汉书·叙传》《论衡·自纪篇》《说文解字序》《潜夫论序》《风俗通义序》等十篇典籍序。④ 汉代典籍序在数量上明显多于先秦时期,这与汉人著作意识增强有着必然的联系。另外与刘向等人所进行的图书整理工作也有着密切的联系。西汉后期,刘向等人奉诏遍求天下书,开始了中国历史上第一次大规模的图书整理,此次图书整理对保存汉代及其以前的文献

---

① 曾枣庄、刘琳主编《全宋文》,第82册,上海辞书出版社,安徽教育出版社,2006年,第117页。
② [清]章学诚:《文史通义》,叶瑛校注,中华书局,1985年,第296页。
③ 傅斯年:《傅斯年全集》,第三卷,湖南教育出版社,2003年,第17—21页。
④ 王月:《汉代书序研究》,鲁东大学2016届硕士学位论文。

功不可没。先秦时期所流传的单篇作品,经刘向等人的整理,最终成为一部部书籍。刘向等人在整理图书过程中,对于每部书,不仅条其篇目,还撰有叙录,如《战国策书录》《管子书录》《晏子书录》等。应该说,刘向等人所进行的大规模图书整理为典籍序之出现与发展创造了必要条件。

汉代的典籍序数量及其分布情况在很大程度上反映了当时的学术情势。自儒士董仲舒提出"罢黜百家,独尊儒术"并被汉武帝采纳后,朝廷专门设置了五经博士以教授弟子。这些儒士因工作之需撰著了诸多传注儒家经典之作,相应的传注经书之序亦随之产生,如孔安国《古文孝经训传序》、赵岐《孟子题辞》、郑玄《尚书大传叙》等,这些传注经书之序反映了当时经学发达之态势,具有相应的学术史意义。

到了两汉时期,文学逐渐取得独立,不再依附于经学。诚如宋代汪藻在《鲍吏部集序》中云:"汉公孙弘、董仲舒、萧望之、匡衡,以经术显者也;司马迁、相如、枚乘、王褒,以文章著者也。当是时已不能合而为一。"①汉代除了经学尤其发达外,还有被后人称为"一代之文学"的辞赋。刘勰《文心雕龙·诠赋》中列举十大赋家为"辞赋之英杰",其中八位都是汉代人,可见汉代辞赋之发达。刘向等人辑录屈原、宋玉等人的作品,编成了《楚辞》一书。到了东汉,王逸在刘向所编《楚辞》的基础上增入己之《九思》,共成一十七篇并为之作注,即《楚辞章句》。王逸还为该书撰叙,即《楚辞章句叙》。王逸《楚辞章句叙》首先肯定屈原的"经学"地位,接着叙述《楚辞》的成书过程,然后又阐释传注该书的原因及宗旨,最后是对屈原人格及精神的品评。《楚辞章句序》在我国文学史上具有重要地位,这篇文集序之体例多为后世所借鉴和继承。

魏晋被称为"文学的自觉"时代。魏晋文人利用"文学"来抒发个人情感,书写人生抱负,记录社会变迁,感慨兴亡离乱,文人群体这种自觉的创作实践促进了魏晋文学创作的繁荣。《文心雕龙·时序》为我们描述了魏晋士

---

① 曾枣庄、刘琳主编《全宋文》,第157册,上海辞书出版社,安徽教育出版社,2006年,第229页。

人投身于文学的盛况：

> 自献帝播迁，文学蓬转，建安之末，区宇方辑。魏武以相王之尊，雅爱诗章；文帝以副君之重，妙善辞赋；陈思以公子之豪，下笔琳琅；并体貌英逸，故俊才云蒸。仲宣委质于汉南，孔璋归命于河北，伟长从宦于青土，公干徇质于海隅，德琏综其斐然之思，元瑜展其翩翩之乐，文蔚休伯之俦，于叔德祖之侣，傲雅觞豆之前，雍容衽席之上，洒笔以成酣歌，和墨以藉谈笑，观其时文，雅好慷慨，良由世积乱离，风衰俗怨，并志深而笔长，故梗概而多气也。①

可以说，同时期有如此之多的文人雅士倾情于文学创作，这在魏晋以前是不曾有过的。由此可见，魏晋文学已经发展到了一个相当的高度。

正是魏晋时期的这种"文学的自觉"带来了文集编撰的繁荣。在这一历史时期，上至天子王侯，下至底层文人，都产生了编撰文集的自觉意识，以期名垂千古，流芳百世。曹丕在《典论·论文》中对此观念和意识有深刻的论述："盖文章，经国之大业，不朽之盛事。年寿有时而尽，荣乐止乎其身，二者必至之常期，未若文章之无穷。是以古之作者，寄身于翰墨，见意于篇籍，不假良史之辞，不托飞驰之势，而声名自传于后。"正是对文章著述的意义有如此的认知和强调，曹丕对自己的作品倍加珍视，曾亲自整理过自己的作品。《三国志·魏书·文帝纪》云："初，帝好文学，以著述为务，自所勒成垂百篇。"②曹丕不仅整理自己的作品，还为建安时期著名文人陈琳、徐干等人整理遗文。曹丕《又与吴质书》云："昔年疾疫，亲故多离其灾。徐、陈、应、刘，一时俱逝。……顷撰其遗文，都为一集。"③曹丕曾诏天下上孔融文章，《后汉书·孔融传》云："魏文帝深好融文辞，每叹曰：'扬、班俦也。'募天下有上融文章者，辄赏以金帛。所著诗、颂、碑文、论议、六言、策文、表、檄、教令、书记

---

① [南朝梁]刘勰：《文心雕龙》，范文澜注，人民文学出版社，1962年，第673页。
② [晋]陈寿：《三国志》，中华书局，1959年，第88页。
③ [清]严可均辑《全上古三代秦汉三国六朝文》，中华书局，1958年，第1089页。

凡二十五篇。"①

如果说先秦两汉时期人们对文学的认识还处于朦胧阶段，尚未有自觉编纂文集的行为，那么到了魏晋时期，人们已经产生了文学创作和编纂文集的自觉意识。笔者据《全上古三代秦汉三国六朝文》及相关文献统计，在魏晋时期，共有五篇文集序，分别是曹植《前录序》、石崇《金谷诗序》、王羲之《三月三日兰亭诗序》、杜预《杜预集序》、孙统《高柔集序》。其中，曹植《前录序》是现存文献中较早的一篇文集序：

> 故君子之作也，俨乎若高山，勃乎若浮云，质素也如秋蓬，摛藻也如春芭。泛乎洋洋，光乎皓皓，与《雅》《颂》争流可也。余少而好赋，其所尚也，雅好慷慨，所著繁多，虽触类而作，然芜秽者众，故删定，别撰为《前录》七十八篇。②

曹植生前将自己的作品结集，并在文集序中介绍了自己的创作状态以及编撰文集的缘由。

石崇《金谷诗序》与王羲之《三月三日兰亭诗序》是为当时士人游宴集会过程中集体创作的诗集所撰之序。此两篇序文存在颇多类通之处。首先，两序均有对宴集之地地理环境和景色的描写，如王序写道："此地有崇山峻岭，茂林修竹，又有清流激湍，映带左右。引以为流觞曲水，列坐其次，虽无丝竹管弦之盛，一觞一咏，亦足以畅叙幽情。"③其次，两序均有对游宴过程及由此所触发之情感的描述，如石序有"感性命之不永，惧凋落之无期"④。最后，两序均介绍了参加游宴之人及作序的原因，如王序结尾曰："故列叙时人，录其所述。虽世殊事异，所以兴怀，其致一也。后之览者，亦将有感于斯文。"这种游宴集序的写作模式，被后来游宴集序继承和借鉴。

---

① ［南朝宋］范晔：《后汉书》，中华书局，1965年，第2279页。
② ［清］严可均辑《全上古三代秦汉三国六朝文》，中华书局，1958年，第1143页。
③ ［清］严可均辑《全上古三代秦汉三国六朝文》，中华书局，1958年，第1609页。
④ ［清］严可均辑《全上古三代秦汉三国六朝文》，中华书局，1958年，第1651页。

此外,杜预《杜预集序》、孙统《高柔集序》,其书写模式亦别具特色。为讨论之方便,兹录孙统《高柔集序》全文如下:

> 柔字世远,乐安人。才理清鲜,安行仁义。婚泰山胡毋氏女,年二十,既有倍年之觉,而姿色清惠,近是上流妇人。柔家道隆崇,既罢司空参军、安固令,营宅于伏川。驰动之情既薄,又爱玩贤妻,便有终焉之志。尚书令何充取为冠军参军。黾勉应命,眷恋绸缪,不能相舍。相赠诗书,清婉辛切。①

根据序文内容推测,此文集乃汇集了高柔与妻子分离时期彼此的书信酬唱之作。除了在最后用"清婉辛切"四个字概括其文集内容的情感特色外,对高柔其他的文学成就或作序者的文学观点等涉及不多。全文更侧重于对高柔的籍贯、人品及生平事迹的记述。这种在文集序中侧重序生平、明行事的创作特色,应是受到了汉魏时期颇为盛行的"自序"文体的影响,这种文体尽管名为"序",其实是一种传记文学。如郑玄《自序》:"遭党锢之事,逃难注《礼》。党锢事解,注《古文尚书》《毛诗》《论语》,为袁谭所逼,来至元城,乃注《周易》。"②郑玄在《自序》中记述了在党锢之祸前后的生活。又梅陶《自叙》:"余居中丞,曾以法鞭皇太子傅。亲友莫不致谏。余笑而应之曰:'堂高由于陛下,皇太子所以得崇于上。由吾奉王宪于下也。吾敢枉道曲媚。'后皇太子特见延请,赐以清宴之礼,敬之如师。"③此《自叙》叙述了梅陶为中丞时的行事。当然,在文集序中叙述文集作者之生平行事是很必要的,正如孟子所言:"颂其诗,读其书,不知其人,可乎?"这种在文集序中序生平、明行事的创作手法,实际上是文集序写作模式之一种,此一写作模式为后世所继承和发展,成为文集序中最常见的书写范式。

---

① [清]严可均辑《全上古三代秦汉三国六朝文》,中华书局,1958年,第1805页。
② [清]严可均辑《全上古三代秦汉三国六朝文》,中华书局,1958年,第928页。
③ [清]严可均辑《全上古三代秦汉三国六朝文》,中华书局,1958年,第2195页。

第二节　南北朝时期——文集序的成长

笔者据《全上古三代秦汉三国六朝文》统计,南北朝时期文集序共计二十五篇。这二十五篇文集序中,除三篇游宴集序在很大程度上延续了魏晋时期游宴集序的写作特色外,其他文集序在书写特色及艺术风格方面都有别于魏晋时期之文集序,初步形成了自己的类型与特色。

一、南北朝文集序在序生平、明行事之外,开始论德才。在魏晋时期,文集序侧重对文集作者生平事迹、个性特征的记述,而到了南北朝时,撰序者不再停留于客观的叙述,而往往会对文集作者的道德、人格予以评价,以申明和标榜撰序者的道德标准及审美要求。

南北朝时期人们在品评一个人时常以"德"作为评价标准。"德"是儒家思想的一个重要范畴,但南北朝时期人们对"德"的理解超越了传统的儒家范畴。在南北朝文集序中,所谓"德",其内容相当宽泛,既指传统意义上的"仁义道德",也指对某种操守的认同和保有。这一时期,撰序者往往会在文集序中对文集作者的德行不吝笔墨,大书特书。如刘师知《侍中沈府君集序》曰:

> 若沈恭子者,斯乃当世贤焉。至如敦厚之词,足以吟咏情性,身之文也。贞固之节,可以宣被股肱,邦之光也。然此者君之小道,犹曰余行。何则?德之所本,教之所由,实乃孝笃天伦,义感殊类。有美于斯,郁为高士。①

刘师知认为沈恭子"敦厚之词""贞固之节"皆不足道,而之所以被称为高士者,则是因为其"孝笃天伦,义感殊类"。只有德高行懿,"有美于斯",方可称

---

① [清]严可均辑《全上古三代秦汉三国六朝文》,中华书局,1958年,第3488页。

为贤人、高士。自从儒家学说成为整个社会的伦理规范之后,"孝"就一直是"德"的最高标准。

此外,萧统在其《陶渊明集序》中认为陶渊明"贞志不休,安道苦节,不以躬耕为耻,不以无财为病,自非大贤笃志,与道污隆,孰能如此乎"①。萧统对陶渊明高蹈避世的人生态度予以赞赏,看重的是陶渊明超凡脱俗、淡泊明志的德行操守。李概在《达生丈人集序》中推挹达生丈人,"遇荣乐而无染,遭厄穷而不闷,或出人间,或栖物表,逍遥寄托,莫知所终"②。可见,李概对达生丈人"淡泊名利""荣辱不惊""穷达不忧"的人生态度是相当肯定的,认为其已达到超凡脱俗的境地,非一般人所能望其项背。南北朝时期的序跋作者通过对这些有"德"者进行记述及评价,并根据其所秉持的价值标准予以评价和揄扬,在创作手法上夹叙夹议,实际上已超越了魏晋时期文集序对文集作者的简单记述。

南北朝时期的撰序者除对文集作者的人格德行予以关注外,还往往对文集作者的"博学""多才"予以肯定和赞美。在文集序中,撰序者往往会对文集作者具备诸如"好学""精通六典"等才能予以渲染。如王僧孺《詹事徐府君集序》中云,徐府君"专心六典,精赜必深。汎游群籍,菁华无弃。搦札含豪,必弘靡丽。摛绮縠之思,郁风霞之情"③。王僧孺在此文集序中对徐府君"专心六典""汎游群籍"的学术素养予以揄扬。萧纲在《昭明太子集序》中极尽铺叙之能事,共罗列了昭明太子的"十四德",其中"二德"均着重强调昭明太子"博学""好学"之德:

> 研精博学,手不释卷,含芳腴于襟抱,扬华绮于心极,韦编三绝,岂直爻象,起先五鼓,非直甲夜,而敬案无休,书幌密倦,此十二德也。群玉名记,洛阳素简,西周东观之遗文,刑名墨儒之旨要,莫不殚兹闻见,竭彼绨缃,总括奇异,征求遗逸,命谒者之使,置籯金

---

① [清]严可均辑《全上古三代秦汉三国六朝文》,中华书局,1958年,第3067页。
② [清]严可均辑《全上古三代秦汉三国六朝文》,中华书局,1958年,第3859页。
③ [清]严可均辑《全上古三代秦汉三国六朝文》,中华书局,1958年,第3248页。

之赏,惠子五车,方兹无以比,文终所收,形此不能匹,此十三德也。①

此序对昭明太子夜以继日、博览群书、学而不厌的学习行为不惜笔墨地描述和夸耀,字里行间充溢着肯定和赞美之情。

南北朝时期文集序对"文艺才能"的关注,与当时的时代背景有着重要关系。魏晋以后,文学逐渐摆脱经学的束缚,开始走上自我觉醒的历程,并最终成为一个独立的门类。范晔著《后汉书》首创《文苑列传》,以与《儒林列传》等并立。范晔此举充分说明他对个人文学才华的重视,同时也成为这一时期世人文学意识觉醒的最好注脚。

二、南北朝文集序除了对文集作者予以评价外,还往往对文集作品进行批评。撰序者根据自己的文学观念对所序文集作品进行批评,此现象在魏晋以前相当罕见,但在南北朝时期已司空见惯,这种情况应当与该时期文学批评的发达有着密切的联系。南北朝时期,文学理论迅速发展,除了博大精深的《文心雕龙》和系统缜密的《诗品》对当时的文学做理论总结外,人们也会在文集序中阐发自己的文学观点。如萧统在《陶渊明集序》中评价陶渊明的作品云:"其文章不群,辞彩精拔,跌宕昭彰,独超众类,抑扬爽朗,莫之与京。横素波而傍流,干青云而直上。语时事则指而可想,论怀抱则旷而且真。"②其中"文章不群""独超众类"是对陶渊明作品的总体评价,陶渊明的文学地位在此得到了充分肯定。在当时文坛偏重翰藻的风气之下,萧统能对陶渊明的作品予以如此之高的评价,还是颇为难得的。"词采精拔,跌宕昭彰"是对陶渊明作品风格的批评,"语时事则指而可想,论怀抱则旷而且真"是对陶渊明作品内容的肯定。萧统《陶渊明集序》对陶渊明的作品给予了精恰客观的评价,但萧统对陶渊明《闲情赋》的评价③却引来后人的一些非议。

---

① [清]严可均辑《全上古三代秦汉三国六朝文》,中华书局,1958年,第3016页。
② [清]严可均辑《全上古三代秦汉三国六朝文》,中华书局,1958年,第3067页。
③ 萧统认为陶渊明的《闲情赋》:"白璧微瑕,惟在《闲情》一赋,扬雄所谓劝百而讽一者,卒无讽谏,何足摇其笔端?惜哉!亡是可也。"

苏轼《题文选》云："渊明《闲情赋》，正所谓《国风》好色而不淫，正使不及《周南》，与屈、宋所陈何异，而统乃讥之，此乃小儿强作解事者。"①苏轼对萧统不解《闲情赋》的指责应是源于两人文学观的不同。南北朝时期从经学独立未久的文学尚承担着部分经学的功能，而萧统对陶渊明《闲情赋》的责备正是其崇尚雅正、维护风教文学观的表现。此外，萧绎在《内典碑铭集林序》中云："艳而不华，质而不野，博而不繁，省而不率，文而有质，约而能润，事随意转，理逐言深，所谓菁华，无以间也。"②在此萧绎对碑铭文的写作提出了明确的要求与标准。由此可见，文集序发展到南北朝时期，撰序者开始有意识地在序中阐发自己的文学观，使得文集序具备了文学批评的功能。

三、南北朝文集序开始尝试对文集版本进行考述。到了南北朝时期，随着文学的繁荣和发展，人们更加重视对文集的汇编和整理，并对其真实性和完整性提出了越来越高的要求。撰序者在文集序中开始对文集的版本进行记录和梳理。关注文集的版本情况，并对之进行考述，这是南北朝时期文集序出现的新发展。阳休之《陶潜集序录》云：

> 余览陶潜之文，辞采虽未优，而往往有奇绝异语。放逸之致，栖托仍高。其集先有两本行于世。一本八卷无序，一本六卷并序目。编比颠乱，兼复缺少。萧统所撰八卷，合序目传诔，而少五孝传及四八目，然编次有体，次第可寻。余颇赏潜文，以为三本不同，恐终至忘失。今录统所缺，并序目等，合为一帙十卷。③

由此可见，陶渊明的文集经过萧统的整理编撰之后，产生了诸多版本，即"八卷无序"本、"六卷并序目"本、"八卷有序目"本及"十卷并序目"本。这些考述内容，对我们研究陶渊明文集的版本流传有着重要的意义。这种考述版本的文集序一般被称为学术型文集序，它逐渐发展形成一定的书写模式，并

---

① 《苏轼文集》，孔凡礼点校，中华书局，1986年，第2092页。
② ［清］严可均辑《全上古三代秦汉三国六朝文》，中华书局，1958年，第3053页。
③ ［清］严可均辑《全上古三代秦汉三国六朝文》，中华书局，1958年，第4062页。

成为后世文集序的一大传统。

　　文集序发展到南北朝时期呈现出上述三个鲜明动向和特征,逐渐形成了文集序的三种书写模式,后世文集序之书写几乎不出此范畴。易言之,后世文集序的撰写虽有繁简之别,但大体未脱离此三种模式之窠臼。故南北朝文集序在中国文集序的发展过程中有其不可忽视的地位。

　　南北朝文集序除了书写范式上有其特色外,在艺术风格上也有鲜明的时代烙印。南北朝文集序之句式均为骈体句式,使事用典,词采华茂,这和当时的文学氛围是一致的。郭预衡在评价徐陵的《玉台新咏序》时认为:"这样的骈四俪六之文,确是当日时文的标本,写得靡丽之至。大概作者生当齐梁之季,耳濡目染,无非骈俪,所以逢此题材,一经染翰,便极工巧。"①窥一斑而知全豹,这一评价基本概括出南北朝文集序的语言特色及句式特点。

　　南北朝时期除了文集序的大发展之外,其他典籍序也形成了自己的特色。如果说传注经书之序是汉代典籍序之一大门类,那么,佛经序则是南北朝典籍序的一大特色。在佛教传入中国之早期阶段,其经典不立文字,主要依赖于佛教僧侣之间的口传心授,但这种口耳相传的方式既难以深化佛教在世人心目中的地位和影响,又容易造成佛教经典的失真和讹误,从而大大影响了佛教的传播。因此,魏晋以后,随着佛教在中国的传播,不断有僧人远行求法,辛苦译经,致力于佛教经典的书面化。南北朝时期,是佛教在中国发展的重要阶段。当时的很多君主对佛教的传播和发展都予以大力支持,大量的佛教经典在这一时期被翻译出来。随着佛教的大发展,佛教典藏日益丰富,佛经序作也随之发展繁荣起来。由于佛经序作大量产生,当时出现了专门收集佛经序作的集子,如释僧佑的《出三藏记集》。释僧佑在《出三藏记集序》中介绍其书的内容道:"于是牵课羸恙,沿波讨源,缀其所闻,名曰《出三藏记集》。一撰缘记,二诠名录,三总经序,四述列传。"②由此可见,在《出三藏记集》中保存了大量的佛经序作。释僧佑《出三藏记集后录序》在描

---

① 郭预衡:《中国散文史》,上海古籍出版社,2000年,第525页。
② [清]严可均辑《全上古三代秦汉三国六朝文》,中华书局,1958年,第3382页。

述佛经序作之多时云:"人人竞密,所以记论之富,盈阁以牣房,书序之繁,充车而被轸矣。"①由此可见,南北朝时期佛教论述及佛经序文之繁荣。可以说,文集序和佛经序共同构成了南北朝时期典籍序中的一道亮丽风景。

文集序发展到南北朝时期,其主要的几种书写模式都已出现并初步确定。当然,并不是说这些书写模式一旦定型就没有任何变化,正所谓"文变染乎世情,兴废系乎时序"②,一个时代有一个时代的风气习尚和学术思想,文集序作为时代的产物,也必然会晕染上时代特色,不仅南北朝时期如此,以后的历史发展同样如此。

---

① [清]严可均辑《全上古三代秦汉三国六朝文》,中华书局,1958年,第3383页。
② [南朝梁]刘勰:《文心雕龙》,范文澜注,人民文学出版社,1958年,第675页。

第二章　唐代文集序跋之特点

笔者据《全唐文》及相关文献统计,唐代文集序跋共计一百六十三篇。鉴于唐代文集序的大发展,北宋初期旨在继《文选》之后对文章予以整理的文章总集《文苑英华》专列"序"一门,其中"文集"类居于榜首。《文苑英华》收"文集序"九卷,共五十一篇,"诗集序"三卷,共二十六篇,几乎全是唐代的作品,唐代诗文集序的繁荣由此可见。唐代文集序跋无论是在文法上还是在功能上,均形成了其特有的文学价值与审美特征。

第一节　唐代文集序跋的写作特点

唐代文集序跋不论从数量上还是质量上,所取得的成就都远远超过前代,使其可以成为一个独立的文学样式和审美品类。在唐代众多文集序跋作品中,撰序题跋者赋予序跋以新的价值,在内容上突破了传统文集序跋对作品的依附性和止于评鉴作品的单一性,拓展了文集序跋的内容。同时,唐代文集序跋在文法上借鉴其他文体的创作方法,从而形成了不同于传统文集序跋的新特点。

一、对赋创作手法的借鉴和化用

赋作为一种特殊的文体,其源头主要是《诗经》和《楚辞》,故刘勰《文心雕龙·诠赋》曰:"赋也者,受命于诗人,拓宇于楚辞也。"具体来讲,赋如诗歌,讲求押韵和形式的整饬,又如散文,篇幅较长,句型自由。这样的文体,宜于状物、叙事、抒情、说理,兼具诗歌与散文的表现功能。而赋作为一种创作手法最大的特点是铺陈直叙。诚如刘熙《释名·释典艺》中曰:"兴物而作谓之兴,敷布其义谓之赋,事类相从谓之比。"①后来的刘勰、朱熹等基本继承了刘熙的观点。刘勰在《文心雕龙·诠赋》中曰:"赋者,铺也,铺采摛文,体物写志也。"朱熹在《诗集传》中曰:"赋者,敷陈其事而直言之者也。"②无论是"敷布其义"还是"铺采摛文"均强调了赋作为一种创作手法的特点。

唐代文集序作为散文中一大门类,在写法上借用了辞赋的创作手法。首先在章法上,唐代文集序多用铺陈的创作手法。这种现象不仅表现在初唐时期的文集序,中晚唐时期的文集序也多有体现。诚如钱锺书在《谈艺录》中所言:"唐人序谀之文,品目词翰,每铺陈拟象,大类司空表圣作《诗品》然。"③一般来说,在内容上一篇文集序要么重在论人,要么重在衡文,也有两者并重者。若就衡文来说,铺陈手法在文集序中的运用主要表现为撰序者不惮其烦地按照时间顺序对唐以前之文学予以品鉴,以凸显撰序者的文学观或文集作者的文学地位。如卢照邻在其《南阳公集序》中曰:

> 屈、宋之后,直至贾谊、相如。两班叙事,得丘明之风骨;二陆裁诗,含公干之奇伟。邺中新体,共许音韵天成;江左诸人,咸好瑰姿艳发。精博爽丽,颜延之急病于江鲍之间;疏散风流,谢宣城缓步于向刘之上。北方重浊,独卢黄门往往高飞;南国轻清,惟庾中丞时时不坠……④

卢照邻在其序中肯定了二陆、建安诸子、谢朓、颜延之、庾信等人的诗歌成就,对他们诗歌中表现出来的"音韵天成""精博爽丽""疏散风流"等风格持肯定态度。在行文上,主要采用时间铺陈法。这种写作方式在杨炯的《王勃

---

① [东汉]刘熙:《释名》,丛书集成本,中华书局,1985年。
② [宋]朱熹:《诗集传》,赵长征点校,中华书局,2011年,第4页。
③ 钱锺书:《谈艺录》(补订本),中华书局,1984年,第369页。
④ [清]董诰等编《全唐文》,中华书局,1983年,第5260页。

集序》、张说的《洛州张司马集序》、权德舆的《比部郎中崔君元翰集序》等文中也多有体现。

唐代文集序在衡文时,铺陈手法除了体现在撰序者对文学演进历程的梳理外,还体现在撰序者对文集作品的大量胪列。如梁肃《常州刺史独孤及集后序》:

> 述圣道以扬儒风,则《陈留郡文宣王庙碑》《福州新学碑》;美成功以旌善人,则《张平原颂》、李常侍、姚尚书、严庶子、韦给事、韦颖叔墓铭、《郑氏孝行记》、李睢阳、杨怀州碑;纂世德以贻后昆,则《先秘书监灵表》;陈黄老之义,于是有《对策文》;演释氏之奥,于是有《镜智禅师碑》;论文变之损益,于是有《李退叔集序》;称物状以怡情性(一作"称物状之美,而畅其情性"),于是有《琅琊溪述》《卢氏竹亭记》;抒久要于存殁之间,则祭贾尚书相里侍郎元郎中(一作员外)、李叔子文。其余纪物叙事,一篇一咏,皆足以追踪往烈,裁正狂简。①

梁肃在是序中,对独孤及的文集作品予以胪列并评点,使读者通过此序可以很好地了解独孤及文集的大概内容。在行文上,大量作品的平铺直叙,使得文章有冗长繁杂之感。

撰序题跋者除了评文外,有时也会对文集作者的生平履历进行记述,用洋洋洒洒几十句直叙文集作者的仕宦经历,以彰显文集作者的丰富阅历。如李华在《赠礼部尚书清河孝公崔沔集序》中记述崔沔的仕宦经历道:

> 朝廷以公直躬正词,擢左补阙;以公嫉邪忿佞,除殿中侍御史;文端武淑,迁起居舍人;学该典礼,拜尚书祠部员外郎;议事惟允,迁给事中;立言成训,改中书舍人;辞乞就养,授虞部郎中;节高天

---

① [清]董诰等编《全唐文》,中华书局,1983年,第5036页。

下,擢御史中丞;刚亦不吐,降著作郎;道冠儒林,迁秘书少监;动为人范,除左庶子;宜均大政,拜中书侍郎;望尊地逼,出为魏州刺史;人惟求旧,入为左散骑常侍贰东宫居守、集贤院学士、秘书监、太子宾客兼怀州刺史……①

这段记述比正史中有关崔沔的仕宦记载还要详尽,同时可以补正史之阙疑。从行文上看,这种创作方法条理清晰,具有节奏感,可以增强语势,但同样也有繁缛之感。李绅在自序其集时,也用了平铺直叙的创作手法,其中有曰:"追昔游,盖叹逝感时,发于凄恨而作也……起梁溪,归谏署,升翰苑,承恩遇,歌帝京风物,遭逸邪,播历荆楚,涉湘沅,逾岭峤荒陬,止高安,移九江,泛五湖,过钟陵,溯荆江,守滁阳,转寿春,改宾客,留洛阳,廉会稽,过梅里,遭逸者再,宾客为分务,归东周,擢川守,镇大梁,词有所怀,兴生于怨。"②李绅在是序中,句法上三字一顿,形成铿锵有力的语势,同时也包含文集作者丰富的生活阅历。

作为创作手法的铺陈往往与修辞手法中的排比结合起来,按照某种逻辑顺序,把一些结构相同或相似、语气一致、意义相关的语句排列在一起,从而达到增强气势、渲染气氛或人物心理的艺术效果。在唐代文集序中,有些可能不是严格意义上的赋笔,却是名副其实的排比。如杜牧《太常寺奉礼郎李贺歌诗集序》:"贺,唐皇诸孙,字长吉。元和中,韩吏部亦颇道其歌诗。云烟绵联,不足为其态也;水之迢迢,不足为其情也;春之盎盎,不足为其和也;秋之明洁,不足为其格也;风樯阵马,不足为其勇也;瓦棺篆鼎,不足为其古也;时花美女,不足为其色也;荒国陊殿,梗莽邱垅,不足为其恨怨悲愁也;鲸呿鳌掷,牛鬼蛇神,不足为其虚荒诞幻也。"③杜牧用各种比喻手法来形容李贺诗歌的光怪陆离以及难以摹状。大量排比句式的应用,增强了文章在句式上的美感,同时也是撰序者展现自己文学才华的表现。同样,梁肃在其

---

① [清]董诰等编《全唐文》,中华书局,1983年,第3196页。
② [清]董诰等编《全唐文》,中华书局,1983年,第7124页。
③ [清]董诰等编《全唐文》,中华书局,1983年,第7806页。

《补阙李君前集序》中也用了排比句式和大量的博喻来展示文集作者李翰的作品特点,"叙治乱则明白坦荡,纾徐(一作余)条畅,端如贯珠之可观也;陈道义则游泳性情,探微豁冥,涣乎春冰之将泮也;广劝戒则得失相维,吉凶相追,焯乎元龟之在前也;颂功美则温直显融,协于大中,穆如清风之中人也"①。梁肃通过排比句式的应用,充分展现了李翰作品在叙治乱、陈道义、广劝诫、颂功美四个方面的斐然成就。

其次,在句式结构上对辞赋多有继承。唐代文集序除了在章法上多用铺陈直叙外,在句式结构上以四言对句、六言对句为主,表现出对辞赋句法的沿袭。句式是文体的一种外在表现,辞赋的句式特点是以四言、六言为主,应用大量的对偶,具有形式美。这种句式特点在六朝时期的序文中多有体现,孙德谦在《六朝丽指》中曰:"吾观六朝文人,如昭明序《陶靖节集》、刘孝绰序《昭明太子集》、虞炎序《鲍明远集》,他若《庾子山集》,则有滕王序之,可谓极一时之盛矣。至沈约《宋书》、魏收《魏书》,以及郦道元之《水经注》,裴松之父子之《史记》《三国志》注,序皆为其自著,文则以骈体行之,详明条例,而乃成章斐然,为难能也。"②

初唐时期文集序在句式特点上基本延续了六朝文集序的特点,依然以四言对句、六言对句为主。如杨炯在《王勃集序》中曰:

> 尝以龙朔初载,文场变体,争构纤微,竞为雕刻。糅之金玉龙凤,乱之朱紫青黄。影带以徇其功,假对以称其美。骨气都尽,刚健不闻;思革其弊,用光志业。……八纮驰骋于思绪,万代出没于毫端。契将往而必融,防未来而先制。动摇文律,宫商有奔命之劳;沃荡词源,河海无息肩之地。以兹伟鉴,取其雄伯,壮而不虚,刚而能润,雕而不碎,按而弥坚。大则用之以时,小则施之有序。徒纵横以取势,非鼓怒以为资。长风一振,众萌自偃。遂使繁综浅

---

① [清]董诰等编《全唐文》,中华书局,1983年,第5261页。
② 王水照编《历代文话》,第9册,复旦大学出版社,2007年,第8489页。

术,无藩篱之固;纷绘小才,失金汤之险。积年绮碎,一朝清廓;翰苑豁如,词林增峻。反诸宏博,君之力焉;矫枉过正,文之权也。后进之士,翕然景慕。久倦樊笼,咸思自释。①

杨炯在序文中首先指出初唐时期的文坛状况,进而提出刚建有声的文学主张,最后肯定了王勃改革浮靡文风的成绩。在句式上,基本是四言对和六言对,整段文字对仗工整,句式和谐。初唐时期的文集序除了杨炯的作品在句式上有如上之特点外,卢照邻的《南阳公集序》、张说的《洛州张司马集序》、卢藏用的《右拾遗陈子昂文集序》等文,同样也具有这样的特点。

到了中唐时期,复古之风盛行,它是士大夫们挽救时代、重树儒家传统的时代要求。文学上的复古,一方面强调文章要重道崇经,如独孤及在《检校尚书吏部员外郎赵郡李公中集序》中认为文章"本乎王道,大抵以五经为泉源",进而强调文章劝世励俗的教化功能,梁肃在《补阙李君前集序》中提出"文之作,上所以发扬道德,正性命之纪;次所以裁成典礼,厚人伦之义;又其次所以昭显义类,立天下之中"②。另一方面,强调文章在语言形式上的变革,反对六朝骈俪偶对的语言形式,提倡先秦时期古雅质朴的语言形式。如独孤及在其《检校尚书吏部员外郎赵郡李公中集序》中曰:"其风流荡而不返,乃至有饰其词而遗其意者,则润色愈工,其实愈衰。及其大坏也,俪偶章句,使枝对叶比,以八病四声为梏,拳拳守之,如奉法令。"尽管古文家从理论上一再强调文章在语言形式上要以散驭骈,但在实际创作中文学家们很难实现,依然有大量的骈语存在,尤其是四言对句、六言对句依旧非常盛行。略举几例如次:

皇甫湜《唐故著作左郎顾况集序》:吴中山泉气状,英淑怪丽,太湖异石,洞庭朱实,华亭清唳,与虎丘天竺诸佛寺,钧号秀绝。君

---

① [清]董诰等编《全唐文》,中华书局,1983年,第1929页。
② [清]董诰等编《全唐文》,中华书局,1983年,第5261页。

出其中间,翕轻清以为性,结泠汰以为质,煦鲜荣以为词,偏于逸歌长句,骏发踔厉,往往若穿天心,出月胁,意外惊人语,非寻常所能及,最为快也。①

　　李汉《唐吏部侍郎昌黎先生韩愈文集序》:比壮,经书通念晓析,酷排释氏,诸史百子,皆搜抉无隐,汗澜卓踔,渊泫澄深,诡然而蛟龙翔,蔚然而虎凤跃,铿然而韶钧鸣。日光玉洁,周情孔思,千态万貌卒泽。于道德仁义炳如也,洞视万古,悯恻当世,遂大拯颓风,教人自为。时人始而惊,中而笑且排,先生志益坚,其终,人亦翕然而随。②

　　顾况《礼部员外郎陶氏集序》:开元十八年进士上第,天宝文明载登宏词拔萃两科,累陟太常博士礼部员外郎。喉舌密勿,坛场破的,无发不中。行在六经,志在五言,尤精赋序。朝出暮遍,殷如奋铎,声塞海隅,化诸溺音,蔚公之容,风山籁静。③

其中,皇甫湜、李汉是古文运动主将韩愈的门生,在文集序创作中依然有大量的四言对句、六言对句。由此可见,中唐时期的文集序在句法上对辞赋的句法有很大的沿袭。但这种沿袭绝非一成不变,撰序者受时代复古之风的影响,在文集序中也是有大量散语存在的,从整个行文上来看,语言形式上是骈散结合的。

　　到了晚唐时期,杜牧、李商隐等人的文集序中四言对句、六言对句就更为普遍了。兹以李商隐《容州经略使元结文集后序》为例:

　　次山之作,其绵远长大,以自然为祖,元气为根,变化移易之。太虚无状,大贲无色,寒暑攸出,鬼神有职。南斗北斗,东龙西虎,方向物色,欸何从生。哑钟复鸣,黄雉变雄,山相朝捧,水信潮汐。

---

① [清]董诰等编《全唐文》,中华书局,1983年,第7026页。
② [清]董诰等编《全唐文》,中华书局,1983年,第7697页。
③ [清]董诰等编《全唐文》,中华书局,1983年,第5366页。

若大压然,不觉其兴;若大醉然,不觉其醒。其疾怒急击,快利劲果,出行万里,不见其敌。高歌酣颜,入饮于朝。断章摘句,如娠始生。狼子豹孙,竞于跳走,翦余斩残,程露血脉。其详缓柔润,压抑趋儒,如以一国买人一笑,如以万世换人一朝。重屋深宫,但见其脊,牵绊长河,不知其载。死而更生,夜而更明,衣裳钟石,雅在官藏。其正听严毅,不滓不浊,如坐正人,照彼佞者。子从其翁,妇从其姑,竖麖为门,悬木为牙,张盖乘车,屹不敢入,将刑断死,帝不得赦。其碎细分擘,切截纤颗,如坠地碎,若大咽余。锯取朽蠹,栎蟒山毒,刺眼楚齿,不见可视。顾颠踣错杂,污潴伤损,如在危处,如在梦中。其总旨会源,条纲正目,若国大治,若年大熟。若君君尧舜,人人羲皇,上之视下,不知有尊,下之望上,不知有篡。辨头凿齿,扶服臣仆,融风彩露,飘零委落。耋老者在,童龀者蕃,邪人佞夫,指之触之,薰薰熙熙,不识其故。①

李商隐在此序中高度评价了元结的文章,其中用大量的比喻来形容元结文章的特色,其语言形式上最突出的特点就是用了大量的四言对句。总之,唐代文集序在文章章法和句式结构上对辞赋多有借鉴,这也是一种文体互渗。唐人尚未从理论上提出"破体"的观念,但在创作实践中已经开始兼采众体,在文集序跋中借鉴辞赋的创作手法,也许正是这一创作实践才使得宋人从理论上总结了"破体"的理论。

唐代文集序创作受辞赋影响的可能性是存在的。首先,唐代科举考试以诗、赋为主,使得士大夫们积极从事诗、赋创作,从而带来唐代诗、赋之繁盛。诚如王芑孙在《读赋卮言》中言:"诗莫盛于唐,赋亦莫盛于唐。总魏、晋、宋、齐、梁、周、陈、隋八朝之众轨,启宋、元、明三代之支流,踵武姬汉,蔚然翔跃,百体争开,曷其盈矣。"②其次,唐代行卷之风盛行。为了增加进士科

---

① [清]董诰等编《全唐文》,中华书局,1983年,第8135页。
② 何沛雄编著《赋话六种》,生活·读书·新知三联书店香港分店,1982年,第5页。

录取的成功率，唐代士子多向名宦巨卿投递自己的诗赋作品，以求举荐，称之为"行卷"。行卷的内容多样，但一般来说，诗赋作品必不可少。陈鹄《西塘集耆旧续闻》卷八云："后唐明宗公卿大僚皆唐室旧儒，其时进士贽见前辈，各以所业，只投一卷至两卷，但于诗、赋、歌篇、古调之中，取其最精者投之。"①无论是进士考试还是行卷，都要创作赋。所以，唐代文集序作品较多的一些作家，如李华、梁肃、权德舆、顾况、柳宗元、刘禹锡、李商隐等，都有大量的辞赋作品。这两种文体因此不可能彼此畛域分明，互不影响。

二、序兼传体写作模式的确立

唐代文集序对文集本身有所疏离，在众多篇目中更多时候是论文集作者，撰序者常常会对文集作者的字号、祖考、生平事迹予以记述，对文集作者的嘉言懿行予以颂扬。这一写作模式是序兼传体写作方式的一种体现。王士禛《香祖笔记》卷六云："唐人作集序，例序其人之道德功业，如碑版之体。"②王士禛在此更加具体地指出了唐代文集序犹如碑传的写作模式。中国古代的传记文学主要有史传、志传与碑传三大类。史传和志传一般以官方为主，碑传以私家撰述为主，其中史传注重实录，撰史者秉承"不虚美，不隐恶"的实录精神，而碑传以称德颂美为主，诚如曾巩《寄欧阳舍人书》云："夫铭志之著于世，义近于史，而亦有与史异者。盖史之于善恶无所不书，而铭者，盖古之人有功德材行志义之美者，惧后世之不知，则必铭而见之。或纳于庙，或存于墓，一也。苟其人之恶，则于铭乎何有？此其所以与史异也。"③更准确地说，唐代文集序对碑传写作模式有借鉴和化用。

如同碑传，唐代文集序开始大量出现对文集作者祖考的追述。在唐代以前，撰序者在介绍文集作者的生平时，一般只涉及文集作者本身，而不牵涉其先祖。追溯文集作者祖考的文集序在唐代以前极为罕见，据笔者管见，仅有后周宇文逌曾在《庾信集序》中追溯庾信的祖考：

---

① [宋]陈鹄：《西塘集耆旧续闻》，中华书局，1985年，第23页。
② [清]王士禛：《香祖笔记》，明清笔记丛书本，上海古籍出版社，1982年。
③ [宋]曾巩：《曾巩集》，陈杏珍、晁继周点校，中华书局，1984年，第253页。

开府司宗中大夫义城公庾信字子山，南阳新野人也。若夫有周之时，掌庾源其得姓。皇晋之代，大尉阐其宗谱，焉亦氤氲，布在方策。国史家牒，世并详焉。八世祖滔，散骑常侍领大著作遂昌县侯。祖易，征士，隐遁无闷，确乎不拔，宋终齐季，早擅英声。父肩吾，散骑常侍中书令，文宗学府，智囊义窟，鸿名重誉，独步江南，或昭或穆，七世举秀才。①

宇文迪在撰序伊始介绍了庾信官职及地望后，随即叙述庾姓之得姓，接着又记述庾信的"八世祖""祖""父"。这种在文集序中记述文集作者生平时对其先祖予以追溯的写作手法，在唐代以前较为罕见，但到了唐代却开始大行其道。如杨炯《王勃集序》：

　　君讳勃，字子安，太原祁人也。其先出自有周，浚启文明之裔；隐乎炎汉，宏宣高尚之风。晋室南迁，家声布于淮海；宋臣北徙，门德胜于河汾。宏材继出，达人间峙。祖父通，隋秀才高第，蜀郡司户书，佐蜀王侍读。大业末，退讲艺于龙门。其卒也，门人谥之曰文中子。闻风睹奥，起予道唯；揣摩三古，开阐八风。始摈落于邹、韩，终激扬于荀、孟。父福畤，历任太常博士雍州司功交阯六合二县令，为齐州长史。抑惟邦彦，是曰人宗。②

杨炯在序文中将王勃的先祖追至三代之周，载明其家族千百年间流徙播迁之情况，又详细记述祖父王通及父亲王福畤之仕宦经历及品行操守。

又，李华《杨骑曹集序》：

　　宏农杨君，讳极，字齐物，隋观德王之后。祖正基，鲁王府谘

---

① ［清］严可均辑《全上古三代秦汉三国六朝文》，中华书局，1958年，第3901页。
② ［清］董诰等编《全唐文》，中华书局，1983年，第1930页。

议;父珣,永平令,得进士举,邦族高之。君幼孤,事继母以孝闻,读书务尽其义,为文务申其志;义尽则君子之道宏矣,志申则君子之言信矣。①

李华在序文中追述了杨极的祖父杨正基、父亲杨珣的为官情况。

唐代文集序除了对文集作者的祖考予以追述外,有的还增加了文集作者详细的仕宦经历。如权德舆《比部郎中崔君元翰集序》:

> 博陵崔君元翰,东汉济北相长岑令之后也。曾祖某,济州刺史。祖某,凤阁舍人。考某,以明经历卫州汲县尉、虢州湖城县主簿,亲殁遂不复仕。探古先微言,著《尚书演范》《周易忘象》及三国春秋幽观之书,门人诸儒易其名曰贞文孝文。君绍文宗雕龙之庆,究贞文法义之学,洁廉清方,敦直庄明,博见强志,不取合于俗,默而好深湛之思,舒而为彬蔚之文。师遵六籍,磅礴二汉,不为物迁,不为波流。初闭关隐约于河朔之间,年殆知天命,甫与计偕至京师,洎博学宏词直言极谏,凡三登甲科,名动天下。初自典校秘书,连辟汧公北平王二司徒府,管奏记之职,历太常寺协律郎大理评事,锡以命服,登朝廷为太常寺博士礼部员外郎。贞元七年春转职方员外郎知制诰,八年冬罢为比部郎中,十一年夏感疾不起,其寿四百甲子。②

权德舆在序文中除了对崔元翰的曾祖、祖父、父亲的为官情况予以记述外,还对崔元翰的为官经历予以记述。

又如独孤及《唐故左补阙安定皇甫公集序》:

---

① [清]董诰等编《全唐文》,中华书局,1983年,第3198页。
② [清]董诰等编《全唐文》,中华书局,1983年,第4998页。

> 补阙讳冉,字茂政。元晏先生之后,银青光禄大夫泽州刺史讳敬德之曾孙,朝散大夫饶州乐平县令讳价之孙,中散大夫潭州刺史讳颋之子。十岁能属文,十五岁而老成。右丞相曲江张公深所叹异,谓清颖秀拔,有江、徐之风。伯父秘书少监彬尤器之,自是令闻休畅。举进士第一,历无锡县尉、左金吾兵曹。今相国太原公之推毂河南也,辟为书记。大历二年迁左拾遗,转右补阙。奉使江表,因省家至丹阳。朝廷虚三署郎位以待君之复,不幸短命,年方五十四而殁,呜呼惜哉!①

同样,独孤及在序文中对皇甫冉的祖考以及为官经历予以记述,并对皇甫冉的文学才华予以揄扬。

唐代文集序对碑传笔法的借鉴和化用,其原因可能是多方面的。首先应是受到汉代其他典籍序的影响,尤其是司马迁《太史公自序》的影响。作为书序,《太史公自序》的主要内容是司马迁对其家世祖考的叙述、家学渊源的追述以及自己青少年时期成长经历的记述。考察之前的书序,可知司马迁在《太史公自序》中对家世生平的记述乃是创体。这种序兼传体的创作方式被后人发扬光大,成为书序中一项重要的内容。至此之后,扬雄《法言·序》、班固《汉书·叙传》、王充《论衡·自纪篇》等也大抵如是。当然,汉代书序的这种写作手法也非凭空而来,而是前有所承。刘知几在《史通·序传篇》中明确说道:

> 盖作者自叙,其流出于中古乎?案屈原《离骚经》,其首章上陈氏族,下列祖考;先述厥生,次显名字。自叙发迹,实基于此。降及司马相如,始以自叙为传。然其所叙者,但记自少及长,立身行事而已。逮于祖先所出,则蔑而无闻。至马迁,又征三闾之故事,放

---

① [清]董诰等编《全唐文》,中华书局,1983年,第3940页。

文园之近作,模楷二家,勒成一卷。①

可见,汉代书序中对家世祖考的追述应是直接受到屈原《离骚》的影响。唐代文集序中序兼传体的写作模式可谓渊源有自。张舜徽曾总结曰:"古之自序其书者,率主于叙家世,明行事,若《太史公自序》、班固《叙传》,无不皆然。即为人序书,亦必致详于作者事迹。"②故在文集序中叙写文集作者之家世、仕宦以及生平事迹,即序兼传体的写作模式由此成为一种惯例,历宋、元、明、清而未有大变,成为文集序的主要书写范式。

其次,唐代文集序追溯文集作者祖考应与其文集序的写作时间有关。唐代文集序大都作于文集作者作古之后,其题目常有"唐故某某"的字样。如刘禹锡共有十二篇文集序,其中有六篇写于文集作者身后,比如《唐故相国李公集序》《唐故尚书礼部员外郎柳君文集序》《唐故中书侍郎平章事韦公集序》……还有一些尽管没有"唐故某某"的字样,根据文集序之内容可以判断此序写于文集作者作古之后。如杜牧《太常寺奉礼郎李贺歌诗集序》写道:"贺死后凡十五年,京兆杜某为其序。"③李汉《唐吏部侍郎昌黎先生韩愈文集序》写道:"长庆四年冬,先生殁。门人陇西李汉,辱知最厚且亲,遂收拾遗文,无所失坠。"④这样一个作序时间决定了撰序者要对文集作者的一生行事及其出生祖考进行详细的考述,以便对其一生予以品评定论,故序文作者作序时之心绪有些类似于写墓志的情形。并且唐人认为为一位故去之人的文集撰序,如同为其撰写墓志一样重要。如李华在为萧颖士的文集作序时,曾写道:"开元天宝间词人,以德行著于时者,曰河南元君德秀字紫芝,其行事,赵郡李华为墓碣,已书之矣。以文学著于时者,曰兰陵萧君颖士字茂挺,梁鄱阳忠烈王之后。"⑤李华曾为以"德行著于时"的元德秀撰写墓志,同样为

---

① [唐]刘知几:《史通》,上海古籍出版社,1978年,第256页。
② 张舜徽:《广校雠略》,华中师范大学出版社,2004年,第41—42页。
③ [清]董诰等编《全唐文》,中华书局,1983年,第7806页。
④ [清]董诰等编《全唐文》,中华书局,1983年,第7697页。
⑤ [清]董诰等编《全唐文》,中华书局,1983年,第3197页。

以"以文学著于时"的萧颖士文集作序也是义不容辞的。

第二节 唐代文集序跋的文学批评功能

一般认为,有唐一代文学批评较为薄弱,因为这个时代未能产生如《文心雕龙》那般体大周密的文学理论著作,也未能如宋代那样产生大量的诗话、词话等文学批评专著,但这些并不代表唐人没有文学批评。唐人的文学理论建树或者文学理论观点大多散见于只言片语之中,诸如赠序、短札等,而文集序跋也是唐人文学理论表达相对集中的地方。

一、"绍周继汉"的复古文学史观

唐人撰序时,常常将所序文集作者放在一个文学发展谱系中来评鉴其文学史地位,从中可以窥见撰序者的文学史观。唐继六朝、隋之后,但撰序者在梳理文学谱系时,常常越过六朝、隋,直溯周汉,体现了唐人"绍周继汉"的复古思想。初唐时期的卢藏用、卢照邻等人在文集序中率先举起文学复古的大旗。如卢藏用在其《右拾遗陈子昂文集序》中曰:

> 昔孔宣父以天纵之才,自卫返鲁,乃删《诗》《书》,述《易》道而修《春秋》,数千百年文章粲然可观也。孔子殁二百岁而骚人作,于是婉丽浮侈之法行焉。汉兴二百年,贾谊、马迁为之杰,宪章礼乐,有老成之风;长卿、子云之俦,瑰诡万变,亦奇特之士也。惜其王公大人之言,溺于流辞而不顾。其后班、张、崔、蔡、曹、刘、潘、陆,随波而作,虽大雅不足,其遗风余烈,尚有典型。宋、齐之末,盖憔悴矣,逶迤陵颓,流靡忘返,至于徐、庾,天之将丧斯文也。①

---

① [清]董诰等编《全唐文》,中华书局,1983年,第2402页。

卢藏用在此序中表达了其推崇六经的文学思想,并认为汉代文人中除贾谊、司马迁、扬雄等人效法六经,保持文学的风雅传统外,其他人的文辞过于放纵,不足称道,而到了南朝时期风雅传统已彻底衰落。卢藏用在对文学谱系予以梳理之时,表达了其宗经的文学思想,而对后代文学的评价都是在是否宗经的标准下进行的,从而得出"风雅之道,扫地尽矣"。同样,卢照邻在其《驸马都尉乔君集序》中也表达了相似的观点,其中曰:"昔文王既没,道不在于兹乎?尼父克生,礼尽归于是矣。其后荀卿、孟子,服儒者之褒衣;屈平、宋玉,弄词人之柔翰。礼乐之道,已颠坠于斯文;雅颂之风,犹绵连于季叶……乐沉于海,河间王初眷眷于古篇;礼失诸夷,叔孙通乃区区于绵蕞。安国讨论科斗,五典叶从;史迁祖述获麟,八书爰创。衣冠礼乐,重闻三代之风;玉帛讴歌,无坠六经之业。郁其兴咏,大雅于是为群。"①

到了中唐时期,复古之声越来越强烈,在此背景之下,中唐文人"绍周继汉"的意愿更为强烈,在文集序中表达得更为明确。如贾至《工部侍郎李公集序》中曰:

> 唐虞赓歌,殷周《雅》《颂》,美文之盛也。厥后四夷交侵,诸侯征伐,文王之道将坠地。于是仲尼删《诗》、述《易》作《春秋》,而叙帝王之书,三代文章,炳然可观。洎骚人怨靡,扬、马诡丽,班、张、崔、蔡,曹、王、潘、陆,扬波扇飙,大变风雅,宋、齐、梁、隋,荡而不返。昔延陵听乐,知诸侯之兴亡。览数代述作,固足验夫理乱之源也。皇唐绍周继汉,颂声大作,神龙中兴,朝称多士。②

贾至受文学复古思想影响,在此序中表达的文学史观几乎与卢藏用如出一辙,赞美"三代文章,炳然可观",而对汉代文学没有直接的认可,甚至对扬雄、司马相如、班固、张衡等人评价不高,认为他们"扬波扇飙,大变风雅",已

---

① [清]董诰等编《全唐文》,中华书局,1983年,第1691页。
② [清]董诰等编《全唐文》,中华书局,1983年,第3736页。

经背离了先王礼乐正道,但唐代文学却能够"绍周继汉,颂声大作"。持这种文学史观的还有权德舆、李汉等人:

> 权德舆《兵部郎中杨君集序》:周家忠厚,文章备乎二代,先师有郁郁之叹,故周任、史克、仍叔、吉甫之伦生焉。汉氏铲烦苛,宏利泽,训辞深厚,议论宏大,故贾谊、扬雄、司马迁、相如之才出焉。唐兴几二百岁,绍闻周汉之逸轨,以人文华国,犹云汉之为章于上,江汉之为纪于下。九功成焉,百度贞焉,王泽浃洽,故斯文焕发。①
>
> 李汉《唐吏部侍郎昌黎先生讳愈文集序》:《易》繇爻象,《春秋》书事,《诗》咏歌,《书》《礼》剔其伪,皆深矣乎。秦汉以前,其气浑然,迨乎司马迁、相如、董生、扬雄、刘向之徒,尤所谓杰然者也。至后汉、曹、魏,气象萎茶,司马氏已来,规模荡尽。悉谓易已下为古文,剽掠僭窃为工耳。文与道蓁塞,固然莫知也。②

权德舆在其序中指出,周朝的文章在夏、商文章的基础上,踵事增华,尽善尽美。到了汉代,司马迁、扬雄等人议论宏大,辞气雅顺,而唐代文学秉承了周、汉的文学传统。

晚唐时期,"绍周继汉"的呼声仍然不绝如缕,在文集序中多有反映。如裴延翰《樊川文集后序》、皮日休《松陵集序》、陆希声《唐太子校书李观文集序》、顾云《唐风集序》、吴融《禅月集序》……兹示例如下:

> 裴延翰《樊川文集后序》:文章与政通,而风俗以文移。在三代之道,以文与忠敬随之,是为理具,与运高下。采古作者之论,以屈原、宋玉、贾谊、司马迁、相如、扬雄、刘向、班固为世魁杰。然骚人之辞,怨刺愤怼,虽授及君臣教化,而不能沾洽时论。相如、子云,

---

① [清]董诰等编《全唐文》,中华书局,1983年,第4996页。
② [清]董诰等编《全唐文》,中华书局,1983年,第7697页。

瑰丽诡谲,讽多要寡,羡漫无归,不见治乱。贾、马、刘、班,乘时若君之善否,直豁已臆,奋然以拯世扶物为任,篆绪造端,必不空言。言之所及,则君臣礼乐,教化赏罚,无不包焉。①

陆希声《唐太子校书李观文集序》:文兴于唐虞,而隆于周汉。自明帝后,文体浸弱,以至于魏晋宋齐梁隋,嫣然华媚,无复筋骨。唐兴,犹袭隋故态。至天后朝,陈伯玉始复古制,当世高之。虽博雅典实,犹未能全去谐靡。②

综观有唐一代的文集序,时人对三代文学推崇备至,可以说"绍周继汉"的复古思想贯穿始终。这种复古思潮既是重建社会秩序的需要,也是唐人对六朝文学浮靡文风的拨乱反正。唐人在陈、隋之后,急需重建文学谱系,以彰显大一统王朝文学的雄风。唐人重建文学谱系的标准是"风雅""教化",即强调文学的现实功能,忽视文学的审美功能。这种标准其实是宗经辨骚,风雅美颂儒家诗教观的延续。如李华在其《赠礼部尚书清河孝公崔沔集序》中曰:"夫子之文章,偃、商传焉,偃、商殁而孔伋、孟轲作,盖六经之遗也。屈平、宋玉哀而伤,靡而不返,六经之道遁矣。论及后世,力足者不能知之,知之者力或不足,则文义寝以微矣。"同样,梁肃在《常州刺史独孤及集后序》中云:"夫大者天道,其次人文,在昔圣王以之经纬百度,臣下以之弼成五教。德又下衰,则怨刺形于歌咏,讽议彰乎史册。故道德仁义,非文不明;礼乐刑政,非文不立。文之兴废,视世之治乱;文之高下,视才之厚薄。"③梁肃在为独孤及文集作序时,借机阐发其文学观点,认为教化仁义为文学之内涵,而传道佐政为文学之目的,旨在对齐梁文章缺乏思想内涵进行批评。

二、对所序文集作品的选评与分类

南北朝时期的文集序也对文集作者之作品予以评价,但很少结合作者

---

① [清]董诰等编《全唐文》,中华书局,1983年,第7881页。
② [清]董诰等编《全唐文》,中华书局,1983年,第8550页。
③ [清]董诰等编《全唐文》,中华书局,1983年,第5260页。

的具体作品来分析,故尚觉空洞,而唐代文集序在分析文集作者之作品时,常对文集作者之作品予以选评,或基于作品的内容,或基于作品的艺术风格,而且基本上言出有据,有理有因。如崔恭《唐右补阙梁肃文集序》、王仲舒《崔处士集序》、梁肃《常州刺史独孤及集后序》等,多是基于所序文集作品的内容来进行分类的。兹示例如下:

> 崔恭《唐右补阙梁肃文集序》:明是非,探得失,乃作《西伯称王议》。宗道德,美功成,作《磻溪铭》《四皓赞》《钓台碑》《圯桥碑》。洁当世,激清风,作《先贤赞》《独孤常州集序》《观讲论语序》。美艺文,善章句,作《李补阙集序》《隐士李君遗文序》。备教化,彰讽咏,作《中书侍郎赠太子太傅李公集序》《开国公包君集序》。总名实,树遗风,作《常州独孤公遗爱颂》《太常卿常山郡开国公崔公神道碑》。恶戎丑,思康济,作《兵箴》。叙宗系,思祖德,作《述初赋》。病流滥,悦故居,作《过旧园赋》。明大道,宗有德,作《受命宝赋》。其余言志导情,记会叙别,总存诸集录。归根复命,一以贯之,作心印铭。①
>
> 梁肃《常州刺史独孤及集后序》:述圣道以扬儒风,则《陈留郡文宣王庙碑》《福州新学碑》;美成功以旌善人,则《张平原颂》,李常侍、姚尚书、严庶子、韦给事、韦颖叔墓铭,《郑氏孝行记》,李晔阳、杨怀州碑;纂世德以贻后昆,则《先秘书监灵表》。陈黄老之义,于是有《对策文》;演释氏之奥,于是有《镜智禅师碑》;论文变之损益,于是有《李遐叔集序》;称物状以怡情性(一作"称物状之美,而畅其情性"),于是有《琅琊溪述》《卢氏竹亭记》;抒久要于存殁之间,则祭贾尚书相里侍郎元郎中(一作员外)、李叔子文。其余纪物叙事,一篇一咏,皆足以追踪往烈,裁正狂简。②

---

① [清]董诰等编《全唐文》,中华书局,1983年,第4903页。
② [清]董诰等编《全唐文》,中华书局,1983年,第5260页。

皮日休《文薮序》：赋者，古诗之流也，伤前王太佚，作《忧赋》，虑民道难济，作《河桥赋》，念下情不达，作《霍山赋》，悯寒士道壅，作《桃花赋》。《离骚》者，文之菁英者，伤于宏奥；今也不显《离骚》，作《九讽》。文贵穷理，理贵原情，作《十原》。大乐既亡，至音不嗣，作《补周礼九夏歌》。两汉庸儒，贼我《左氏》，作《春秋决疑》。其余碑铭赞颂，论议书序，皆上剥远非，下补近失，非空言也。较其道，可在古人之后矣。《古风》诗编之文末，俾视之粗俊于口也。①

唐人在文集序中对所序文集作品基于作品内容的选评，应受到司马迁《太史公自序》中"述各篇之意"的影响，但唐人在文集序中对所序文集作品并不是毫无遗漏地记述，只是选出数篇进行评述，其中评述的标准即是撰序者选评的标准，亦可见撰序者的文学观。

唐代文集序中除了基于作品内容的分类选评外，还有基于文集作品的审美特征进行的选评。如权德舆《徐泗濠节度使赠司徒张公文集序》："故其辨古人心源，定是非于群疑之下，则《韩君别录》。痛诋时病，以发舒愤懑，则《投元杜诸宰相书》。其余赞勋阀，表邱陇，铭器叙事，放言诣理，皆与作者方驾。而歌诗特优，有仲宣之气质，越石之清拔，如云涛溟涨，浩漾无际，而天琛夜光，往往在焉。"②在此，权德舆评价了张建封的诗歌，指出张诗具有苍凉悲怆、清秀拔俗之美。同样，柳宗元在《大理评事杨君文集后序》中认为作者随着年岁的增长愈发洞悉到文章的精义，于是杨君晚年的文章有"雄杰老成之风"，接着选出一些其认为具有代表性的作品，"其为《鄂州新城颂》《诸葛武侯传论》，饯送梓潼陈仲甫（一作众甫）、汝南周愿、河东裴泰、武都符义府、泰山羊士愕、陇西李谏（一作炼）凡六《序》，《庐山禅居记》《辞李常侍启》《远游赋》《七夕赋》，皆人大之选已。"③

除了对文集作品进行分类品评外，撰序者还直接摘录作品中的诗句加

---

① ［清］董诰等编《全唐文》，中华书局，1983年，第8352页。
② ［清］董诰等编《全唐文》，中华书局，1983年，第4996页。
③ ［清］董诰等编《全唐文》，中华书局，1983年，第5836页。

以褒贬。如孟宾于《碧云集序》、刘禹锡《澈上人文集序》、皮日休《松陵集序》等,莫不如此。其中孟宾于在《碧云集序》中提到"今睹淦阳宰陇西李中字有中,缘情入妙,丽则可知。出示金编,备多奇句",于是全篇重点辑录了李中的奇句20多句,并对其做了评鉴。这些品评有涉及诗歌思想内容的,如:"'乾坤一夕雨,草木万方春。'此乃王泽所均,春风广扇。《姑苏怀古》云:'歌舞一场梦,烟波千古愁。'因想繁华之日,引成兴叹之词。《书王秀才壁》句:'贫来卖书剑,病起忆江湖。'诗人兴叹,时政如何。"有涉及诗歌审美特征的,如:"《听郑道士琴》:'秋月空山寂,淳风一夜生。'乃景清虚,真风回返。《徐司徒池亭》句:'扶疏皆竹树,冷澹似潇湘。'心匠所到,景致尤疏。"①这种直接摘录诗句加以褒贬的批评方式,在唐代文集序中尚不多见,但在宋代文集序跋中就成为一种普遍现象了。可见,唐人在文集序中的这种尝试具有先导作用,充分发挥了文集序的文学批评功能。

唐代文集序对所序文集结合具体作品进行选评的方式,在客观上还使得文集序具有了重要的史料价值。例如,权德舆《唐故通议大夫梓州诸军事梓州刺史上柱国权公文集序》中曰:"大抵以彩错峻拔,使善否章明为主,至于吻机榫于动用以(阙)其情,则《栖隐赋》《归山赋》。体物比事,极风人之丽则,则《喜雨赋》《悲秋赋》。俶傥闳达,以文艺自任,则《诣乐城公奏记》《上吏部裴李二侍郎书》。叙家风世德,以识幽壤,则《司田大夫水部员外二世父墓志》。记时贤循吏,绩用行实,则《刘冯翊碑》《梁万年郑拾遗志铭》。缘情遣词,写境物而谐律吕,则《寄蜀中旧游诗》《蜀国吟》《拟古横吹曲》,其余表笺启铭赞序述,合而类之,列为十卷。"②此序对权若讷的十二篇作品予以品鉴,但现存文献中权若讷的作品保存下来的极少。据笔者管见,现存文献仅有《全唐文》收权若讷《请复天后所造诣字疏》一篇,而《全唐诗》中并未收录权若讷的作品。但《新唐书·艺文志》和《通志》别集类均记载有"《权若讷集》十卷",可见此文集毁于兵燹或其他天灾人祸,未能留存下来,成为文化史上

---

① [清]董诰等编《全唐文》,中华书局,1983年,第9127页。
② [清]董诰等编《全唐文》,中华书局,1983年,第5036页。

的一大遗憾。但通过权德舆的此篇序文,后人可以对权若讷的作品情况有所了解,不至于使其全然湮没无闻,故此序应是一份难得的史料。

此外,对于后世保存相对完整的文集,也可以通过序跋来进一步检核名实。晚唐杜牧的文集,目前较通行的本子是吴在庆根据《四部丛刊》整理出来的《杜牧集系年校注》,其包括《樊川文集》《樊川外集》《樊川别集》、集外诗和集外文五部分。其中《樊川文集》二十卷是杜牧于弥留之际嘱托其外甥裴延翰编纂的。裴延翰《樊川文集后序》云:

> 其诵往事则《阿房宫赋》;刺当代则《感怀诗》;有国欲亡,则得一贤人决遂不亡者,则《张保罪传》(笔者案,疑为《张保皋传》);尚古兵柄,本出儒术,不专任武力者,则注《孙子》而为其序;褒勒贤杰,表揭职业,则赠庄淑大长公主及故奇章公、汝南公墓志;标白历代取士得才,率由公族子弟为多,则《与高大夫书》;谏诤之体,非讦丑恶与主斗激,则《论谏书》;若一县宰因行德教,不施刑罚,能举古风,则《谢守黄州表》;一存一亡,适见交分,则《祭李处州文》;训励官业,告束君命,拟古典谟,以寓诛赏,则司帝之诰。①

裴延翰在序文中选评了杜牧文集中的七篇作品,后人可据此对吴在庆的《杜牧集系年校注》中的《樊川文集》进行比勘。此七篇作品均保存在《樊川文集》中,只是个别文字上有所出入。裴延翰《樊川文集后序》云:"有国欲亡,则得一贤人决遂不亡者,则《张保罪传》(笔者案,疑为《张保皋传》)",而《张保罪传》不存于《杜牧集系年校注》之《樊川文集》中,但《杜牧集系年校注》之《樊川文集》中有《张保皋郑年传》一篇,其传最后云:"《语》曰:'国有一人,其国不亡。'夫亡国非无人也,丁其亡时,贤人不用,苟能用之,一人足矣。"②根据裴延翰《樊川文集后序》所记《张保罪传》的内容,我们可以推断出《杜牧集

---

① [清]董诰等编《全唐文》,中华书局,1983年,第7883页。
② 吴在庆:《杜牧集系年校注》,中华书局,2008年,第673页。

系年校注》之《樊川文集》中的《张保皋郑年传》即为裴延翰《樊川文集后序》中提到的《张保罪传》，但可能是后人在传抄裴延翰《樊川文集后序》时将"皋"误写为"罪"。由此，通过裴延翰的《樊川文集后序》进一步印证了《樊川文集》二十卷内容的可靠性。

由此可见，唐人在文集序中对文集作品所做的选评，不仅为后世了解文集作品提供了一个独特的视角，同时也保存了相关文集作品乃至文集作者的珍贵资料，从而使其具有重要的史料价值。

第三章 宋代文集序跋的新变

文集序跋经过漫长的发展，到了宋代可以说已经蔚为壮观了。诚如杨庆存所云："唐代赠序兴盛而宋代书序发达。书序本为序体正宗，汉以后虽不绝如缕，惜无大的发展，名家如韩愈，集中竟无一篇书序，这就为宋人留下了开拓的空间。"①综观有宋一朝，不仅有大量的文集序，还涌现出数量可观的文集跋。交相辉映的文集序、跋对文集及其作者"评头论足"，成为宋代三百余年历史中一个重要的文化现象。宋代文集序跋空前发展，其数量大大超过此前任何一个朝代。这些文集序跋相对唐代文集序跋在文章艺术与文学观念以及撰序题跋的意识方面都有了新的变化。

第一节 文章艺术与文学观念的新变

一篇文章成功与否，除了遣词造句、谋篇布局等表达方面的技巧外，作者本身要抒发的思想，即文章的立论命意，也同样有着至关重要的影响。诚如姚鼐在《与陈硕士》中云："夫文章之事，而其所以为美之道非一端：命意、立格、行气、遣辞；理充于中，声振于外，数者一有不足，则文病矣。"②梳理宋代的文集序跋可以发现，宋人在撰序题跋时，无论是在形式层面上，还是内容层面上，均有着不同于唐代之处，形成了自己的特色。

---

① 杨庆存：《宋代散文体裁样式的开拓与创新》，《中国社会科学》1995 年第 6 期。
② ［清］姚鼐：《惜抱轩尺牍》，卢坡点校，安徽大学出版社，2014 年，第 126 页。

一、语言形式与表达方式的转变

不论是什么时代的什么文体,必然通过特定的语言形式表现出来,涵带着相应的时代特点。宋代文集序跋文是宋代散文大军中的一员,其语言形式与当时散文的语言形态发展是一致的。诚如杨庆存在《论北宋前期散文的流派与发展》一文中指出:"中国古代散文的语言形态,正像散文自身不断地生长演进一样,也在不断地发展变化。虞夏商周时期,骈散未分,奇偶杂并;秦汉以降,骈体渐成,至六朝呈极盛;其后唐人酝酿复古,韩愈、柳宗元出而力倡古文,骈、散遂成相埒之势。"[1]宋代散文承继前代散文的语言形态,用骈用散,文人可以自由随意选择。但宋代文集序跋在语言形式上经历了由骈词俪句引领风骚,一变为骈散结合,再变为以散体为主的过程。

北宋初期的文集序跋在语言形态上以骈语为主,形式上多对偶、排比、铺陈,整个文风显得凝重、板滞。当时由五代入宋的徐铉等人精通骈文,徐铉撰《北苑侍宴诗序》《翰林学士江简公集序》《文献太子诗集序》《故兵部侍郎王公集序》等文,基本运用骈体句式,严整工致。如《翰林学士江简公集序》:

> 天地长久,英灵超忽。邺中才子,与乐事以俱沦;江左名臣,及玄谭而共尽。清流可揖,胜气犹生。阅蠹简以凄凉,抚绝韦而慷慨。斯文未丧,何代无人?济阳江公,钟川岳之粹灵,体角犀之奇相。芳兰十步,本自天资;建木千寻,非求外奖。弱龄闻道,夙岁驰名。[2]

此集序通过对"邺中才子""江左名臣"文学成就的回顾,肯定了江简公的文学地位,并认为其可以承担恢复"斯文"这一重任,其间不乏溢美之词。但在

---

[1] 杨庆存:《论北宋前期散文的流派与发展》,《文学遗产》1995年第2期。
[2] 曾枣庄、刘琳主编《全宋文》,第2册,上海辞书出版社,安徽教育出版社,2006年,第187页。

语言形态上几乎用四六句,对仗工整,我们能感受到语言整齐之美,这是骈语的魅力之所在。但宋初徐铉等旧臣的语言已经有了一些发展变化,与唐代集序中的骈语相比,显得质朴一些,没有那么辞藻华美,精致凝练。

北宋之初,除了徐铉等五代旧臣以骈体为主创作了大量的文集序跋外,由于当时宋代散文语言形态上的革命尚未开启,所以整个文坛基本上依然是延续晚唐五代之余绪。尽管也有人倡导复古,要用散语去改变骈语形式,但收效甚微。而在文集序跋的创作方面,骈语依然是主要的语言形态。如陈彭年为了肯定徐铉的文学地位,通篇运用骈体,极尽铺叙之能事,撰写了《故散骑常侍东海徐公集序》,其中云:

> 公讳铉,字鼎臣,其先会稽人也,邻几之姿,生民之秀。沧溟沃日,流作言泉;建木干星,植为行囿。英才茂德,光映于前修;懿范清规,仪形于来者。弄璋之始,属唐室之可虞;佩觿之初,值杨都之建号。公文辞浚发,不类幼童,识量渊通,已成大器。弹冠入仕,方居终、贾之年;佩玉登朝,即就严、徐之列。①

作为徐铉的弟子,陈彭年对其师的"英才茂德"以及"懿范清规"等方面予以极大的颂扬,并极力肯定了徐铉的文学地位与仕宦成就。是序几乎通篇应用骈语,并且注重对偶句的有意经营,使事用典频繁,基本上延续了五代之文风。

宋初文坛除了前朝旧臣以外,最能代表时代特征,顺应时代文学新风尚的是以杨亿、刘筠为代表的西昆派。西昆派在当时影响很大。欧阳修在《六一诗话》中曾云:"盖自杨、刘唱和,《西昆集》行,后进学者争效之,风雅一变,谓之昆体。由是唐贤诸集几废而不行。"②而西昆派宗法李商隐,以骈语为文,用典繁密精工,以雕镂偶俪为工。杨亿、晏殊、钱惟演等人所撰文集序

---

① 曾枣庄、刘琳主编《全宋文》,第 9 册,上海辞书出版社,安徽教育出版社,2006 年,第 227 页。
② [清] 何文焕辑《历代诗话》,中华书局,2004 年,第 266 页。

跋,几乎通篇都是骈语,并且辞采华茂。如杨亿《温州聂从事云堂集序》:

> 于是占胜选奇,寻幽览古。名山福地,必命驾以游;美景良辰,乃登高而赋。精骛八极,智周万物,触类有得,少选成章,信所谓造次颠沛必于是者也。其或心将化驰,意与境会,闻箫韶者不知肉味,逃虚空者蔑闻人声。追鸿蒙而与游,抟扶摇而上击。其探赜也,若求玄珠于赤水,索金简于丹台;其得隽也,如纵涸鲋于西江,驰归鸿于碣石。①

此序是杨亿为聂茂先的《云堂集》所作之序。该序文指出《云堂集》内容丰富,自然万物皆可入诗。杨亿还认为,作诗讲究"意与境会",即作者所表达之情感与所见之景融为一体,才是诗的妙境。是序在语言形态上依然以骈语为主,以四六句为多,对仗严整,句式整齐,不仅音韵和谐,也加强了文章的情感表达。杨亿精通骈文,除了将骈文的语言形态方面的特征发挥得淋漓尽致之外,还善于使事用典,此序用了《庄子》中的大量典故,增加了序文的历史厚重感,也扩大了文本的意义范畴。

北宋初期文坛,既以骈文为主,而当时的文集序跋多用骈语,也就不足为奇了。但骈语这种散文语言形式发展到宋代以后,其不足之处被越来越多的文人所认识。正如青木正儿在《中国文学概说》中云:"四六的句格虽然谐美,但是因为欲求整齐的缘故,往往省略助字,所以有碍于笔致之畅达,意义遂暧昧难解。对偶当然是修辞上的美观,但是因此行文纡余曲折,于是往往妨碍文脉的贯通。"②骈语并出,对仗工整,总给人语速缓慢乃至滞重不流畅之感。因此,有关散文语言形态的革命势在必行,复古之倡间或有之。宋初有以石介、柳开、王禹偁等为代表的复古派,提倡用散语单行的句式结构取代骈语对称的句式结构,但这些人在实际创作中,除王禹偁外,大都依然

---

① 曾枣庄、刘琳主编《全宋文》,第 14 册,上海辞书出版社,安徽教育出版社,2006 年,第 376 页。
② [日]青木正儿:《中国文学概说》,隋树森译,重庆出版社,1982 年,第 112 页。

是晦涩难懂的骈语,并没有给散文语言形态带来实质性的变化。一直等到北宋中期以欧阳修为代表的古文运动,才彻底改变了骈语占据文坛主导地位的局面。欧阳修所倡导的古文运动之所以能取得胜利,与欧阳修对待骈语的态度有很大的关系。欧阳修对骈语采取包容的态度,其认为骈偶并出与散句单行同是语言的自然形态,反对西昆派并不意味着彻底否定骈偶。欧阳修在《论尹师鲁墓志》中云:"偶俪之词,苟合于理,未必为非,故不是此而非彼也。"①这种兼容并蓄的态度,使得北宋中后期的文集序跋在语言形式上尽管以散语为主,其间也会有骈语出现。如欧阳修《内制集序》:

> 予在翰林六年,中间进拜二三大臣,皆适不当直。而天下无事,四夷和好,兵革不用。凡朝廷之文,所以指麾号令,训戒约束,自非因事,无以发明。矧予中年早衰,意思零落,以非工之作,又无所遇以发焉。其屑屑应用,拘牵常格,卑弱不振,宜可羞也。然今文士尤以翰林为荣选,予既罢职,院吏取予直草以日次之,得四百余篇,因不忍弃。②

所谓内制,即唐宋时期由翰林学士负责起草的皇帝诏令。宋赵彦卫《云麓漫钞》卷五:"至唐置翰林学士,以文章侍从,而本朝因之。翰林学士司麻制批答等,为内制;中书舍人六员,分房行词,为外制云。"③此序基本用散体单行的句式结构完成,但其间也有一些骈语,如"天下无事,四夷和好,兵革不用"等。这种骈散结合的句式结构,增强了语言的张力。为了避免通篇用骈语带来文章结构的板滞性,除了用散语句式,也会用一些虚词,如"而""所以""矧"等,打破严整的句式结构,使得整篇序文具有一定的流动性。

北宋中后期以后,文集序跋在语言形态上以散语为主的现象已非常普遍了。可见,宋代文集序跋相对唐代在语言形态上经历了明显而深刻的转

---

① 《欧阳修诗文集校笺》,洪本健校笺,上海古籍出版社,2009年,第1916页。
② 《欧阳修诗文集校笺》,洪本健校笺,上海古籍出版社,2009年,第1108页。
③ [宋]赵彦卫:《云麓漫钞》,傅根清点校,中华书局,1996年,第82页。

变,不过这个转变非朝夕之功,而是经过了一个漫长的过程。

宋代文集序跋除了语言形态的变化外,在表达方式上也有不同于唐代之处,其最突出的特点是议论性的增强。由于宋人重理性、喜议论,所以宋代的文集序跋,较唐代来说,在铺叙成文方面议论的成分明显增多,形成了所谓的"变体"。序文在表达方式上一般以记叙为主,如王兆芳《文体通释》中云:"叙者通作序,次第也,端绪也,述也。述书篇之意,或古或今或人或己,而次厥端绪也。"①而在文集序跋中大发议论,甚至通篇议论,则自宋人始。宋代文集序跋议论的内容主要表现为抒发撰序题跋者的人生感悟、文学思想以及对社会重大问题的见解和观点等。宋人在撰写文集序跋时,撰写的重点由"衡文"转向了"论人",并且有强烈的自我意识,即借撰序题跋抒发自己的见解,形成了各种议论内容,而且形式多样。

首先,自问自答式的议论形式。自问自答式的议论方式,一般来说,是通过设问的方式引入议论的话题或中心观点,这种议论方式常常给人开门见山的感觉,让读者很快地抓住问题的关键,因此经常被撰序题跋者应用。如欧阳修在为《仲讷文集》撰序时,开始就写道:

> 呜呼！语称君子知命。所谓命,其果可知乎？贵贱穷亨,用舍进退,得失成败,其有幸有不幸,或当然而不然,而皆不知其所以然者,则退之于天曰有命。夫君子所谓知命者,知此而已。盖小人知在我,故常无所不为;君子知有命,故能无所屈。凡士之有材而不用于世,有善而不知于人,至于老死困穷而不悔者,皆推之有命,而不求苟合者也。②

是序伊始并未评价仲讷文章写得如何,仲讷是一个怎样的人,而是对"君子知命"这一观点的反驳。如何反驳"君子知命"这一观点而形成自己的观点

---

① 王水照编《历代文话》,第 7 册,复旦大学出版社,2007 年,第 6274 页。
② 《欧阳修诗文集校笺》,洪本健校笺,上海古籍出版社,2009 年,第 1122 页。

呢？作者采用了自问自答的方式，层层推进，最后得出"君子所谓知命者，知此而已"的结论，为下文展开论述仲讷之"韬藏抑郁，久伏而不显"的原因张本。

杨万里在为《江西诗派诗集》撰写序言时，也同样采用了自问自答式的议论方式，是序开头写道：

> 江西宗派诗者，诗江西也，人非皆江西也。人非皆江西而诗曰江西者何？系之也。系之者何？以味不以形也。东坡云"江瑶柱似荔子"，又云"杜诗似太史公书"。不惟当时闻者吪然，阳应曰："诺"而已，今犹吪然也。非吪然者之罪也，舍风味而论形似，故应吪然也，形焉而已矣。高子勉不似二谢，二谢不似三洪，三洪不似徐师川，师川不似陈后山，而况似山谷乎？味焉而已矣。①

杨万里在此序中连续用两个设问，阐明了其"以味不以形"的诗学观，对诗歌的神韵从形神关系上做了一些探讨。在此，"味"是指诗歌的风味或风神，是诗歌内在的特质，而"形"是指形貌，诗歌外在的形式。所以，杨万里认为江西诗派之所以被称为江西诗派是"以味"而不是"以形"。这篇序文可以说有理有据，论点鲜明。

其次，对比的议论形式。对比式议论，是指撰序题跋者常常从正反两方面来论证一个观点。这种议论方式往往具有较强的说服力，让读者对其观点把握更到位。比如，陆游在为曾季狸的诗集撰序时，为了更好地表达其对"诗言志"中之"志"的理解，陆游采用了对比议论的书写方式，是序曰：

> 古之说诗曰言志。夫得志而形于言，如皋陶、周公、召公、吉甫，固所谓志也。若遭变遇谗，流离困悴，自道其不得志，是亦志也。然感激悲伤，忧时闵己，托情寓物，使人读之，至于太息流涕，

---

① 《杨万里集笺校》，辛更儒笺校，中华书局，2007年，第3230页。

固难矣。至于安时处顺,超然事外,不矜不挫,不诬不怼,发为文辞,冲淡简远,读之者遗声利,冥得丧,如见东郭顺子,悠然意消,岂不又难哉。①

"诗言志"被朱自清称为"中国诗论开山的纲领",并被中国诗论家普遍接受,但针对"诗言志"中之"志",人们按照自己的理解和需要做出各种不同的解释,从而引出不同的理论。陆游在其序中,将"诗言志"之"志"分为春风得意之志和穷愁潦倒之志,并将两种"志"进行对比,来阐明自己的观点。即陆游主张诗歌应该表达一种"安时处顺"、超然世外的情感。如此这般,创作的诗歌方能"冲淡简远,读之者遗声利,冥得丧,如见东郭顺子,悠然意消"。但这种"志"是作者在经历坎坷、困顿之后依然能保持一种淡定自若的心态,是一种精神的升华,是一种特殊的情感体验,而不是摒弃人生理想的放浪形骸、吟啸山水的清静无为之"志"。

对比议论作为一种特殊的议论方法,在宋人的文集序跋中多有运用,往往能取得较好的艺术效果。叶适在为周学古的诗集撰序时,也用到对比论述的议论方法,其序曰:

> 周会卿诗,本与潘德久齐称,盘摺生语,有若天设,德久甚畏之。德久漫浪江湖,吟号不择地,故所至有声。会卿常闭门,里巷不相识,居谢池坊,窟山宅水,自成深致,知者独辈行旧人尔。宗夷遗余家什,零落不数纸,恨早失怙,收次不多。一干之兰,芳香出林,岂纷然桃李能限断哉!②

是序将南宋孝宗朝永嘉诗人群体中的周学古与潘柽并举,来说明周学古诗歌的特点。周学古,字会卿,生卒年不详;潘柽,字德久,号转庵,生于高宗绍

---

① 《陆游集》,第5册,中华书局,1976年,第2114页。
② 《叶适集》,刘公纯、李哲夫等点校,中华书局,1961年,第212页。

兴元年(1131),卒于宁宗嘉定二年(1209),与周学古同时。潘柽在《书姜夔昔游诗后》云"我行半天下"①,正如叶适所云"漫浪江湖",因此交游广泛,与同时代诗人多有唱和,而周学古一生隐居作诗,尽管诗歌"自成深致",但知之者甚少。因此,叶适将其诗歌比喻为兰花,尽管生于幽谷之中,正如诗人一样,但其魅力不啻烂漫的桃李。

再次,比喻的议论形式。用生动形象的事物对深奥的道理加以说明,化抽象为具象,增强议论的形象性和灵动性,从而让议论具有艺术感染力。如欧阳修的《书梅圣俞稿后》,其开头并没有开门见山直接入题,而是以乐喻诗,大谈什么是音乐以及音乐的社会功能等。是序曰:

> 凡乐,达天地之和而与人之气相接,故其疾徐奋动可以感于心,欢欣恻怆可以察于声。五声单出于金石,不能自和也,而工者和之。然抱其器,知其声,节其劘肉而调其律吕,如此者,工之善也。今指其器以问于工曰:"彼簨者、虡者,堵而编、执而列者,何也?"彼必曰:"鼖鼓、钟磬、丝管,干戚也。"又语其声以问之曰:"彼清者、浊者,刚而奋、柔而曼衍者,或在郊或在庙堂之下而罗者,何也?"彼必曰:"八音、五声,六代之曲,上者歌而下者舞也。其声器名物,皆可以数而对也。然至乎动荡血脉,流通精神,使人可以喜可以悲,或歌或泣,不知手足鼓舞之所然。"问其何以感之者,则虽有善工,犹不知其所以然焉,盖不可得而言也。乐之道深矣!故工之善者,必得于心,应于手而不可述之言也。听之善,亦必得于心而会以意,不可得而言也。……今圣俞亦得之。然其体长于本人情,状风物,英华雅正,变态百出。哆兮其似春,凄兮其似秋,使人读之可以喜,可以悲,陶畅酣适,不知手足之将鼓舞也。斯固得深者耶!其感人之至,所谓与乐同其苗裔者邪!②

---

① 曾枣庄、刘琳主编《全宋文》,第38册,上海辞书出版社,安徽教育出版社,2006年,第242页。
② 《欧阳修诗文集校笺》,洪本健校笺,上海古籍出版社,2009年,第1906页。

欧阳修以乐喻诗,指出音乐具有只可意会不可言传的特性,即使再优秀的乐工,当被问及音乐为何能感动人时,他也无法用语言回答。同样,诗歌也具有同样的感染力。梅尧臣的诗歌"与乐同其苗裔",固然也能"使人读之可以喜,可以悲,陶畅酣适,不知手足之将鼓舞也",从而达到揄扬梅尧臣诗歌具有强烈艺术感染力的写作目的,并进一步表明撰序者对梅尧臣诗歌的艺术内涵能够心领神会,如同伯牙子期高山流水遇知音。

以喻作论,其他人也许只是偶尔为之,但在陆游的文集序跋中则成为司空见惯的表达方式。如陆游在《跋吴梦予诗编》中云:

> 山泽之气为云,降而为雨,勾者伸,秀者实,此云之见于用者也。子尝见旱岁之云乎,嵯峨突兀,起为奇峰,足以悦人之目,而不见于用,此云之不幸也。君子之学,盖将尧舜其君民。若乃放逐憔悴,娱悲舒忧,为风为骚,亦文之不幸也。①

陆游为了论述其对"君子之学"的认识,在此以"云"作比。在他看来,山泽之云,化而为雨,方可滋润万物,才可实现其作为"云"的价值,若此云不能化而为雨,尽管其形状错落有致,蔚为壮观,但只能供人观赏,作为"云"的价值将不复存在,此乃为"云之不幸"。以此形象生动的比喻来说明"君子之学"应"尧舜君民",由此进一步表明作者关注现实的社会意识。

披览陆游所为文集序跋,以喻作论者尚有很多。为了论证"不极其源不止"这一观点,陆游在为吕本中的文集撰序时,同样采用了比喻论证的方式。《吕居仁集序》开头即曰:

> 天下大川莫如河、江,其源皆来自蛮夷荒忽辽绝之域,累数万里,而后至中国,以注于海。今禹之遗书,所谓岷积石者,特记禹治水之迹耳,非其源果止于是也。故《尔雅》谓河出昆仑虚,而传记又

---

① 《陆游集》第5册,中华书局,1976年,第2242页。

谓河上通天汉。某至蜀,穷江源,则自蜀岷山以西,皆岷山也。地断壤绝不复可穷。江河之源,岂易知哉!古之学者盖亦若是。惟其上探伏羲唐虞以来,有源有委,不以远绝,不以难止,故能卓然布之天下后世而无愧。①

是序以探寻江河源头作比,旨在让士人对学问追根溯源,不可浅尝辄止。如此这般,方可"卓然布之天下后世而无愧"。以陆游观之,吕本中的诗文之所以呈现出"汪洋闳肆、兼备众体,间出新意,愈奇而愈浑厚"的特点,正是由于吕本中具有"不极其源不止"的探索精神。

在文集序跋中褒贬议论,直抒胸臆,这与宋代的时代氛围是一致的,诚如刘勰所云:"文变染于世情,兴废系乎时序。"②首先,宋代文人大多关心时政,有强烈的参政议政的主体意识,"开口揽时事,论议争煌煌"。如欧阳修、梅尧臣、王安石、苏轼等人文集中有大量对国家朝政、吏事乃至边防军事等发表言论的诗歌或文章。这些文学作品无不显示作者对现实的关怀以及强烈的主体意识,从而使整个文学领域弥散着浓郁的议论之风。宋代文人关心时事、爱好议论的特点,几乎得到后世的公认。如清人徐惇复在《苏子美文集序》中曾评价苏舜钦,曰:"夫子美抱经世之学,怀忠君之心,观其议论侃侃,慷慨切直,皆有关于社稷生民之故,能言人之所不敢言,不可以区区文人才士目之矣。"③其次,宋代的政治文化在某种程度上也鼓励文人大胆地议论时政。据叶梦得《避暑录话》记载,宋太祖在立国之初,"密镌一碑,立于太庙寝殿之来室,谓之誓碑",其中一条规定"不得杀士大夫及上书言事人",后来历代皇帝谨守这一国策。如此,宋代文人议论朝政或兵机时,一般不会有身家性命之忧,制度上的利好也在一定程度上保障了文人喜议论的热情。纵观有宋一代,虽有"乌台诗案""梅花诗案"等轰动一时的所谓"文字狱",但这些政治风波的结果至多是涉案文人被贬官或流放,未曾出现如清代因言论

---

① 《陆游集》,第5册,中华书局,1976年,第2102页。
② [南朝梁]刘勰:《文心雕龙》,范文澜注,人民文学出版社,1962年,第675页。
③ 《苏舜钦集》,沈文倬点校,上海古籍出版社,1981年,第253页。

而招来杀身之祸的极端高压情况。诚如王夫之所说:"自太祖勒不杀士大夫之誓以诏子孙,终宋之世,文臣无殁刀之辟。"①故宋代文集序跋中大量议论之词的出现是时代的产物,也是两宋时期政治较为宽松的局面在文化上的一个反映。

二、文学观念的转变

文集序跋是中国古代重要的文学批评形式,诚如宇文所安在论序的文论价值时所说:"中国文学思想有几个比较大的资料来源,'序'就是其中的一个……虽然序言的形式五花八门,但它们的目的通常大同小异:让作者的风格与文学理论和诗学或文坛的老生常谈协调起来。我们从中可以发现若干对标准价值观念所做的最为有趣的精心阐释和修改……11世纪以后,跋成了特别重要的形式。除了包含若干重要的文献资料以外,跋还经常包含若干有关文学接受史和作家风格的评论。"②宋人所撰文集序跋鲜活地体现着他们自身及那个时代的文学观和审美观。文学观念属于历史的范畴,它变化不居,有着鲜明的时代特征和印记。通观宋代文集序跋,尤其是北宋中后期以后的文集序跋,与唐代文学序跋相比,在表现时人的文学观念上形成了不同于前代的特点,这一方面表现在宋人撰序题跋时希望通过文章复古来完成救世的使命,故更强调文章的社会功能;另一方面表现在宋人审美观念的转变,更强调雅淡质朴的自然美。

(一)文集序跋多强调诗文的实用性及其社会功能。历经晚唐五代,儒家传统丧失殆尽,正如欧阳修在《新五代史》中所言:"五代,干戈贼乱之世也,礼乐崩坏,三纲五常之道绝,而先王之制度文章扫地而尽于是矣。"③针对儒道大坏、斯文扫地的境况,宋人有着深刻的体会。释智圆在《佛氏汇征别集序》中言道:"唐祚既灭,五代之间,乱亡相继,钱氏霸吴越、奉王室者凡百

---

① [清] 王夫之:《宋论》,中华书局,1964年,第6页。
② [美] 宇文所安:《中国文论:英译与评论》,王柏华、陶庆梅译,上海社会科学院出版社,2003年,第8页。
③ [宋] 欧阳修:《新五代史》,卷十七,中华书局,1974年,第185页。

年。罗昭谏、陆鲁望、孙希韩辈既没,文道大坏,作雕篆四六者鲸吞古风,为下俚讴歌者扫灭雅颂。大夫士皆世及,故子弟耻服儒服,耻道儒言,而必以儒为戏。"①因此,北宋初期出于重建社会秩序的需要,提倡文教、复兴儒学一时之间成为朝野上下的共识,经近百年之努力,到北宋中后期,整个社会基本上呈现出一片儒道复兴、文治昌盛的局面。邓广铭曾将北宋后期儒者的贡献概括为:"努力发扬儒家的内圣外王之学,一方面尽量发扬儒家经典中所涵蕴的心性义理部分,凡佛教道教学说之可取者,也一并引进了来以使儒家学说中的心性义理部分更加深化,另一方面则对儒家经典中所载典章制度、治国平天下的方略也力求能见之实施,亦即所谓'致广大而尽精微'。"②到北宋后期文治昌隆的局面业已形成,儒士群体精神昂扬,或潜心向学,埋头阐发儒家经典的"微言大义",或致力于实现治国平天下的政治抱负。北宋大儒张载曾将士人的宗旨和使命总结为一句话,即"为天地立志,为生民立道,为去圣继绝学,为万世开太平"③。此言殆能表现当时儒者的襟怀与豪情。

鉴于唐末五代群雄割据,干戈扰攘,国无宁日,纪纲崩坏,北宋立国后,太祖、太宗两朝制定了一系列针对性很强的政治、经济、文化政策。这些政策在一开始确实消除了晚唐五代以来的许多弊端,但防弊过甚,矫枉过正,随着社会形势的发展,其弊端越来越明显地凸显出来。到北宋中后期,社会矛盾加剧,在表面繁荣的背后到处潜藏着危机,尤其是冗官、冗兵、冗费三大问题严重影响着王朝的长治久安。面对这种局面,改革已成为不得不进行之事。尽管在仁宗朝庆历年间以范仲淹为代表的政治精英已尝试革新,发起了著名的庆历新政。但由于各方面的阻力,这场变革很快归于失败,因此对当时之政治影响甚微。到了北宋后期,长期积累的社会矛盾已相当激化,

---

① 曾枣庄、刘琳主编《全宋文》,第15册,上海辞书出版社,安徽教育出版社,2006年,第224页。
② 邓广铭:《论宋学的博大精深——北宋篇》,《新宋学》第二辑,上海辞书出版社,2003年,第7页。
③ 《张载集》,章锡琛点校,中华书局,1978年,第320页。

政治改革迫在眉睫,王安石顺应时代潮流锐意改革,在神宗的支持下,提出"三不畏"。王安石变法尽管遭到以司马光为首之保守派的强烈反对,但由于改革有着相当的社会基础,加上神宗态度坚决,新政措施在不数年间大行于各地。变革注重的是践行和务实,而北宋中后期的政治人物已不再仅仅是"坐而论道",而强调"起而行道"。这一政治环境和风气激发了经世致用思潮的形成。

经世致用思潮强化了士人的社会责任感,他们"以救时行道为贤,以犯颜纳说为忠"①。在经世致用思潮的影响下,文人多强调诗文的实用性,要求文章"有为而作",要有益于世用。关于诗文的实用性问题,早在北宋初期就已经引起人们的关注,当时一些有识之士,如徐铉、柳开、石介、穆修、王禹偁等人,为了矫正五代以来的浮靡文风,提出重道致用、宣扬教化的文学主张。柳开在《昌黎集后序》中通过对韩愈诗文实用性的认可,来表达自己的文学观,其中写道:"观先生之文诗,皆用于世者也,与《尚书》之号令,《春秋》之褒贬,大《易》之通变,《诗》之风赋,《礼》《乐》之沿袭,《经》之教授,《语》之训导,酌于先生之心,与夫子之旨无有异趣者也。"②另外,薛田在《巨鹿东观集序》中也提倡诗歌应肩负起"陈古刺今、去邪守正"的社会功能:"非所谓者,虽怀质文之宏辨,负博胜之逸才,固未能臻极于渊域矣。"③

北宋初期强调诗文实用性功能的呼声越来越高,对华而不实诗风批判之声不绝,人们提倡恢复古道,发挥诗文的实用功能。徐铉在《成氏诗集序》中强调曰:"诗之旨远矣,诗之用大矣,先王所以通政教、察风俗,故有采诗之官、陈诗之职,物情上达,王泽下流。"④徐铉在此充分肯定了诗歌"以补教化"的社会功能,对华而不实的诗风进行了批判。同样,张咏在《许昌诗集序》中

---

① 《苏轼文集》,孔凡礼点校,中华书局,1986年,第316页。
② 曾枣庄、刘琳主编《全宋文》,第6册,上海辞书出版社,安徽教育出版社,2006年,第355页。
③ 曾枣庄、刘琳主编《全宋文》,第2册,上海辞书出版社,安徽教育出版社,2006年,第410页。
④ 曾枣庄、刘琳主编《全宋文》,第2册,上海辞书出版社,安徽教育出版社,2006年,第189页。

对当时盛行于文坛的晚唐体、白体表示不满,他充满激愤地写道:"山僧逸民,终老耽玩,搜难抉奇,时得佳句。斯乃正始之音,翻为处士之一艺尔。又若才卑不能起语,思拙困于物象,兴咏违于事情,讽颂生于喜怒,以此较之,果无用也。其中浅劣之尤者,体盗人意,用为己功,衔气扬声,略无愧耻。"认为诗歌应"疏通物理,宣导下情","使仁者劝,而不仁者惧"①,强调诗歌的社会教化功能。石介在《石曼卿诗集序》中首先强调诗之"美教化,移风俗"的功能渊源久远,"古之有天下者,欲知风教之感、气俗之变,必立官司,采掇而监听之。由是张弛其务,以足其所思,乃能享世长久,弊乱无由而生",但由于古道废弛,诗的教化功能丧失,从而造成"在上者不复知民之所向,故政化颠悖,治道亡矣"②的后果,从另一个方面阐释了积极发挥诗文教化功能的意义以及作用。

  北宋初期在文人倡导诗文厚人伦、美教化、移风俗的现实功能时,释者受时代风尚的影响,在文集序跋中也表达了他们服膺儒家诗教观的思想。释智圆《钱塘闻聪师诗集序》曰:"诗之道出于何耶?出于浮屠邪?伯阳邪?仲尼邪?果出仲尼之道也,吾见仲尼之道也。吾见仲尼之删者,悉善善恶恶、颂焉刺焉之辞耳,岂如今之人谓之诗者,盈简累牍皆华而无根,不可以训者乎。"③释智圆认为,诗之道出于"仲尼之道",提倡诗歌厚人伦、美教化的现实功能。释契嵩在《书李翰林集后》亦道:"余读《李翰林集》,见其乐府诗百余篇,其意尊国家,正人伦,卓然有周诗之风,非徒吟咏情性,呕呕苟自适而已。"④可见,释契嵩亦多强调李白乐府诗的现实意义。作为佛教僧侣,释智圆与释契嵩等人在文集序跋中完全从儒家诗教的角度品评作品,一方面说

---

① 曾枣庄、刘琳主编《全宋文》,第6册,上海辞书出版社,安徽教育出版社,2006年,第124页。
② 曾枣庄、刘琳主编《全宋文》,第29册,上海辞书出版社,安徽教育出版社,2006年,第286页。
③ 曾枣庄、刘琳主编《全宋文》,第15册,上海辞书出版社,安徽教育出版社,2006年,第233页。
④ 曾枣庄、刘琳主编《全宋文》,第36册,上海辞书出版社,安徽教育出版社,2006年,第185页。

明佛教界思想的儒学化程度之深,另一方面也说明时代风尚使然。

在北宋前期,具有远见卓识的文人倡导诗文社会教化功能的呼声尽管未能彻底改变文坛的现状,但使一部分人对于当时社会上盛行的浮靡文风有了清醒的认识,并在一定程度上有所抵制。

到了北宋中后期,由于特定的政治环境和文化思潮,人们更加强调诗文的实用性。王安石强调文章干预现实的社会功能,甚至将诗文革新作为新法的一项内容加以推进。王安石《上人书》开篇曰:"尝谓文者,礼教治政云尔。其书诸策而传之人,大体归然而已。"①强调文章要为礼教、政治服务。在《与祖择之书》中,王安石又写道:"治教政令,圣人之所谓文也。书之策,引而被之天下之民,一也。圣人之于道也,盖心得之,作而为治教政令也。"②在他看来,承载着"治教政令"内容的文章是"圣人之道"的表现。王安石将文章的价值定位在服务于政治、服务于社会的务实功能,强调文章的实用性。此后,苏轼、苏辙、曾巩等人亦多次强调文章要"有为而作"。苏轼《凫绎先生诗集叙》曰:"先生(颜太初)之诗文,皆有为而作,精悍确苦,言必中当世之过,凿凿乎如五谷必可以疗饥,断断乎如药石必可以伐病。"③苏轼认为颜太初的诗文无一句空言,皆是"有为而发","言必中当世之过",充分体现了文章的社会功能。曾巩《王深父文集序》曰:"其(王回)破去百家传注,推散缺不全之经,以明圣人之道于千载之后,所以振斯文于将坠,回学者于既溺,可谓道德之要言,非世之别集而已也。后之潜心于圣人者,将必由是而有得,则其于世教,岂小补之而已哉。"④曾巩赞扬王回文章匡正去谬,明圣人之道,振斯文,挽后学,大裨益于世教文道。在此,曾巩着重强调的仍然是王回文章"有补于世"的功能。

在北宋后期,强调文章实用性的不仅有活跃于文坛的文章家,连刻板拘谨之道学家也不再一味埋头于儒家经典的心性义理之学,开始关注研究"外

---

① [宋]王安石:《王荆公文集笺注》,李之亮笺注,巴蜀书社,2005年,第1362页。
② [宋]王安石:《王荆公文集笺注》,李之亮笺注,巴蜀书社,2005年,第1367页。
③ 《苏轼文集》,孔凡礼点校,中华书局,1986年,第313页。
④ 《曾巩集》,陈杏珍点校,中华书局,1984年,第196页。

王"之学,同样强调诗文的现实功能。杨时《田曹吴公文集序》曰:"当是时,学士大夫达而位乎朝,则著之事业,光明硕大,追配前哲。其不显而在下,则载之空文,犹足以私淑诸人,如公之徒是也。孟子曰:'王者之迹熄而诗亡,诗亡然后《春秋》作。'诗之存亡关时之盛衰,岂不信矣哉。"①理学家杨时对于文章事业的观点与当时一般士人并无二致。他认为学而优则仕,仕而优则显,立大事,成大功,可"追配前哲"。如仕而不达,亦可以诗文而鸣,而诗文之兴亡实关乎时运之盛衰。

随着宋代道学的深入发展,道学家在文集序跋中关注诗文的实用价值这种现象在南宋时期表现得尤为明显。而道学家关注诗文的实用价值主要通过文道关系的辨析来发挥其观点。他们一般主张"重道轻文",通过强调道的重要性来实现其注重诗文实用价值的文学主张。胡铨在为秦希甫的《灞陵文集》作序时,曾言:

> 然则其何以传道而永后世哉?曰:书所以卫道,而非所以传道也,书者道之文也。韩愈《原道》曰:"其文则《诗》《书》《易》《春秋》",是《诗》《书》《易》《春秋》,道之文也,而不可以谓之道,况诸子百家之书而谓之道,可乎?道之传,以人而不以书也。《易》曰:"神而明之,存乎其人。"尧传之舜,舜传之禹,禹传之汤,汤传之文、武、周公、孔子,孔子传之孟轲,轲之死,不得其传焉。是传道者以人不以书也。孔子于《诗》,蔽之一言,曰:"思无邪。"孟子于《书》之《武成》止取二三策,是圣贤盖以心传道,而非专取于《诗》《书》之文辞而后已也。道苟得于心,书虽不作可也,文何有哉?②

在是序中,胡铨作为道学家分析了其对"道"的理解,并强调了"以心传道"的

---

① 曾枣庄、刘琳主编《全宋文》,第 124 册,上海辞书出版社,安徽教育出版社,2006 年,第 257 页。
② 曾枣庄、刘琳主编《全宋文》,第 195 册,上海辞书出版社,安徽教育出版社,2006 年,第 264 页。

观念,这一观念显然与古文家的观念不同。胡铨的"道"具有形而上的哲学意蕴,但在道学家从事文学创作时其"重道"的思想具体表现为对诗文实用价值的强调,正如其评价秦希甫诗文,"其表奏书疏有闵时忧国之心;其歌诗发于性而止于忠,有少陵不忘君之思,大抵多羁愁郁结感愤之所为作也"。真德秀在文集序跋中就更加直白地强调了诗文创作要"发挥义理,有补世教",其在《跋彭忠肃文集》中言:"汉西都文章最盛,至有唐为尤盛,然其发挥义理、有补世教者,董仲舒氏、韩愈氏而止尔。国朝文治猥兴,欧、王、曾、苏以大手笔追还古作,高处不减二子。至濂、洛诸先生出,虽非有意为文,而片言只辞,贯综至理,若《太极》《西铭》等作,直与六经相出入,又非董、韩之可匹矣。"①

综上可知,无论是文章家还是道学家,有宋一代人们在撰序题跋时,多强调诗文的实用功能,更希望通过诗文来干预社会现实,从而完成拯救世界的使命。这也是宋代文人淑世情怀的一种表现。

(二)在审美观念上,宋代文集序跋在评人衡文时以平易自然为美。审美观念不仅体现在作者自己的创作实践中,还体现在其评人衡文的标准上,而文集序跋则是序跋作者评人衡文的重要载体,具有重要的文学评论价值。无论是在诗歌领域还是在散文领域,平易自然成为有宋一代诗风、文风主要的审美取向,该审美取向之形成有着漫长的发展过程。

宋初文学主要延续晚唐五代之余绪,苏轼曾在《六一居士集叙》中惋惜道:"宋兴七十余年……而斯文终有愧于古。"②但其中不乏披荆斩棘、勇于尝试者,他们鼓吹师经探道,宗经尊韩,反对晚唐五代浮靡柔婉的文风,形成了有宋文学史上的第一次复古思潮。柳开实为开风气之先者,诚如范仲淹《尹师鲁河南集序》中所记载:"唐贞元、元和间,韩退之主盟于文而古道最盛。懿、僖已降,寖及五代,文体卑弱。皇朝柳仲涂起而麾之,髦俊率从焉。仲涂

---

① 曾枣庄、刘琳主编《全宋文》,第 313 册,上海辞书出版社,安徽教育出版社,2006 年,第 258 页。
② 《苏轼文集》,孔凡礼点校,中华书局,1986 年,第 315 页。

门人能师经探道,有文于天下者,多矣。"①在柳开的倡导之下,一批志同道合者共同致力于复古。他们一方面旨在以文复兴儒道,"佐政致道",达到重建社会秩序之目的;一方面在散文创作上,为了实现其更好地传道之目的,提倡文道并重,"易道易晓",倡导平易自然的文风。柳开在《上王学士第三书》中曰:"代言文章者,华而不实,取其刻削为工,声律为能。刻削伤于朴,声律薄于德。无朴与德,于仁义礼知信也何?"②其反对文章语言的雕琢以及文章形式的华美,而倡导质朴平易的文风。力主创新的王禹偁响应于后,其反对晚唐五代颓靡的文风,认为"文自咸通后,流散不复雅;因仍五代,秉笔多艳冶"③,曾对北宋"垂三十载"而未能兴儒复古表示忧心,"服勤古道,钻仰经旨,造次颠沛,不违仁义,拳拳然以立言为己任,盖亦鲜矣"④。王禹偁不仅从理论上提出文学复古的主张,与柳开桴鼓相应,并提倡平易畅达的语言,反对"语艰意奥",要求文章要"远师六经,近师吏部,使句之易道,义之易晓"⑤。王禹偁相对柳开稍胜一筹的是,其不仅提出了复古的文学主张以及"易道易晓"的文风要求,而且以自己的创作实绩很好地诠释了其理论。即王禹偁的散文大都能做到文风平易自然,语言以平铺直叙为主,少有艰涩隐晦之词语,因此叶适曾评价曰:"王禹偁文简雅古淡,由上三朝,未有及者。"⑥

改革的道路总是充满荆棘,难以一帆风顺,北宋初期的诗文变革亦然。在柳开、王禹偁等人倡导文学复古以及提倡平易质朴的文风时,与之并存的还有盛极一时的西昆派,此派宗法李商隐,以骈体为主,文风富丽精工,注重辞采和声律。范仲淹《尹师鲁河南集序》曾曰:"泊杨大年以应用之才,独步

---

① 《范仲淹全集》,李先勇、王蓉贵点校,四川大学出版社,2002年,第183页。
② 曾枣庄、刘琳主编《全宋文》,第6册,上海辞书出版社,安徽教育出版社,2006年,第283页。
③ 北京大学古文献研究所编《全宋诗》,第2册,北京大学出版社,1991年,第665页。
④ 曾枣庄、刘琳主编《全宋文》,第7册,上海辞书出版社,安徽教育出版社,2006年,第424页。
⑤ 曾枣庄、刘琳主编《全宋文》,第7册,上海辞书出版社,安徽教育出版社,2006年,第397页。
⑥ 丁传靖辑《宋人轶事汇编》,中华书局,1981年,第173页。

当世。学者刻辞镂意,有希仿佛,未暇及古也。其间甚者专事藻饰,破碎大雅,反谓古道不适于用,废而弗学者久之。"①指出以杨亿等人为代表的西昆派"专事藻饰,破碎大雅",对当时文学复古以及平易质朴文风的形成产生了巨大的阻力。但文学复古的思想一旦燃起,中间尽管会有波折和滞碍,依然有继往开来者。所以,在柳开、王禹偁之后,有穆修、尹洙等人继续高举文学复古的大旗,在以文复儒、崇经尊韩的思想指导下,提倡平易自然的文风。诚如《宋史·穆修传》中所载:"自五代文敝,国初,柳开始为古文。其后,杨亿、刘筠尚声偶之辞,天下学者靡然从之。修于是时独以古文称,苏舜钦兄弟多从之游。"②在反对西昆派,倡导文学复古的变革中,穆修的旗帜甚是鲜明,其在《答乔适书》中指出盛行于时的西昆派文风之弊端,"古道息绝,不行于时已久。近世士子习尚浅近,非章句声偶之辞不置耳目,浮轨滥辙,相迹而奔,靡有异途焉"③。他极力推崇韩、柳古文,并大力提倡韩、柳古文文风,其在《唐柳先生文集后序》中曰:"唐之文章,初未去周、隋五代之气,中间称得李、杜,其才始用为胜,而号专雄歌诗,道未极其浑备。至韩、柳氏起,然后能大吐古人之风,其言与仁义相华实而不杂,如韩《元和圣德》《平淮西》,柳《雅章》之类,皆词严义密,制述如经。能崒然耸唐德于盛汉之表,蔑愧让者,非二先生之文则谁与?"④一方面肯定了韩、柳在唐代散文史中的地位及影响,一方面表明自己追随韩、柳,倡导古文的决心。刘清之曾在《河南穆先生文集跋》中肯定了穆修在宋初文学复古道路上的作用,其曰:"至我朝,乃或推孙、丁、杨、刘为文词之雄,是时穆参军伯长独不以为然,实始为古文,在尹师鲁、苏子美、欧阳之先。自尔以来,学者益以光大,非止求夫文之近于古

---

① 《范仲淹全集》,李先勇、王蓉贵点校,四川大学出版社,2002年,第183页。
② [元]脱脱等:《宋史》,卷四四二,中华书局,1985年,第13070页。
③ 曾枣庄、刘琳主编《全宋文》,第16册,上海辞书出版社,安徽教育出版社,2006年,第20页。
④ 曾枣庄、刘琳主编《全宋文》,第16册,上海辞书出版社,安徽教育出版社,2006年,第31页。

而已。"①

　　正是由于柳开、王禹偁以及穆修、尹洙在文学复古之路上筚路蓝缕的努力，才为欧阳修彻底改变文坛之审美趋尚，让平易自然之文风成为有宋一代主导的文风而影响深远。欧阳修主盟文坛，以其高屋建瓴的创作理论和卓越的创作实践，彻底改变了北宋文坛的现状，形成了以平易自然为主的文风，并历经数世岿然不动，成为有宋一代主导的审美趋尚。有关欧阳修在宋代散文史中的地位以及影响，宋人在所撰文集序跋中可以说已经达成共识，人们在撰序题跋时多有发抒，在此以范仲淹、苏轼、陈亮的观点为代表，可窥全豹。

　　　　范仲淹《尹师鲁文集序》：皇朝柳仲涂起而麾之，髦俊率从焉。仲涂门人能师经探道，有文于天下者多矣。洎杨大年以应用之才，独步当世。学者刻辞镂意，有希仿佛，未暇及古也。其间甚者专事藻饰，破碎大雅，反谓古道不适于用，废而弗学者久之。洛阳尹师鲁，少有高识，不逐时辈，从穆伯长游，力为古文。而师鲁深于《春秋》，故其文谨严，辞约而理精，章奏疏议，大见风采，士林方耸慕焉。遽得欧阳永叔，从而大振之，由是天下之文一变而古。②
　　　　苏轼《六一居士集叙》：愈之后二百有余年而后得欧阳子，其学推韩愈、孟子以达于孔氏，著礼乐仁义之实以合于大道。其言简而明，信而通，引物连类，折之于至理，以服人心。故天下翕然师尊之……宋兴七十余年，民不知兵，富而教之，至天圣、景祐极矣，而斯文终有愧于古。士亦因陋守旧，论卑气弱。自欧阳子出，天子争自濯磨，以通经学古为高，以救时行道为贤，以犯颜纳说为忠。长育成就，至嘉祐末，号称多士。欧阳子之功为多。③

————————
① 曾枣庄、刘琳主编《全宋文》，第258册，上海辞书出版社，安徽教育出版社，2006年，第116页。
② 《范仲淹全集》，李先勇、王蓉贵点校，四川大学出版社，2002年，第183页。
③ 《苏轼文集》，孔凡礼点校，中华书局，1986年，第315页。

陈亮《书欧阳文粹后》:初,天圣、明道之间,太祖、太宗、真宗以深仁厚泽涵养天下盖七十年,百姓能自衣食以乐生送死,而戴白之老安坐以嬉,童儿幼稚什伯为群,相与鼓舞于里巷之间。仁宗恭己无为于其上,太母制政房闼,而执政大臣实得以参可否,宴然无以异于汉文、景之平时。民生及识五代之乱离者,盖于是与世相忘久矣。而学士大夫其文犹袭五代之卑陋。中经一二大儒起而麾之,而学者未知所向,是以斯文独有愧于古。天子慨然下诏书,以古道饬天下之学者,而公之文遂为一代师法。①

范仲淹在《尹师鲁文集序》中梳理了北宋初期文学复古道路上的几个关键性人物,并且重点肯定了欧阳修彻底扭转北宋散文发展趋向的价值。苏轼在《六一居士集叙》中不仅肯定了欧阳修在复兴道统文统方面的贡献,还指出了欧阳修在改变一代士风方面的功绩。陈亮指出宋初文学涵养七十余年,中间尽管有"一二大儒"复兴古道,但"斯文独有愧于古",直至欧阳修的出现才为宋代文人找到了文学导师。人们众口一词地肯定欧阳修在改变北宋散文文风过程中的作用。可见,欧阳修文坛盟主地位的确立,同时也是欧阳修所倡导的文体、文风改革方向的确立,因而影响深远。

正是由于散文领域平易自然的审美特质影响深远,进而波及诗歌领域。梅尧臣作为欧阳修的挚友,积极响应欧阳修的号召,并提出"唯造平淡难"的诗歌理论主张。在《林和靖先生诗集序》中梅尧臣对林逋诗歌的平淡美予以认可,其中云:"其顺物玩情为之诗,则平淡邃美,读之令人忘百事也。"②根据王水照的研究,梅尧臣在欧阳修之后致力于对平淡风格美学理论的探讨,并对平淡风格成因进行了探索。③诸如梅尧臣在《答中道小疾见寄》中云:"诗

---

① 《陈亮集》,卷十六,中华书局,1974年,第195页。
② 曾枣庄、刘琳主编《全宋文》,第28册,上海辞书出版社,安徽教育出版社,2006年,第161页。
③ 王水照:《北宋洛阳文人集团与宋诗新貌的孕育》,《中华文史论丛》第48辑,上海古籍出版社,1991年,第92页。

本道情性，不须大厥声。方闻理平淡，昏晓在渊明，寝欲来于梦，食欲来于梦。"在《寄宋次道、中道》中云："中作渊明诗，平淡可拟伦。"①在《依韵和晏相公》中云："因吟适情性，稍欲到平淡。苦辞未圆熟，刺口剧菱芡。"在这些诗作中，梅尧臣反复提到"平淡"，一方面说明其对平淡风格的推崇，另一方面说明其找到了平淡风格的渊源，进而表达对陶渊明的仰慕。后来的诗评家也认识到梅尧臣诗歌的主导风格以及其对宋诗平淡风格形成的影响。如严羽在《沧浪诗话》中指出："梅圣俞学唐人平淡处。"②胡仔《苕溪渔隐丛话》评价梅尧臣诗歌曰："圣俞诗工于平淡，自成一家。"③刘克庄在《跋刁通判诗卷》中云："余尝评本朝诗，昆体过于雕琢，去情性浸远，至欧、梅始以开拓变拘狭，平淡易纤巧。"④其中"以开拓变拘狭"，着眼于诗歌内容方面的变革，"平淡易纤巧"，侧重于诗歌风格方面的改变。

经过欧、梅的努力，平易自然成为一种被社会认可的审美风尚，也可以说是宋代文学的群体风格。在此之后的曾巩、苏轼、黄庭坚以及南宋的陆游、杨万里、叶适等诗文大家尽管风格各异，但均倡导或践行平易自然的文学风格。

在宋人所撰文集序跋中，平易自然除了指诗风、文风上的一种审美取向外，还指诗文创作者的一种情感表达，强调诗文表达一种温和、平易的情感。"人禀七情，应物斯感，感物吟志，莫非自然"⑤，无论是"情因物感，文以情生"，还是"情以物迁，辞以情发"，均强调情感是文学创作冲动萌发的来由，是文学创作活动产生的原因。这也是中国文学理论中的基本观念。古代诗学文献中有大量诗"吟咏情性"的言论。如钟嵘《诗品序》曰："气之动物，物之感人，故摇荡性情，形诸舞咏。"⑥方逢辰《邵英甫诗集序》曰："诗所以吟咏

---

① 朱东润：《梅尧臣集编年校注》，上海古籍出版社，1980年，第304页。
② [清] 何文焕辑《历代诗话》，中华书局，2004年，第688页。
③ [宋] 胡仔：《苕溪渔隐丛话》，人民文学出版社，1962年，第216页。
④ 《刘克庄集笺校》，辛更儒笺校，中华书局，2011年，第4558页。
⑤ [南朝梁] 刘勰：《文心雕龙》，范文澜注，人民文学出版社，1962年，第65页。
⑥ [清] 何文焕辑《历代诗话》，中华书局，2004年，第2页。

性情,足以寄吾之情性之妙可矣。"①文天祥《罗主簿一鹗诗序》曰:"诗所以发性情之和也。性情未发,诗为无声;性情已发,诗为有声。闭于无声,诗之精;宣于有声,诗之迹。"②人禀七情,有喜、怒、哀、惧、爱、恶、欲七种心理活动或情感表现,人们在文学创作中表达一种什么样的情感,又因创作主体的不同而呈现不同的个体差异,或因一个时代特殊的文化心理而呈现不同的时代特征。

综观宋人所撰文集序跋,其中涉及文学作品言情说理的,对"情"的阐释既有沿袭前人观点的一面,又有富于时代特征的一面。比如,要求"情"要符合礼法、道义,强调以理节情,最终使"情"归于"雅正"。韩元吉在《焦尾集序》中道:"夫诗之作盖发乎情者,圣人取之以其止于礼义也。"③释道璨《莹玉涧诗集序》曰:"诗主性情,止礼义,非深于学者不敢言。"④曾丰在为黄公度《知稼翁词》作序时曰:"凡感发而输写,大抵清而不激,和而不流。要其情性,则适揆之礼义而安,非欲为词也;道德之美,腴于根而益于华,不能不为词也。"⑤……这些观点强调"礼"对文学创作所抒之"情"的约束,可以说是传统儒家诗教观念的继续与发展,其中也有对司马迁"发愤著书"和韩愈"不平则鸣"的继承。司马迁的"发愤著书"强调文学创作的萌动是由于创作主体在心理上受到压抑,从而情感上郁积不通,进而发而为文,借著书立说来疏通其情感。韩愈"不平则鸣"论则强调以表现人生坎坷与宣泄主体的幽愤愁思为诗歌的价值取向,更加重视为穷愁哀怨者"鸣其不幸"。这两种观点可以说淡化了传统儒家诗教观念对诗歌抒情的礼教束缚,从而肯定了一种特

---

① 曾枣庄、刘琳主编《全宋文》,第353册,上海辞书出版社,安徽教育出版社,2006年,第216页。
② 《文山先生全集》,商务印书馆,1937年,第302页。
③ 曾枣庄、刘琳主编《全宋文》,第216册,上海辞书出版社,安徽教育出版社,2006年,第104页。
④ 曾枣庄、刘琳主编《全宋文》,第349册,上海辞书出版社,安徽教育出版社,2006年,第301页。
⑤ 曾枣庄、刘琳主编《全宋文》,第277册,上海辞书出版社,安徽教育出版社,2006年,第314页。

殊的创作情感。① 这种观点在宋人所撰文集序跋中依然有所体现,比如:

> 欧阳修《梅圣俞诗集序》:盖世所传诗者,多出于古穷人之辞也。凡士蕴其所有而不得施于世者,多喜自放于山巅水涯之外,见虫鱼草木风云鸟兽之状类,往往探其奇怪,内有忧思感愤之郁积,其兴于怨刺,以道羁臣寡妇之所叹,而写人情之难言,盖愈穷则愈工。②
>
> 陆游《澹斋居士诗序》:盖人之情,悲愤积于中而无言,始发为诗。不然,无诗矣。苏武、李陵、陶潜、谢灵运、杜甫、李白,激于不能自已,故其诗为百代法。国朝林逋、魏野以布衣死,梅尧臣、石延年弃不用,苏舜钦、黄庭坚以废绌死。近时,江西名家者,例以党籍禁锢,乃有才名,盖诗之兴本如是。③
>
> 卫宗武《赵帅幹在莒吟集序》:文以气为主,诗亦然。诗者,所以发越情思而播于声歌者也,是气也,不抑则不张,不激则不扬。惟夫颠顿困阻,沉厄郁积,而其中所存英华果锐不予以俱靡,则奋而为辞,琦玮卓绝,敻出寻俗,而足以传远。④

这些文集序跋中有关诗文表情功能的认识,可以说与韩愈的"不平则鸣"是一脉相承的。

人们在文集序跋中更多强调诗文对优游平易情感的认可,而反对浏溧而激烈的情感表达,这是具有时代特征的,也可以说是宋人对文学创作表情功能的一种独特认识。由于宋代特殊的社会环境、政治格局以及思想背景,宋人形成了不同于唐人的文化心理。与唐人的朝气蓬勃、志向远大的浪漫

---

① 详参周裕锴:《自持与自适:宋人论诗的心理功能》,《文学遗产》1995年第6期。
② 《欧阳修诗文集校笺》,洪本健校笺,上海古籍出版社,2009年,第1092页。
③ 《陆游集》,第5册,中华书局,1976年,第2110页。
④ 曾枣庄、刘琳主编《全宋文》,第352册,上海辞书出版社,安徽教育出版社,2006年,第244页。

主义情怀相比,宋人更多走向了内心的收敛以及理性的思致。所以,宋人在对诗文的表情功能上,更多地强调诗文表达一种平淡质朴的情绪,而不是一种愤世嫉俗的情绪,认为"艺术创作不应是激情的驰骋,而应是激情的消解"①,将急言竭论化为从容不迫。比如,苏洵曾评价欧阳修之文,曰:"执事之文,纡余委备,往复百折而条达疏畅,无所间断;气尽语极,急言竭论,而容与闲易,无艰难劳苦之态。"②在苏洵看来,欧阳修的文章中就算是表达一种"气尽语极"的情绪时,也很少有"急言竭论",而是体现一种"容与闲易"的创作情感,并将之表达出来。这种文化心理影响深远,使得宋人在撰序题跋时,反复表达出对诗文表情功能的限定,从而强调创作者温和平易的创作心理。

宋人在文集序跋中,率先强调文学创作要表达一种平易温和情感的是黄庭坚。他在《书王知载〈朐山杂咏〉后》中,将"强谏诤于庭,怨忿诟于道,怒邻骂座之为"排除在"性情"之外,认为在这种情感支配下发而为诗,既非"诗之美也",也非"诗之旨也",而诗歌应该表达一种"忠信笃敬,抱道而居,与世乖逢,遇物悲喜,同床而不察,并世而不闻。情之所不能堪,因发于呻吟调笑之声,胸次释然,而闻者亦有所劝勉,比律吕而可歌,列干羽而可舞,是诗之美也。"③这可以说是对韩愈"不平则鸣"说的反驳,从而使其具有时代性。正是由于黄庭坚对诗文所表之情有这样的认识,即使在他由于元祐党祸被贬到蛮荒之地时,依然能化悲愤为从容,在诗文中表达一种优游山水的心情和淡泊宁静的心境。魏了翁在《黄太史文集序》中曾评价黄庭坚被贬"黔戎"之地时所写的作品,曰:"魋狄之所嗥,木石之与居,间关百罹。然自今诵其遗文,则虑淡气夷,无一毫憔悴陨获之态,以草木文章发帝杼机,以花竹和气验

---

① 周裕锴:《自持与自适:宋人论诗的心理功能》,《文学遗产》1995 年第 6 期。
② 曾枣庄、刘琳主编《全宋文》,第 43 册,上海辞书出版社,安徽教育出版社,2006 年,第 26 页。
③ 《黄庭坚全集》,刘琳、李勇先、王蓉贵点校,四川大学出版社,2001 年,第 666 页。

人安乐,虽百岁之相后,犹使人跃跃兴起也。"①

正是由于欧阳修、黄庭坚等人创作实践的示范和创作理论的倡导,人们在诗文表情功能的认识上,达成了共识,表现出对温和平易情感的认可。人们在撰序题跋时,有些就开门见山地表达撰序题跋者的主张,直接强调诗文应表达一种平易之情。比如何梦桂《钱肯堂诗序》曰:"平易者,诗之正声也。心形于声,心正而后声正,故知声可以观心。"进而评价钱肯堂的诗歌创作:"不肯镌心镂肝,以为艰深刻苦之语,其辞气平易似其人。"②牟巘在《高景仁诗稿序》中表达其对"和平之音"的推崇,并且认为诗歌能表达"和平"之声者方能达到最高境界,"和平者,物之极致。不但声之与味为然,虽诗亦然。夫和平之词,恬淡而难功,非用力之深,孰能知声外之声,味外之味,而造夫诗颂之所谓和且平者乎?故精能之至及造和平,此乃诗之极致也"。③王炎为其从兄王刚的诗集作序时认为,孟郊、贾岛乃穷愁之士,故"语多酸寒,且有怨怼",但他更推挹从兄"出则徜徉里巷间,好事者饮以酒即径醉,绝口不谈世事。入则萧然茅茨之下,淡泊无营"的人生态度,以及"辞气恬淡而和平,不激不戚,其所得有在诗之外者"④的创作风格。

在有些文集序跋中,人们并不是直接表达对平易自然情感的认可,而是对文集作者曾经身处困境、最终看淡了生活中遇到的挫折和困苦后所表达出的淡然之情尤为揄扬。如尤袤在为朱逢年的诗集撰序时,采用了迂回曲折的写作手法,其在序文开头首先肯定诗文表情中的一种普通情感,即诗人之情,大多是"得则喜,失则悲,有所不平则怨刺",但只用"深于道者"能在身经苦难和人生悲苦之后依然毫无哀伤悲愤之态,正如朱逢年"少有轶材,自

---

① 曾枣庄、刘琳主编《全宋文》,第 310 册,上海辞书出版社,安徽教育出版社,2006 年,第 32 页。
② 曾枣庄、刘琳主编《全宋文》,第 358 册,上海辞书出版社,安徽教育出版社,2006 年,第 109 页。
③ 曾枣庄、刘琳主编《全宋文》,第 355 册,上海辞书出版社,安徽教育出版社,2006 年,第 286 页。
④ 曾枣庄、刘琳主编《全宋文》,第 270 册,上海辞书出版社,安徽教育出版社,2006 年,第 286 页。

负其长,不肯随俗俯仰,厄穷蹎踣,有人所难堪,而其节愈厉,其气愈高,其诗闲暇,略不见悲伤憔悴之态"①。这种情感的形成是宋代士大夫人生价值观和处世心态变化的结果。宋代儒、释、道三教合流,孝宗曾作《原道辨》宣扬"以佛修身,以道养生,以儒治世"②,这种思想极大地影响了宋代士大夫的价值观念和处世原则。儒家的积极入世、道家的淡泊无为、佛家的自我解脱使宋人能超然对待人生的荣辱得失。因此他们常常既不汲汲于富贵功名,也不戚戚于贫贱落魄,人生穷达,宦海浮沉,皆不萦于怀,从而形成从容自适的处世态度。③

宋人在文集序跋中强调文学创作"吟咏性情",但对"情"更多地侧重于表达文学创作者平易温和之情,反对愤世嫉俗之情。这种对情感的节制颇具时代特点,使之与汉代儒生强调用礼教约束情感的言情说,或者与唐代韩愈的"不平则鸣"的言情说有所不同。

第二节 "文以序传"的意识自觉

文集序跋之出现与发展,必以文集之存在为前提和基础。先秦时期,世人尚未有著书立说以传后世的观念与意识,私人著述并不多见,故以文集为依托之文集序跋自然不可能出现。到魏晋时期,逐渐摆脱经学束缚的文学日益受到人们的重视,地位不断提高,并最终独立出来,成为一个专门领域,许多文人雅士专务文学创作,从而带来了魏晋文学的大发展。同时,东汉以后,世人也有了编纂文集的自觉意识,这样文集序在魏晋时期得以迅速成长。隋唐时期是文集序的成熟期,尤其是到了中唐以后,文人撰序已经成为

---

① 曾枣庄、刘琳主编《全宋文》,第 225 册,上海辞书出版社,安徽教育出版社,2006 年,第 226 页。
② 曾枣庄、刘琳主编《全宋文》,第 236 册,上海辞书出版社,安徽教育出版社,2006 年,第 297 页。
③ 详参张玉璞:《论宋代文人的谪居心态》,《江西社会科学》2002 年第 8 期。

相当普遍的文化现象,不过这一时期的文集序大多是在文集作者作古之后,由其后嗣子孙自序或请他人代序而成。迨至两宋,时人创作的文集序跋不仅数量庞大,而且种类繁多,既有一般的诗文集、词集序跋,还出现了奏议集、谏稿集、尺牍集、制诰集等新型文集序跋。有宋一代,文人们通过为本人文集自序自跋、请他人给自己文集代为序跋或受请托而为他人文集作序题跋,使得文集序跋这一文化现象得以不断强化,最终逐渐形成一种翕然从之的时代氛围。笔者认为,这种现象的产生和出现正是宋人文集序跋意识的自觉。

一、文集序跋意识自觉的表现

文集序跋之所以至有宋而空前繁荣,并就此一文体出现意识自觉现象,乃至出现了"文以序传"的集体认同,盖因两宋时期的文人对文集序跋的功能与意义有了清晰而明确的认识。南宋时期吕午在《义师求寄闲诗集叙》一文中载述义师向其解释求序的动机时曰:"昔参寥未有闻,以'藕花无数满汀洲'之句见赏于坡仙,遂以能诗称诸公。闻钱塘勤聪诗,亦皆得坡叙(序)以传。窃愿附此义。"[①]义师正是看到了参寥与勤聪两人诗集因为苏轼作序而得流传,才就自己的诗集坚持向吕午求序。同为南宋时期的释道璨,在为其好友莹玉涧诗集作序时道:"予常谓惟俨诗不传于后世,而托名于欧阳一序;参寥诗可传者十数解,借东坡一语而盛行。"[②]在此,释道璨也强调了序文的重要性,乃至对于诗文集之流传关系甚大。

到了两宋时期,与前人相比,人们对于文集序跋的价值、功能及意义在认识上出现了根本变化。两宋以前,文人文集多是在作者去世之后由其故人或子孙整理结就,其序跋则由整理者自己或请人所作,文人生前请他人为其文集作序题跋的情况在宋代以前并不多见。据笔者管见,庾信请宇文逌

---

① 曾枣庄、刘琳主编《全宋文》,第 315 册,上海辞书出版社,安徽教育出版社,2006 年,第 71 页。
② 曾枣庄、刘琳主编《全宋文》,第 349 册,上海辞书出版社,安徽教育出版社,2006 年,第 301 页。

为其文集撰序应是此一做法的滥觞。宇文逌《庾信集序》结语云："凡所著述,合二十卷,分成两帙,付之后尔。余与子山,风期款密,情约缟纻,契比金兰,欲余制序,聊命翰札,幸无愧色。"①到初、盛唐时期,这种情况依然不多,直到中、晚唐以后,情况才有所变化。根据笔者对唐代现存文献的查考,唐代文集作者生前请人撰序可分为两种情况:一种是文集作者生前亲自委托;另一种是文集作者临终以遗嘱相托付。笔者通过钩稽相关文献可知,有唐一代共有五篇文集序属于第一种情况,即独孤及《检校尚书吏部员外郎赵郡李公中集序》、梁肃《补阙李君前集序》、于頔《释皎然杼山集序》、元稹《白氏长庆集序》、郑亚《太尉卫公会昌一品制集序》。另一类文集序尽管是受托者为他人之遗文所作,但也属于文集作者在生前所托付。元宗简在其弥留之际曾委托白居易为其文集撰序,刘禹锡也曾为柳宗元之文集作序,二者大抵属于此类情形。由此可见,在宋代以前,文集作者生前请序于他人虽然已经出现,但并不普遍。

到了宋代,文集作者生前请人撰序题跋的做法逐渐流行起来。宋人多有一官一集、或一时一集的情况,每当一部文集结就,多会自序或请人撰序,甚至一部文集会请多人为其撰序。如北宋许大方在海陵为官期间整理自己的文章,结集为《海陵集》,曾先后请张耒和晁补之为其撰序。南宋刘才邵的《檆溪居士集》,先请周必大作有《檆溪集序》,后又请杨万里撰写《檆溪集后序》。文集作者愿意请人写序题跋②,而受托者也以此为荣,多愿意接受此种请托,甚至有人主动提出要为他人文集作序,如司马光曾在《吕献可章奏集序》中云:"今既没,其子由庚等搜求章奏遗稿,得二百余篇。光请而序之,俾后之人察其言,足以知献可之心。"③宋人对于文集序跋之认真与热情,由此

---

① [清]严可均辑《全上古三代秦汉三国六朝文》,中华书局,1958年,第3901页。
② 或谓如今多是托人写序,不见请人题跋,但在宋代确实存在请人题跋的情况,如周行已《晁元升集序》:"将与元升别,求元升近文。元升出此编,因使予跋,遂以此书。"杨椿《跋孝感诗集》:"士大夫纪其实而侈其事者,致盈编焉。其子嘉谋献可录示,且请为跋。"
③ 曾枣庄、刘琳主编《全宋文》,第56册,上海辞书出版社,安徽教育出版社,2006年,第108页。

可见一斑。

综上可知，宋代文人已产生了明确的文集序跋意识，人们认为一部文集若无序跋将无以传于后世，故一部文集结就之日，也即作序题跋之时，无论是自序还是他序都是郑重严肃、必不可少之事，此即为文集序跋意识之自觉。

宋代文集序跋意识的自觉作为一种特有的文化现象主要表现在两个方面：

其一，宋人对文集序跋之功能与意义进行了认真的辨析与探讨。有人认为序不必作，如姚勉《秋崖毛应父诗序》曰："剑江毛应父以诗集来教予，求序之。予曰：诗不以序传也。三百五篇皆有序，朱夫子犹使人舍序而求诗，序不足据也，姑舍是。后世诗亦尔。杜子美、李太白、白乐天、唐诗人之冠冕者，各以其诗传，不以元微之、李阳冰序传也。东坡之诗，无敢序，山谷之诗，无敢序，近时诚斋之诗，无敢序，信乎诗不以序传，而以诗传也。"①有人认为"文以序传"，如黄廓《碧溪诗话跋》云："志以言而章，言以文而远，文以叙而传，叙以德而久。……及古道废阙，英才埋没，往往托之著述比兴以自见者多矣，然非得当世闻人表而出之，则亦无以取信于后世。"②

经过广泛地争论，更多的人认同了后者，即相信"文以序传"。甚至有人认为，文集作者死后由他人来为其文集撰序与为其人作行状、写墓志铭一样重要。欧阳修《仲氏文集序》曰："君之既殁，富春孙莘老状其行以告于史，临川王介甫铭之石以藏诸幽，而余又序其集以行于世。然则君之不苟屈于一时，而有待于后世者，其不在吾三人者邪！"③同样，晁补之《书邢敦夫遗稿》曰："邢河阳既哭其子惇夫，以书抵山阳李端叔，云：吾儿垂绝时，问所欲，言曰：'愿得豫章黄鲁直状其行，以累高邮孙公铭之，而遗稿以属补之为序。'端

---

① 曾枣庄、刘琳主编《全宋文》，第 315 册，上海辞书出版社，安徽教育出版社，2006 年，第 449 页。
② 曾枣庄、刘琳主编《全宋文》，第 223 册，上海辞书出版社，安徽教育出版社，2006 年，第 362 页。
③ 洪本健：《欧阳修诗文集校笺》，上海古籍出版社，2009 年，第 1122 页。

叔为补之言,补之曰:昔杜牧不敢序李贺,矧吾惇夫年未二十,文章便欲追逐古人,充其志,非特为贺者而已。然吾岂可以负惇夫将死托邪?"①由此可知,北宋诗人邢居实在其弥留之际曾委托黄庭坚为其写行状,孙觉为其作墓志铭,晁补之为其文集作序。在两宋时期对一般士人来说,身后文集有人撰序题跋与由他人为其作行状、写墓志铭一样,不可或缺。

其二,宋代出现了"文以序传"的集体认同。宋人认为文集在进入正式流通之前,或每次刊刻出版之前,必得有人为其撰序或题跋,方可取信于世人,从而使序跋在文集传播中的价值与意义得以突显。刘挚之子刘路在函托刘安世为其父文集撰序时曰:"先人平生为文,方弃诸孤,仅存一箧,类次之,已成编集,念当有序引以信于后。"②刘路在此明确提出文集"当有序引以信于后",说明时人对于序跋在文集传播中的价值已经有了充分认识。

既然"文以序传"得到普遍认可,那么通过何种方式方能使欲"取信于后"之序跋取得预期的效果呢?名人大家在社会上拥有巨大的影响力和话语权,大多"一言九鼎",因此如能由当世之名人大家出面作序,自可"取信于后",这也是大家名人之序跋较为常见的重要原因。黄廓《碧溪诗话跋》云:"志以言而章,言以文而远,文以叙而传,叙以德而久。……及古道废阙,英才埋没,往往托之著述比兴以自见者多矣,然非得当世闻人表而出之,则亦无以取信于后世。"③在此,黄廓认为理想的序跋作者非"当世闻人"莫属,并且此"当世闻人"只有"有德者"方可让文集流传百世,正如杨时所云:"士以一言轻重,足以信今传后,惟有德者能之。"④

两宋三百余年是中国历史上文学文化繁荣的时期,也是文学传播新方

---

① 曾枣庄、刘琳主编《全宋文》,第126册,上海辞书出版社,安徽教育出版社,2006年,第152页。
② 曾枣庄、刘琳主编《全宋文》,第118册,上海辞书出版社,安徽教育出版社,2006年,第175页。
③ 曾枣庄、刘琳主编《全宋文》,第223册,上海辞书出版社,安徽教育出版社,2006年,第362页。
④ 曾枣庄、刘琳主编《全宋文》,第124册,上海辞书出版社,安徽教育出版社,2006年,第256页。

式和新媒介风行于世的时期。"文章行世与否,固然离不开其本身的内容含量与艺术价值,但如果没有有效的传播媒介给予传播,再好的作品也只会藏在深闺人不识,而序跋就是一种甚富功效的传播媒介"[1],宋人正是认识到序跋的这一价值,才产生了"文以序传"的集体认同。

二、文集序跋意识自觉之历史条件

透过纷繁的表象可知,文集序跋意识之自觉产生于宋代,可谓良有以也。文集序跋的产生必须以文集的存在为前提,因此文集的整理与编纂就成为文集序跋发展的重要基础。同时文集雕印出版时,为扩大文集之流通与传播也会请人或自行撰写刊刻序跋。可见,相当数量的文集编纂和刊印是产生文集序跋意识自觉必不可少的前提,而两宋时期大规模的文集整理与刊刻正好提供了相应的时代条件。

(一) 由政府推动的图书整理与文集编纂工作

在两宋时期,国家不仅通过内府进行系统的图书整理,还曾多次诏令地方搜求天下遗书。据史料记载,宋代共有四次大规模的图书整理。第一次是仁宗朝对馆阁藏书进行的整理与补校。仁宗天圣九年(1031)新建崇文院,增加书吏,重新整理图书。景祐元年(1034)命翰林学士张观等整理校正馆阁藏书,"定其存废,讹谬重复,并从删去,内有差漏者,令补写校对。仿《开元四部录》,约《国史艺文志》,著为目录"[2]。直至庆历元年(1041),由翰林学士王尧臣等上奏,赐名《崇文总目》。此次图书整理耗时七年,共整理图书三万零六百六十九卷。《崇文总目》有六十六卷,按四部分四十五类,其中集部十卷三类。《崇文总目》编次完成之后,仍不断有新的文献补充,如嘉祐四年(1059)二月秘阁校理吴及上奏:"近年用内臣监馆阁书库,借出书籍,亡失已多。又简编脱落,书吏补写不精,非国家崇尚儒学之意。请选馆职三两

---

[1] 谭新红:《宋人词集序跋之传播刍议》,《文艺研究》2010年第8期。
[2] 姚名达:《中国目录学史》,上海书店,1984年,第190页。

人,分馆阁人吏编写书籍。"①到嘉祐七年(1062),秘阁在《崇文总目》基础上又补入一千四百七十四部、八千四百九十四卷书籍,本次所增补之书籍包括一定数量的文人文集。

第二次是徽宗朝对秘府图书进行的访求与校正。大观四年(1110),朝廷要求对秘府所藏图书"视庆历旧录有未备者,颁其名数于天下,选文学博雅之士求访;《总目》之外别有异书,并借传写,或官给笔札即其家传之,就加校定,上之策府"②。到政和七年(1117),据孙觌云:"顷因臣僚建言访求遗书,今累年所得,《总目》之外凡数百家,几万余卷。"③这次图书整理较《崇文总目》增多数百家,几万余卷。且孙觌还要求"依景祐故事,诏秘书省官以所访遗书讨论撰次,增入《总目》,合为一卷。乞别制美名,以更崇文之号",于是朝廷命著作郎倪涛、校书郎汪藻等编次,更名曰《秘书总目》。

以上是北宋时期的两次大规模的图书整理,整个北宋时期对文献的整理从未间断,也取得了很大的成就。《宋史·艺文志》总结云:

> 尝历考之,始太祖、太宗、真宗三朝,三千三百二十七部,三万九千一百四十二卷。次仁、英两朝,一千四百七十二部,八千四百四十六卷。次神、哲、徽、钦四朝,一千九百六部,二万六千二百八十九卷。三朝所录,则两朝不复登载,而录其所未有者。四朝于两朝亦然。最其当时之目,为部六千七百有五,为卷七万三千八百七十有七焉。④

可见,经过九朝的努力,到北宋后期馆阁藏书量已达到七万余卷,远远超过

---

① 曾枣庄、刘琳主编《全宋文》,第 48 册,上海辞书出版社,安徽教育出版社,2006 年,第 173 页。
② [清] 徐松辑《宋会要辑稿》,中华书局,1957 年,第 2239 页。
③ 曾枣庄、刘琳主编《全宋文》,第 159 册,上海辞书出版社,安徽教育出版社,2006 年,第 19 页。
④ [元] 脱脱等:《宋史》,卷二百二,中华书局,1985 年,第 5033 页。

唐代《开元四部录》所载图书。

　　惨烈的靖康之变使北宋官私藏书均遭遇严重损失，南渡前后的很多史料记载了兵燹对图书的极大破坏。因此，高宗在南宋建立不久就开始下诏搜求天下书籍，恢复馆阁藏书。孝宗淳熙三年（1176）十月，陈骙等上奏云："中兴以来，馆阁藏书，前后搜访，部秩渐广，循习之久，未曾类次书目，致有残缺重复，多所讹舛。乞依《崇文总目》就令馆职编撰，更不置局。"①此次整编工作历时一年有余，直到淳熙五年（1178）三月《中兴馆阁书目》才编撰完成。此书目共七十卷，分五十二门，共著录图书四万四千四百八十六卷，其中包括文集数十种。高宗、孝宗朝的此次图书整理工作是为两宋历史上的第三次。宁宗嘉定十三年（1220），秘书丞张攀等上奏要求续修书目，"以淳熙后所得书，纂续前录"②，得书一万四千九百四十三卷，即《中兴馆阁续书目》，这是第四次。③

　　四次大规模的图书整理对保存宋代及宋以前之文献功不可没，同时这一工作也为两宋文学乃至文化的发展起到了积极的推动作用。尽管每次图书整理在各类文献的搜求方面各有侧重④，但对文集的搜集却是一以贯之，其中既有对前朝文集的搜求，也有对本朝文集的整理。王安国《花蕊夫人诗序》云：

　　　　熙宁五年，臣安国奉诏定蜀民所献书可入三馆者，得花蕊夫人诗，乃出于花蕊手，而词甚奇，与王建宫词无异。建自唐至今，诵者不绝口，而此独遗弃不见收，甚为可惜也。臣谨缮写入三馆而归，

---

① 曾枣庄、刘琳主编《全宋文》，第 241 册，上海辞书出版社，安徽教育出版社，2006 年，第 40 页。
② ［宋］陈振孙：《直斋书录解题》，上海古籍出版社，1987 年，第 236 页。
③ 有关宋代大规模整理图书的相关史料、数据，可参阅姚名达：《中国目录学史》，上海书店，1984 年，第 189—191 页。
④ 陈广胜在其《论宋代对图书文献的收集整理》一文中指出南宋孝宗朝的一次图书整理将"访求记载本朝典章制度的国史、会要、实录类书籍放在所求之书的首位"。文载《河南大学学报》1996 年第 3 期。

口诵数篇于丞相安石。明日,与中书语及之,而王珪、冯京愿传其本,因盛行于时。①

由此可知,王安国在熙宁五年(1072)奉诏整理图书时,访求到后蜀花蕊夫人的诗集,并将其保存于三馆。

在宋代进行的数次图书整理工作中,政府对文人文集亦给予相当之关注,如宋徽宗曾命王安石的门人薛昂整理王安石的文集:"重和元年六月壬申,门下侍郎薛昂奏:承诏编集王安石遗文,乞更不置局,止就臣府编集,差检阅文字官三员。从之。"②许光凝在《华阳集序》中提到大观二年(1108)徽宗下诏对王珪文集进行整理:"大观二年正月甲寅,有诏故相岐国王公之家,以《文集》来上。"③在国家大规模的图书整理工作中,对前代及当代文人文集进行的搜集整理,对文人文集的保存是极为有益的。

有宋一代,除中央政府对文化典籍进行系统的整理外,各地方官出于推动当地文化发展的意愿,也不断地对当地先贤文集进行搜集和整理。很多地方官常常在政事之暇,甚至是到任伊始,即号召文士整理当地先贤或宦历当地之文人的文集。政和元年(1111)四月,朱袞知吴江县,"既至其邑,想其遗风,因求善本校证,刻之于版"④,对陆龟蒙的《笠泽丛书》予以校证并且将之镂版以行。宣和五年(1123),到道州任知州的王次翁刊刻了寇准的诗集,其在《新开寇公诗集序》中云:"宣和壬寅,次翁受命假守,既至,拜公像,……又得公诗三卷,凡二百四十篇,为校正其讹错,镂板传久。"⑤

---

① 曾枣庄、刘琳主编《全宋文》,第 73 册,上海辞书出版社,安徽教育出版社,2006 年,第 44 页。
② [宋]杨仲良:《续通鉴长编纪事本末》,李之亮校点,黑龙江人民出版社,2006 年,第 1367 页。
③ 曾枣庄、刘琳主编《全宋文》,第 138 册,上海辞书出版社,安徽教育出版社,2006 年,第 84 页。
④ 曾枣庄、刘琳主编《全宋文》,第 140 册,上海辞书出版社,安徽教育出版社,2006 年,第 64 页。
⑤ 曾枣庄、刘琳主编《全宋文》,第 156 册,上海辞书出版社,安徽教育出版社,2006 年,第 5 页。

在宋代，各地除对当地先贤或曾在其地为官者的别集整理刊刻外，往往还会整理汇编当地文人的诗文总集，如《严陵集》《润州类集》《扬州集》等即属此类。秦观《扬州集序》云：

> 《扬州集》者，大夫鲜于公（鲜于侁）领州事之二年，始命教授马君希孟采诸家之集而次之，又搜访于境内简编碑板亡缺之余，凡得古律诗洎箴赋合二百二篇，勒为三卷，号《扬州集》。①

在两宋时期，各地方官不仅是当地文化建设的推动者与参与者，同时也是一地文化的传播者，他们在宦游各地时，常常将其所熟知的文化从一地带到另一地。南宋卢钺（福建闽县人）"景行前修"，对其邻邑福建福清之郑侠、王蘋尤为推崇，后来其到吴县为官，曾感叹："福清邑庠旧有先生文集，而吴学独无有，非一大欠缺欤！"②于是以福清墨本付之刊刻，使王蘋的文集行于吴县，从而扩大了王蘋文集在浙江等地的传播。因此，宋代各级地方官在文人文集的保存、刊刻、传播等方面所起的作用亦不容忽视。

（二）民间自发进行的文集整理工作

由朝廷推动的图书整理活动虽然对文人文集有所关注，但毕竟有限，魏了翁曾曰："国朝列局修书，至崇、观、政、宣而后尤为详备，而其书则经、史、图、牒、乐书、礼制、科条、诏令、记注、故实、道史、内经，臣下之文鲜得列焉。"③各地方官出于推动当地文化教育发展的需要而对文人文集进行的搜求及整理工作更多的是根据地方官长个人的眼光及偏好所进行，再加上地方资源有限，缺少系统性和全面性。因此，大量文人文集之编纂主要还是依靠文集作者自己及其亲朋故旧和子孙后代等来完成。

---

① [宋]秦观：《淮海集》，徐培均笺注，上海古籍出版社，1994年，第1259页。
② 曾枣庄、刘琳主编《全宋文》，第351册，上海辞书出版社，安徽教育出版社，2006年，第260页。
③ 曾枣庄、刘琳主编《全宋文》，第310册，上海辞书出版社，安徽教育出版社，2006年，第12页。

宋人认为"君子之学,或施之事业,或见于文章",但真正能够"功烈显于朝廷,名誉光于竹帛"①者甚少,大多仕途坎坷,沉于下僚。因此,宋代士人对人生价值的认识较为多元,他们认为:"不朽有三,曰立德、曰立功、曰立言。有一于斯,可以无愧于后世。"②在宋人看来,除了道德和事业可以使人流芳外,著书立说同样可以使他们"无愧于后世"。宋人是以大都非常重视自己的文集,常常精心编纂刊刻使之广为流传。在两宋时期,很多文人都在生前对其作品予以整理,如王禹偁、苏辙、晁补之、秦观、贺铸等。宋代文人文集之编纂形式多样,其整理和保存亦煞费苦心,甚至达到一官一集、一时一集之程度。余靖《宋太博尤川杂撰序》云:

> 康定建元之明年,岁在实沉,广平贯之以奉常博士移刺琼管,途羇曲江,因出文稿四编示,其一曰《剑池编》、次曰《龟城集》、次曰《尤川杂撰》、次曰《永平录》,皆一官所成之集也。且曰:"《剑池》《永平》二集,今待制宗人子京、暨大理丞王君子元各为之序,以冠篇首,尚以《尤川》一篇累吾执。"③

余靖在此提到,宋贯之曾编纂自己的文稿为四编,均为一官一集,并且每结集之后都会请人为之作序,可见宋贯之对自己文集之重视。杨亿《温州聂从事云堂集序》和《温州聂从事永嘉集序》记载了聂茂先在括苍(缙云)为官时将自己作品编为《云堂集》,后来到永嘉又有新作,即《永嘉集》,并且每官一地之文集都请杨亿为其撰序。这种一官一集或一地一集的情况在宋代并非个别现象,已成为当时文人的流行做法。

---

① 曾枣庄、刘琳主编《全宋文》,第 34 册,上海辞书出版社,安徽教育出版社,2006 年,第 166 页。
② 曾枣庄、刘琳主编《全宋文》,第 132 册,上海辞书出版社,安徽教育出版社,2006 年,第 133 页。
③ 曾枣庄、刘琳主编《全宋文》,第 178 册,上海辞书出版社,安徽教育出版社,2006 年,第 271 页。

此外，两宋文人还会对某个时间段内的作品予以整理，编纂成集，即一时一集。孔武仲在其《丙寅赴阙诗稿序》中记述："元祐丙寅春，余自湘潭令为秘书省正字。以力之不足于陆也，乃谋舟行。"①其间经过很多地方，诗人将自己旅途见闻一一达之于诗，等到达京师之后则有诗歌若干篇，故将其整理编纂，即《丙寅赴阙诗稿》。郑刚中在其《北山集叙》中详细地介绍了自己按时间先后编纂文集的情况：

  《北山初集》，即余所谓《笑腹编》也。余以绍兴乙卯至甲子岁所录文字，自号《北山中集》，《笑腹编》则宣和卒（应为"辛"）丑至乙卯岁中所录者，因号《初集》。若辛丑以前见于纸笔者，皆为盗所火，不复能记忆矣。甲子而后，时时因事有稿，老懒杂置箧中，他日有能为余收拾者否？所未能知也。②

郑刚中的《北山初集》，即《笑腹编》，收集的是宣和辛丑（1121）至绍兴乙卯（1135）时期的作品，而《北山中集》收集的是绍兴乙卯（1135）至绍兴甲子（1144）期间的作品。宋人平时相当注意整理保存自己的文集，若生前未能及时整理编纂，那么在其去世之后，他们的子孙、故友也会不遗余力地搜集其遗文，并编集刊刻，尽量使之流传于世。

（三）宋代文集刊刻的繁荣

在印刷术发明之前，书籍主要靠抄录传播。这种传播方式既影响书籍传播的速度和广度，同时也影响书籍内容的准确性。隋唐以后随着印刷术的发明及广泛应用，书籍的传播出现了革命性的变化。

宋代是中国雕版印刷术的辉煌时期，其雕印书籍范围之广泛、雕印技术之精湛，是隋唐乃至两宋以后相当长的时期内都无法匹敌的。雕版印刷术

---

① 曾枣庄、刘琳主编《全宋文》，第 100 册，上海辞书出版社，安徽教育出版社，2006 年，第 260 页。
② 曾枣庄、刘琳主编《全宋文》，第 178 册，上海辞书出版社，安徽教育出版社，2006 年，第 271 页。

的大量运用,带动了宋代刻书业的发达。宋代形成了官刻、家刻、坊刻三大刻书模式鼎立的格局,三种模式相互补充,各有侧重。宋代刻书业繁荣发展,规模宏大,形成了以杭州、福建、四川为中心的三大刻书区域。宋代刻书业之三大中心区域各有所重,最终形成各有特色、相得益彰的格局。两宋时期多样的刻书模式、广阔的刻书区域以及精良的刻书队伍共同促成了宋代刻书业的发达。① 宋代刻书业的繁荣自然为文人文集之刊印提供了便利条件。

北宋时期,由于严峻的国防形势,出于保密之需要,朝廷一度对当朝文人文集之刊印管控较严。到了南宋时期,因与金国长期处于南北对峙局面,局势相对稳定,战事减少,对文集雕印的控制也较为缓和。故文集尤其是本朝文人文集,在南宋时期终于迎来了雕印出版的新高峰。文人文集的刊刻出版,既是文集作者之所愿,又是嘉惠世人之事,同时文集的出售也会给书商带来巨额利润。因此对于刻书者来说,雕印文集是"传先哲之精蕴,启后学之困蒙,亦利济之先务,积善之雅谈也"②。综观相关文献,两宋时期雕印文人文集的数量相当可观。宋人雕印前代文人文集多以唐时旧本为依据,因而在文字内容上接近旧时面貌,学术价值相对较高。对于宋人文集,则是当代人雕印当代作品,其版本价值更是不言而喻。

两宋时期方兴未艾的文集整理与编纂为文集序跋之繁荣准备了必要条件,同时也为宋代文集序跋意识之自觉营造了时代氛围。雕版印刷的应用使文人文集可化身千万,得到更为广泛的传播。为了增加锓行文集文本的公信力,文集序跋的价值不断凸显,由此对文集序跋意识的自觉也起到了相当大的刺激作用。

三、文集序跋意识自觉之影响

如前所述,随着印刷术的发展,文集的传播不再仅仅依靠抄录或刻石,

---

① 参见朱迎平:《宋代刻书产业与文学》,上海古籍出版社,2008年。
② [清]张之洞:《书目答问》,商务印书馆,1933年,第78页。

刊刻出版成为文集传播的一种新的重要途径。这种新颖的传播方式使得文人文集的流通更为广泛和频繁。在宋人文集序跋意识自觉的影响下，在宋代士人间产生了"文以序传"的集体认同，这不仅推动了宋代文集序跋这一文体形式的重大发展，而且对当时的文人生活也产生了相应的影响。

（一）文集序跋形式多样化

在宋代以前，所谓文集序跋主要是编纂序跋，到了两宋时期，文集序跋的发展呈现出多样化的趋势，形成编纂序跋、读后感式序跋、刊刻序跋鼎足而立的局面。

刊刻序跋主要为雕印文集而作，而编纂序跋主要为汇编文集而作。一般来说，前者不涉及文集编纂，后者不涉及文集雕印。刊刻序跋的出现，改变了编纂序跋一统天下的局面。文人文集在最初编纂成集时虽已有人为此撰写过序跋，但在雕印出版时还会再次请人撰写序跋。如晁子健在其祖父晁说之去世之后，"求访遗文三年"，最终将其祖父文集"编成一十二卷"[①]，并在绍兴二年（1132）正月二十八日撰写了《嵩山集跋》。而晁子健在乾道三年（1167）五月将《嵩山景迂生文集》刊刻时，又再次撰写了《刊嵩山景迂生文集跋》，其中有"谨用锓木于临汀郡庠，以广其传"[②]云云。对于华镇的《云溪居士集》，华镇之子华初成曾于楼炤在会稽为官时请其作序，楼炤在绍兴癸亥（1143）为其撰写了《云溪居士集序》。到了绍兴十三年（1149）九月，华初成将《云溪居士集》锓版时，楼炤又为其撰写了《云溪居士集跋》，其在该跋文中云："乐道人之善，非公殆不能与于此，是用锓版而传之。"[③]如果说编纂序跋的繁荣是宋代文人文集整理和编纂风行于世的最好注脚，那么刊刻序跋的勃兴则是宋代文人文集刊刻雕印发展繁荣的最好见证。

在两宋时期，不仅出现了新形式的刊刻序跋，读后感式序跋也在这一时

---

① 曾枣庄、刘琳主编《全宋文》，第192册，上海辞书出版社，安徽教育出版社，2006年，第117页。
② 曾枣庄、刘琳主编《全宋文》，第192册，上海辞书出版社，安徽教育出版社，2006年，第119页。
③ 祝尚书编《宋集序跋汇编》，中华书局，2006年，第824页。

期的特定历史条件下得到了充分的发展。印刷术的广泛应用使人们获得书籍变得更加容易,故有宋一代出现了众多的藏书家。这些藏书家藏书少者数千卷,多者数万卷。费衮《梁溪漫志》记载司马光"独乐园之读书堂,文史万余卷。而公晨夕所常阅者,虽累数十年,皆新若手未触者"①。司马光不仅藏书丰富,且惜书如命。《宋史·胡仲尧传》云胡仲尧"累世聚居,至数百口。构学舍于华林山别墅,聚书万卷,大设厨廪,以延四方游学之士"②。

藏书之家及藏书数量的增多,使得士人读书也变得相对方便容易。宋代一些士人在读书时又时常有感而发,并为之题跋,这种习惯逐渐风行开来,从而产生了诸多读后感式序跋。此类序跋大多写来相对随意,如行云流水般任意抒发读者的情感。李纲《书四家诗选后》云:"偶读《四家诗选》,因书其后。"③李纲在此一题跋中对王安石选李白、杜甫、韩愈、欧阳修四家诗予以评价。陆游《跋王右丞集》云:"余年十七八时,读摩诘诗最熟,后遂置之者几六十年。今年七十七,永昼无事,再取读之,如见旧师友,恨间阔之久也。"④陆游在该跋文中生动地表现出对王维诗歌的热爱。读后感式序跋多是在文集及文集作者对序跋者内心深处有所触动时而发,自然真实,无矫揉造作之情,写来简洁明了,常常成为文集序跋中不可多得的精品。

(二)"序跋对话"成为文人雅事

有宋一朝采取右文政策,"今世用人,大率以文词进:大臣,文士也;近侍之臣,文士也;钱谷之司,文士也;边防大帅,文士也;天下转运使,文士也;知州郡,文士也"⑤,而且宋代君主"与士大夫共定国是",为文人提供了参政议政的机会,"不杀大臣及言事官"也为文人参政营造了宽松的政治氛围。总

---

① [宋]费衮:《梁溪漫志》,上海古籍出版社,1985年,第29页。
② [元]脱脱等:《宋史》,卷四百三十九,中华书局,1985年,第12390页。
③ 曾枣庄、刘琳主编《全宋文》,第172册,上海辞书出版社,安徽教育出版社,2006年,第42页。
④ 《陆游集》,第5册,中华书局,1976年,第2262页。
⑤ 《蔡襄集》,吴以宁点校,上海古籍出版社,1996年,第384页。

之,有宋一朝,"海内文士,彬彬辈出"①。

宽松的政治环境、健全的科举制度、优渥的政策待遇等宋代特有的氛围,让宋代文人充分认识和享受到读书的益处,正所谓"书中自有千钟粟""书中自有黄金屋",宋代士人的文化素质亦由此得以普遍提高。在这样的时代背景下,文人雅事的形式也大为增加。宋代文人常常游宴唱和、赏亭题刻、品茶题画,他们在畅游美景、恣情山水的同时,常常豪兴迸发,多在风景胜地题名以作纪念。

除了名胜题刻外,撰序题跋也是宋代文人展现才情、标榜风雅的彬彬文事。宋代文集序跋意识自觉的产生,使得撰序题跋已内化为文人文化生活的一部分,成为他们之间对话的一种新形式。宋代科举取士至多,文人间唱酬交往更为频繁,而撰序题跋逐渐演变成为宋代文人沟通交往的一种新形式。宋代文人重视其文集的整理,每有新集结就常常会分送故旧亲朋,而后者也会通过序跋的形式对文集作者及作品予以品评和推挹,从而形成了文人间对话的一种方式。

张守在其《又跋刘绍先诗卷》中云:"刘君将赴官陕右,出示诗卷,要予志其后。"张守在跋文中首先对刘绍先文武兼备的才能予以肯定:"刘君将种,以忠勇智略世其家,又能博采古名将事业而歌咏之,意气所期,盖不在古人后。"②雷公达曾历经千辛万苦将潘仲严的诗卷带给郑刚中,郑刚中在其《跋雷公达所示潘仲严诗卷》中对雷公达珍藏爱护潘仲严诗卷之不易予以颂扬:"公达自东吴道长沙,逆犯三峡风涛之险,行李间关者万里,而箧中仲严三十八诗,与偕来无恙。"③郑刚中在该跋文中对雷公达万里携诗行为的记述,生动地展现出雷、潘之间的真挚情谊。

除了序跋作者与文集作者间通过序跋这一独特形式进行沟通外,序跋

---

① [元]脱脱等:《宋史》,卷四百三十九,中华书局,1985年,第12997页。
② 曾枣庄、刘琳主编《全宋文》,第174册,上海辞书出版社,安徽教育出版社,2006年,第6页。
③ 曾枣庄、刘琳主编《全宋文》,第178册,上海辞书出版社,安徽教育出版社,2006年,第274页。

作者之间也能通过序跋形成对话。《初寮集》是王安中的文集,在宋代先后有李邴、周必大、周紫芝三人为其作序。周必大、周紫芝在序文中均引用或提到李邴序文对王安中的评价。周必大在《初寮先生前后集序》中引用李邴《初寮集序略》中的"天才英迈,笔力有余,于文于诗,环奇高妙,无所不能"①对王安中诗文做总体评价。周紫芝在《书初寮集后》中提到李邴时认为,"公(李邴)当承平之世,多褒扬粉泽之词"②,但又认为李邴总结得很准确。这种针对同一部文集而作的序跋彼此之间的互相称引,在同一部文集的序跋作者之间形成一种独特的对话情景。

宋代还有针对文集序而作的题跋,黄裳曾为左纬(号委羽居士)的文集撰序,即《委羽居士集序》,而陈瓘曾对此文集序作过两次题跋,即《跋黄裳委羽居士集序》一、二,其《跋黄裳委羽居士集序·二》云:

> 余抵丹丘之三年,左经臣(左纬)携黄公序见访,尝为跋其后。今又两年矣,复持以相示。余读经臣诗编,有招友人之句云:"一别人经无数日,百年能得几多时?"非特词意清逸,可玩味也,老于世幻,逝景迅速,读此二语,能无警乎! 序所谓使人意虚而志远,非溢言也。③

在这篇文集序之题跋中,陈瓘评价左纬之诗"词意清逸",认为黄裳之序真实客观,非溢美之词。这种围绕文集及文集序而展开的品评,在某种意义上也形成了作者之间的一种对话。

总之,有宋一代上至朝廷官署,下至纤儒黎庶,均非常重视对文人文集

---

① 曾枣庄、刘琳主编《全宋文》,第175册,上海辞书出版社,安徽教育出版社,2006年,第57页。
② 曾枣庄、刘琳主编《全宋文》,第162册,上海辞书出版社,安徽教育出版社,2006年,第190页。
③ 曾枣庄、刘琳主编《全宋文》,第129册,上海辞书出版社,安徽教育出版社,2006年,第129页。

的搜求与编纂,并且宋代是雕版印刷的黄金时期,文人文集得以大量刊印,文集传播更为方便畅通,这些客观条件最终促成了宋代文集序跋意识的自觉,进而产生了"文以序传"的集体认同。宋代文集序跋意识的自觉不仅推动了此一文体形式的发展,而且还使得撰序题跋内化为文人文化生活的一部分,成为他们之间对话的一种新形式。

第四章　宋代文集序跋中的校雠知识与文献价值

　　文集传播进入印本时代，日传万纸，为了减少文集传播过程中的错讹，宋人非常注重对文集的校雠。在一些刊刻文集序跋中常常会涉及文集版本、作品存佚等校雠学知识，以及宋人严谨的校雠原则。另外，文集序跋包含丰富的文献价值。无论是自序还是他序，撰序题跋者一般会提及文集作者的生平事迹，或文集作者所处的社会环境，这些材料可补正史之缺，或充实正史之记载，因而具有重要的史学文献价值。同时，文集刊刻出版在宋代较为普遍，在文集刊刻出版时宋人几乎都会为文集撰写序跋，因而文集序跋在版本鉴定、文集校勘以及作品补遗等方面，具有非同一般的文学文献价值。

第一节　文集序跋所蕴积之校雠学知识

　　中国古代书籍校雠源远流长，从西汉刘向父子整理天下遗书，勘对文字，考订篇目始，历朝历代都有对书籍的校雠工作，只是人们对"校雠"一词的理解颇有差异。考诸史料可知，"校雠"二字连用始于刘向。据《太平御览》记载："刘向别传曰：'雠校，一人读书，校其上下，得谬误为校；一人持本，一人读书，若怨家相对，故曰雠也。'"[1]此可谓校雠的最初意义，即勘对文字。

---

[1] ［宋］李昉、徐铉等：《太平御览》，卷六一八，四部丛刊本。

南宋郑樵《通志》二十略中有《校雠略》一种，主要讨论的是书籍之编次、亡书之著录等，有人认为郑樵虽名为"校雠"，其实与"校雠"无涉。如清代李兆洛曰："郑渔仲辑《艺文略》，始附以校雠之名。然其所言校雠之事，惟编纂类例，搜求亡书，则尚是目录家也，无与校雠事。"①现在看来，此可谓对"校雠"的狭义理解，郑樵所做的工作也属于校雠工作的范畴。清代章学诚《校雠通义》以为"校雠之义，盖自刘向父子，部次条别，将以辨章学术，考镜源流。非深明于道术精微、群言得失之故者，不足与此。后世部次甲乙，纪录经史者，代有其人；而求其能推阐大义，条别学术异同，使人由委溯源，以想见于坟籍之初者，千百之中，不十一焉"②。章学诚认为校雠工作不仅要"部次甲乙""纪录经史"，还需"条别学术异同"，"辨章学术，考镜源流"。

　　古人对校雠的理解可谓广矣，当今学者在总结前人的基础上逐步明确了校雠学的含义和范畴。张舜徽认为，"奉正史艺文、经籍志及私家簿录数部，号为目录之学；强记宋、元行格，斷斷于刻印早晚，号为板本之学；罗致副本，汲汲于考订文字异同，号为校勘之学……盖三者俱校雠之事，必相辅为用，其效始著"③。依此，则目录学、版本学、校勘学均属于校雠学的范畴。程千帆、徐有富《校雠广义叙录》曰："若乃文字肇端，书契即著；金石可镂，竹素代兴，则版本之学宜首及者一也。流布既广，异本滋多。不正脱讹，何由籀读？则校勘之学宜次及者二也。篇目旨意，既条既撮，爰定部类，以见源流，则目录之学宜又次者三也。收藏不谨，斯易散亡；流通不周，又伤锢蔽。则典藏之学宜再次者四也。"④按照书籍的发展、流传及收藏规律，校雠学应包括版本学、校勘学、目录学、典藏学。经过众多学者的共同探讨，校雠学之范畴基本确定下来。

---

① ［清］李兆洛：《养一斋文集》，卷十一，续修四库全书本。
② ［清］章学诚：《文史通义》，上海书店，1988年，第51页。
③ 张舜徽：《广校雠略》，华中师范大学出版社，2004年，第7页。
④ 程千帆、徐有富：《校雠广义·校勘编》，齐鲁书社，1998年，第6页。

一、宋代校雠学兴起之原因

宋代进入印本时代,雕版印刷使书籍在短时间内可化身千万,大大便利了书籍的流通,但同时也增加了书籍出现错讹的概率。若在正式雕印前不认真校勘,原书中所存在之讹误将流传开去,在更大范围内贻误他人。尤其是一些书坊刊印的书籍,书贾为了牟利疏于校雠,从而遭到世人的诟病,正如朱熹在《与刘德华允迪》中痛言:"未加指摘,遽尔流播,愧惧多矣。"①自汉代刘向父子校理群书始,历朝历代对图书的整理工作从未间断。宋代承前代图书整理之优长,在整理图书过程中将历代所累积之校雠经验总结归纳而灵活应用,加上宋人基于本朝文化之特点所作之开拓创新,遂使传统之校雠理论在两宋时期趋于成熟。

首先,宋代校雠的兴盛应与国家藏书机构对图书的整理和校勘有很大关系。宋代藏书机构的主要工作包括对图书的搜求、校勘与编目。有宋一代非常重视馆阁藏书,朝廷常就馆阁藏书之情况,下达诏令向天下访求书籍。如太宗太平兴国九年(984)正月诏曰:"国家勤求古道,启迪化源,国典朝章,咸从振举,遗编坠简,宜在询求致治之先。宜令三馆所有书籍,以开元《四部书目》比较,据见阙者,特行搜访,仍具录所少书,于待漏院榜示中外。"②针对寻访而来之书籍,朝廷专门成立校书局,组织专业人才进行校勘。绍兴二年(1132)秘书少监王昂上奏曰:"本省承节次降下御府书籍四百九十二种,今又有曾旼家藏书二千六百七十八卷,未经校正。欲依故例,分库拨充秘阁,专人各行主管,……日校二十一版,于卷尾亲书'臣某校讫'字。"于是"分经史子集四库,仍分官日校"③。在宋代,朝廷将搜求所得之书籍分类下拨到各处,然后派专业人才予以校勘。程俱曾云:"嘉祐二年,置校正医书局于编修院,以直集贤院崇文院检讨掌禹锡、秘阁校理林亿、张洞、苏颂、太

---

① [宋]朱熹:《晦庵先生朱文公文集》,卷十一,朱子全书本。
② [清]徐松辑《宋会要辑稿》,中华书局,1957年,第2238页。
③ [宋]陈骙:《南宋馆阁录》,卷三,武林掌故丛编本。

子中舍陈检等并为校正医书官。"①可见,当时朝廷曾委派苏颂、陈检等专业人才去校医学类书籍。在宋代,朝廷不仅会访求天下遗书以补国家藏书之不足,还会组织专人对馆阁藏书予以校勘。国家藏书机构也经常对馆阁所藏图书进行整理,针对藏书类型及藏书量,编出馆藏书目。

有宋一代曾有四次大规模的图书整理和编目工作,即仁宗时期访求天下遗书补充馆阁藏书,并仿《开元四部录》,编定了《崇文总目》;徽宗时期再次下诏搜寻图书,在《崇文总目》的基础上又增加了不少图书,然后对馆阁藏书重新编目,即《秘书总目》;南渡之后,馆阁藏书由于兵燹数量骤减,经过高宗和孝宗两朝的努力,到了孝宗淳熙五年(1178)馆阁藏书基本恢复到北宋朝的藏书量,朝廷再次就馆阁藏书予以整理和编目,即《中兴馆阁书目》;宁宗在孝宗朝的基础上又增进不少图书,以前的藏书目录已经无法涵盖,故宁宗时期又针对当时的图书予以编目,即《中兴馆阁续书目》。在宋代这四次大规模图书整理工作中,所编之书目准确收录当时秘阁藏书之情况,大大推动了当时的图书整理和校雠工作。

其次,雕版印刷术广泛应用于刊印各类书籍是宋代校雠发达的直接推动力。雕版印刷术的使用使得人们对书籍之校勘提出更高的要求,因为随着大批量印本之出现,传统的写本日益消亡,若在刊印前不认真校雠,势必贻误后学。程俱曾言:"前代经史皆以纸素传写,虽有舛误,然尚可参雠。至五代,官始有墨版摹六经,诚欲一其文字,使学者不惑。至太宗朝,又摹印司马迁、班固、范晔诸史,与六经皆传,于是世之写本悉不用。然墨版讹驳,初不是正,而后学者更无他本可以刊验。"②叶梦得也曾感言:"板本初不是正,不无讹误。世既一以板本为正,而藏本日亡,其讹谬者遂不可正,甚可惜也。"③若校书者不认真雠对,刻书者又肆意删改,一部书籍几经雕印将会错讹万端。面对如此情形,宋人,尤其是私人藏书家,非常重视对所藏书籍精

---

① [宋]程俱:《麟台故事》,张富祥校证,中华书局,2000年,第310页。
② [宋]程俱:《麟台故事》,张富祥校证,中华书局,2000年,第70页。
③ [宋]叶梦得:《石林燕语》,侯忠义点校,中华书局,1984年,第116页。

心校雠。宋绶"喜藏异书,皆手自校雠,常谓'校书如扫尘,一面扫,一面生。故有一书每三四校,犹有脱谬'"①;王明清称其"先祖早岁登科,游宦四方,留心典籍,经营收拾,所藏书逮数万卷,皆手自校雠,贮之于乡里,汝阴士大夫多从而借传"②。于此,宋代私人藏书家勤于校雠可见一斑。不过即便人们严于校勘,但刊印流传的本子中出现错讹的情况还是在所难免。对此,苏诩在《栾城集跋》中感叹道:"太师文定栾城公集刊行于时者,如建安本,颇多缺谬;其在麻沙者尤甚,蜀本舛亦不免,是以览者病之。"③宋人甚至形容校雠如"拂尘",旋拂旋生,这就要求人们对书籍慎加刊正,且要不厌其烦地反复雠对。

两宋时期,在雕印文本日益盛行的情况下,人们"一以板本为正",而"藏本日亡",故时人在一部文集雕印时非常重视家藏本,因为家藏本保存了文集文本的原始状态。从宋代文集序跋中可以看出,人们对于将家藏本雕印传播多持积极态度,童宗说《云台编后序》中赞曰:"得贤使君家藏善本锓木流通。"④张夔《栟榈居士集跋》言:"悉取家藏缮本锓板远传,与学者共。"⑤人们也常会为家藏本未能及时雕印传播,后来散失而感到可惜。汪应辰在《题吕申公集》中论曰:"方全盛时,士大夫家集之藏,未必轻出。中更党禁,愈益闷匿,故一旦纷扰,遂不复见"⑥;江逸亦在《文庄集序》中叹道:"文人之裔,秘其家集为私淑之计,一遭变故,己亦不能有之,或覆见有于人,甚者灰于劫

---

① [宋]沈括:《梦溪笔谈》,胡道静校证,上海古籍出版社,1987年,第824页。
② [宋]王明清:《挥麈录》,上海书店出版社,2001年,第136页。
③ 曾枣庄、刘琳主编《全宋文》主编第219册,上海辞书出版社,安徽教育出版社,2006年,第326页。
④ 曾枣庄、刘琳主编《全宋文》主编第214册,上海辞书出版社,安徽教育出版社,2006年,第239页。
⑤ 曾枣庄、刘琳主编《全宋文》主编第219册,上海辞书出版社,安徽教育出版社,2006年,第326页。
⑥ 曾枣庄、刘琳主编《全宋文》主编第215册,上海辞书出版社,安徽教育出版社,2006年,第181页。

火,靡有孑遗,卒之其先无传焉。"①

一部文集若"初不是正",将贻误后学,故宋人在一部文集雕印前常会对文集仔细校对。一般来说,文集之校雠工作由文集作者之亲友自行承担。岳飞之孙岳珂曾整理岳飞各种传记资料为《鄂国金佗稡编》,"凡六百二十二版,字差小于旧,而闲居无事,躬自校证,粗为无舛"②;任渊曾注黄庭坚外集二十卷,其子任逢躬自校对,然后刊印,"子逢博习有家法,方注诗时,两髦耽耽,捡书捧研,领退而学诗之意。……惧父书无传,力自雠校,锓而公诸世"③。除由亲友校对外,也有一些文集是另请有学识之人进行校对。穆修之文集是由张淡、吴伦校对,"永州州学教授宜春欧阳椿得参军(穆修)之文于其从孙化州使君淮,俾零陵乡贡进士张淡、吴伦校之"④;周必大之文集则由多位有学之士校正,"初与先友免解进士曾无疑三异纂集校正,篇帙既定,又得免解进士许志伯凌、乡贡进士彭清卿叔夏,罗次君尧相与复校,敬锓木以传"⑤。另外,还有一些文集则会特别请一些专业人士详加校勘。如范成大的《石湖居士集》,"诗文凡百有三十卷,求序于杨先生诚斋,求校于龚编修芥隐,而刊于家之受栎堂"⑥,此处的龚芥隐则是一位从事图书整理校对的专业人士。总之,宋人在文集即将雕印时,常常会非常慎重地予以校勘,以求能正本清源,避免谬种流传,遗毒后人。

---

① 曾枣庄、刘琳主编《全宋文》主编第 177 册,上海辞书出版社,安徽教育出版社,2006 年,第 231 页。
② 曾枣庄、刘琳主编《全宋文》,第 320 册,上海辞书出版社,安徽教育出版社,2006 年,第 364 页。
③ 曾枣庄、刘琳主编《全宋文》,第 307 册,上海辞书出版社,安徽教育出版社,2006 年,第 119 页。
④ 曾枣庄、刘琳主编《全宋文》,第 258 册,上海辞书出版社,安徽教育出版社,2006 年,第 116 页。
⑤ 曾枣庄、刘琳主编《全宋文》,第 292 册,上海辞书出版社,安徽教育出版社,2006 年,第 221 页。
⑥ 曾枣庄、刘琳主编《全宋文》,第 297 册,上海辞书出版社,安徽教育出版社,2006 年,第 100 页。

二、宋代文集序跋中蕴积之校雠知识

宋代文集序跋中包含诸多校雠知识,如版本源流、文本错讹、作品存佚等,一些序跋作品俨如一篇校勘记或版本源流考。宋人在文集序跋中所展现的校雠知识,正是宋代校雠发达的实践证明。宋代文集序跋可以说是当时学者校雠成果的重要体现,我们也可从中了解宋人对传统校雠知识之探索与贡献情况。

(一)对校勘方法之运用。如前所述,宋人在文集正式雕印前常会对文集进行精细校对,在具体校对过程中宋人探索掌握的校勘知识众多。

首先,广搜异本,仔细对校。程千帆在《校雠广义》中曰:"广收异本,进行对校,择善而从,乃是校勘所应当首先采用的基本方法。"①宋人文集序跋中保存了不少使用对校法对文集予以校勘的例子,如谢雱《淮海集跋》曰:

> 右秦学士《淮海集》前、后四十六卷,文字偏旁,间有讹缺,读者病焉。雱以蜀本校之,十才得一二,或者谓初用蜀本入板也。遂与同事诸公商榷参考,增漏字六十有五,去衍字二十有四,易误字三百有奇,订正偏旁,至不可胜计,其文之不敢臆决者存之,……长短句三卷,非止点画讹也,如"落红万点愁如海",以"落"为"飞","两行芙蓉泪不干",以"两行"为"两打",皆合订正。②

高邮军学教授谢雱重修乾道本《淮海集》,以乾道本为底本,以蜀本为对校本,其中共发现乾道本脱字六十五个、衍字二十四个、讹字三百多个等,从而使淳熙重修本比乾道本更为完善,而错讹相对减少。

在校勘过程中,宋人常会选择一个相对精准的版本为底本,然后参照大量异本,予以雠对。沈晦在《四明新本河东先生集后序》中详细记载了当时

---

① 程千帆、徐有富:《校雠广义·校勘编》,齐鲁书社,1998年,第397页。
② 祝尚书编《宋集序跋汇编》,中华书局,2010年,第787页。

校勘之情况：

> 凡四本：大字四十五卷所传最远，初出穆修家，云是刘梦得本；小字三十三卷，元符间京师开行，颠倒章什，补易句读，讹正相半；曰曾丞相家本，篇数不多于二本，而有邢郎中、杨常侍二行状，《冬日可爱》《平权衡》二赋，共四首，有其目而亡其文；曰晏元献家本，次序多与诸家不同，无《非国语》。四本中，晏本最为精密。柳文出自穆家，又是刘连州旧物。今以四十五卷本为正，而以诸本所余作《外集》。参考互证，用私意补其阙，如"皇室主"宜加"黄"字，"冯翊王公"宜去"王"字，"紧"当作"掔"，"翊"（工字旁）当作"玨"，"鲍勋"当作"鲍信"，"改规"当作"段规"，"疥疟"宜为"痎疟"，"狠倖"宜为"狠悻"。吴武陵初贬永州，《贞符》中宜如《唐书》去"量移"字；韩晔时犹未死，《答元饶州书》中宜于韩宣英上去"亡友"字。……凡漫乙是正二千处而赢。又厘革《京兆请复尊号表》，增入《请听政第二表》《贺皇太子笺》，《省试庆云图诗》，总六百七十四篇。锓木流行，购逸拾遗，犹俟后日。①

沈晦的四明新本以穆本四十五卷为正，参照其他三本（京师本、曾丞相家本、晏元献家本）予以校勘。沈晦参考其他异本将穆本中二千多文字予以校改，总计六百七十四篇。所以四明新本在某种程度上应是北宋收集柳宗元作品最全的集子，也是错讹相对较少的集子。

其次，理校法之应用。所谓理校法就是推理的校勘，当发现材料中的确存在错误，但又没有足够的资料可供比勘时，我们可以采用理校法予以辨误。② 披阅宋代文集序跋，可以发现大量考辨性的序跋。这些序跋主要是依靠逻辑推理，以考辨求真。这种考辨性序跋从校勘方法上看应属于理校法。

---

① 曾枣庄、刘琳主编《全宋文》，第174册，上海辞书出版社，安徽教育出版社，2006年，第71页。
② 程千帆、徐有富：《校雠广义·校勘编》，齐鲁书社，1998年，第415页。

如欧静《蔡中郎文集序》曰：

> 其中可疑者，《宗庙颂》赞述武皇平乱之功，又有"昊天眷佑我魏"之句，以魏宗庙也。又有《魏武帝祠乔太尉文》称"丞相冀州牧魏王操谨遣掾再拜祠"，又《姜伯淮碑》称"建安二年"，又《平刘镇南碑》："建安十三年薨，太和二年葬。"按邕传，本董卓被诛，邕为王允所害，时年六十一。据邕《金商门答灾异》《被收表》云"臣今年四十六"，灵帝光和元年也。董卓被诛，献帝初平三年也。光和元年戊午至初平三年壬申，邕正六十一矣。又初平尽四年，改兴平，二年改建安，至二十五年正月曹操薨。操薨三月，改延康，十月，禅子魏王丕，即初平四年（"即"疑当为"距"），是为二十八年。太和二年乃魏明帝之二年，至是又八（下疑当有"年"字），计邕死已三十六年矣。按初平已前操尚在，诛卓之岁，操始为东郡太守，破黄巾于寿张。至建安十三年，操自为丞相，二十一年，操自进为魏王，亦有魏宗庙，而操不得先称魏王、武帝及武皇也。其姜伯淮、镇南薨葬相后，年代差远，邕安得纪述耶？是集也，今既缺五卷矣，见所传者，盖后之好事者不本事迹，编他人之文相混之耳，非十五卷之本编固矣。建安、黄初之文体多相类，复不逮广被众集，固不可知其谁之作也。①

欧静在《蔡中郎文集序》中指出蔡邕的文集中可能杂入其他人的作品，因为其作品有很多不符合历史事实之处。首先蔡邕被王允所害在汉献帝初平三年（192），而《姜伯淮碑》称"建安二年（197）"，《平刘镇南碑》又称"建安十三年（208）薨，太和二年（228）葬"。相关碑文中提到的时间均晚于蔡邕被害之时间，蔡邕怎么可能会有相关撰述呢？其次，根据曹操为丞相的时间及自封

---

① 曾枣庄、刘琳主编《全宋文》，第 16 册，上海辞书出版社，安徽教育出版社，2006 年，第 184 页。

魏王的时间,曹操不可能在尚未为丞相或魏王时而自称魏王、武帝。这些推理均言之凿凿,逻辑严密,尽管没有他本可以对校,但其结论应是确实可靠的。

再次,对校、理校等方法的综合应用。在校勘中,无论是本校法、对校法、还是理校法,其实在实际工作中很难泾渭分明,人们常常同时采用一种以上的方法才能彻底解决一个问题,得出最终的结论。朱熹在《韩文考异》自序中道:"今辄因其书更为校定,悉考众本之同异,而一以文势、义理及他书之可验者决之。苟是矣,则虽民间近出小本不敢违;有所未安,则虽官本、古本、石本不敢信。又各详著其所以然者,以为《考异》十卷。"①朱熹在该序文中明确指出其在校勘韩愈文集时综合运用了对校、理校等方法,以求能最大限度地恢复韩愈文集之本真面貌。

(二)对校勘原则之把握。校勘需要广罗异本,择善而从,方不会贻误后学。宋人在校勘过程中对于文本中存在的错讹、脱误等情况,遵循的是"实事是正"与"多闻阙疑"等原则。南宋彭叔夏在其《文苑英华辨证序》中云:"叔夏尝闻太师益公先生之言曰:'校书之法,实事是正,多闻阙疑。'"随之,彭叔夏又结合自己读书解惑的例子对"实事是正、多闻阙疑"予以解释:"手钞《太祖皇帝实录》,其间云'兴衰治口之源',阙一字,意谓必是'治乱',后得善本,乃作'治忽'。三折肱为良医,信知书不可以意轻改。"②

"实事是正"与"多闻阙疑"成为宋人在校勘中广泛遵循的基本原则,两者相辅相成,要求校勘者客观对待校勘过程中不能解决的问题。在没有充分材料证明的情况下,校勘者应存疑,而不是自以为是,肆意修改。宋人在对文集文本校勘的过程中大多能够很好地把握"实事是正""多闻阙疑"的校勘原则,对文本中的疑惑持谨慎态度。留元刚在整理编纂颜真卿的文集时,即很好地运用了这些原则。他在《颜鲁公文集后序》中曰:"求公文而刊之,将以砥砺生民,而家无藏本,得刘原父所序十二卷,即嘉祐中宋次道集其刻

---

① [宋]朱熹:《昌黎先生集考异》,曾抗美校点,上海古籍出版社,2001年,第3页。
② 曾枣庄、刘琳主编《全宋文》,第297册,上海辞书出版社,安徽教育出版社,2006年,第199页。

于金石者也,篇简漫漶,字义舛讹。乃以史传、谱书、碑迹、杂记,诠次年谱,系以见闻,参异订疑,搜亡补失。其涉于公之笔,缺而无考,则不敢及焉。"①留元刚在整理颜真卿的文集时,参考各种资料,可谓"多闻",而对于"缺而无考"者,则"不敢及",可谓"阙疑"矣。

蔡梦弼于宁宗嘉泰四年(1204)校勘《杜工部集》时更是参照了杜甫诗歌的十个本子,在校雠的过程中力求"实事是正"。他在《草堂诗笺序》中详述了整个过程:

> 梦弼因博求唐宋诸本杜诗十门,聚而阅之,三复参校,仍用嘉兴鲁氏编次先生用舍之行藏,作诗岁月之先后,以为定本。每于逐句本文之下,先正其字之异同,次审其音之反切,方作诗之义以释之,复引经子史传记以证其用事之所从出。离为五十卷,目曰《草堂诗笺》。凡校雠之例,题曰樊者,唐润州刺史樊晃《小集》本也;题曰晋者,晋开运二年官书本也;曰欧者,欧阳永叔本也;曰宋者,宋子京本也;王者,乃介甫也;苏者,乃子瞻也;陈者,乃无己也;黄者,乃鲁直也。刊云一作某字者,系王原叔、张文潜、蔡君谟、晁以道及唐之顾陶本也。……复参以蜀石碑。诸儒之定本,各因其实,以条纪之。至于旧德硕儒,间有一二说者,亦两存之,以俟博识之决择。②

由此可知,蔡梦弼校勘《杜工部集》用力甚勤,在参照了数十种本子的情况下,又详加考证,才最终编定了《杜工部草堂诗笺》。对于不同本子中存在的差别与歧异,蔡梦弼"各因其实,以条纪之",并没有肆意删改,对于"间有一二说者,亦两存之",而没有贸然采取删一家留一家的方式来迎合自己的需

---

① 曾枣庄、刘琳主编《全宋文》,第 315 册,上海辞书出版社,安徽教育出版社,2006 年,第 30 页。
② 曾枣庄、刘琳主编《全宋文》,第 290 册,上海辞书出版社,安徽教育出版社,2006 年,第 234 页。

要。蔡梦弼科学而严谨的校勘态度才最终奠定了《杜工部草堂诗笺》在校勘史上的地位。

正是因为宋人秉持了"实事是正""多闻阙疑"的科学校勘原则，有宋一代的校勘工作才取得了空前的成就，涌现出一批学术价值较高的校勘方面的专著，如方崧卿《韩集举正》十卷，朱熹《韩集考异》十卷，彭叔夏《文苑英华辨证》十卷等。这些在校勘领域中占有重要地位的成果相对那些散见于文集序跋中的校勘文献更加系统，是宋人在校勘领域取得重大发展的标志。

宋代文集序跋为我们提供了大量宝贵的校勘信息及线索。管窥乎此，我们可以得知宋人在文集校勘方面取得了重大成就，他们在校勘方法的运用与校勘原则的总结方面均有可资借鉴之处，遗惠后人之处颇多。

（三）对文集版本之梳理。两宋时期，书籍进入印本时代，"版本"这一新兴词汇开始流行开来。如："咸平初，又有学究刘可名言：'诸经版本多舛误。'"①"大中祥符元年六月，崇文院检讨杜镐等校定《南华真经》摹刻版本毕，赐辅臣人各一本。"②宋代文集序跋中亦有大量的文集版本信息，为我们真实地展示了宋代文集的刊刻与版本传承情况。

通过考察围绕一部文集所撰写的序与跋，我们能够很清晰地梳理出文集原刻本（祖本）、修补本、重刻本之间的关系。宋代文集序跋中常常使用"新开""重刊""补刊""增刊"等词语来表示文集的雕印情况。如徐铉的文集，据陈彭年《徐公文集序》可知，太宗淳化四年（993）七月，陈彭年将徐铉自编之二十卷与其婿吴淑所编之十卷，合定为三十卷，但当时并未付诸刊印。又据晏殊《徐公文集跋》可知，到了真宗大中祥符九年（1016），陈彭年所编定之三十卷本由胡克顺募工刊刻。到真宗天禧元年（1017）刊刻完成，即天禧胡氏刻本，遂成为后来徐铉文集的祖本。③ 据徐琛《明州重刊徐公文集跋》，高宗绍兴十九年（1149），徐琛以胡氏刻本为底本，重刻于明州。徐琛在跋中

---

① ［元］脱脱等：《宋史》，卷四百三十一，中华书局，1985年，第12822页。
② ［宋］程俱：《麟台故事》，卷二之五，张富祥校证，中华书局，2000年，第60页。
③ 祝尚书：《宋人别集叙录》，中华书局，1999年，第2页。

曰:"年世复远,兵火中厄,鲜有存者。偶得善本,使公库镂板以传。"①此处所言"镂版以传"者当指明州重刻徐铉文集。又如李纲的《梁溪文集》,据姜注《刊梁溪文集跋》与黄登《刊梁溪文集跋》②可知,李纲的《梁溪文集》于宁宗嘉定六年(1213)刊于邵武郡斋。黄跋曰:"是集刊于秋之九月,成于冬之十二月。其为册三十有三,为卷一百八十。"③时隔二十年之后,赵以夫守邵武,于理宗绍定五年(1232)修补再刊。由于"郡遭火毁,官书散落殆尽",故赵以夫"访公集,缺五百板","又明年,境内稍安,即刊补之"④。赵以夫将嘉定姜注刊本缺失的五百板补全,即李纲文集之修补本。

　　文集在雕印过程中,由于参照的底本不同,可能形成不同的版本。版本不同,文集的内容就会存在很大差异,故对文集版本的梳理就显得尤为重要。从文集序跋中,后人略可窥见文集版本之流变。如周紫芝《书谯郡先生文集后》曰:

> 余顷得《柯山集》十卷于大梁罗仲共家,已而又得《张龙阁集》三十卷于内相汪彦章家,已而又得《张右史集》七十卷于浙西漕台。先生之制作于是备矣。今又得《谯郡先生集》一百卷于四川转运副使南阳井公之子晦之,然后知先生之诗文为最多,当犹有网罗之所未尽者。余将尽取数集,削去重复,一其有无,以归于所谓一百卷者,以为先生之全书焉。⑤

周紫芝的这篇题跋为我们提供了张耒文集的多个版本,有十卷本的《柯山

---

① 祝尚书编《宋集序跋汇编》,中华书局,2010年,第4页。
② 《宋集序跋汇编》中姜注与黄登两篇题跋的题目与《全宋文》不同。《全宋文》为姜注《梁溪先生文集跋》、黄登《梁溪先生文集跋》。
③ 祝尚书编《宋集序跋汇编》,中华书局,2010年,第1106页。
④ 祝尚书编《宋集序跋汇编》,中华书局,2010年,第1107页。
⑤ 曾枣庄、刘琳主编《全宋文》,第162册,上海辞书出版社,安徽教育出版社,2006年,第194页。

集》、三十卷本的《张龙阁集》、七十卷本的《张右史集》①以及一百卷本的《谯郡先生集》,张耒著述之丰富由此可见。周紫芝据《柯山集》《张龙阁集》《张右史集》,将井度所编之《谯郡先生集》删去重复,补入阙遗,终成张耒文集之大全。

黄震《跋勉斋集》具现了黄榦文集在宋代的刊印情况:

> 方以书不复全为忧,未几,临汝书堂江君克明招临江董君云章偕来,其家收勉斋文最备,谓初得衡阳本十卷,次得岩溪赵氏所刊本二十四卷,次得双峰饶氏录本《书问》一卷,次得徽庵程氏录本《书问》一卷,次得北山何氏录本《答问》十卷。近又得三山黄氏友进刊本四十卷,凡衡阳、岩溪、双峰、徽庵本皆在焉,而又多三之一,独无《答问》。某因馆致董君,尽求其书,属干办常平司公事赵君必趯,相与裒类,为《勉斋大全集》。董君云:"衡阳本最初刊,有妨时,有不尽刊,故为最略。岩溪所刊虽略增,其板已毁于火。三山所刊分类多未当,闻亦颇散失。此集真成大全矣!"②

由上可知,董云章家收集黄榦文集最全,其中刊本有衡阳本十卷、岩溪本二十四卷、三山本四十卷。根据董云章所介绍的各个版本情况,可知三山黄友进所刊四十卷本较全。黄震汇集诸本最终刊成了《勉斋大全集》一书。文集序跋中这些对版本的纪录大大方便了人们了解黄榦文集的流传情况。

如果将一部文集的所有序跋放在一起,就能够很好地理清文集的刊印情况及其版本流变。宋代文集序跋中有关文集版本的信息相当丰富,成为人们考察文集版本极为重要的依据。

(四)对文集作品之编目。目录可以分为篇目和书目两类。篇目主要

---

① 据汪藻《柯山张文潜集书后》、张表臣《张右史文集序》两篇序跋,可了解《柯山集》《张右史集》《张龙阁集》诸本的编纂情况。
② 曾枣庄、刘琳主编《全宋文》,第 348 册,上海辞书出版社,安徽教育出版社,2006 年,第 230 页。

指一书之目录,如《战国策目录》《白乐天集目录》《鲍溶诗集目录》等,而书目则一般指群书之目录,如《郡斋读书志》《遂初堂书目》《中兴馆阁书目》等。故根据目录学之分类方法,一部文集之目录,自应归入篇目之范畴。

宋人在整理、编纂文集时,常常会为文集编制目录。华镇之子华初成整理其父著述后,于绍兴十四年(1144)上表云:"今有先臣《云溪集》凡一百卷,《扬子法言训解》一十卷,《书说》三卷,《会稽览古诗》一百三篇,并《目录》,二十五册,谨缮写随表上进。"①魏衍在整理陈师道文集时,也曾编有目录,其在《后山集记跋》中曰:"衍今离诗为六卷,诔文十四卷,次皆从旧,合二十卷,目录一卷,又手书之。"②楼钥曾为白居易的集子编目,其《跋白乐天集目录》云:"余平日佩服其妙处,手编目录,寄吴门使君李公谏议,并以所闻录寄之。"③宋人如此热衷于为他人或自己的文集编目,显然是当时已清楚地认识到目录对于一部文集所具有的重要功能与意义。

首先,篇目可以显示文集内容,便于人们查找。若想了解一部文集之内容,只要先浏览目录便可,故目录可以达到纲举目张的效果。但如果一部文集的篇目编排不合理,也会给读者带来困扰。汪应辰《题包孝肃公奏议》云:"《包孝肃公奏议》,分门编类,其事之首尾,时之先后,不可考也。如请那移河北兵马凡三章,其二在第八卷议兵门,其一乃在第九卷议边门,其不相贯穿如此。今考其岁月,系于每章之下而记其履历于后,若其岁月可见于章中者不复重出,与夫不可得而考者不容不阙也,庶几读者尚可以寻其大概云。"④汪应辰所见的《包孝肃公奏议》应是采用分类兼编年的编排体例,但其中分类有不合理之处,《请那移河北兵马事奏》三章被编排在不同门类之中,

---

① 曾枣庄、刘琳主编《全宋文》,第 192 册,上海辞书出版社,安徽教育出版社,2006 年,第 53 页。
② 曾枣庄、刘琳主编《全宋文》,第 133 册,上海辞书出版社,安徽教育出版社,2006 年,第 217 页。
③ 曾枣庄、刘琳主编《全宋文》,第 264 册,上海辞书出版社,安徽教育出版社,2006 年,第 289 页。
④ 曾枣庄、刘琳主编《全宋文》,第 215 册,上海辞书出版社,安徽教育出版社,2006 年,第 179 页。

而作品的系年也很紊乱。可见,在编制篇目时,如不注意其科学性与合理性,将会给人们带来很大的不便。

其次,篇目可以对散失的作品予以补足。有了篇目人们可以知道一部文集具体包含哪些篇章,就算文集在流传过程中有所散佚,但通过篇目可以知道哪些作品遗缺了,从而按图索骥,予以补阙。南宋邓光在淳熙六年(1179)整理苏辙《栾城集》时,将家藏本与闽本、蜀本对校,发现"篇目间有增损",后来发现在"《复官谢表》后所附益章疏稿有所削也"[1]。在此,邓光通过篇目即很快发现三个版本在篇章安排上的异同,并进而查明遗缺之篇章。此外,宋人已发现注明篇数的篇目编排法是防止作品散失的最佳方法。南宋张坚于乾道三年(1167)为其父张纲编纂、整理《华阳集》时就采用此种编排方法,其在《华阳集跋》中道:"哀集遗文,以类编次,仅得外制二百二十二、表疏九十八、奏札六十八、故事十九、讲义十九、启八十四、杂文七十六、古律诗二百三十九、乐府三十四,厘为四十卷。"[2]张坚不仅将作品分类编排,还注明每一门类作品的篇数,其用心显然是为了防止作品散失。

在对篇目的功能已有充分认识的情况下,宋人在编制文集篇目时大率以分体编排居多,有时更兼顾时间之先后,尽可能使整部文集之内容排列做到合理而系统。一般来说,最为常见者就是分体的篇目编排法,即以类相从。宋敏求曾在《题孟东野诗集》中云:

> 东野诗,世传汴吴镂本五卷一百二十篇,周安惠本十卷三百三十一篇,别本五卷三百四十篇,蜀人蹇浚用退之赠郊句纂《咸池集》二卷一百十八篇,自余不为编帙,杂录之,家家自异。今总括遗逸,摘去重复,若体制类者得五百一十一篇,厘别乐府、感兴、咏怀、游适、居处、行役、纪赠、怀寄、酬答、送别、咏物、杂题、哀伤、联句十四

---

[1] 曾枣庄、刘琳主编《全宋文》,第 272 册,上海辞书出版社,安徽教育出版社,2006 年,第 278 页。
[2] 曾枣庄、刘琳主编《全宋文》,第 223 册,上海辞书出版社,安徽教育出版社,2006 年,第 393 页。

种,有以赞书二系于后,合十卷。①

宋敏求参照众本,删去重复,重新整理孟郊的诗集为十卷,并且按照内容将其诗歌分为十四类,予以编目。如此,整个孟郊诗集就显得条理清晰,便于读者有目的地查找阅读了。

除了单纯分体的编排方法外,宋人还会在分体的同时兼顾编年,即文集编目时不仅将作品分门别类,而且每个门类的作品再按照创作时间的先后进行编排。贺铸《庆湖遗老诗集序》云:

> 后八年,仅得成集。以杂言转韵不拘古律者,为歌行第一卷。以声义近古、五字结句者为古体诗第二、第三、第四卷,以声从唐律、五字结句者为近体五言第五卷,以声从唐律、七字结句者为近体长句第六、第七卷,以不拘古、律、五字二韵者为五言绝句第八卷,以声从唐律、七字二韵者为七言绝句第九卷。随篇叙其岁月与所赋之地者,异时开卷,回想陈迹,喟然而叹,莞尔而笑,犹足以起予狂也。②

贺铸在整理自己的文集时,将作品分门别类地予以编目,而且兼顾编年,以"叙其岁月"。这种篇目编排方法一方面便于读者对作品一目了然,另一方面作品按照时间顺序排列也可以使读者更容易体会作者的思想变化。

简言之,宋代是雕版印刷的黄金时代,到了南宋甚至形成了"无路不刻书"的壮观局面。宋人在雕印文集时力求精品,常常勤于校勘,其态度认真严谨,秉持"实事是正""多闻阙疑"之原则。宋人又特别重视版本,常常力求善本,如欧阳修曾云:"《昌黎集》今大行于世,而患本不真。余家所藏,最号

---

① 曾枣庄、刘琳主编《全宋文》,第 51 册,上海辞书出版社,安徽教育出版社,2006 年,第 287 页。
② 曾枣庄、刘琳主编《全宋文》,第 124 册,上海辞书出版社,安徽教育出版社,2006 年,第 49 页。

善本,世多取以为正。"①刊印前力求精校,刊印后力求善本,在有宋一代形成了良性循环,使得宋代刊印之图书品质精良,这也是后世重视宋本的原因。另外,宋人在整理文集时,经常为文集编目,这些目录有助于我们洞悉宋人编纂文集的体例。

第二节 由《眉山唐先生文集》序跋考述其版本

唐庚,字子西,蜀之眉山人,与苏轼相后先,有"小东坡"之称。据《宋史》本传,唐庚绍圣元年进士及第,宰相张商英荐其才,除提举京畿路常平。后张商英罢相,唐庚坐贬,安置惠州。后遇赦复官,提举上清太平宫,归蜀途中,因病而卒,享年五十一。②蜀地人才辈出,唐庚也是蜀地享有盛誉的文化名人。诚如清代彭端淑在其《唐子西先生文集序》中曰:"两宋时,人文之盛莫盛于蜀,蜀莫盛于眉。天下之以文名者六家,而吾眉得其三,若苏文公洵、文忠公轼、文定公辙,与庐陵、临川、南丰互为雄长者也。以史名者三家,而吾邑得其一,若李文简公焘,所著《长编》,与涑水、新安相为表里者也。子西先生以超迈俊逸之才,接踵其间。"③唐庚一生著述甚多,历世久远,卷帙散逸,所存者甚少。据《全宋文》统计,宋人共为《眉山唐先生文集》撰写了5篇序跋,分别是唐庚《眉山诗集序》、陈渊《书唐子西集后》、郑总《眉山唐先生文集叙》、郑康佐《眉山唐先生文集跋》、唐文若《书先君集后》,又有其友强行父撰写的《唐子西文录记》一篇。这些文集序跋,对考察唐庚的生平事迹以及文集版本具有重要作用。

一、《眉山唐先生文集》序跋对唐庚生平材料的补充

关于唐庚的生卒年,《眉山唐先生文集》序跋的记载有相龃龉之处。如

---

① 《欧阳修全集》,李逸安点校,卷一百四十一,中华书局,2001年,第2273页。
② [元]脱脱等:《宋史》,卷四四三,中华书局,1985年,第13100页。
③ 祝尚书编《宋集序跋汇编》,第2册,中华书局,2010年,第973页。

强行父《唐子西文录记》:"宣和元年(1119),行父自钱塘罢官如京师,眉山唐先生同寓于城东景德僧舍……自己亥九月十三日尽明年正月六日而别。先生北归还朝,得请宫祠归泸南,道卒于凤翔,年五十一。自己亥距今绍兴八年戊午,二十年矣,旧所记,更兵火,无复存者。"①这段文字告诉我们两个信息:第一,唐庚与强行父分别的时间为宣和二年(1120)正月,不久唐庚归泸南,病逝于凤翔,享年五十一岁;第二,强行父计算时间的方式,是用虚一年的算法。因为己亥年即宣和元年(1119),到绍兴八年(1138),只有用虚一年的算法,才正好是二十年。我们用强行父的这种计算方式,可以推出唐庚的生年应为熙宁三年,即1070年。这一推测结果与唐庚在《亡兄墓铭》中的记载正好相合。《亡兄墓铭》其曰:"吾少兄十有五年,年二十五即去为吏四方……兄以崇宁五年五月二十一日卒于家",最后《铭》曰:"五十二年,卒归土。"②其兄于崇宁五年(1106)卒于家,享年52岁,可以推出其兄唐瞻生于至和二年(1055)。唐庚小兄唐瞻十五岁,故其当出生于熙宁三年(1070)。由以上材料,我们推测唐庚生于熙宁三年(1070),卒于宣和二年(1120),享年五十一岁。《东都事略》与《宋史》本传均记载唐庚年五十一卒。

但唐庚友人吕荣义的《唐眉山先生文集序》中有关其卒年又有不同记载。这篇序文作于宣和四年(1122)八月,其中云:"先生生死不一年,果有橐其文以来京师者,而太学之士日传千百本而未已,然惜其所传者止此。"③那么据此记载,唐庚应卒于宣和三年,即1121年。并且在宣和四年除了吕荣义为《眉山唐先生文集》作序外,还有郑总作于宣和四年五月《眉山唐先生文集叙》、唐庚作于宣和四年六月的《眉山诗集序》以及陈渊作于宣和四年六月的《书唐子西集后》。这说明在唐庚病故不久,其文集由生前好友整理出版,于是几乎在同一时间有多人为其文集撰序题跋。清代陆心源在《三续疑年

---

① 曾枣庄、刘琳主编《全宋文》,第183册,上海辞书出版社,安徽教育出版社,2006年,第25页。
② 曾枣庄、刘琳主编《全宋文》,第183册,上海辞书出版社,安徽教育出版社,2006年,第45页。
③ 祝尚书编《宋集序跋汇编》,第2册,中华书局,2010年,第962页。

录》中根据吕荣义的《唐眉山先生文集序》以及《宋史》唐庚本传"卒年五十一",推测唐庚出生于熙宁四年(1071),卒于宣和三年(1121)。① 余嘉锡在《四库提要辨证》中对陆心源有关唐庚生卒年的推测持肯定态度。②

如此,有关唐庚的生卒年就有了两种不同的记载,尚无定论。笔者认为,唐庚为其亡兄作的墓志铭以及同时代人为其文集所撰之序,均可称为第一手材料,其史料价值最高,最可信。因此,有关唐庚生卒年的时间,笔者认为其生于熙宁三年(1070),卒于宣和二年(1120),较为可信。

另外,关于唐庚谪居惠州的时间,《眉山唐先生文集》序跋记载的时间不一。如郑总在其《唐眉山先生文集序》中云:"子西谪官七年,诗文益多而工,其得失盖类子厚。"③吕荣义《唐眉山先生文集序》曰:"政和初,谪居海表,流离困苦,盖六年而不返,然身益穷而文益富也。"④唐庚之子唐文若在其《书先君集后》云:"先君携束书度岭,阅五年而后归,世皆怜其穷。"⑤唐庚到底在惠州谪居几年呢?我们可以根据唐庚自己的诗文以及相关史料得出相对合理的答案。

唐庚到达惠州的时间。唐庚有一诗《大观四年春,吾与友人任景初、舍弟端孺,自蜀来京师,至长安时方寒食。吾三人相与戎服游九龙池,饮酒赋诗乐甚。是岁吾迁岭表,明年景初亦谪江左,忽忽数岁皆未得去。寒食无几,念念凄然,作诗寄任,因命舍弟同赋》⑥,通过这首诗的题目,我们可以知道唐庚在大观四年(1110)被贬官,并随之南迁惠州。具体哪一月动身离京尚不明确。

---

① [清]陆心源:《三续疑年录》,续修四库全书本。
② 余嘉锡:《四库提要辨证》,中华书局,2007 年,第 1412 页。
③ 曾枣庄、刘琳主编《全宋文》,第 173 册,上海辞书出版社,安徽教育出版社,2006 年,第 16 页。
④ 曾枣庄、刘琳主编《全宋文》,第 173 册,上海辞书出版社,安徽教育出版社,2006 年,第 14 页。
⑤ 曾枣庄、刘琳主编《全宋文》,第 199 册,上海辞书出版社,安徽教育出版社,2006 年,第 44 页。
⑥ 北京大学古文献研究所编《全宋诗》,第 23 册,北京大学出版社,1995 年,第 15005 页。

又据《南征赋》,首二句云:"始摄提之孟冬,予负罪而南驰。"①其中"摄提"乃"摄提格",古代一种星岁纪年方式,相当于干支纪年法中的寅年,而大观四年正是庚寅年。由此,我们可以推测唐庚在大观四年孟冬之月离开京师,南迁惠州。方回《瀛奎律髓》卷四三:"大观四年,子西谪惠州,乃东坡补处。"②此处大观四年是指唐庚被贬之年,并非其到达惠州之年。由于古代交通不便,从京师到达惠州需要一段时间。大概于次年,即政和元年(1111)春到达惠州。因为据唐庚的《游越王台记》记载③,政和元年(1111)正月唐庚到了广州,五日游越王台。之后从广州出发,舟次泊头,其《次泊头》诗云:"何处不堪老,浮山倾盖亲。"④"浮山"即罗浮山之简称,可见诗人已渐踏惠州之境。

唐庚离开惠州的时间。唐庚曾于政和五年(1115)六月《水东庙记》载:"吾今以无状不肖获罪于世,至于中原之大,无所容其躯,而窜伏于五岭之南,罗浮之东,披黄茅而居者,五年而后归,则其见恶于人也,可谓极矣。"⑤可见,唐庚在政和五年六月已得知其即将复官之消息。又唐庚的《惠州谢复官表》中云:"今月八日,惠州送到告身一道,伏蒙圣恩,复臣承议郎。臣已于当日祗受讫。始以为梦,既而果然。"唐庚何时动身离开惠州,时间不详。又据《船娘铭》记载:"船娘,吾幼女也。政和五年,吾发惠州。次番禺,舣舟沧浪亭,而女于是乎生。明年至江陵,寓居于沙头,而女于是乎死。……其生也,以十月初三日,其死而瘗之也,以五月二十六日。"⑥据以上史料,可推测唐庚盖在政和五年(1115)九月离开谪居之地惠州。

---

① 曾枣庄、刘琳主编《全宋文》,第139册,上海辞书出版社,安徽教育出版社,2006年,第293页。
② [元]方回:《瀛奎律髓》,李庆甲集评校点,上海古籍出版社,2005年,第401页。
③ 曾枣庄、刘琳主编《全宋文》,第140册,上海辞书出版社,安徽教育出版社,2006年,第13页。
④ 北京大学古文献研究所编《全宋诗》,第23册,北京大学出版社,1995年,第14999页。
⑤ 曾枣庄、刘琳主编《全宋文》,第140册,上海辞书出版社,安徽教育出版社,2006年,第22页。
⑥ 曾枣庄、刘琳主编《全宋文》,第140册,上海辞书出版社,安徽教育出版社,2006年,第45页。

至此，我们大致可以断定唐庚于政和元年正月到达惠州，而政和五年九月离开惠州。如此，唐庚在谪居之地惠州共居住五年之久。唐庚的《惠州谢复官表》中云："夷居万里，烟瘴六年。赖禀赋之冥顽，得保全于视息。虽简编度日，益坚囯尔之心；而兄弟灌园，已作家焉之计。岂期仕伍，复齿朝绅。"①此处的"烟瘴六年"，是不是与我们的推测相矛盾呢？其实并不矛盾，此表中的"烟瘴六年"是从大观四年其离开京师算起，如此以来正好是六年。因此，吕荣义《唐眉山先生文集序》"盖六年而不返"是从唐庚获命南迁之日算起。唐庚之子唐文若在其《书先君集后》云："阅五年而后归。"乃是其谪居惠州的时间。两者并不矛盾。郑总在其《唐眉山先生文集序》中云"子西谪官七年"，似无根据。

总之，宋人为《眉山唐先生文集》所撰写的序跋，对唐庚生卒年以及生平履历的考察提供了充分的材料，具有重要的文献价值。

二、《眉山唐先生文集》版本梳理

文集序跋对于理清文集版本的刊刻，有着至关重要的作用。我们根据宋人为《眉山唐先生文集》所撰写的5篇序跋，可以清楚地梳理出唐庚文集在宋代的刊刻与流传情况，以及各个版本之间的大致关系。

唐庚一生笔耕不辍，著述颇丰，但由于其"随作随散，不复留稿，故今所存者极少"②。在其谪居岭表之际，其文愈发工致，常常将其写好之诗文投入缿筒中，如《上张观文所业序》云："昨既至惠州，便用赵广汉法为缿筒，每一篇成，辄投之缿中，不可复取。比其还也，始破缿出之，得歌诗杂文三百余篇。"③唐庚谪居惠州之际，尽管无意整理自己的文集，但写好之后投入缿筒

---

① 曾枣庄、刘琳主编《全宋文》，第139册，上海辞书出版社，安徽教育出版社，2006年，第300页。
② 曾枣庄、刘琳主编《全宋文》，第146册，上海辞书出版社，安徽教育出版社，2006年，第101页。
③ 曾枣庄、刘琳主编《全宋文》，第139册，上海辞书出版社，安徽教育出版社，2006年，第308页。

却很好地保存了其在谪居时期的作品,因此,最早流行的应是这批作品。

唐庚生前并未整理过自己的文集,概在病卒后由其好友整理编纂。唐庚好友郑总在宣和四年(1122)五月一日为其文集所撰序中云:"惟太学之士得其文,甲乙相传,爱而录之。爱之多而不胜录也,鬻书之家遂丐其本而刻焉。"①可见,唐庚文集最初是以抄本的形式在京师太学中传抄,由于抄录过于繁重,书商看到了其中的利益,为了满足市场的需求而出资刊刻了唐庚的文集。这也是唐庚文集的最早刻本,即京师坊刻本。这个本子的整理者应是郑总。又据郑总之子郑康佐《唐眉山先生文集后跋》:"道义之交,趋尚之同,先君固已序之矣。得唐公之文凡四十五首,诗赋一百八十五首……不欲尽传之人,故所得止如是而已。"②可知,京师坊刻本大概保存了唐庚二百余篇诗文,具体卷次不详。陈渊在宣和四年六月七日所撰之序中云:"今人得蜀人唐子西诗文二百余篇于吴少䌸,反复玩味,不能释手,真佳作也。"③可见,陈渊从吴少䌸处所见唐庚文集,应是京师坊刻本。

一般来说,坊刻本难以做到精准,因有不少错讹而遭到人们的诟病。于是在宣和四年六月,唐庚之弟唐庾见到这个本子,其序曰:"比见京师刊行者,止载岭外所述,多舛谬失真害理,恐误学者观省,而不能以传诸永久,因并取其少年时所为文随卷附之,庶以广其传云。"④可见,京师坊刻本只收唐庚岭外之著述,并且有不少错讹之处,唐庾怕贻误后学,要重新编纂一部唐庚文集,并将唐庚少年时期所作诗文一并收录。即唐庾整理本。此版本是以京师坊刻本(郑总整理本)为基础,将其舛讹之处进行了修正,并将唐庚少年时期的作品"随卷附之"。据唐庾之序可知,唐庾整理的唐庚文集应未刊

---

① 曾枣庄、刘琳主编《全宋文》,第 173 册,上海辞书出版社,安徽教育出版社,2006 年,第 17 页。
② 曾枣庄、刘琳主编《全宋文》,第 207 册,上海辞书出版社,安徽教育出版社,2006 年,第 217 页。
③ 曾枣庄、刘琳主编《全宋文》,第 153 册,上海辞书出版社,安徽教育出版社,2006 年,第 328 页。
④ 曾枣庄、刘琳主编《全宋文》,第 146 册,上海辞书出版社,安徽教育出版社,2006 年,第 101 页。

刻出版。

除了郑总整理由京师坊间刊刻的京师本外，唐庚文集在当时还有闽本和蜀本。郑康佐在《眉山唐先生文集跋》中云："既而进士葛彭年以所藏闽本相示，文凡五十六首，诗赋二百八十七首，较之所见稍加多矣，而篇秩淆乱，句读舛谬，殆不可辨。"可见，闽本较京师本内容上有所增加，收录唐庚诗文共计三百四十三篇，但编刊者不详，具体卷次也不详。同时，在郑康佐的跋文中还记录了蜀本的情况："未几，又得蜀本于归善令张匪躬之家，文凡一百四十二首，诗赋三百有十首，较之闽本益加多，而增损甚少，可以取正。"①可见，蜀本在内容上比闽本又有所增加，收录唐庚诗文共计四百五十二篇。蜀本的编刊者也不详。

唐庚文集的版本除了以上几种外，还有绍兴二十一年（1151），惠州州学教授王维则雠校、州学郑康佐刊刻的惠州本。郑康佐《唐眉山先生文集跋》："康佐承乏惠州，暇日阅《寓公集》。盖东坡先生与唐公谪居时著述也。唐公之文凡十有二首，诗赋一百十有一首，与先君所传颇有重复。既而进士葛彭年以所藏闽本相示……未几又得蜀本于归善令张匪躬之家。……属教授王维则雠校，旁援博取，凡所辨正，悉有据依，而唐公之文遂为全篇。因其名类，勒为三十卷，命刻板摹既，且将以传授学者。"是本汇集了前面提到的京师本、蜀本以及闽本，去除重复，悉心校勘，应是唐庚文集中收录最全的本子，共计三十卷。

唐庚一生尽管命运不济，赍恨以殁，但死后文集流传甚广，出现了很多版本，因此后代的目录书在著录上有关卷次就有了差异。清代陆心源在《影宋抄唐子西集跋》中云："子西集，《宋史》本传、《书录解题》皆作二十卷，《艺文志》作二十二卷，盖并《三国杂事》记之。《读书志》作十卷，《文献通考》同。据康佐《后序》，是书本有闽、蜀两刻，而闽本多于蜀本。疑晁所据者蜀本，陈所据者闽本也。康佐始以所藏合闽、蜀两本刊之，惠州但去重复而不加编

---

① 曾枣庄、刘琳主编《全宋文》，第 207 册，上海辞书出版社，安徽教育出版社，2006 年，第 217 页。

定,故卷虽增而凌乱如此也。"①这段话不仅告诉了我们后代目录书有关唐庚文集的著录情况,还分析了其著录卷次的来源,可谓一语中的,颇有说服力。

第三节 文集序跋的史学文献价值

一般来说,文集序跋的内容不外乎论人与衡文两个方面,而在论人时撰序者往往将文集作者与其所在的那个时代密切结合,从而使文集作者的身份或地位得以凸显。如此这般,文集序中的大量文献有对文集作者仕宦经历的记录,也有对当时的社会现状之记录。故这类文献具有重要的史学价值,一方面可以与史书记载相印证,来增加史书记载的可信度,一方面也可以补史书之阙遗。

一、与史书记载相印证

刘知几《史通·通释》中认为书序"文兼史体,状若子书"②。即序文由最初的"叙作者之意"转变成对文集作者生平、仕宦、交游等之记录,具有史传的特点。但文集序在写作方式上又有不同于史传之处。首先,针对文集作者的姓名、字号、故里等基本信息的介绍时,这些基本信息在文集序的位置相对比较灵活。有些是位于文集序的开端,如周必大《刘谏议谏稿序》在序文伊始即曰:"故谏议大夫刘公讳度,字汝一,吴兴人。自为布衣,修洁博习,叶左丞梦得、汪翰林藻皆以贤良方正荐。"③同样,叶适的《东溪先生集序》开头即曰:"君名伯熊,字元朝,姓刘氏,居简东溪,号东溪先生。"④有些作品将其置于序文中间,如杨万里《卢溪先生文集序》首先对王庭珪触怒时相,流放

---

① 祝尚书编《宋集序跋汇编》,第2册,中华书局,2010年,第967页。
② [唐]刘知几:《史通》,上海古籍出版社,1978年,第210页。
③ 曾枣庄、刘琳主编《全宋文》,第230册,上海辞书出版社,安徽教育出版社,2006年,第182页。
④ 《叶适集》,刘公纯、李哲夫点校,中华书局,1961年,第204页。

夜郎等经历进行介绍，然后在序文中间述写王庭珪的基本信息道："先生王氏，讳庭珪，字民瞻。登政和八年第，调茶陵丞，以上官不合，弃官去，隐居卢溪者五十年，字号卢溪真隐。"①此外，还有些作者将此类信息放于文集序的结尾处。杨万里《默堂先生文集序》结尾处曰："先生讳渊，字几叟。尝为正言，终官宗正少卿，南剑人，了翁之犹子云。"②与《卢溪先生文集序》不同，杨万里在此把陈渊的姓氏、字号以及籍贯等基本情况放了序文之末尾。同样，周必大在其《曾南夫提举文集序》的结尾处才对曾安强的基本信息予以载录："公讳安强，字南夫。其父肃，字温夫，山谷黄公宰乡县，以清高处士目之。生四子，皆践儒科。仲安止，著《禾谱》五卷，东坡苏公所为赋《秧马歌》者。公乃其季也。"③由此可见，文集序中有关文集作者基本信息的位置相对自由，这一点与史书传记相比有所不同。一般来说，史书传记都是在本传开始时首先叙述传主的基本信息。因此，文集序在叙写方式上虽深受史传之影响，但也表现出一定的灵活性。

　　文集序中保留的有关文集作者的姓氏、字号、籍贯等信息，可以与史书中相关记载相印证，有些甚至可以补史书之缺遗。另外，文集序在对文集作者的基本信息予以介绍之后，常常会结合文集作者一生中的重要仕宦履历加以重点记述。正如孔子所云："我欲托之空言，不如载之行事之深切著名也。"一般来说，史传述人物事迹较为翔实，常常把传主一生的事迹都记录下来，因此文集序在纪事详略上又有不同于史传之处。但记载文集作者一生中的重要经历，有以文证史的作用。如周源的《武溪集序》，其在为《武溪集》作序时，不是评价余靖的文学成就，而着重记录余靖的仕宦履历，因为在周源看来，余靖是"以功业为己任"，而"以文章帖职丽正"。在余靖的一生功业中，有"迁秘书丞，入崇文馆"者、有因直言极谏而"坐贬监筠州酒税"者、有"增置谏官四员"，"公其一人"而"改右正言"者……而该序文着重铺写余靖

---

① 《杨万里集笺校》，辛更儒笺校，中华书局，2007年，第3241页。
② 《杨万里集笺校》，辛更儒笺校，中华书局，2007年，第3217页。
③ 曾枣庄、刘琳主编《全宋文》，第230册，上海辞书出版社，安徽教育出版社，2006年，第143页。

智胜侬智高的重要事件,其序文云:

> 蛮獠侬智高闭形穴中,积年蓄锐兵,一日乘虚捣十余州,公以农兵扞乡里。州将以公方略闻于朝,起公于家,知潭州。未几,经略岭西制贼盗。公以轻兵蹛番禺城下,料贼势独,上言:"贼无他志,止欲复旧穴尔。"宽朝廷南顾忧。遂与狄宣徽青、孙密谏沔以兵邀归路,贼兵精甚,逆战归仁铺。我军出左右翼,横绝贼阵,以铁梲击之,尽殪,独其首窜窟穴。兵驰其地,胁特磨酋豪,诛智高,并擒母子以献,戮于藁街。磨桂崖为文,筑京观于邕,作记以旌武功。志与气两雄,故观公之文可以知其武矣。①

关于余靖智胜侬智高这一历史事件,此序文记载可以与《宋史·余靖传》《宋史·广源传》中的相关史料桴鼓相应。该序文相对史书中的记载来说,具有较强的抒情性,并言简意赅地描写了宋军战胜贼军的经过,"横绝贼阵,以铁梲击之,尽殪,独其首窜窟穴"。但集序与史书记录在某些细节上也有相龃龉之处。如序文中记载余靖等人"诛智高",此与历史事实不相符合。因为有关侬智高死的时间、地点尚未形成定论。《文献通考》:"智高不知所终。"② 而《宋史·广源传》:"其存亡莫可知也。"③ 而集序在此直接断言余靖众人"诛智高",是为了突出余靖在平叛侬智高叛乱中的作用,以及撰序者对余靖的颂美之意。

另外,关于余靖等人入特磨,捕获侬智高的亲属,也与史书记载不符,甚至与同时代文献记载也有相戾之处。如在欧阳修的《赠刑部尚书余襄公神道碑铭》(并序):"又遣人入特磨,袭取智高母及其弟一人,俘于京师,斩

---

① 曾枣庄、刘琳主编《全宋文》,第 46 册,上海辞书出版社,安徽教育出版社,2006 年,第 89 页。
② [元] 马端临:《文献通考》,卷三三〇,中华书局,1986 年,第 2587—2588 页。
③ [元] 脱脱等:《宋史》,卷四九五,中华书局,1985 年,第 14218 页。

之。"①蔡襄的《工部尚书集贤院学士赠刑部尚书谥曰襄余公墓志铭》:"选死士入特磨道,生擒智高母与弟送阙下戮之。"据欧文与蔡文,余靖等人入特磨抓获了侬智高的母亲与弟弟,而该序文曰:"并擒母子以献,戮于藁街。"根据相关史书记载,余靖等人抓获侬智高的亲属,除了母亲、弟弟还有两个儿子。《宋史·广源州传》:"至和初,余靖督部吏黄汾、黄献珪、石鉴、进士吴舜举发峒兵入特磨,掩袭之,获阿侬及智高弟智光、子继宗继封,槛至京师。"②叙述不确的原因不明。各说不一,是非待辨。

二、对相关史书的补充与辨误

有宋一代,史学繁荣,诚如时人所云:"法祖嘉猷,国家崇尚史学,国朝文明开运,学校养才,群经诸史,朝吟暮诵,至于明习国典,通达世务,则于史学尤重焉。"③综观有宋一朝,不仅有讲求实证的史学家治史,强调说理的理学家治史,还有注重文辞的文学家治史,擅长文学者,如欧阳修、苏轼、陆游、杨万里、周必大等均参加过官方修史④。中国的史学与文学向来就有着密切的关系,《史记》即被后人称为"史家之绝唱,无韵之离骚"。而有宋一代文人治史的盛行,使得文史之间的相互影响更为明显,不仅史学作品的艺术性、文学性得到提升,而且这一时期的文学发展同样不可避免地受到史学的影响。史学对文学之影响,在文集序跋中表现最突出的就是这一时期的作品在创作手法上对纪传体叙述方式的娴熟运用,与此同时,序跋作者在文集序跋中还处处体现出强烈的补史意识。

周必大在撰写《毛拔萃洵文集序》时,参考了《仁宗实录》与李焘的《续资治通鉴长编》,对这两部史书中有关毛洵的记载不确之处,提出疑问,并感叹

---

① 《欧阳修全集》,李逸安点校,中华书局,2001年,第1256页。
② [元]脱脱等:《宋史》,卷四五九,中华书局,1985年,第14218页。
③ [宋]无名氏:《群书会元截江网》,卷二十九,影印文渊阁四库全书本。
④ 燕永成:《南宋史学研究》,甘肃人民出版社,2007年,第198—209页。

"考证之学易差难精,亦在乎秉笔者审之而已"①。周必大根据《仁宗实录》的载录指出,毛洵是在"天圣九年御试选人"时,中了"书判拔萃科"。而现存史料中有关毛洵中书判拔萃科的具体时间似未记录。如余靖在《宋故镇东军节度推官毛君墓志铭》中记述到:"以书判拔萃,天子御便殿试之,所对人等,改试大理评事、迁镇东军节度推官、知宣州宣城县事。"②《宋史·毛洵传》中记述曰:"毛洵字子仁,吉州吉水人,天圣二年进士,又中拔萃科。"以上两则史料均未指出毛洵中书判拔萃科的具体时间,因此周必大在《毛拔萃文集序》中有关毛洵中书判拔萃科的时间记录就显得尤为重要,可以很好地补充现存史料之不足。

另外,周必大在此序中具有强烈的考辨意识,其曰:"天圣九年御试选人,书判拔萃科中者四人。举首李裕尝历理掾,故改大理寺丞,是谓京官;子仁而下皆自主簿递迁幕职,虽同得邑,犹选人也。其告身曰承事郎者,文散官也;大理评事者,试衔也。李焘仁甫《长编》并以为京官,则误矣。"周必大在此序中对李焘在《续资治通鉴长编》中将毛洵中书判拔萃科之后所授官职,归为京官,也提出质疑。周必大的这种质疑是否有依据呢?《宋会要》中保留了宋代书判拔萃科成绩等第以及据等第授官的相关史料,具体内容如下:

> 考判之制,有五等。上二等,超绝辈流,可非次拔擢。前代罕有,七人。第三上等,取理优文赡者,超资拟授;次等或理优文省,紧慢授拟。第四(上)等,取文理切当者,依资拟授;次等不甚切当者,紧慢拟授。第五上等,放选授官;次等放选赴冬集。不及格者皆落。③

---

① 曾枣庄、刘琳主编《全宋文》,第 230 册,上海辞书出版社,安徽教育出版社,2006 年,第 144 页。
② 曾枣庄、刘琳主编《全宋文》,第 27 册,上海辞书出版社,安徽教育出版社,2006 年,第 157 页。
③ [清] 徐松辑《宋会要辑稿》,选举一〇之一,中华书局,第 4412 页。

据此可见,宋代书判拔萃科考试按成绩分为五等。其中第一、二等者,可以破格提拔升迁,但较为罕见。第三等至第五等,又分上等、次等两个级别。第三上等,选"理优文赡"者,可以跳过目前官阶而拟定授官。拟授,即拟注,登科入选者,由吏部注名于册,经磨勘后拟定授官。据范仲淹《奏乞差新转京官人充沿边知县事》:"自来除合差京朝官外,其余并从铨司拟注,别无选择之法。"①这说明三等及以下的均由判吏部铨授予地方官,而不是京朝官。而根据曹家齐在《宋代书判拔萃科考》一文中考证,毛洵在天圣九年御试书判拔萃科中获得第四等的成绩,而在此之前毛洵任洪州新建县主簿,登科之后所授官职为镇东节度推官。② 因此,根据宋代书判拔萃科按照等第予以授官的惯例,毛洵被授应属地方官。由此可见,周必大在此序中对李焘在《续资治通鉴长编》中的辨误是有道理的。

  作者在文集序跋中还往往用正史来考索文集作者之生平,并对史家不曾记载的见闻予以载录,以备史官采择,从而具有较强的补史功能。王炎在为先祖王愈文集作序时,由于罗愿在修《新安志》时对王愈的行事"略而不书",而且"《徽宗皇帝纪》中于公破贼一事不书,又求之《方腊传》中,首败于信州一节亦不书"因此王炎对王愈知上饶时顽强抵御贼寇等事件予以详细载录:"翁守上饶日,青溪之盗因时升平,俶扰东南,陷睦,陷杭,陷歙,陷处,陷婺,陷衢,处之守臣彭如方死之,其余不走则降。贼乘锐来犯上饶,翁以孤城捍其锋,屹然如巨防之治水。奏用其属吏铅山宰王舜举为倅使守城,监铸钱院高至临使提军出战,而翁调兵食,筹守战之策以授二人使行之。"③有鉴于此,王炎在其《二堂先生文集序》中对王愈之典型事例予以详细记录,以补史书之缺。目前,现存史料中有关王愈的资料,除了同时代汪藻的《信州二堂碑》以及《朝散郎致仕王君墓志铭》外,留存尚不多见。《宋史》也未能为其立传,从而使《二堂先生文集序》具有重要的史学价值。

---

① 《范仲淹全集》,李先勇、王蓉贵点校,四川大学出版社,2002年,第608页。
② 曹家齐:《宋代书判拔萃科考》,《历史研究》2006年第2期。
③ 曾枣庄、刘琳主编《全宋文》,第270册,上海辞书出版社,安徽教育出版社,2006年,第280页。

文集序跋中有关文集作者生平事迹的史料不仅可补史书之缺，有些也可矫史书之误。如周必大在《跋萧氏敦节堂诗》中对徽宗朝的名御史萧服被贬之地予以考辨，纠正史之误，其曰："萧服字昭甫，吉水人，做不肯罗织吴门章綎私铸狱咈蔡京意，羁管虔州。后起为吏部员外郎，出知蕲州，卒年五十八。……按《四朝国史》蕲州本传，初谪处州，今其玄孙祺出大观四年印历，实贬虔州。虔与处字画偏旁异耳，即今赣州，吉之邻郡。近世既改虔为赣，史官不考也。"①周必大根据《四朝国史》中有关萧服的传记来对其生平予以考索，并对《四朝国史》中有关萧服被羁管之地记载不确之处予以质疑和纠正。

总之，文集序跋中有关作者生平行事的记载，相对一般史书来说，一方面由于撰序者大多与作者是同时代之人，故其记载的可信度要高于一般正史。另外，芸芸众生之中能被载入史册者，少之又少。所以，很多文人的生平资料可能在某种程度上需要文集序跋中的相关材料做支撑。从这些角度来看，文集序跋具有的史料价值是不容忽视的。

三、对党争与社会离乱的记录与反映

北宋中后期，各种社会矛盾激化，在表面繁荣的背后，整个社会危机四伏，有识之士为此忧心忡忡，大都认为改革势在必行。士大夫阶层中有关变革的呼声越来越高，以王安石为代表的革新派顺应时代潮流，发起了"熙丰新政"。这场声势浩大的变革虽然在一定程度上缓和了积蓄已久的社会矛盾，也解决了一部分问题，但未能取得根本胜利，而由此带来的革新派与保守派之间的分歧与争斗却没有因为这场变革的终止而结束，以至于直至北宋灭亡都未能逃离"党争的魔咒"。对此，王夫之总结道："朋党之兴，始于君子，而终不胜于小人，害乃及于宗社生民，不亡而不息。宋之有此也，盛于熙丰，交争于元祐、绍圣，而祸烈于徽宗之世。"②这次由变法产生的新旧党争最

---

① 曾枣庄、刘琳主编《全宋文》，第 231 册，上海辞书出版社，安徽教育出版社，2006 年，第 14 页。
② ［清］王夫之：《宋论》，卷四，中华书局，1964 年，第 86 页。

初只是政见之争,后来演变为意气之争,互相倾轧,对垒双方肆意排除异己。很多人仅仅因为与处于政治斗争漩涡中心的新党或旧党某些成员有交往即无辜被牵连,受到另一方的无情整斥,成为党争中无谓的牺牲品,被贬往恶州僻壤穷其一生,甚至死在贬谪的路上。

这场始于神宗熙丰年间的新旧党争绵延久远,几经反复,而且范围广阔,余波所及,几无遗类,不仅居庙堂之高的士大夫,甚至处江湖之远的贤君子都或多或少、或主动或被动地卷入其中。在参与者中,有人积极热情,认为自己为民请命,真理在握,即使被打击遭贬斥,亦九死不悔,慷慨凛然;有人对此却怀疑逃避,试图置身事外,贬谪后郁郁寡欢,怨天尤人;也有人见风使舵,左右逢源,随意改换门庭……妍媸贤愚,人情百态,不一而足。时人之诗词文章尽管立场不同,观点各异,但大都有相应的记载和体现。考诸文献可知,文集序跋同样反映了这些政治纷争。序跋作者不仅记录了党争之事情经过,甚至还直接反映当时人物的心态历程。

(一)文集序跋对党争的记录。作为一部文集之序跋其重点本应是文集,但宋人在撰序题跋时则更多地对人进行述评,生活于北宋后期的文人很容易受到党争的波及和影响,故作为文学亚形态的文集序跋对此不可能熟视无睹。当时序跋之载述在某种程度上也可以充实史书的相关记载。程颐之子程端中在为程颐的文集作序时,交代了程颐在元祐与绍圣时期因受党争之影响而几经沉浮的经历,程端中在该序文中曰:"元祐初,大臣以先生道义荐诸朝,名为崇政讲官,哲宗信而敬之。既而同朝之士有以文章重于时者,忌先生名出己右,与其党类巧为谤诋,遂以罢去。其后朝命屡加,终不复起。居于洛阳,天下尊仰之。绍圣治元祐诸臣罪,先生坐尝为所荐,责涪州。"①据《宋史·程颐传》可知,程颐在元祐初年因受司马光、吕公著之举荐,而被拜为秘书省校书郎,进而又擢为崇政殿说书。此时,朝中不仅有新旧两党的纷争,而本为同一阵营的旧党内部又出现分化,形成了蜀、洛、朔三派。

---

① 曾枣庄、刘琳主编《全宋文》,第 135 册,上海辞书出版社,安徽教育出版社,2006 年,第 194 页。

程端中序文中所谓"同朝之士有以文章重于时者,忌先生名出己右,与其党类巧为谤诋,遂以罢去"一事,应是指旧党中以苏轼等为代表的蜀党和以程颐为代表的洛党之间的一次斗争。因苏轼与程颐在一些问题上存在不同意见,"颐门人贾易、朱光庭不能平,合攻轼。胡宗愈、顾临诋颐不宜用,孔文仲极论之"①。这原本只是苏轼对程颐一些做事方式存在异议,从而引起程颐门人的不满和攻讦,随之带来了蜀党、洛党两大派系之间的斗争。

以诗文而名满朝野的苏轼,不仅是北宋后期文坛上的领军人物,同时也是这一时期党争中的关键人物,很多人因其而得名,也因其而被贬。杨时《冰华先生文集序》曰:"冰华先生钱公讳世雄,字济明,常州晋陵人也。公年十六七时,其诗已为名流所称。比壮,游东坡苏公之门。与之方轨并驰者皆一时豪英,而东坡独称其'探道著书,云升川增',则其推与之意至矣。然公以是取重于世,亦以是得罪于权要,废之终身,卒以穷死。"②可见,所谓党争很多时候都是意气用事,双方肆意倾轧,务求将对方置之死地,连根铲除。因此,很多无辜者因受到牵连而被贬远恶军州,乃至困死穷荒。张耒《秘丞章蒙明发集序》曰:"古之论人,考其人,不计其功。士固有其才,可以有为,而不幸不及施与,既施而中夺者,何可胜数……夫成败系乎天者,其未可以贤不肖必也。"③张耒在此将事业成败不系于贤不肖,而系于未知之"天"。这种看似消极的态度,其实是生活于党争漩涡中的士人常常身不由己,由于无法把握自己的命运,进而不可避免地产生的一种幻灭感。

(二)文集序跋对党争中世人心态的揭示。身处党争漩涡之中,文人士大夫一般会分化成两种类型,进而带来两种不同的社会影响:一种是一些没有政治原则之人,在党争之中唯利是图,见利忘义;另一种则是有政治抱负者,尽管身处困厄,但依然独立不惧,甘之如饴。

北宋后期,朝野上下因政治立场不同形成的革新派和保守派两大阵营

---

① [元]脱脱等:《宋史》,卷四三三,中华书局,1985年,第12720页。
② 曾枣庄、刘琳主编《全宋文》,第124册,上海辞书出版社,安徽教育出版社,2006年,第258页。
③ 《张耒集》,卷四十八,李逸安、孙通海点校,中华书局,1999年,第750页。

经常互相攻讦,斗争激烈。其间又经历元祐更化、哲宗绍述两个阶段,新旧两党各有沉浮。保守派操纵政权时,对革新派竭尽全力地排挤、压制;革新派把持朝政时,反过来又对保守派不遗余力地打击、报复,这其中难免会产生左右逢源、唯利是图者。这些人立场并不坚定,只是政治的投机者,他们往往表面上附和新党或旧党,而实际上浑水摸鱼,游走于各派势力之间,骑墙观望,伺机乘隙,以获得一己之利。文同作于熙宁九年(1076)的《鲁肃简公尺牍题后》云:"今夫人少相与从游,平居势相若,则尝欲合两心以为一,交内于腹中;一日趋所利,仅争顷步之差,则阔视远步,亟往先就之;既得,乃反面不复相谁何,狠骛恣肆,轩然自以我正当如此,甚者交相诋毁,或尽力排迮,置死地。"①文同在该文中对一些人在利益驱使之下,见利忘友、背信弃义的行为进行了猛烈的指责和抨击。这种唯利是图、落井下石的丑陋行为在当时的士大夫中并不鲜见,正如陆佃所云:"近时学士大夫相倾竞进,以善求事为精神,以能讦人为风采,以忠厚为重迟,以静退为卑弱,相师成风,莫之或止。"②这些没有政治理想之人以迎合当权者而获得功名,一旦所依附之人失势,他们很可能又去另攀高枝。这种没有道德底线、没有政治原则、一切以利益为考量之人,必然遭到正直之士的蔑视与唾弃。对此,游酢在《奏士风疏》中奚落道:"士大夫至于无耻,则见利而已,不复知有其他,如入市而攫金,不复见有人也。"③

对于有政治理想的人来说,即使在党争中受到牵连,被贬谪恶州,流放僻壤,但他们依然坚持自己的政治立场,不为所惧,表现出一定的气节与操守。苏轼在《王定国诗集叙》中曰:"定国以余故得罪,贬海上三年,一子死贬所,一子死于家,定国亦病几死。"④据记载元丰二年(1079),苏轼在湖州任上

---

① 曾枣庄、刘琳主编《全宋文》,第 51 册,上海辞书出版社,安徽教育出版社,2006 年,第 109 页。
② [元]脱脱等:《宋史》,卷三四三,中华书局,1985 年,第 10919 页。
③ 曾枣庄、刘琳主编《全宋文》,第 123 册,上海辞书出版社,安徽教育出版社,2006 年,第 163 页。
④ 《苏轼文集》,孔凡礼点校,中华书局,1986 年,第 318 页。

被捕。随后,御史舒亶奏曰:"驸马都尉王诜收受轼(苏轼)讥朝廷文字,与王巩往还,漏泄禁中语,阴通货赂,宓与宴游。"①因此,王巩受到牵连而被贬至宾州(广西宾阳)。王巩被贬之后并没有自怨自艾,而是"不以厄穷衰老改其度",苏轼后来评价王巩在岭外的诗歌时,曰:"清平丰融,蔼然有治世之音,其言与志得道行者无异。幽忧愤叹之作,盖亦有之矣,特恐死岭外,而天子之恩不及报,以忝其父祖耳。"②由此,苏轼在为王巩诗集作序时,对他"处江湖之远而忧其君"的精神予以赞扬。在党争中,能够坚持立场、不见风使舵者,不论其政治见解如何,至少其操守与精神值得肯定。据李廌《汝阴唱和集后序》记载,《汝阴唱和集》是苏轼在汝阴为官时,与陈师道、赵德麟等人的唱和之作。后来苏轼左迁,很多人躲之不及,但赵德麟依然将《汝阴唱和集》珍藏并托李廌为之作序使之传播。因此,李廌对赵德麟评价道:"先生(苏轼)得罪,窜南海,异时门生故吏,孰肯顾恤。独吾德麟之意不替平昔,又取此诗使廌叙之,其义甚高,非世俗所能为也。"③

简言之,序跋作者可能是党争的受益者,也可能是党争的受害者,他们通过文集序跋对那个时期发生在身边的党争进行了一定的记载与评析,让后人可以通过另一种渠道了解当时的党争情况,具有重要的史料价值。

---

① [清]徐松辑《宋会要辑稿》,职官六六之一〇,中华书局,1957年,第3873页。
② 《苏轼文集》,孔凡礼点校,中华书局,1986年,第318页。
③ 曾枣庄、刘琳主编《全宋文》,第132册,上海辞书出版社,安徽教育出版社,2006年,第138页。

第五章 宋代文集序跋中的文集传播

有宋一代，文学传播方式发生了重大变化，由唐代的手抄传播为主转变为印刷传播为主。宋代雕版印刷术的推行与应用，带来了刻书业的繁荣。宋代刻书业的发达又带来了刊刻序跋的繁荣，同时刊刻序跋也为我们提供了诸多有关刻书业方面的讯息。因此，我们可以通过宋代刊刻序跋更加具体而微地了解宋代文集传播之面貌以及书籍进入印本时代这一重大变化对宋代世风与学术的影响。

第一节 北宋文集序跋与文集传播

大概到了五代时期，雕版印刷已开始用来雕印文人文集了。据叶德辉《书林清话》记载，释昙域曾于前蜀后主（王衍）乾德五年（923）整理其师贯休的文集，形成《禅月集》。释昙域在《禅月集》后序中称"检寻藁草及暗记忆者，约一千首，雕刻成部"①。征诸现存文献，《禅月集》应该是我国文化发展史上有明确记载的第一部付诸刊印的诗集。自此之后，关于雕印文人文集的记录不断增多。《旧五代史·和凝传》云："（和凝）平生为文章，长于短歌艳曲，尤好声誉。有集百卷，自篆于版，模印数百帙，分惠于人焉。"②生逢五代乱世的和凝夸饰好文，为文以多为富，曾将其文集自行镂版而"分惠于

---

① ［清］叶德辉：《书林清话》，上海古籍出版社，2012年，第19页。
② ［宋］薛居正等：《旧五代史》，卷一百二十七，中华书局，1976年，第1673页。

人",以求其文能行于世。《宋史·毋守素传》记述毋守素之父毋昭裔:"性好藏书,在成都令门人勾中正、孙逢吉书《文选》《初学记》《白氏六帖》镂版,守素赍至中朝,行于世。"①毋昭裔为收藏之目的而刊印前代文人文集,从而使前人之作品历经乱世而终得保存。

五代时期刊印文人文集的数量有限,能留存于世的更是凤毛麟角,但到了北宋时期此一局面有所改观。北宋开国伊始就注重以文治天下,太宗曾云:"王者虽以武功克定,终须用文德致治。"②北宋统治者特别注重对前代文化典籍的整理与刊印,以此达到以文治天下之目的。再加上晚唐、五代时期社会长期处于动荡状态,原有文化典籍,经历乱世而几乎毁损殆尽。洪迈曾云:"国初承五代乱离之后,所在书籍印版至少,宜其焚炀荡析,了无孑遗。"③赵宋定鼎,天下承平,曾经历五代乱世的统治者愈发意识到重新刊印文化典籍之紧迫性。或出于统治目的,或着眼于文教实际,北宋时期对各种文化典籍的整理极为重视,并大量地予以雕印刊刻,作为文化典籍重要内容之文人文集,亦由此得以刊印而存行于世。

通过大量的北宋时期文集序跋文献可知,北宋时期刊印文人文集呈现前代(尤其是唐代)文集与本朝文集在刊刻数量上几乎旗鼓相当的局面。之所以出现这种独特现象,笔者认为其原因不外乎三个方面:宋人宗唐学唐之风盛行;朝廷对刊印本朝文人文集多有限制;由党争而致元祐党人学术迭遭禁毁。

一、宋人宗唐学唐之风潮

唐代文人取得的文学成就让身居于后的宋人回避不得,宋人在感叹"世间好语言,已被老杜道尽;世间俗语言,已被乐天道尽"④的同时,积极从唐诗入手宗唐学唐以期自成一家。从北宋初期的"宋初三体"到诗文革新之际的

---

① [元]脱脱等:《宋史》,卷四百七十九,中华书局,1985年,第13894页。
② [宋]李焘:《续资治通鉴长编》,卷二十三,中华书局,1995年,第528页。
③ [宋]洪迈:《容斋随笔》,卷七,中华书局,2005年,第906页。
④ [宋]胡仔:《苕溪渔隐丛话》,廖德明校点,人民文学出版社,1962年,第90页。

欧阳修、苏舜钦、梅尧臣,再到苏轼、黄庭坚,无不有宗唐学唐之经历。唐代诗人众多,各具特色,宋人在各个时期根据自己的时代环境和审美趋尚选择不同的师法对象:

> 国初沿袭五代之余,士大夫皆宗白乐天诗,故王黄州主盟一时。祥符天禧之间,杨文公、刘中山、钱思公专喜李义山,故昆体之作,翕然一变。而文公尤酷嗜唐彦谦诗,至亲书以自随。景祐庆历后,天下知尚古文,于是李太白、韦苏州诸人,始杂见于世。杜子美最为晚出,三十年来学诗者非子美不道,虽武夫女子皆知尊异之。李太白而下,殆莫与抗。①

宋人学唐对象不断变化,以至于白居易、李商隐、李白、韦应物、杜甫等唐代大家都能各领风骚。宋人从各个角度挖掘唐诗的艺术魅力,以期融合众家而自成一家。经过几代人的努力,最终宋诗逐步脱离唐诗之阴影,而形成自己的特色,即"宋调"。"学古"只是一种手段,而"自成一家"才是终极目的,故宋诗足以与唐诗相颉颃,钱锺书曾云:"自宋以来,历元明清,人才辈出,而所作不能出唐宋之范围,皆可分唐宋之畛域。"②

宋人宗唐学唐的方式多样,要么在自己的著述中对唐代文人多加称引,要么将唐代文人与同时代文人并提,以此来表达其师唐的立场和态度。在宗唐学唐的风潮之下,宋人对唐代诗文的整理、编纂与刊印热情高涨,其中雕印传播之效果最为明显。因为雕印出版唐人诗文集,可加快这些诗文集的流通,为接受者提供更多的文本,从而让更多的人有了接触与学习唐代诗文的机会。北宋初期李昉、李至、徐铉、王禹偁等人诗学白居易,在当时社会上形成一定影响,即"白体",故白居易的文集在北宋时期得到大量编纂与刊印。尽管白居易生前曾精心整理自己的文集前后共计七十五卷,并分藏五

---

① 郭绍虞辑《宋诗话辑佚》,中华书局,1980年,第398—399页。
② 钱锺书:《谈艺录》,中华书局,1993年,第3页。

处,但经过五代的战乱,到北宋初期此五大钞本已荡然无存。据万曼《唐集叙录》,到北宋时期白居易的文集有崇文院写本、七十卷吴刊本、七十一卷庐山本及七十二卷景祐杭州刊本。① 可见,北宋时期由于宗唐学唐之风的盛行,大大推动了白居易诗文集的重新整理和刊印。

宋人对唐诗的师法对象因个人社会阅历与审美趋尚之不同而呈现出不同的选择。而宋人在散文师法方面对韩愈却是始终如一,使得韩愈对宋代散文创作的影响"独领风骚"。韩愈在"文以明道"理论下倡导并推动了一场轰轰烈烈的古文运动,其古文理论及创作实践一直是宋人学习的典范。从柳开、穆修、王禹偁、石介到欧阳修、王安石、曾巩、苏轼等无不从韩愈的文统观、文学理论及文学创作中汲取养料,积极地接受和传播韩愈的文学思想。

正是宋人对韩愈诗文的这种热情,才有韩愈诗文集整理的大繁荣。据张秀民《中国印刷史》考录,在北宋时期韩愈诗文集刊印次数多达八次,即宋初刊本、汴京监本、北宋京本、穆修刊本、大中祥符二年杭州明教寺本(无外集)、嘉祐七年嘉祐小杭本、嘉祐年间苏溥蜀刻本、大观初潮州韩文公庙用香火钱刊本②。刘真伦《韩愈集宋元传本研究》对韩愈集在宋代的流传情况做了详细的梳理,可见韩愈集子在北宋版本众多,且流传广泛。

穆修应是北宋时期整理、刊印韩愈诗文集之第一人,其在《唐柳先生集后序》中云:"余少嗜观二家之文,常病《柳》不全见于世,出人间者残落百余篇;《韩》则虽目其全,至所缺坠,亡字失句,独于集家为甚。志欲补其正而传之。多从好事访善本,前后累数十,得所长辄加注窜。遇行四方远道,或他书不暇持,独赍《韩》以自随,幸会人所宝有,就假取正。凡用力于斯,已蹈二纪外,文始几定。"③穆修常常随身携带韩集,凡遇善本则校证补阙,历经二十余年才算完善,可见其整理、编纂韩愈文集之用心良苦。穆修不仅整理、编纂韩愈诗文集,还曾自镂韩愈集,据《穆参军遗事》引《辩惑》云:"穆参军老益

---

① 万曼:《唐集叙录》,中华书局,1980年,第239—242页。
② 张秀民:《中国印刷史》(增订本),浙江古籍出版社,2001年,第87页。
③ 曾枣庄、刘琳主编《全宋文》,第16册,上海辞书出版社,安徽教育出版社,2006年,第31页。

家贫,家有唐本韩柳集,乃丐于所亲厚者,得金募工镂板印数百部,携入京师相国寺,设市鬻之。"①穆修整理刊印韩愈文集的懿行为宋人学韩提供了最基础的文本,对确立韩愈的唐文典范地位意义重大。

北宋时期,人们为了宗唐学唐起见,积极借用雕版印刷这一新技术,使得大量的唐人诗文集得以刊印出来,对保存唐代文人文集功不可没。同时,唐代文人文集借助雕印之功,化身千万,为宋人学唐提供了基础文本,大大扩展了唐代文学在两宋时期的传播和影响。

二、北宋朝廷对刊印本朝文人文集之限制

在整个北宋时期就文集刊印的情况来说,本朝文集的数量相比于前代并不突出,笔者认为这种情况与当时朝廷所施行的文化政策及国家边防形势当有着密切的联系。

有宋一代,倡导以文治国,朝廷对图书之整理刊印工作极为重视,也取得了相当大的成就。据《宋朝事实类苑》载:"淳化五年七月,诏选官分校史记、前汉、后汉书,既毕,遣内侍赍本就杭州镂板。咸平中,真宗谓宰相曰:'太宗崇尚文史,而三史版本如闻当时校勘官未能精详,尚有谬误,当再加刊正。'乃命直使馆陈尧佐等覆校史记。""天圣二年六月,诏校勘南北史、隋书,以直使馆张观、集贤校理王质、晁宗悫、李淑,秘阁校理陈诂,馆阁校勘彭乘,国子监直讲公孙觉校正。""嘉祐四年,仁宗谓辅臣曰:'宋、齐、梁、陈、后魏、后周、北齐书,世罕有善本,未行之学官,可委编校官精加校雠。'"②可见,北宋到仁宗朝几乎已将前朝史书全部付梓刊印。朝廷如此重视对前朝史书之编纂与刊印,其主要目的是"以史为鉴",从前朝兴衰荣枯中汲取经验教训,以求得国家的长治久安。与此同时,朝廷出于维护儒家正统思想的需要,对儒家经典的刊印更是不遗余力。《宋史·李至传》云:"淳化五年(994),兼判国子监。至上言:'五经书疏已板行,惟二传、二礼、孝经、论语、尔雅七经疏

---

① [宋]穆修:《河南集》,附穆参军遗事,宋集珍本丛刊本。
② [宋]江少虞:《宋朝事实类苑》,卷三十一,上海古籍出版社,1980年,第395—397页。

未备,岂付仁君垂训之意。今直讲崔颐正、孙奭、崔偓佺皆励精强学,博通经义,望令重加雠校,以备刊刻。'从之。"①可见,朝廷在淳化五年以前业已刊印了五经,而李至刊印七经之建议甫一提出,即允准照行。由此可见,北宋朝廷对刊印儒家经典之重视。

　　北宋时期,朝廷对经史、礼乐、典法类图书之整理刊印如此重视,那么对文人文集又秉持什么态度呢?魏了翁曾云:"国朝列局修书,至崇、观、政、宣而后尤为详备,而其书则经、史、图、牒、乐书、礼制、科条、诏令、记注、故实、道史、内经,臣下之文鲜得列焉。"②可见,一般之文人文集相对于正经、正史等书籍来说向不为官方所重。

　　北宋时期严峻的边防形势对本朝文人文集之刊印也产生了直接影响。北宋与周边民族政权关系紧张,而宋人文集中又常常收录大量的奏议、谏稿之类的文章,而此类文章往往涉及军政机密及敏感问题,若将此一并刊刻公之于众,进而流传到周边民族政权境内,将造成朝廷机密的泄露,从而给朝政带来不良影响。故北宋一朝对当世文人文集之刊印管理较为严格,朝廷曾多次下达诏令监管文人文集的刊印。

　　仁宗天圣五年(1027),"中书门下言,北戎和好已来,岁遣人使不绝,及雄州榷场商旅往来,因兹将带皇朝臣僚著撰文集印本,传布往彼,其中多有论说朝廷防遏边鄙机宜事件,深不便稳",故"今后如合有雕印文集,仰于逐处投纳,附递奏闻,候差官看详,别无妨碍,许令开板,方得雕印"③。此条律例规定,雕印文集必须先后经过三个程序:"逐处投纳""附递奏闻""差官看详",待审查准许之后方可雕印。北宋对雕印文集管理之严格由此可见一斑。在整个北宋时期,朝廷的此类规定在各地也得到了相当严格的执行。周郁在《黄州雕造小畜集后记》曾云:"诸私雕印文书,先纳所属申转运司选

―――――――――
① [元] 脱脱等:《宋史》,卷二百六十六,中华书局,1985年,第9177页。
② 曾枣庄、刘琳辑《全宋文》,第310册,上海辞书出版社,安徽教育出版社,2006年,第12页。
③ [清] 徐松辑《宋会要辑稿》,刑法二之一六,中华书局,1957年,第6503页。

官详定,有益学者听印行。除依上条申明施行,今具雕造《小畜集》一部共八册。"①

国家三令五申地禁止刊印有涉国家机密之文人文集,但在利益的驱使下,还是有人敢冒天下之大不韪,私下大量刊印本朝文人文集。仁宗至和二年(1055),欧阳修向仁宗上奏曰:"臣伏见朝廷累有指挥禁止雕印文字,非不严切,而近日板尤多,盖为不曾条约书铺贩卖之人。臣窃见京城近日有雕印文集二十卷,名为《宋文》者,多是当今议论时政之言。"针对这种不守法规的书铺,欧阳修建议国家对其采取严厉的惩罚措施,"臣今欲乞明降指挥下开封府,访求板本焚毁,及止绝书铺,今后如有不经官司详定,妄行雕印文集,并不得货卖。许书铺及诸色人陈告,支与赏钱贰佰贯文,以犯事人家财充。其雕版及货卖之人并行严断,所贵可以止绝者"②。欧阳修建议将违法雕印的版本烧毁,对雕版者、出售者并罚,并对检举者予以重赏,朝廷据此三管齐下,对那些胆敢违禁贸然出版文人文集者严加处断,措施不可谓不峻烈。

哲宗元祐四年(1089),苏辙奉命出使辽国,回京后上奏《北使还论北边事札子五道》,其中提到他在辽国之见闻,亲睹其兄苏轼的《眉山集》及其本人的《服茯苓赋》都已雕印传播到辽国。苏辙由此甚为忧虑,他说道:"其间臣僚章疏及士子策论,言朝廷得失、军国利害,盖不为少。兼小民愚陋,唯利是视,印行戏谑之语,无所不至。若使尽得流传北界,上则泄露机密,下则取笑夷狄,皆极不便。"③苏辙一方面担心有涉国家机密的文人文集流传到异域,影响国家安全;另一方面又担心一些内容低俗的书籍流传到异域,有伤国体。以此之故,苏辙要求朝廷对民间印书加强管理,但"人情嗜利,虽重为赏罚,亦不能禁"。徽宗大观二年(1108)三月十三日,朝廷不得不再次下诏曰:"访闻房中多收蓄本朝见行印卖文集、书册之类,其间不无夹带论议边防、兵机夷狄之事,深属未便。其雕印书铺,昨降指挥,令所属看验,无违碍

---

① 曾枣庄、刘琳主编《全宋文》,第 200 册,上海辞书出版社,安徽教育出版社,2006 年,第 241 页。
② 《欧阳修全集》,李逸安点校,卷一十二,中华书局,2001 年,第 1637 页。
③ 《苏辙集》,陈宏天、高秀芳点校,中华书局,1990 年,第 747 页。

然后印行,可检举行下,仍修立不经看验校定文书,擅行印卖,告捕条禁,颁降其沿边州军,仍严行禁止。应贩卖藏匿出界者,并依铜钱法出界罪赏施行。"①此一诏令针对的依然是民间书铺雕印夹带"论议边防、兵机夷狄之事"的文人文集之现象。整个北宋时期对民间刊印本朝文人文集的监管从未放松,在某种程度上限制了本朝文人文集之大规模雕印。

总之,北宋官方对本朝文人文集关注不够,而对民间刊印当朝文人文集又监管严格,故北宋时期当朝文人文集之刊印无法与南宋时期相比肩。当然,北宋朝廷出于政治原因而严厉限制刊印本朝文人文集,不能不说是北宋书籍雕版史上的一大缺憾。

三、元祐学术之禁

元祐党争本是新旧两党因政治意见相左而引起的党派斗争,政治上的党争逐渐波及学术,最终导致"元祐学术"之禁。哲宗改元绍圣之后,章惇等人当国,而元祐时期得势的旧党文人纷纷遭贬。随后,朝廷对元祐党人的处罚一度有所减轻。元符三年(1100)徽宗《叙复元祐大臣诏》云:"朕即位以来,哀士大夫失职者众,虽稍收复,未厌朕心。兹者天佑予家,挺生上国,奄有大庆,资及多方……范纯仁提举嵩山崇福宫,许归颍昌;刘奉世明道宫,许归陈州。王觌崇福宫,韩川太平宫……王钦臣知颍昌,吕陶、张耒、刘当时并与知州,吕希哲、贾易与小郡,刘唐老、黄隐堂除知军,晁补之与通判,黄庭坚金判。苏轼移永州,辙移衡州,郑侠放逐便。"②范纯仁、王钦臣、张耒、苏轼等人的处境由此稍有改善,但随着蔡京等人擅权,对元祐党人的打击变得更为严厉,朝廷甚至树立了元祐党籍碑。蔡京等人将司马光、文彦博、苏轼等三百零九人列为元祐奸党,并刻石置于文德殿门之东。崇宁年间新党不仅再次将元祐党籍之人贬逐,而且对"元祐学术"肆意践踏。徽宗曾在崇宁年间屡次下诏禁"元祐学术":

---

① [清] 徐松辑《宋会要辑稿》,刑法二之四七,中华书局,1957年,第6519页。
② 曾枣庄、刘琳主编《全宋文》,第163册,上海辞书出版社,安徽教育出版社,2006年,第190页。

崇宁元年十二月《禁以邪说并元祐学术教授学生诏》：诸邪说诐行，非圣贤之书，并元祐学术政事，不得教授学生，犯者屏出。①

崇宁二年四月《禁毁三苏文集等印板诏》：三苏、黄、张、晁、秦及马涓文集，范祖禹《唐鉴》、范镇《东斋纪事》、刘攽《诗话》、僧文莹《湘山野录》等印板，悉行焚毁。②

崇宁三年正月《三苏及苏门学士集毁板诏》：三苏集及苏门学士黄庭坚、张耒、晁补之、秦观等集，并毁板。③

崇宁五年正月《除毁元祐系籍人印板及名籍册诏》：元祐系籍人等石本，已令除毁讫。所有省部元镂印板并颁降出外名籍册，并令所在除毁，付刑部疾速施行。④

由上可知，崇宁年间所禁包括元祐政事和元祐学术。元祐政事主要是指元祐时期旧党之政治，而元祐学术大抵是指元祐旧党之著述，包括诗文、史论、诗话等。三苏等人的文集在北宋崇宁前应有雕印本，可是由于这场文化浩劫，其文集雕板都遭到焚毁，不复留存。这样的政治环境对党籍之文人创作形成直接冲击，不仅创作思想受到束缚，热情大减，而且为避祸起见不得不多次更改诗文字句。汪应辰在《跋张右丞送翟中书赴阙》云："右史张公（张耒）送翟舍人诗，其间有云'稍出胸臆苏疲民'，又改为'吾民'，又改云'况公之意常在民'，然皆不如初语之胜。盖右史时方在谪籍，故语言间其畏忌如此。"⑤朝廷之禁元祐学术，不仅要焚毁已经刊印之元祐党人文集，甚至对于

---

① 曾枣庄、刘琳主编《全宋文》，第 163 册，上海辞书出版社，安徽教育出版社，2006 年，第 302 页。
② 曾枣庄、刘琳主编《全宋文》，第 163 册，上海辞书出版社，安徽教育出版社，2006 年，第 323 页。
③ 曾枣庄、刘琳主编《全宋文》，第 163 册，上海辞书出版社，安徽教育出版社，2006 年，第 361 页。
④ 曾枣庄、刘琳主编《全宋文》，第 164 册，上海辞书出版社，安徽教育出版社，2006 年，第 29 页。
⑤ 曾枣庄、刘琳主编《全宋文》，第 215 册，上海辞书出版社，安徽教育出版社，2006 年，第 206 页。

元祐党人所留下来的只言片语,如石刻文字之拓印本等,也要予以毁弃,以彻底截断元祐党人著述的传播路径。

即便是在这样一种高压政治环境之下,依然有人私下雕印苏、黄等人之文集,陆游曾感叹:"此集(秦观《齐驱集》)刻版于宣和三年。方是时,党禁犹未解,文士盖仅有见者,故本多误。然好事者冒法刻之,亦奇矣。"①宣和五年(1123)七月,中书省奏言:"勘会福建等路近印造苏轼、司马光文集等。"②针对这种禁而不止的情况,徽宗不得不再次下令禁元祐学术,"诏今后举人传习元祐学术,以违制论,印造及出卖者与同罪,著为令。见印卖文集在京,令开封府、四川路、福建路令诸州军毁板"。这次禁令从"开封府、四川路、福建路"这三大刻书中心入手,可谓有的放矢。

在朝廷严禁"元祐学术"的阴影中,尽管依然有人不顾朝廷命令而传播元祐党人文集,但大部分人还是产生了畏祸心理。这种畏祸心理严重影响了文人文集的传播和流通。晁谦之曾云:"从兄无咎(晁补之)平日著述甚富,元祐末在馆阁时尝自制其序。宣和以前,世莫敢传。"直到绍兴七年(1137)晁补之文集才得以整理刊印,"自捐馆后,逮今二十八年,始得编次为七十卷,刊于建阳"③。黄庭坚的文集也遭遇同样的命运,据黄庭坚外甥洪炎在《豫章黄先生退听堂录序》中的记载,在党禁期间洪炎曾抄录黄庭坚的文集,但从未敢示人,直到高宗建炎二年(1128)才奉黄庭坚的故人洪州安抚使胡直孺之命,编纂成集,并刊版行世。另外,一些人为了避祸则肆意窜改前辈文集中与元祐党人有关之文字,导致后来传世之文集已失其本来面目。南宋家诚之《丹渊集拾遗跋》云:

> 东坡倅杭,与可送以诗,有"北客若来休问事,西湖虽好莫吟诗"之句。及诗祸作,世以为知言。而东坡亦尝移书湖州,趣其赋

---

① 《陆游集》,第5册,中华书局,1976年,第2239页。
② [清]徐松辑《宋会要辑稿》,刑法二之八八,中华书局,1957年,第6539页。
③ 曾枣庄、刘琳主编《全宋文》,第185册,上海辞书出版社,安徽教育出版社,2006年,第269页。

黄楼。二者集中皆无之。间有诗与坡往还者，辄易其姓字，如杭州凤味堂，坡所作也，则易以胡侯。诗中凡及子瞻者，率以子平易之。盖当时党祸未解，故其家从而窜易，斯文厄至于如此，可胜叹哉！①

文同是苏轼之表兄，与苏轼交往在所难免，其曾赠诗苏轼道"北客若来休问事，西湖虽好莫吟诗"②，以示劝诫。后来在党祸之际，文同之子孙将文同集中有关苏轼的作品要么窜易改字，要么直接不予保留。在这种畏祸心理之下，世人的所作所为直接影响到这一时期文人文集的流通与传布，甚至对于文人文集的真实性和准确性也造成了相当程度的损害。

另外，对于苏轼等所谓党人的著述，人们为了避祸往往不直接书写著者的姓名，而是采用其他方式予以代替。陆游在《跋苏氏易传》中云："此本，先君宣和中入蜀时所得也。方禁苏学，故谓之毗陵先生。"③晁公武在《郡斋读书志》中录有《东坡易传》十一卷，其中解释道："袁本'东坡'作'毗陵'。按此书本名《东坡易传》，以轼卒时，方遭党禁，不敢径呼'东坡'，遂以卒地作代。"④

北宋"党争的主体既是政治上的主体，又是文学上和学术上的主体，政治主体、文学主体和学术主体融于一身。因此，北宋党争不仅出现了与学术合力共振的现象，而且又与文学产生了紧密的联系"⑤。党争主体的复合型身份使得北宋党人在排除异己时，常常会禁毁其"文字"，元祐党禁时期限制刊印党籍之文人文集也在所难免。元祐党禁期间，一方面崇宁新党将已经刊印之元祐党人文集毁版，另一方面那些尚未刊印的元祐党人之文集，其子嗣后代不敢轻易示人，或竟擅自更改与元祐党人相关的文字。在这些原因

---

① 曾枣庄、刘琳主编《全宋文》，第292册，上海辞书出版社，安徽教育出版社，2006年，第145页。
② [宋]罗大经：《鹤林玉露》，王瑞来点校，中华书局，1983年，第188页。
③ 《陆游集》，第5册，中华书局，1976年，第2247页。
④ [宋]晁公武：《郡斋读书志》，孙猛校证，上海古籍出版社，2011年，第39页。
⑤ 沈松勤：《北宋文人与党争》，人民文学出版社，1998年，第117页。

的综合作用下,北宋时期流传于世的当朝文人文集相对减少也在所难免。

概而言之,北宋近二百年间本朝文人文集的刊印之所以数量不多,既有文学自身发展的原因,也有北宋时期特殊的政治原因。从文学自身发展来看,唐代文学取得的辉煌成就,使得宋人多以宗唐学唐为尚,因而大量的唐代文人文集在北宋时期得以整理和刊印。从北宋时期的国内政治环境来看,北宋时期激烈的党争对本朝文人文集之刊印与流布造成了较大的破坏。另外,北宋时期紧张的民族关系使得朝廷从保守机密的角度出发,为严防文人文集传入异域而加强对其刊印流通的管制。

第二节 南宋文集序跋与文集传播

从古至今,书籍文献之厄不断,或天灾,或人祸,其中尤以战争对书籍之毁坏为甚,历代文物典章遭遇兵燹之祸可谓史不绝书。靖康之变,汴京失守,有宋一代二百年积藏之图书被劫掠一空。神州倾覆,中原板荡,民众辗转死于沟壑而不能免。金兵所到之处,官私一空,士人仓皇奔走于锋镝之时,自顾尚且不暇,其他如图书、文物等更无论矣。南宋张坚在《华阳集跋》中记录了这一场景,"建炎己酉(1129),金虏南渡犯浙东。明年三月北归,所过焚剽无噍类。……一夕虏卒至,家人仅以身免,去未一里,而烈焰属天,由是数十年手泽,悉为煨烬无余"①。陆游在回忆南渡前后图书所遭劫难时云:"本朝藏书之家,独称李邯郸公、宋常山公,所蓄皆不减三万卷。而宋书校雠尤为精详,不幸两遭回禄之祸,而方策扫地矣。李氏书,属靖康之变,金人犯阙,散亡皆尽。收书之富,独称江浙。继而胡骑南骛,州县悉遭焚劫,异时藏书之家,百不存一。"②可见,靖康之难使北方藏书遭遇灭顶之灾,金人随后南下使南方藏书同样破坏严重。此一局面直到绍兴和议(绍兴十一年)之后才

---

① 曾枣庄、刘琳主编《全宋文》,第223册,上海辞书出版社,安徽教育出版社,2006年,第393页。
② 《陆游集》,第5册,中华书局,1976年,第2249页。

有所改善,此时局势相对稳定,战事减少,故南宋时期的文集刊印在绍兴十年(1140)以后才逐渐恢复正常。

南宋时期对图书的刊印也实行相应的监管政策:

> 淳熙二年二月十二日诏令:自今将举人程文,并江程地理图籍,与贩过外界货卖或博易者,依与化外人私相交易条法施行。及将举人程文,令礼部委太学官点刊讫,申取指挥刊行。①
>
> 绍熙四年六月十九日,臣僚言:朝廷大臣之奏议,台谏之章疏,内外之封事,士子之程文,机谋密划,不可漏泄。今仍传播街市,书坊刊行,流布四达,事属未便。乞严切禁止。②
>
> 嘉定六年十月二十八日,臣僚言:国朝令申,雕印言时政边机文书者,皆有罪。近日书肆有《北征谠议》《治安药石》等书,乃龚日章、华岳投进书札,所言间涉边机。乃笔之书、锓之木、鬻之市,泄之外夷。事若甚微,所关甚大。乞行下禁止。③

综观相关史料,南宋禁止刊印的图书类型主要包括地理图志、本朝会要、举子程文等,而限制雕印文人文集的诏令似较北宋时期为缓和。因此,宋人雕印本朝文人文集的热情随之高涨起来,其具体盛况见附录一。

与北宋时期相比,南宋时期刊印文人文集可谓百花齐放,呈现出大繁荣的局面。南宋时期对前朝文人文集依然有所刊印,但相对而言本朝文人文集更得以大量充分地刊刻流布,曾因元祐党禁而不得传播之文人文集在南宋时期几乎全部得以刊印。如果说北宋初中期人们对唐诗、唐文还是亦步亦趋的话,那么经过欧阳修、苏轼、黄庭坚等人的努力,到了南宋时期,宋诗、宋文已可与唐诗、唐文分庭抗礼,宋人已经有了充分的自信,他们通过选刊宋代诗文总集来为宋文、宋诗张目,从而使得宋诗、宋文所取得的非凡成就

---

① [清] 徐松辑《宋会要辑稿》,刑法二之一一八,中华书局,1957年,第6554页。
② [清] 徐松辑《宋会要辑稿》,刑法二之一二五,中华书局,1957年,第6558页。
③ [清] 徐松辑《宋会要辑稿》,刑法二之一三八,中华书局,1957年,第6564页。

逐渐为时人和后人所充分认识,终使两宋文学在历史的长河中可与唐代文学并肩而立。可以说,南宋时期对本朝文人文集的大量刊印,为宋代文学的发展及其在文学史上地位的确立起到了积极的推动作用。

南宋时期,宋人刊印本朝文人文集之所以出现大发展,其原因不外乎两个方面:政治上对"元祐党禁"之反动与文化上出现的唐宋文之争竞。

一、"最爱元祐"语境下文人文集之整理与刊印

南渡之后,士大夫将北宋沦亡之因多归咎于王安石变法,所谓"介甫学行,使二圣北狩,夷狄乱华"①,而高宗为了维护赵氏江山的正统地位,也予以附和赞同。绍兴四年(1134)八月,高宗在与范冲所进行的一场君臣对话中清楚表明了自己的立场:

> 八月戊寅朔,宗正少卿兼直史馆范冲入见。冲立未定,上云:"以史事召卿。两朝大典,皆为奸臣所坏,若此时更不修定,异时何以得本末?"冲因论熙宁创制,元祐复古,绍圣以降,张弛不一。本末先后,各有所因,不可不深究而详论。读毕,上顾冲云:"如何?"对曰:"臣闻万世无弊者道也,随时损益者事也。仁宗皇帝之时,祖宗之法,诚有弊处,但当补缉,不可变更。当时大臣,如吕夷简之徒,持之甚坚。范仲淹等初不然之,议论不合,逐攻夷简,仲淹坐此迁谪,其后夷简知仲淹之贤,卒擢用之。及仲淹执政,犹欲申前志,久之自知其不可行,遂已。王安石自任己见,非毁前人,尽变祖宗法度,上误神宗皇帝,天下之乱,实兆于安石,此皆非祖宗之意。"上曰:"极是!朕最爱元祐。"②

范冲乃范祖禹之子,此时任宗正少卿兼直史馆,负责重修《神宗实录》。范冲

---

① 曾枣庄、刘琳主编《全宋文》,第 184 册,上海辞书出版社,安徽教育出版社,2006 年,第 39 页。
② [宋]李心传:《建炎以来系年要录》,卷七九,中华书局,1956 年,第 1289 页。

修《神宗实录》过程中所秉持的宗旨是"直书王安石之罪,则神宗成功圣德,涣然明白",有了高宗的支持和首肯,范冲对王安石及新党的仇恨在修《神宗实录》过程中,得以尽情宣泄。高宗与范冲的这一段对话,可以说是自怀私意,各取所需。高宗为父兄之过找到了借口,而范冲也达到了其为父昭雪的目的,君臣不谋而合,从而使"最爱元祐"成为响亮一时的政治口号。

在"最爱元祐"这一政治导向下,元祐党人之子弟多加重用,如范祖禹之子范冲、范纯仁之子范正舆等。一度被禁的"元祐学术"也重新被朝廷重视,正所谓"元祐之学鸣绍兴"①。曾经被毁的或深藏而未敢轻易示人的元祐党人之文集纷纷得以整理和刊印。在南宋时期文集被整理刊印的元祐党人有:司马光、范纯仁、苏轼、苏辙、黄庭坚、秦观、张耒、晁补之、邹浩、刘安世、张舜民、陆佃、范祖禹、韩维、江公望、郑侠、李之仪等。南渡后上述诸人文集的较早刻本大都出现于高宗中后期或孝宗前期,这也许是一个巧合,但更是一种政治信号。兹举几例以示说明:

邹浩(1060—1111),字志亮,号道乡居士,晋陵人,入元祐党籍碑者。在《全宋文》中共有两篇为其文集所撰写之序跋,即杨时《邹公侍郎奏议序》、李纲《道乡邹公文集序》。杨时《邹公侍郎奏议序》云:"绍兴三年(1133),其子柄集公之奏议一编,属余为叙。"②从杨时的序文中我们无法断定邹浩的奏议集是否刊行,但在赵希弁《读书附志》中著录有《道乡邹忠公奏议》十卷,刊于何时不详。③ 李纲撰于绍兴五年(1135)的《道乡邹公文集序》云:"其子柄、栩集公平生所为文,得赋若干,古律诗若干,杂文若干,合为若干卷,而谏省章疏又别为一集,将镂板以传于世。"④由此两序可知邹浩的文集分为两部分,一部分是编纂于绍兴三年(1133)的奏议集,另一部分则是刊于绍兴五年

---

① 〔元〕袁桷:《清容居士集》,卷四十八,丛书集成初编本。
② 曾枣庄、刘琳主编《全宋文》,第 124 册,上海辞书出版社,安徽教育出版社,2006 年,第 254 页。
③ 详参祝尚书:《宋人别集叙录》,中华书局,1999 年,第 640 页。
④ 曾枣庄、刘琳主编《全宋文》,第 172 册,上海辞书出版社,安徽教育出版社,2006 年,第 22 页。

(1135)的诗文集。

晁补之(1052—1110),字无咎,号归来子,济州巨野人,入元祐党籍碑者。在《全宋文》中共有三篇为《鸡肋编》而撰写的序跋,即晁补之《鸡肋集序》、叶梦得《晁无咎鸡肋编序》、晁谦之《鸡肋集跋》。其中叶梦得《晁无咎鸡肋编序》于版本无涉,主要评价晁补之的诗文成就及肯定其文学地位。由晁补之自序于元祐九年(1094)二月的《鸡肋集序》可知晁补之生前曾自己整理过本人文集。到了绍兴七年(1137),晁谦之再次整理、刊印晁补之的《鸡肋集》,其《鸡肋集跋》云:"今所得者古赋骚辞四十有三,古律诗六百三十有三,表启杂文史评六百九十有三……始得编次,刊于建阳。"①可见,南渡后晁补之文集的第一个刊本出现于绍兴七年。

郑侠(1041—1119),字介夫,号一拂居士,福清人,入元祐党籍碑者。在《全宋文》中共有三人为郑侠《西塘集》撰序题跋,即黄祖舜《西塘集序》、廖挺《西塘集题识》、郑元清《跋西塘集》。据此三篇序跋可知,南渡后郑侠《西塘集》的第一个刻本出现于隆兴二年(1164)。据廖挺《西塘集题识》,隆兴甲申(1164)郑侠之孙郑嘉正出守盱江,而廖挺"承乏泮宫",郑嘉正嘱廖挺"参订舛讹","越三月告成,命以所刊版置之学"②。这个刻本前面有黄祖舜撰于隆兴二年十月的序,即《西塘集序》。据郑元清(郑侠之玄孙)《跋西塘集》可知,郑侠《西塘集》在隆兴二年(1164)盱江刻本之后,还有林栗刊于乾道丁亥(1167)的九江郡斋本、史浩刊于淳熙改元(1174)的福清本。

可以说,元祐禁学只是历史在特定的时点拐了一个弯,然后又按照其原本的轨道运行发展下去。试想,若"元祐党禁"一直未能解除,也无高宗朝"最爱元祐"这一政治导向,名列元祐党籍碑的文人中有不少人会湮没在历史长河之中,恐永不为世人所知。如此,则两宋文学将呈现出另一幅风貌。党禁之解除及高宗朝全新的政治导向,使得一度被禁毁的元祐党籍文人之

---

① 曾枣庄、刘琳主编《全宋文》,第185册,上海辞书出版社,安徽教育出版社,2006年,第269页。
② 曾枣庄、刘琳主编《全宋文》,第220册,上海辞书出版社,安徽教育出版社,2006年,第46页。

文集得以重新刊印流传,在某种意义上挽救了宋代的文学和历史。

二、唐宋文之争与南宋文章选本的编纂与刊印

唐宋文之争是指以韩愈奇崛风格为代表的唐文范式与欧阳修、曾巩、苏轼、朱熹平淡风格为代表的宋文范式之争,具体来讲主要是韩、欧之争,韩、苏之争及韩、朱之争。马茂军所撰之《论唐宋文之争》《唐宋文之争发微》两篇文章着重探讨了两宋以后历史上的唐宋文之争。① 此两篇文章论证翔实,颇有说服力,但唐宋文之争的形成过程仍有待进一步发掘与分析。

唐宋文之争是如何产生的,其间经历过哪些过程,厘清这些问题,才能从根本上廓清萦绕在唐宋文之争问题上的迷雾。唐宋文之争得以形成,正是因为唐文、宋文力量均衡,彼此形成颉颃之势。若唐文、宋文本身成就悬殊较大,两者无法形成抗衡的局面,唐宋文之争自然也就无从谈起了。"一代文章必有宗"②,唐文的典范是宋人帮其树立的,同时宋人也树立了自己的文章典范。故唐宋文之争肇端于宋代,准确地说是始于南宋中期。

唐代散文经过北宋时期文坛诸主盟者的大力呼吁,可以说已经确立了相当牢固的地位。韩愈作为唐文之泰斗,其典范地位也得以树立起来。如本章第二节所述,北宋时期对韩愈集子的整理和刊印达八次之多,致使韩愈在北宋士人中影响巨大。到了南宋,人们依然不断地强化韩文的典范地位。韩愈集子的整理与编纂大概在北宋时期已经完成,南宋时期主要是对韩愈集子的校勘、注音、笺释等。南宋孝宗朝方崧卿《韩文举正》以及后来朱熹以方本为基础而撰述的《韩集考异》,均是韩集校勘成果中的精品。人们除了不断地参照众本对韩愈集予以校证、补阙外,对韩集的笺注也非常兴盛。据刘真伦《韩愈集宋元传本研究》,南宋前期韩集笺注本主要有樊汝霖《韩集谱注》、严有翼《韩文切证》、文谠《新刊经进详注昌黎先生文集》等。到了南宋

---

① 马茂军:《论唐宋文之争》,《文学评论》2011年第3期;《唐宋文之争发微》,《社会科学研究》2012年第3期。
② 曾枣庄、刘琳主编《全宋文》,第230册,上海辞书出版社,安徽教育出版社,2006年,第150页。

后期,魏仲举《新刊五百家注音辨昌黎先生文集》以集注的形式汇聚了众家笺注成果,成为韩集笺注的集大成者①。韩愈典范之地位在北宋时期得以确立,并在南宋时期得以巩固和强化。在宋人看来,韩愈已不再仅仅是那个官运不佳的牢骚文人,而在某种程度上成了唐文的代名词,成为一个鲜明的文化符号。

宋文是否能与唐文比肩而立呢?这是南宋时期人们不断思考的问题。宋文经过欧阳修倡导的诗文革新,又经曾巩、苏轼等人在散文创作方面卓有成效的实践和努力,基本上形成了平易纡徐的范式。这种散文范式要真正成为一个时代之文风,还需从理论上予以总结和加强。到了南宋时期,人们通过两种途径让在北宋时期已经大体成型的散文文风与范式得以巩固与发扬:一是积极推动宋文典范之确立,二是精选经典宋文文本。

(一)宋文典范之确立。要成为一个时代文章之典范,既要有非凡的文学成就,同时相应的时代机遇亦非常重要。

北宋时期,蜚声中外、独步文坛的欧阳修,其文学成就得到时人一致推崇,并被认为足堪与唐之韩愈相匹敌。苏轼曾在《六一居士集叙》中曰:"愈之后二百有余年而后得欧阳子,其学推韩愈、孟子以达于孔氏,著礼乐仁义之实,以合于大道。其言简而明,信而通,引物连类,折之于至理,以服人心,故天下翕然师尊之。……士无贤不肖不谋而同曰:'欧阳子,今之韩愈也!'"②苏轼从道学谱系和文学谱系两方面充分肯定了欧阳修的地位,可谓一语中的。苏洵也曾将欧阳修之文与韩愈之文予以对比,其曰:"韩子之文,如长江大河,浑浩流转,鱼鼋蛟龙,万怪惶惑……执事之文,纡余委备,往复百折,而条达疏畅,无所间断;气尽语极,急言竭论,而容与闲易,无艰难劳苦之态。"③在北宋时期,人们常常将欧阳修与韩愈相提并论,但其作为一代文宗的典范地位尚未从根本上树立起来。到了南宋,葛立方在《韵语阳秋》[成

---

① 刘真伦:《韩愈集宋元传本研究》,中国社会科学出版社,2004年,第26页。
② 《苏轼文集》,孔凡礼点校,中华书局,1986年,第316页。
③ 曾枣庄、刘琳主编《全宋文》,第43册,上海辞书出版社,安徽教育出版社,2006年,第25页。

书于隆兴元年(1163)]中正式称欧阳修为"一世文宗"①,此可谓对北宋一百多年散文成就之总结。随着欧阳修典范地位之确立,欧阳修的文章成为各种文章选本中固定不易的保留篇目。欧阳修典范地位的确立与各文章选本青睐欧阳修的文章,在某种意义上形成了互动——各文章选本对欧阳修文章之选择有力地推动了欧阳修典范地位的确立,而欧阳修典范地位的确立又让文章选家更钟情于其文章。

元祐党禁时期,苏轼的文集多被毁版,尽管民间对苏文的热情不减,但苏轼之文未能得到官方的承认,也就难以成为文学典范。在南宋高宗"最爱元祐"的政治号召下,苏轼文集重新得以整理和刊印,尤其到了孝宗时期,孝宗于乾道九年(1173)亲自为《苏轼文集》作序,即《御制文集序》,这是史无前例的。在此序中,孝宗称苏轼有"高天下"之大气,有"立天下"之大节,故其"忠言谠论,立朝大节,一时廷臣无出其右",文章更是"雄视百代,自作一家,浑涵光芒,至是而大成矣"。孝宗在该序文最后曰:"朕万机余暇,绅绎诗书,他人之文,或得或失,多所取舍。至于轼所著,读之终日,亹亹忘倦,常置左右,以为矜式,可谓一代文章之宗也欤!"②孝宗在其序中称苏轼为"一代文章之宗",等于以万乘之尊亲自在欧阳修之后为世人树起了第二个宋文典范。

由于孝宗钟情于苏氏父子三人之文章,所以三苏各类诗文选集在乾道以后得到大量整理和刊印。据祝尚书《宋人总集叙录》,当时流行的三苏文章选集主要有《三苏先生文粹》七十卷本、游孝恭编《标题三苏文》六十二卷、《重广分门三苏先生文粹》七十卷等七种选本,乃至"人传元祐之学,家有眉山之书"③。对于孝宗予苏轼之赞扬与肯定,祝尚书总结云:"褒扬苏轼既是个政治信号,也是个文化符号,其意义远远超过了苏轼个人身后的荣耀。就文学论,它确立了一种官方认可的价值观,一个合乎主流文学规

---

① [清]何文焕辑《历代诗话》,中华书局,2004年,第491页。
② 曾枣庄、刘琳主编《全宋文》,第236册,上海辞书出版社,安徽教育出版社,2006年,第299页。
③ 曾枣庄、刘琳主编《全宋文》,第235册,上海辞书出版社,安徽教育出版社,2006年,第161页。

范的'法度'。"①可以说,苏轼成为"一代文章之宗"固然与苏轼自身的文学造诣分不开,但同时也与时代之机遇有着莫大关系。

随着欧阳修、苏轼作为宋文典范的逐步确立,宋人对宋文越发自信。杨万里在《杉溪集后序》中言:"古今文章至我宋集大成矣。"②王称在《国朝二百家名贤文粹序》中道:"盖文章至唐而盛,至国朝而尤盛也。"③真德秀在《跋彭忠肃文集》中云:"文章在汉唐未足言盛,至我朝乃为盛尔。"④赵彦适在《重修皇朝文鉴跋》中曰:"斯文之坠,越汉历唐,至我皇宋,始还三代之旧。"⑤宋人在论评中充分肯定宋文成就,甚至认为宋文可以超汉越唐而与三代比肩。笔者认为宋人的自信可谓其来有自,正是由于宋文典范的确立使得宋人自觉有了与唐文相比肩之自信与底气。

(二)宋人选宋文。宋人选宋文主要包括两种形式,一是只选宋文者,一是唐宋文合选者。据祝尚书《宋人总集叙录》,现存宋人所选的文章选本共有三十二种之多,除去《会稽掇英总集》《成都文类》等专选一地域文献的地方总集,《国朝诸臣奏议》《名臣碑传琬琰集》等专选一种文体的专科总集,《文房四友除授集》等以游戏为主的文章总集,宋人选宋文的选本尚有十六种。在这十六种选本中,只选宋文者有江钿编《圣宋文海》、吕祖谦编《皇朝文鉴》、魏齐贤等编《圣宋名贤五百家播芳大全文粹》《新刊国朝二百家名贤文粹》。兹以《皇朝文鉴》为例,来考察一下宋人对宋文的选择情况。

《皇朝文鉴》即《宋文鉴》⑥(卷一至卷三十为赋、诗、骚,不在统计范围内),此选本所录宋人文章排在前三位者为苏轼、王安石、欧阳修,其中选苏

---

① 祝尚书:《论中国文章学正式成立的时限——南宋孝宗朝》,《文学遗产》2012年第2期。
② 《杨万里集笺校》,辛更儒笺校,中华书局,2007年,第3350页。
③ 曾枣庄、刘琳主编《全宋文》,第219册,上海辞书出版社,安徽教育出版社,2006年,第256页。
④ 曾枣庄、刘琳主编《全宋文》,第313册,上海辞书出版社,安徽教育出版社,2006年,第258页。
⑤ 曾枣庄、刘琳主编《全宋文》,第318册,上海辞书出版社,安徽教育出版社,2006年,第415页。
⑥ [宋]吕祖谦编《宋文鉴》,钦定四库全书荟要本,吉林出版集团有限责任公司,2005年。

轼文共计一百六十三篇,王安石文共计一百零五篇,欧阳修文共计一百零二篇。苏轼文章入选数量遥遥领先,欧阳修和王安石入选文章数量不相上下。选家选出来的文章典范与世人公认的文章典范稍有出入,这正好说明了选家的能动性,但依然可以看出,文章选家对宋文之经典是认可的。选本可选出文章之经典,同时经典文章也需要借助各种选本来加强这一地位。

宋人通过选宋文,让宋人对宋文之自信在实践中得以体现和张扬,同时也巩固了宋文典范的地位,又通过唐宋文合选,让唐文之典范与宋文之典范交相辉映于一处,可见宋人对本朝文章的推挹之功与自珍之殷。宋代唐宋文合选者有吕祖谦编《古文关键》,林之奇编、吕祖谦集注《东莱集注类编观澜文集》,楼昉编《迂斋先生标注崇古文诀》,王霆震编《新刻诸儒批点古文集成》,真德秀编《文章正宗》(包括《续文章正宗》),汤汉编《绝妙古今文选》,周应龙编注《文髓》《十先生奥论》,谢枋得编《叠山先生批点文章轨范》,共计九种。在这九种唐宋文选本中,现在笔者以其中的四种选本为例来考察一下唐宋众文章名家之入选情况。具体见下表:

表5-1　宋代唐宋文选本中唐宋作家入选情况表①

选本名称＼入选者排名	1	2	3	4	5	6	7	8	9	10
古文关键	苏轼	韩愈	欧阳修	柳宗元	苏洵	曾巩	苏辙	张耒		
迂斋先生标注崇古文诀	韩愈	欧阳修	苏轼	柳宗元	张耒	苏洵	王安石	陈师道	曾巩	司马光
妙绝古今文选	苏轼	欧阳修	韩愈	曾巩	苏洵	王安石	柳宗元、杜牧、范仲淹			
叠山先生批点文章轨范	韩愈	苏轼	柳宗元、欧阳修	苏洵	范仲淹	元结、杜牧、李觏、王安石				

---

① 此表相关数据源自邓建《从"宋人选唐宋文"看宋人心目中的"唐宋八大家"》一文,并所有改动,《江汉论坛》2012年第3期。

由表 5-1 可知,在唐宋文合选的文章选本中,苏轼和韩愈最具竞争力,在抽样分析的五种文章选本中,韩愈排名第一有三次,而苏轼排名第一有二次。苏、韩之争成为唐宋文之争的一个焦点。排名第二者欧阳修有三次、韩愈有一次、苏轼有一次。欧、韩之争成为唐宋文之争的另一个焦点,同时宋文内部也出现分化,存在着宗欧与宗苏之别。

宋人所树立的文章典范与宋代各种文章选本所选之文章经典,两相呼应,共同促进了宋文地位的确立与提高,直至与唐文相睥睨,直接开启了唐宋文之争,并使之成为当时及后世长期争论不休的话题。在南宋近二百年间,宗唐与宗宋一直聚讼不断。唐宋文并举者认为:"文集莫盛于唐,亦莫盛于本朝。唐则韩退之、柳子厚,本朝则欧阳文忠公实为之冠。是数公故出类拔萃,巍巍乎不可尚已。"①"唐宋文章,未可优劣。唐之韩、柳,宋之欧、苏,使四子并驾而争驰,未知孰后而孰先,必有能辨之者。"②宗宋文者认为:"议者以古今文章,至唐韩退之而集大成,是大不然。彼盖不知其后复有所谓东坡居士也。"③"予为述文章之妙,虽《选》《粹》所集,少有得其全者,独我朝之盛,几焉耳矣。"④宗唐文者认为:"韩文公诗文冠当时,后世未易及到。"⑤魏了翁甚至作《唐文为一王法论》强调"以唐文为一王法",并肯定了韩文在唐文中的地位,其曰:"愈之为文,法度劲正,追近盘诰,宛然有王者之法,下视燕、许诸人,直犹浅陋之曹桧,皆大国之一方尔。则凡天下之为文者,谁敢不北面厥角以听王法之予夺哉!"⑥唐宋文之争,从南宋时期开始,历经元、明、清,一

---

① 曾枣庄、刘琳主编《全宋文》,第 174 册,上海辞书出版社,安徽教育出版社,2006 年,第 134 页。
② 曾枣庄、刘琳主编《全宋文》,第 209 册,上海辞书出版社,安徽教育出版社,2006 年,第 80 页。
③ 曾枣庄、刘琳主编《全宋文》,第 146 册,上海辞书出版社,安徽教育出版社,2006 年,第 47 页。
④ 曾枣庄、刘琳主编《全宋文》,第 242 册,上海辞书出版社,安徽教育出版社,2006 年,第 38 页。
⑤ [宋]黎靖德编《朱子语类》,王星贤点校,中华书局,1986 年,第 3304 页。
⑥ 曾枣庄、刘琳主编《全宋文》,第 310 册,上海辞书出版社,安徽教育出版社,2006 年,第 239 页。

直成为人们争论纷纭的话题。

第三节　由文集序跋看宋人对文集传播方式的选择

　　印刷技术的出现极大地改变了书籍的传播方式,在人类文化史上开启了一个崭新的时代,而有宋一代正处于这样一个承上启下的转捩点上。新技术和新传播方式对两宋文化的发展产生了不小的冲击。面对文化生活中如此大之变局,宋人如何选择与因应,势必对当时及后世之学术与文化产生深远影响。因此,笔者在此通过文集序跋这一视角,对宋代文集之传播方式之选择稍做考察。

　　所谓传播方式即传播途径,即作家作品通过哪些途径流传开来。王兆鹏曾将中国古代文学传播方式分为口头传播与书面传播两大类型,其中书面传播主要有抄写、题壁、石刻、印刷等。[①] 宋人对印刷传播这种新兴传播方式表现出极大的热情,同时刻石、抄写等传统传播方式又与新兴传播方式并行不悖,相得益彰。

一、刻石传播

　　刻石传播历史悠久,但最初内容仅限于片言只字或单篇作品,而将整部文学作品勒刻石珉则出现较晚。南北朝时已有人将诗歌刻于石,但为数尚少,到了唐代,这一现象逐渐增多。迨至两宋,刻石开始流行起来,故宋代也是刻石传播的发达时期。杨启高曾曰:"唐人多重立碑,宋人则题石而已。"[②] 宋人不仅将单篇作品或数篇作品勒刻于石,甚至将经过简单编次的作品文集也铭诸坚石。对于宋人单篇作品通过石刻传播的情况学界已有人进行过探讨,兹不赘述,但对作品集通过石刻传播的情况,人们关注不多。

---

① 王兆鹏:《中国古代文学传播方式研究的思考》,《文学遗产》2006 年第 2 期。
② 杨启高:《唐代诗学》,正中书局,1935 年,第 10 页。

宋人把坚石当作一种有效传播文学作品的载体,常常把整部作品集都勒刻于坚石之上,且题刻类型多样,有诗歌、词作、奏议、尺牍等,即各种体裁的作品都可以以石为书。宋祁曾整理自己在西州(益州)时期的作品,编为一集即《西州猥稿》,然后委托门人邛州从事段绎刻于石。宋祁在《西州猥稿系题》中云:

> 自假守至满更,月衰日次,凡得百余篇,杂内褚中,命曰《猥稿》。野庖之芹,穷纬之蕳,自爱而不忍弃也。或曰,君之诗往往为邦人写去,奈何?不如因出之,可见本末。予不能谢,即诿门人邛州从事段绎释之书而刻之石,置大智禅坊之亭。①

也有些地方官员好古博雅,常在政事之暇刻文人作品于石。王远在《贾长江集后序》中云:

> 邑有祠堂,典刑依然。前主簿北䡊游君虞臣好古工书,采他山之石为十五碑,尽书其三百七十九篇,未讫工而去。余倦游,就养子舍,适县尹嘉祥魏君京督成其事,因以旧传墨制及苏绛所撰《墓志铭》《唐书》本传、与韩昌黎《送行诗》并刻之,本末备具,可为无穷之传。②

从王远此后序可知,主簿游虞臣"好古工书",曾将贾岛《长江集》三百七十九篇刻之于石,但未完成而离任,县尹魏京在游虞臣的基础上又把苏绛为贾岛所写之墓志及《唐书》中贾岛传记等一起勒石,最终玉成其事。可以说,经过主簿游虞臣和县尹魏京两人的共同努力,一部完整的贾岛集以石刻的方式

---

① 曾枣庄、刘琳主编《全宋文》,第 24 册,上海辞书出版社,安徽教育出版社,2006 年,第 326 页。
② 曾枣庄、刘琳主编《全宋文》,第 167 册,上海辞书出版社,安徽教育出版社,2006 年,第 108 页。

呈现在世人面前。另外,蒲宗孟《唐杜工部夔州诗序》也记有类似事例:

> 杜甫蜀中诗,在夔州为最多。……自居夔,逮出峡,过巫山,传于今者,其诗有三百六十一首。……今夔州太守取其夔州诗,于刺史厅之北园为堂三楹,立八石以次刻之。①

当时的夔州太守也曾将杜甫在夔州时期的诗歌共计三百六十一首,以"八石"而刻之,可以想象完成之后其场面是何等壮观。

相对个人作品集而言,宋人更喜欢将饯送诗集、宴集诗集或唱和诗集刻之于石。这些诗集不是某个人的作品,而是多人作品之合集。王珪曾云:"昔汉二疏(疏广、疏受)一朝辞位而去,归其乡,道路观者虽叹息以为贤,然不见当时公卿祖送之诗。"②可见,在汉代朝臣致仕归乡之时还没有朝中同僚大臣为其饯行赋诗的习惯。但到了宋代,临别饯行,赋诗唱和已经比较常见了,当然这也是宋代优待文人、政治环境宽松的一种表现。按照宋人的惯例,某人在赴任或致仕之前,同僚常常会设宴为其饯行。在饯行之际,文人少不了赋诗酬唱,故而有大量的赠行诗集、唱和诗集留存于世。这些诗集在当时大都勒刻于石,当世人目睹这些碑石,想象当时文人之风流,的确是一种雅事美谈。如熙宁十年(1077),集贤殿程公到会稽为官,很多人赋诗赠行,后来将这些赠行诗编为《会稽掇英续集》而刻之于石:

> 会稽濒江岸大海,为浙东大府。熙宁丁巳,朝廷以给事中、集贤殿修撰程公出领牧事,于是中外巨德,台省诸英,各赋诗以赠行,

---

① 曾枣庄、刘琳主编《全宋文》,第 75 册,上海辞书出版社,安徽教育出版社,2006 年,第 17 页。
② 曾枣庄、刘琳主编《全宋文》,第 53 册,上海辞书出版社,安徽教育出版社,2006 年,第 185 页。

合一百二十五篇,将刻石,州守驰书属序。①

庆历元年(1041)陈铸离开京师去地方为官,朝中大臣为其赋诗饯行,陈铸于次年将之刻石,并请蔡襄作序。蔡襄《陈殿丞送行诗序》云:

> 康定元年,殿中丞陈君铸师回通判福州。且去京师,朝之名卿继作歌诗以重其行。师回(陈铸的字)至官之明年,发橐中所得七十二篇,拜走书属襄(蔡襄)序其篇首,将刻之石而传于人也。②

又,河东蒲公曾登虎丘山,将游山之感行于诗歌,后又有很多人为此唱和,形成《虎丘唱和集》,并刻之坚珉:

> 左丞、河东蒲公自杭帅郓,弭节阊扉,一登此山,坐小吴会,叹赏不已,形于咏歌。于是枢密豫章章公、使君刘公、通守王公欣闻嘉制,属而和之……长老先禅师喜于见赐,而惧其失传,愿刊翠珉,以托不朽。③

这些刻于坚珉的文学作品不再是一篇或几篇,而是某个时段多人作品的结集。宋人除了将文学作品刻于坚珉,还会将坚珉上的文字拓印下来,称为"石本"。杨万里《江西宗派诗序》曾记载在雕印《江西宗派诗》时有关谢邁的作品就是来源于石刻本:"以谢幼槃之孙源所刻石本,自山谷外凡二十有五家,汇而刻之于学宫。"④据留元刚《颜鲁公文集后序》载,嘉祐中宋敏求曾

---

① 曾枣庄、刘琳主编《全宋文》,第 75 册,上海辞书出版社,安徽教育出版社,2006 年,第 129 页。
② 《蔡襄集》,吴以宁点校,上海古籍出版社,1996 年,第 518 页。
③ 曾枣庄、刘琳主编《全宋文》,第 93 册,上海辞书出版社,安徽教育出版社,2006 年,第 156 页。
④ 《杨万里集笺校》,辛更儒笺校,中华书局,2007 年,第 3230 页。

将颜真卿十二卷本的文集刻于石,等到留元刚见到拓本,已是"篇简漫漶,字义舛讹"①。实际上,将石刻上的文字拓下来,这一传统自古就有。据封演《封氏闻见录》载述,绎山上有一石刻,拓印之需甚重,当地人由于不堪忍受供应拓本之劳苦,就放火将石刻烧毁,导致石刻残缺,无法再行摹拓了。后"有县宰取旧文勒于石碑之上,凡成数片,置之县廨,须则拓取。自是山下之人,邑中之吏,得以休息"②。将石刻上的文字拓下来既携带方便,又可馈赠朋友。宋人常常将拓印"摹本"作为礼物赠送于人:

> 郑司业金华被召八诗,慈祥温厚之气,蔼然发于笔墨畦径之外。其门人应君仁仲刻石,摹本见寄,三复咏叹,如见其人,为之陨涕。③
>
> 尚书晏公绍兴戊午议和封事稿,其孙衡山令迈刻石,摹本遗予,予敬受之。④

宋人之所以如此热衷于将文人作品刻之于石珉,与坚石能够流传久远,不易毁损有很大关系。朱长文曾云:"古之圣贤有三立:上曰德,次曰功,次曰言。得其一,可以名天下。犹谓其传之不远也,于是托之于物。物之久者莫如金石,故可以寓焉。"⑤一般来说,一部作品集若刊之于石,一块或数块巨石不足以承载其全部内容,常常需要大量的石材,当整个工程完成之日,碑石林立,书法灿然,气势磅礴,煞是壮观。当人们驻足石前,吟诵着坚石之上的美文,欣赏着翠珉之上的书法,沉浸其中,流连忘返,实在是一种难得的精神享受。

---

① 曾枣庄、刘琳主编《全宋文》,第315册,上海辞书出版社,安徽教育出版社,2006年,第29页。
② [唐]封演:《封氏闻见录》,中华书局,2005年,第72页。
③ [宋]朱熹:《晦庵先生朱文公文集》,卷八十二,朱子全书本。
④ 曾枣庄、刘琳主编《全宋文》,第346册,上海辞书出版社,安徽教育出版社,2006年,第470页。
⑤ 曾枣庄、刘琳主编《全宋文》,第93册,上海辞书出版社,2006年,第152页。

正如内山精也所说:"对北宋中期以降的士大夫来说,将诗歌刻石已经不是一种特别的行为。对他们而言,石刻媒体绝不是一种与己无关的疏远的媒体,而可以说是能够马上将新创的作品登载出来的与己切身相关的媒体之一。"①此说可谓明确了石刻对宋代文学作品传播的意义。此外,宋人将文学作品选择刻石传播与宋代文化不无关系。宋代采取"右文政策",文人待遇优厚,文人雅事增多,刻石也是文人雅事之一。在很多人看来将书面的文字移至坚石,不仅仅是书写载体的改变,同时也成为更好地展示自己书法艺术的一种方式。宋代著名的书法家蔡襄,曾在坚石上留下许多文学作品,这些石刻被拓印之后成为珍贵的收藏品,欧阳修常常以拥有蔡襄的书法作品而感到自豪。故在有宋一代,刻石不仅是作品传播的载体,也是书法艺术的展现,各种石刻拓片不仅具有重要的史料价值,也是一份难得的艺术珍品。

二、印本、写本传播

雕版印刷作为一种新兴的书籍传播方式,具有"易成、难毁、节费、便藏"②等优长,从而受到宋人的热情欢迎,并很快地流行起来。在两宋时期的文集序跋中常常出现"剞梓""刻梓""锓梓""椠板"等新兴词汇。在现实中,很多人也愿意将文集雕印出版,以达到"与世人共之"的目的,省斋在《莲峰集序》中曰:"蜀士以文名者皆获传于世,惟青衣史公饶弼唐英之文未传……比因编次公平日所著文凡三十卷,刊出与众共之,亦以备蜀士之阙文云。"③陈岩肖在《香溪集序》中曰:"叔父平昔为文至多,今不欲秘于家,而出与世共

---

① [日]内山精也:《传媒与真相——苏轼及其周围士大夫的文学》,上海古籍出版社,2006年,第246页。
② 张高评:《印刷传媒与宋诗特色——兼论图书传播与诗分唐宋》,里仁书局,2008年,第86页。
③ 曾枣庄、刘琳主编《全宋文》,第225册,上海辞书出版社,安徽教育出版社,2006年,第46页。

之。力有未办,则先刻其诗赋、论议、杂著,为二十二卷行于时。"①正是由于世人对于这种新兴技术的热情,才会使宋代形成以官刻、家刻、坊刻为主的刻书格局,才会有"无路不刻书"的壮观局面。

虽然雕版印刷这种新兴的传播方式在两宋时期大行其道,但传统的传播方式并未退出历史舞台。雕版印刷的大量应用使书籍进入印本时代,势必对传统的写本方式造成一定程度的冲击。与印本的"易成、难毁、节费、便藏"等优长相比,写本显得费时、费力、易散。但据相关史料记载,在宋代依然有大量的写本产生和存在。

首先,就国家藏书来说,常常会产生并保存一定数量的写本。朝廷常常会根据秘阁藏书情况,搜求天下书籍以补秘阁藏书之缺,而对于访求来的书籍,朝廷需派人抄写,这些抄写来的书籍均收藏于秘府,成为国家藏书的一部分。为增加秘阁藏书,朝廷曾多次下令访书、抄书。如宣和四年(1122)四月十八日诏曰:"三馆图书之富而历岁滋久,简编脱落,字画讹舛,较其卷帙尚多逸遗,甚非所以示崇儒右文之意。乃命建局以补完校正名籍,设官综理,募工缮写。一置宣和殿,一置太清楼,一置秘阁。"②

其次,就私人藏书来说,也会有一些写本产生和保存。许棐曾在《梅屋书目序》中云:"予贫喜书,旧积千余卷,今倍之,未足也。肆有新刊,知无不市,人有奇编,见无不录,故环室皆书也。"③可见许棐的藏书一部分是从市场上购买的印本书,一部分是自己抄录的写本书。据杨万里《益斋藏书目序》记载,尤袤也是如此,"吾所钞书今若干卷,将汇而目之"④。尤袤是版本目录的开创者,《遂初堂书目》对所著录的书籍注明版本,其中有不少都是尤袤的手抄本。

---

① 曾枣庄、刘琳主编《全宋文》,第 192 册,上海辞书出版社,安徽教育出版社,2006 年,第 360 页。
② [清]徐松辑《宋会要辑稿》,崇儒卷四之一二,中华书局,1957 年,第 2236 页。
③ 曾枣庄、刘琳主编《全宋文》,第 333 册,上海辞书出版社,安徽教育出版社,2006 年,第 368 页。
④ 《杨万里集笺校》,辛更儒笺校,中华书局,2007 年,第 3200 页。

总而言之,无论是国家藏书还是民间藏书,写本与印本两者应是并行不悖、平分秋色的。

针对个人文集而言,最初也是以写本的形式流传。因为将一部文集雕版印刷并非易事,往往不是一个人所能独立完成的,不仅需要很多人如刻工、装印工等共同努力,而且人工、物料均需支付相当的费用。这样,一部文集最终能雕印出来需要一笔不小的开支。周郁在《黄州雕造小畜集后记》中记录了雕印一部文集的大概费用:

> 今具雕造《小畜集》一部共八册,计四百五十二板,合用纸墨工价等项:印书纸并副板四百四十板。表楷碧纸一十一张,大纸八张,共钱二百六文足。赁板棕墨钱五百文足。装印工食钱四百三十文足。除印书纸外,共计钱一贯一百三十六文足。①

一部文集只是雕版出来就需一贯一百三十六文之多,还不包括每次印刷的费用。如果文集卷帙浩繁会花费更多。据文献记载,鄱松庵灿禅师曾于嘉熙二年(1238)雕印贯休《禅月集》,"计工食费数万而赢",灿禅师只好"先捐钵中所有,不足则募众缘"②,克服不少困难,才最终克成其事。因此,雕印一部文集所需费用对很多普通家庭来说可能无法承受,所以很多人常常感叹财力单薄无法将文集雕印出版。李廉枽《跋澹斋集后》曰:

> (李流谦)平生所作文章,当自诠次及百余卷,先君赖此,名为不朽。计家素贫,无力刊而广之。既男廉枽泣血手自覆校,诚为精审,仅得八十九卷。婿张君极甫痛念及此,乃率学生坤谦同力为

---

① 曾枣庄、刘琳主编《全宋文》,第 200 册,上海辞书出版社,安徽教育出版社,2006 年,第 241 页。
② 曾枣庄、刘琳主编《全宋文》,第 333 册,上海辞书出版社,安徽教育出版社,2006 年,第 87 页。

之。今幸已成编。荐之家庙,不特贻我子孙之藏,永永不坠。①

又,杨万里在《澹庵先生文集序》中言:

> 先生(胡铨)既殁后二十年,其子澥与其族孙秘,裒集先生之诗文若干卷,目曰《澹庵文集》,欲刻版以传,贫未能也。②

李流谦之子李廉槩由于家庭贫寒无法将其父文集刊印,只能"手自覆校""荐之家庙"。胡铨之子胡澥在整理胡铨的文集之后"欲刻版以传",但因无经济能力而放弃。可以想象应有不少文人文集因为缺少雕版印刷费用而未刊印,在当时只能以写本的形式流传。

在雕版印刷出现以后,写本之能够流传与存在,除了文集作者及其后代因经济原因未将作品付梓外,可能还与人们的习惯与认识有关。有人愿意选择写本形式,可能与古代长期以来形成的抄书习惯有关。中国古代人素有抄书的习惯,如南朝梁代王筠《自序》云:"幼年读五经,皆七八十遍。爱《左氏春秋》,吟讽常为口实,广略去取,凡三过五钞。余经及《周官》《仪礼》《国语》《尔雅》《山海经》《本草》,并再钞。子史诸集,皆一遍。未尝倩人假手,并躬自钞录。"③到了宋代尽管已有雕版印刷这种新兴技术,但宋人依然保留着抄书这种传统。宋人常常以抄书为乐,陆游《寒夜读书三首》其二云:"韦编屡绝铁砚穿,口诵手钞那计年。不是爱书即欲死,任从人笑作书颠。"④与一般人认为抄书费时费力不同,陆游从抄书中找到了快乐。南宋人关注曾得到叶梦得的词集,遂将之抄录下来:"挥汗而书,不知暑气之去也。"⑤这

---

① 祝尚书编《宋集序跋汇编》,中华书局,2010年,第1411页。
② 《杨万里集笺校》,辛更儒笺校,中华书局,2007年,第3318页。
③ [清]严可均辑《全上古三代秦汉三国六朝文》,第四册,中华书局,1958年,第3337页。
④ [宋]陆游:《剑南诗稿》,钱仲联校注,上海古籍出版社,1985年,第1490页。
⑤ 曾枣庄、刘琳主编《全宋文》,第156册,上海辞书出版社,安徽教育出版社,2006年,第15页。

种不辞勤劳地抄书除了对此书特别欣赏之外,同时也是从抄书过程中找到了乐趣。

此外,还有人认为抄书有利于阅读,有利于提高学习效率。宋祁曾言:"手抄《文选》三过,始见佳处。"①据史料记载,洪迈曾"手抄《资治通鉴》三过"②。宋人对抄书传统的保存,必然会让许多写本、钞本流传于世。同时,宋人对手钞本也倾注了更多感情,往往倍加珍惜。刘克庄在《跋李忠定手抄诗》中言:"忠定公(李纲)手书自作诗,得一二篇已足贵,此二册凡八十篇,皆建炎策免后避地入闽所作,雄词劲气有横绝九州、挥斥六合之意。……敬则善藏之。"③可见,由于习惯、感情、经济等原因,在雕版印刷的冲击下,写本、钞本依然有其存在的空间。因此,宋代尽管进入印本时代,但还是有大量的写本产生并传播。

三、宋人对石刻、写本与印本三种传播方式的认知与评论

石刻、写本、印本三种传播方式并行于世,世人常常会围绕此三种传播方式之优劣展开争论。

选择石刻传播者,认为石头"寿且坚",可以将其作品传之久远。相对于写本、印本在传播过程中出现的错讹情况,石刻似不易被人肆意更改,所以人们也将本已雕印传播的作品重新刻之于石。陆游在《跋六一居士集古录跋尾》中云:"始予得此本,刻画精致,如见真笔。会有使入蜀,以寄张季长。及再得之,才相距数年,讹缺已多,知古人欲传远者,必托之金石,有以也夫!"④但石刻传播也常常让人们产生疑惑,主要是再坚硬的石头也经受不住风雨的侵蚀,风雨让碑石上的文字剥落,如此仍无法达到"永传于世"的期待。欧阳修曾在《敦匜铭跋》中感叹:"古之人之欲存乎久远者,必托于金石而后传,其湮沉埋没、显晦出入不可知。其可知者,久而不朽也。然岐阳十

---

① [宋]王德臣:《麈史》,上海古籍出版社,1986年,第37页。
② [清]倪涛:《六艺之一录》,卷二十一,影印文渊阁四库全书本。
③ 《刘克庄集笺校》,辛更儒笺校,中华书局,2011年,第4392页。
④ 《陆游集》,第五册,中华书局,1976年,第2273页。

鼓今皆在,而文字剥缺者十三四,惟古器铭在者皆完,则石之坚又不足恃。"①

写本、钞本的不足是有目共睹的。首先,人工抄写,鲁鱼亥豕的情况在所难免,故文集在传抄中容易散失和错讹。王庭珪在《书传道集后》云:"近岁转相传写,往往人皆有之而不甚宝惜,字多驳谬,'乌'、'焉'成'马'者,俗莫能辩。"②其次,抄写效率低,无法满足市场需要。赵汝回在《瓜庐诗序》中言:"(薛师石)死后,人士无远近争致其诗,其子弟手钞不能给,于是相与刻之。"③可见手抄速度慢,无法与一经雕印即化身千万的印本效率相比。再次,从现存文献看,我们无法判断在宋代一部写本文集的价值,但印本是大批量生产,而钞本一次只能抄写一本,费时费力,根据商品价值与生产效率之关系,抄写书的价格应比印本书的价格昂贵。由于抄本书价格昂贵,人们可能会更愿意选择价格低廉的印本书,这样反过来又会影响抄本书的传播。

写本尽管有如此多不足之处,但宋人还是会选择写本,因为有些写本尤其是家藏本保留了作品的最初面貌,有重要的校勘价值。另外,写本流传范围有限,人们获得不易,故人们常常对自己手中的写本非常珍惜。叶梦得在《石林燕语》中曾道:"唐以前,凡书籍皆写本,未有模印之法,人以藏书为贵。人不多有,而藏者精于雠对,故往往皆有善本。学者以传录之艰,故其诵读亦精详。"④写本传播范围有限反而更令人重视,乃至人们精于校对,认真诵读,这就是"物以稀为贵"。司马光也有同样观点,其在《冯亚诗集序》中言:"(冯亚)子噩以其先人诗集请因杭工刻诸板而传之。余以为世俗不能识真,贵于难得而贱于饱闻,不若藏之于家,有同志者就而写之,则虽欲勿传,安得不传?"⑤

---

① 《欧阳修全集》,李逸安点校,卷一百三十四,中华书局,2001 年,第 2074 页。
② 曾枣庄、刘琳主编《全宋文》,第 158 册,上海辞书出版社,安徽教育出版社,2006 年,第 223 页。
③ 曾枣庄、刘琳主编《全宋文》,第 304 册,上海辞书出版社,安徽教育出版社,2006 年,第 125 页。
④ [宋] 叶梦得:《石林燕语》,侯忠义点校,中华书局,1984 年,第 116 页。
⑤ 曾枣庄、刘琳主编《全宋文》,第 56 册,上海辞书出版社,安徽教育出版社,2006 年,第 101 页。

印本书以"易成、难毁、节费、便藏"等优长受到人们的青睐,但宋人对印本书泛滥也表示忧虑。这种忧虑不是对雕版印刷术这种技术本身的疑惑,而是对印本书普及之后对学风、世风的影响表示担忧:

> 时世间印板书绝少,多是手写文字,每借人书,多得脱落旧书,必即录甚详,以备检阅,盖难再假故也。仍必如法缝粘,方继得一观,其艰苦如此。今子弟饱食放逸,印书足备,尚不能观,良可愧耻。①
>
> 余犹及见老儒先生,自言其少时,欲求《史记》《汉书》而不可得,幸而得之,皆手自书,日夜诵读,惟恐不及。近岁市人转相摹刻诸子百家之书,日传万纸。学者之于书,多且易致如此,其文词学术,当倍蓰于昔人,而后生科举之士,皆束书不观,游谈无根,此又何也?②

在写本时代,人们得书不易,故每得一书就甚是珍视,先认真抄录,慎重保管,日夜诵读。其"艰苦如此",却增强了读书的效果。因为抄录的过程也就是认真阅读的过程,而且可以说是效果良好的一次精读,其学习效率自然比泛读印本书要好得多。到了印本时代,人们得书容易,却浅尝辄止,甚至束书不观,其阅读效果可想而知。朱熹曾总结道:"今人所以读书苟简者,缘书皆有印本多了。"③在宋人看来印本书有利又有弊,正所谓"金无足赤,人无完人",世间事无能全美,莫不皆然。

石刻、抄本与印本三种传播方式在宋代并行不悖,就如同当今纸质文献与电子文献并存,每种传播方式各有所长,每个人根据喜好不同而选择不同的传播方式。两宋时期人们面对不同传播方式的选择,有人喜刻石,有人喜手抄,有人喜雕印。宋人关于石刻、抄本与印本三种传播方式的争论是没有

---

① [宋]张镃:《仕学规范》,卷二,影印文渊阁四库全书本。
② 《苏轼文集》,孔凡礼点校,中华书局,1986年,第359页。
③ [宋]黎靖德编《朱子语类》,卷十,王星贤点校,中华书局,1986年,第171页。

定论的，其争论的出发点在于如何让书籍更好地传播，进而给世人带来更多益处。宋人就此展开讨论本身就是对此三种传播方式的认可，他们讨论的只是选择哪一种传播方式更能适应不同的需求并取得更好的效果。陈寅恪曰："华夏民族之文化，历数千载之演进，造极于天水一朝。"①可谓良有以也。

---

① 《陈寅恪先生文集》，卷二，上海古籍出版社，1980年，第245页。

第六章　宋代文集序跋中的地域、家族文学叙写

　　宋人在为文集撰序题跋时常常从地域、家族的角度来分析文集作者与作品，这种现象的形成有其深刻的历史文化原因。有鉴于此，笔者拟在本章中从地域、家族的角度对宋代文集序跋进行考察。这一工作主要包含两个层面的内容：首先，分析探讨宋人在文集序跋中采用地域、家族视角品评文集作者及其作品的原因，包括宋人地域观念与家族观念自觉的形成、宋人地域与家族自觉意识的表现，其中涉及地方志与地域性文学总集的编纂、家谱与家族总集的编修等问题；其次，分析宋人在文集序跋中如何体认与展现各具特色的"地域和家族文化传统"。宋人通过为文集撰序题跋将"地域文化传统"与"家族文化传统"转化为一种文学叙写方式。① 这种叙写方式在宋代文集序跋中呈现出什么样的方式和面貌，是本章考察与探讨的重点。此外，在宋代文集序跋中，也有作者用"地域—家族"相结合的方法来评骘文集作者②，但这种叙写方式在宋代文集序跋中并不多见，故本章不再单独讨论。

---

① 此种提法受到徐雁平《"地域文学传统的建构"成为一种文学叙写方法》一文的启发，该文刊于《中山大学学报》2013 年第 1 期。
② 如刘克庄《跋周梦云诗文》即采用了"地域—家族"相结合的叙写方式，他在该跋文中云："衢为今左冯，人物萃焉。自顷岁旧零落，山川寂寥，于是著作徐君、秘书郎留君、掌故刘君迭以直声骑节相唱和，盖孟子所谓一国与天下之善士而并见于一乡，盛矣哉！茂瞻父子（周梦云字茂瞻，其子周滂）既自为师友，复与二三君子同里，丽泽之所滋，众芳之所袭，虽茂瞻老矣，不获施豪芒于斯世，然家庭有美子可教，里巷有佳友可交游，不亦人生之至乐乎！"刘克庄认为周梦云生在人物荟萃之乡，又长在诗书之家，受地域文化和家族文化的滋养创作出不凡的作品，可谓渊源有自。

第一节　宋代文集序跋的地域文化考察

地域为人类活动提供了一个空间场域,生于斯长于斯之人无时不受到地域环境、地域文化的影响,而文学创作作为人类活动的一部分当然会受到创作主体所在地域的影响。因此,当前文学研究不再局限于对文学本身的研究,而是让"文学"接上"地气"①,通过对文学发生发展的自然地理、人文地理的研究使文学研究立体化、空间化,从而拓宽文学研究的领域。吴承学的《江山之助——中国古代文学地域风格理论》从"自然界留在精神上的印记""地域文化与人格塑造和创作""风土感召与风格创造"②三方面论述了自然地理、人文地理以及得"江山之助"对文学创作以及文学风格的影响,可谓这方面的成功尝试。与此同时,还存在另一种声音,他们认为随着交通的便利,各地域间沟通交流的频繁,这种立足于本地域而形成的地域风格将会逐渐消融。如梁启超在《中国地理大势论》中曰:"燕赵多慷慨悲歌之士,吴越多放诞纤丽之文,自古然矣。自唐以前,于诗于文于赋,皆南北各为家数。长城饮马,河梁携手,北人之气概也;江南草长,洞庭始波,南人之情怀也。散文之长江大河,一泻千里者,北人为优;骈文之镂云刻月,善移我情者,南人为优。盖文章根于性灵,其受四周社会影响特甚焉。自后世交通益盛,文人墨客,大率足迹走天下,其界亦浸微矣。"③梁启超一方面肯定了历史上地域环境对文学创作的浸染,另一方面又认为随着各区域间沟通交流的频繁,地域文学的差异将逐渐弱化,文学的地域风格也不再似先前那样判然有别。但笔者认为,创作主体漫游天下,领略各地风情,虽在某种程度上可能会减弱文学的地域风格,但其对某一特定地域的认同感和归属感,即地域意识

---

① 杨义:《文学地理学会通》,中国社会科学出版社,2013年,第3—57页。
② 吴承学:《中国古典文学风格学》,北京大学出版社,2011年,第151—168页。
③ 梁启超:《饮冰室文集》,第三册,吴松、卢云昆等点校,云南教育出版社,2001年,第1807页。

(地域观念),不会随之而泯灭。创作主体离开其乡土区域,有时反而会使其地域意识更加强化,对故土更生出一种深厚、浓烈的情感,一些人甚至还因此而产生某种地域偏见。因此,本节拟对宋代文集序跋作地域文化方面的考察。

一、宋人地域观念之兴起

宋代应是地域意识的兴起时期,这与宋代在历史上所处的阶段和自身的政治态势有着重要关系。北宋结束了晚唐五代的割据局面,在此之前五代十国始终处于分裂状态,并立争雄的各政治势力之间彼此在政治、军事上处于对立状态,这种分裂态势的长期存在强化了各地域的独立性,从而在某种程度上刺激着世代生长于此的人们的地域认同意识。尽管北宋结束了长期的分裂局面,北宋朝廷也努力地调和基于地域意识的冲突,但地域意识已根深蒂固,整个宋代都存在着或明或暗的地域间的文化竞争与对抗。北宋朝廷中多有北人对南人的轻视,而到了南宋,又出现了南人对北人的歧视。靖康之变以后,宋廷南迁,很多北方人为了躲避中原战乱渡江南下,从而形成了中国历史上"五胡乱华"之后又一次南北文化的融合。从区域发展的趋势来看,唐中期以后,整个社会经济重心已出现逐渐南移之趋向,南方骎骎然渐呈后来者居上之势。迨至金人南侵,汴京陷落,徽钦北狩,中原板荡,整个北方更是受到了毁灭性的破坏。胡马窥江,两宋交替,中原士庶奔命于锋镝之下,辗转于沟壑之中,纷纷避祸南迁,从而使得南方在短时间内人口数量大为增加,一时之间出现了资源供给的不足。大量北方移民的到来不可避免地造成一定的压力和紧张,这激起了南方士民的忧虑和不满,从而在一定程度上强化了地域的观念和意识。《宋史·洪遵传》曰:"中原归正人源源不绝,纳之则东南力不能给,否则绝向化之心。"[1]"归正人"是江南对北方沦陷区南下之人的称呼,其中包含着某种文化上的优越感和地域上的歧视。南方士人的不满情绪常常流露于言语之间,如史浩曾振振有词地质问道:

---

[1] [元]脱脱等:《宋史》,卷三百七十三,中华书局,1985年,第11568页。

"中原决无豪杰,若有之,何不起而亡金?"①史浩是明州鄞县(今浙江宁波)人,他如此情绪化地不加任何区分否定一切的言辞,充分反映出其内心地域观念之强烈。南宋朝廷偏安于东南一隅,南北长期处于分裂局面,更加深了文化的差异和地域性。

(一)地域观念与两宋政治之特色。如上所述,北宋尽管结束了唐末以来的割据局面,但由于五代十国长期的分裂,文化的区域性得以强化,人们的观念多以地域为限,贵己轻人,其地域意识亦随之产生并固化下来,并在当时国家的政治生活中得到一定程度的反映。北宋在很长时间之内一直存在着北方人轻视南方人的地域偏见。据程民生考证,北宋时期地域之争主要涉及"禁中誓碑"问题②。有关"禁中誓碑",在《道山清话》中有详细记载:

> 太祖尝有言,不用南人为相,实录、国史皆载,陶谷《开基万年录》《开宝史谱》言之甚详。皆言太祖亲写"南人不得坐吾此堂",刻石政事堂上。或云,自王文穆(按:王钦若,临江军新喻人,今属江西新余县)大拜后,吏辈故坏壁,因移石于他所,后浸不知所在。既而王安石、章惇相继用事,为人窃去。如前两书,今馆中有其名而亡其书也。顷时尚见,其他小说往往互见,今皆为人节略去。人少有知者,知亦不敢言矣。③

据此记载,在太祖时期北宋朝廷有"不用南人为相"的规定,并曾将此规定刻于石碑之上,后来随着王钦若、王安石等南人为相,石碑被挪走,而载录碑记之史书也不知所踪。该文之纪述字里行间透漏出坏壁移碑之事都是有人故意为之。究竟有没有"禁中誓碑",史学界尚未有定论,但从纪述者的角度看,在北宋时期存在着明显而广泛的北人对南人的警惕和不满情绪。这种

---

① [元]脱脱等:《宋史》,卷三百九十六,中华书局,1985年,第12067页。
② 程民生:《宋代地域文化》,河南大学出版社,1997年,第46—67页。
③ [宋]佚名:《道山清话》,宋元笔记小说大观本。四库全书《道山清话》作者为王昉,但据《四库全书总目提要》辨证其署名为"王昉"不准确,但其作者到底是谁,尚未形成定论。

情况至少在太祖、太宗两朝表现得较为突出①,到了北宋中期尤其是仁宗朝前后,随着王安石、欧阳修、苏轼等人活跃于政坛和文坛,逐渐改变了北宋初期以北人为主的局面,而北人对南人的地域偏见和歧视亦有所改观。

到了北宋中后期,政治舞台上主要上演的是以王安石为领导的革新派和以司马光为代表的保守派之间的矛盾和纷争。程民生曾将革新派和保守派主要人物的籍贯作了统计②,从中可以发现革新派以江西路、福建路为主,而保守派则以陕西路、河北路为主,即革新派以南人为主,而保守派以北人为主。北宋中后期两派政治人物的这种地域分布固然与北人性格多守成、保守,而南人性格富激进、创新有一定关系,但亦与革新派的领军人物是南人,而保守派的领军人物是北人不无关联。据相关史料记载,在王安石变法失败之后,很多人对王安石落井下石,但在王安石的故乡,拥护支持王安石者还大有人在。这种围绕着政治主张和政治利益展开的错综复杂的斗争,其中难免掺杂着某种程度的地域矛盾。

在朝中士大夫分为新旧两党的情况下,在同样倾向于保守的旧党士群内部根据地域不同又分成洛党、蜀党和朔党三派。洛党以程颐为代表,主要是以洛阳为中心的京西路人;蜀党以苏轼为代表,主要是四川人;而朔党则以刘挚为代表,主要是河北人。这种以地域命名的党派明显夹带有某种地域意识。这种地域性派系的存在不可避免地会在一定程度上影响到国家的用人机制。对此,北宋董敦逸曾指责曰:"苏轼、苏辙、范百禄辈,各有奏举及主张差除之人,惟苏轼为多。或是亲知及其乡人,有在要近,有在馆职,有为教官,有作监司,有知州军,不可以数考。是致仕路有不平之叹。"③董敦逸在此表达出对苏轼、苏辙等人在朝中大量援引自己的同乡的慨叹和不满。党派斗争中各个派系为了自己的政治利益,也利用人们对地域的认同来增加本派系内部的向心力和凝聚力,以争取在残酷的党争中能尽量立于不败之

---

① 相关史料可参见程民生,《宋代地域文化》,河南大学出版社,1997年,第46—49页。
② 程民生:《宋代地域文化》,河南大学出版社,1997年,第61页。
③ [宋]李焘:《续资治通鉴长编》,卷四八二,中华书局,1995年,第11477页。

地,这种做法反过来又在一定程度上强化了北宋政治的地域性。

在南宋偏安一隅的百余年间,与金人之间的战事不断,而疆场效命,杀敌立功,素非南人所长。久历戎行的张浚在《论招纳归正人利害疏》中曰:"寻常诸军招江浙一卒之费不下百缗,而其人柔弱多不堪用,若非取兵淮北,则军旅之势日以削弱。"①陈亮对此也深有同感,他在淳熙五年(1178)诣阙上书孝宗曰:

> 夫吴、蜀天地之偏气,钱塘又吴之一隅……公卿将相大抵多江、浙、闽、蜀之人,而人才亦日以凡下,场屋之士以十万数,而文墨小异,已足以称雄于其间矣。陛下据钱塘已耗之气,用闽、浙日衰之士,而欲鼓东南习安脆弱之众,北向以争中原,臣是以知其难也。②

陈亮认为东南之士擅长文墨,但却缺乏西北之士的那种骁勇之气。正是由于这种客观现实的存在,南宋为了抵制金人的进犯,不得不招抚大量的西北之士。正如李纲所云:"盖天下精兵健马皆在西北。"③可见北方之健儿大马成为南宋军队战斗力的重要依凭,有宋一朝在靖康之变后国势危如累卵的非常情形下能够保有半壁江山而苟延百有余年,不可谓非北人之力也。对此,洞悉朝野情况的张浚曾直言不讳地指出:"国家自南渡以来,兵势单弱,赖陕西及东北之人,不忘本朝,率众归附以数万计。臣自为御营参赞军事,目所亲见。后之良将精兵,往往当时归正人也。三十余年,捍御力战,国势以安。"④

---

① 曾枣庄、刘琳主编《全宋文》,第 188 册,上海辞书出版社,安徽教育出版社,2006 年,第 23 页。
② [元] 脱脱等《宋史》,卷四三六,中华书局,1985 年,第 12935—12936 页。
③ [元] 脱脱等《宋史》,卷三五八,中华书局,1985 年,第 11257 页。
④ 曾枣庄、刘琳主编《全宋文》,第 188 册,上海辞书出版社,安徽教育出版社,2006 年,第 23 页。

南宋偏安于淮水以南,尽管自始至终挥师北上的呼声从未间断,但朝廷最终并未能恢复中原,再度混一南北。百余年中,生活于沦陷区的人们或心系宋廷,或不堪忍受金人之蹂躏,纷纷南下。大量北方人的涌来给南方各地带来很大压力,引起一些南方人的愁怨和不满。《三朝北盟会编》记载当时的情形曰:"江北士民流离失所,江南士民多忌且恶之,若无所容者。"① 由于客观局势的重大变化,在北宋朝廷中北人与南人相抗而立的情形不复存在,南宋朝廷在用人政策上重南轻北,自北宋立国至靖康之变近二百年间在朝廷中举足轻重的北人,顿失其依恃,许多南来之人得不到重用。如南渡之辛弃疾一生蹇舛,可谓当时南来北人命运之缩影。在金兵占领山东之际,辛弃疾之祖父辛赞由于家族人员众多未能南迁,故辛弃疾生活于沦陷区。绍兴三十一年(1161),辛弃疾以"归正人"之身份归宋,朝廷只授予其江阴签判之微职。尽管他有非凡的政治才能和军事才华,但终其一生只能在外地沉沦下僚,而不能实现其远大抱负,正所谓"栏杆拍遍,无人会登临意"。辛弃疾曾在《九议》中乞请朝廷"延访豪杰,无问南北"②。总之,南宋朝廷对待北人的态度是矛盾的,一方面需要西北之士来充实部队,抵御金人,另一方面面对大量北人南迁,以南人为主流的朝廷又不可避免地存在着对北人的不满和猜忌。而作为南下之北人,在背井离乡之余,政治上找不到归属感,朝廷又时时加以猜疑和防范,致使他们难免会产生英雄失路、报国无门之感。

可以说,在两宋三百余年中,南人与北人间在政治与文化上始终存在着一道无形的隔阂。

(二)地域观念与宋代方志之发展。宋代政治生活中地域意识的出现在一定程度上刺激了地域文化的发展,而地方志作为地域文化的一种表现形式,在宋代也进入了一个繁荣时期。各州郡为保存和弘扬本地文化纷纷编纂地方志,这种做法反过来也起到强化宋人地域意识的作用。中国古代方志源远流长,而宋代在中国方志史上无疑占据着举足轻重的地位。张国

---

① [宋]徐梦莘:《三朝北盟会编》,卷一七六,上海古籍出版社,1987年,第1272页。
② 曾枣庄、刘琳主编《全宋文》,第275册,上海辞书出版社,安徽教育出版社,2006年,第32页。

滢《中国古方志考·叙例》曰:"方志之书,至赵宋而体例始备。举凡舆图、疆域、山川、名胜、建置、职官、赋税、物产、乡里、风俗、人物、方技、金石、艺文、灾异,无不汇于一编。"①宋代地方志内容广泛,体例完备,与前代相比,有了重大的发展,主要表现在:

1. 宋代官修地方志和私家著述相映生辉。官修地方志一般具有较强的政治目的,多着眼于各地的户口、田赋、关塞等情况,以便于了解当地的社会、经济、国防等形势,最终为政府之治理提供帮助。中唐李吉甫在《上元和郡县图志序》中直截了当地表述其修纂图志之目的道:"佐明王扼天下之吭,制群生之命,收地保势胜之利,示形束壤制之端。"②私家著述以本地域为立足点,多突出强调地方之文化特色。南宋方逢辰在《严州新定续志序》中曰:"郡有志,所以记山川、人物、户口、田赋,凡土地之所宜也……严之所以为望郡而得名者,不以田、不以赋、不以户口,而独以云山苍苍,江水泱泱,有子陵之风在也。"③方逢辰认为,严州能够秀卓于他郡,主要在于"子陵之风"。所谓"子陵之风",指东汉隐士严子陵。范仲淹曾在《桐庐郡严先生祠堂记》中曰:"云山苍苍,江水泱泱。先生之风,山高水长。"④严子陵之高风亮节,为世人所景仰和效慕,严州之为望郡,正以此显。

宋代专记一州一郡的方志在弘扬地方文化方面起着极为重要的作用。南宋梁克家在《淳熙三山志序》中纪述编纂《三山志》的过程道:"乃约诸里居与仕于此者,相与纂集,讨寻断简,援据公牒,采诸长老所传,得诸闾里所记,上穷千载建创之始,中阅累朝因革之由,而益之以今日之所闻见,厥类惟九,靡不论载。"众人历经千辛万苦编此方志,目的在于"使四方知是邦于是为盛"⑤。为了弘扬地方文化,增强本区域的文化影响力,地方官——所谓"仕

---

① 张国淦:《中国古方志考》,中华书局,1963年,第2页。
② [清]董诰等编《全唐文》,卷五一二,中华书局,1983年,第5204页。
③ 曾枣庄、刘琳主编《全宋文》,第353册,上海辞书出版社,安徽教育出版社,2006年,第213页。
④ 《范仲淹全集》,李勇先、王蓉贵点校,四川大学出版社,2002年,第190页。
⑤ 曾枣庄、刘琳主编《全宋文》,第226册,上海辞书出版社,安徽教育出版社,2006年,第12页。

于此者",往往有着强烈的修志意愿。淳祐年间昆山县令凌万顷在《淳祐玉峰志序》中表述这一心愿时道:"郡县必有志,独昆山无之,岂前人之长不及此哉? 期会之事有急于此。"①凌氏在此强调了修《昆山志》的紧迫性;俞巨源在《创编江阴志序》中亦道:"郡各有志,澄江独未之作也。吴兴施公太博知军事,慨然以为缺典。"②可见,在宋代编修当地方志已成为地方官员不可或缺的施政内容。方志之编修,其目的不外乎宣扬该地方山川之美、人物之盛、文化之繁荣。同时,当政者通过修纂方志,亦可以彰显其对当地文化之重视,而对于世代生于斯长于斯的民众来说通过地方志可以更好地了解当地的文化、地理,从而深化其对本地域的认同感和集体意识。

2. 宋代地方志增加了对当地人物、艺文等内容的记载。宋以前地方志主要是对当地山川、河流等自然地理的记录,类似于地理志,而宋代地方志详于人物、艺文等人文内容,从而使地方志的文化特征更为凸显。宋人这一做法滥觞于乐史的《太平寰宇记》。《太平寰宇记》是成书于宋太宗太平兴国年间的一部地方总志,该书除了沿袭前代地方总志体例外,在内容上增入了人物、艺文的记录,于是清代四库馆臣认为该书"增以人物,又偶及艺文,于是为州县志书之滥觞"③。这一体例上的变化对后代志书产生了深远影响,《钦定四库全书总目》认为,该书"于列朝人物,一一并登。至于题咏古迹,若张祜金山诗之类,亦皆并录。后来方志必列人物、艺文者,其体皆始于史(笔者按:乐史)。盖地理之书,记载至是书而始详,体例亦自是而大变"④。自此之后,人们在州县方志的编纂中或突出当地人物,或突出当地文化,已不局限于山川、人口、物产等地理方面的内容。如刘克庄在《仙溪志序》中曰:

---

① 曾枣庄、刘琳主编《全宋文》,第356册,上海辞书出版社,安徽教育出版社,2006年,第401页。
② 曾枣庄、刘琳主编《全宋文》,第284册,上海辞书出版社,安徽教育出版社,2006年,第10页。
③ [清]纪昀等:《钦定四库全书总目》,中华书局,1997年,第923页。
④ [清]纪昀等:《钦定四库全书总目》,中华书局,1997年,第925页。

> 地以人重。瞻言旧者,有列于庆历谏官者,有危言谠论相望于元祐党籍者,有与邹道乡(笔者按:邹浩)同贬者,有为乾道名宰相者。其他魁彦胜流,不可胜书。故其志人物尤详焉。①

刘克庄认为"地以人重",故在修《仙溪志》时详于对当地人物的记载。修志者通过罗列当地名流先贤,希望能起到典范激励作用,以增强人们对本地域的自豪感和认同意识。南宋郑兴裔在《合肥志序》中特别强调了方志的此一功能:

> 余惟志之作,非徒以侈纪载也,盖有激劝之意焉。子舆氏曰:"奋乎百世之上,百世之下闻者莫不兴起。"今试为之,披其舆图,考其轶事,西瞻金斗,东顾浮槎。当年梅尉高隐之风、梁女修道之迹,父老犹能道之否?望明远之台,与波上下,如隐隐闻读书声也。若夫移檄敛黄巢之兵,谢郡留贮库之钱,使君流风,于今如昨。国朝吕文靖、陈文惠之遗爱,啧啧在人耳目,其政事可得而稽,勋名可得而师乎?生平思包孝肃之为人所称,烈如夏日而凛若秋霜者,过双阙则又未尝不心仪焉。彼其高风劲节,妇人女子皆化之。如崔氏者,非闺中之铮铮乎?至于肥水奏东山之捷、飞骑走张辽之袭,垂之志乘,皆足以增辉于史册,留慕于后人,可以风一国,可以型四海。②

通过《合肥志》之载述可知合肥一地代有贤达,有高蹈隐逸之士人,有潜心修道之女杰,有政绩卓越之显宦,有铁面无私之廷宪,等等。方志中对当地名人轶事的记载足以让人生发奋厉之心,效法先贤立光耀一方之志。

有宋一代,地方志除了增加对历史人物的记载之外,还增加了文学方面

---

① 《刘克庄集笺校》,辛更儒笺校,中华书局,2011年,第4075页。
② 曾枣庄、刘琳主编《全宋文》,第225册,上海辞书出版社,安徽教育出版社,2006年,第92页。

的内容。修志者在编纂方志时对地方文学予以关注,使得方志保存地方文献的功能得到充分发挥,这也是地方志最具地域文化特征的一个方面。成书于南宋末期的《方舆胜览》,在编排体例上沿袭其他地方志,但祝穆修纂该书时对地方文学予以特别的关注。尽管乐史的《太平寰宇记》也记录了各地的诗句,但并未专设一部类,而祝穆的《方舆胜览》在目次安排上专设"题咏""四六"两门以罗列与地方有关的诗句和对偶句,并在卷首有引用文集目一卷。祝氏对此专门解释道:"是编搜猎名贤记序诗文,及史传稗官杂说,殆数千篇,若非表而出之,亦几明珠之暗投。今取全篇分类,以便检阅,其一联片语不成章者,更不赘录。盖演而伸之则为一部郡志,总而会之则为一部文集,庶几旁通曲畅云。"①宋代地方志对文学作品的关注和收录,可直接反映出一个地方的文化发展成就。宋人开创的这一做法大大推动了地域文化的发展,也从一个侧面反映出宋代地域文化意识的增强。

(三)地域观念与宋代地域性文学总集之编纂。地域性文学总集可以追溯到《诗经》,南宋董棻《严陵集序》曰:

> 《诗》三百篇,大抵多本其风而有作,圣人删取,各系其国,如《二南》,皆正风也,周、召既分陕而治,则系诗有不得而同。三国当变风之始,邶、鄘既并于卫,邶居卫北,而诗有《北门》,以兴出门而北,归于邶也;鄘居卫东,而诗有《载驰》,以兴东徙渡河,而庐于漕也;卫在河之北,而诗有《河广》,以兴杭苇而南,适于宋也。是三者皆卫诗,而以土风之异,随其国系之。其它盖可类见。②

董棻对《诗经》中各篇均从地域的角度予以解释,使《诗经》中的十五国风具有地域文化之色彩。到了唐代殷璠编有《丹阳集》,据《新唐书·艺文志四》之《包融诗》注可知,殷璠在该集中收录润州五县十八人的作品③。《丹阳集》

---

① [宋]祝穆:《方舆胜览》,祝洙增订,中华书局,2003年,第1页。
② 祝尚书:《宋人总集叙录》,中华书局,2004年,第67页。
③ [宋]宋祁、欧阳修:《新唐书》,卷六○,中华书局,1975年,第1610页。

是唐代唯一一部以地域命名的文学总集,可见唐人有关地域文学的意识尚属淡薄。到了宋代,由于地域观念的强化,加上各州县为了弘扬本地之文化传统不断地组织力量编纂地方志,从而推动了宋代地域文化的繁荣,而地域性文学总集的涌现正是这种地域文化繁荣局面的反映。

宋代地域性文学总集主要有以下几个特点:其一,数量多。宋代地域性文学总集在数量上明显超过前代,笔者据现存相关文集序跋及目录书统计,宋代地域性文学总集多达六十余部。这些地域性文学总集又可分为两种:一种是路州(县)类文学总集,这是宋代地域性文学总集的主要部分,如《成都文类》《扬州集》《润州类集》《严陵集》等;另一种是名胜类文学总集,此类总集主要收录的是历代有关吟咏此名胜的文学作品,是宋代地域性文学总集的一个分支,如《天台山石桥诗集》《麻姑山集》《宜春台诗》等。① 其二,范围广。宋代地域性文学总集收录的作品范围较为广泛,不局限于本朝,也不局限于本土文人。在时间跨度上,可以上溯到前朝古代;在创作主体上既包括本土文人,也包括过境文人,只要"语及此地"的文学作品均予以收录。南宋吴潜《宣城总集序》曰:

> 自晋、宋、齐、梁而后,迄今皇朝渡江之初,上下一千年,前后三百家,居者仕者,游者寄者,苟有片言只字及于吾宣,往往渔猎而网罗之。②

通过此序可知《宣城总集》收录作品的时间以及作者范围之广泛。可以说,对于涉及宣城者几乎照单全收,囊括殆尽。

由于地域意识的自觉,宋人热衷于编纂地域性文学总集,其出发点不外乎自荣于地方,告知世人其地山川秀美,文化灿然。南宋袁说友《成都文类

---

① 有关宋代地域性文学总集的分类可参见丁放、张晓利:《宋代地域性诗文选本与地理志的关系》,《江淮论坛》2013年第2期。
② 曾枣庄、刘琳主编《全宋文》,第337册,上海辞书出版社,安徽教育出版社,2006年,第241页。

序》曰：

> 益,古大都会也,有山川之雄,有文物之盛,奇观绝景,仙游神迹,一草一木,一丘一壑,名公才士,骚人墨客,窥奇吐芳,声流文畅,散落人间,何可一二数也。凡此者,予来三年,亦既略睹矣。或曰：两京、三都以赋而传,使无传焉,斯文泯矣。然则由汉以来,其文以益而作者,今独无传,可乎？有益都斯有此文,此文传,益都亦传矣。①

诚哉斯言！文人题咏某地风物的作品,对该地有着非同一般的传播意义,随着这些作品广为流传,其作品吟咏的对象亦随之深入人心。承载着地方信息的文学作品在传播地域文化方面常常能发挥独特的作用,而地域性文学总集更是能够将这一功能予以充分放大。若将此类地域性文学总集刊印出版,则其流传的时空范围将会大为扩展,而地域文化亦会随之流布四方,传之后世。洪适《天台山石桥诗集序》曰：

> 词伯才子,削方留壁,差然如鳞,杂然如猬,阅时绵永,黝堊漫漶,读者有轩首伸目之病,而奇藻逸韵弗遑研谛也,乃鸠剔联次,自李谪仙以下得若干篇,披为三卷,且将锓刻腾布。使它壤名流辙迹所未暇者,曲肱几席,遂得石桥胜概,不亦便乎！②

洪适拟将《天台山石桥诗集》"锓刻腾布",使外地那些未暇观览石桥胜地者,足不出户就可以领略天台山之美景,而又免去攀崖延颈之累。可见,类似《天台山石桥诗集》一类的地域性文学总集既保存传播了丰富的地域文化,又方便了士民披览美文,神游胜境。

---

① 祝尚书：《宋人总集叙录》,中华书局,2004年,第203页。
② 曾枣庄、刘琳主编《全宋文》,第213册,上海辞书出版社,安徽教育出版社,2006年,第292页。

第六章 宋代文集序跋中的地域、家族文学叙写 / 183

地域性文学总集不仅传播地方文化,而且在保存地方文献方面也有着重要作用。每一次地域性文学总集的整理编纂均伴随着"采于诸家之集""摭诸方策,裒诸碑识",编纂者力求文献的全面性,对一些名不见经传的文人作品,以及一些重要名家的某些非知名篇目都搜罗载具,从而在保存文献方面发挥着重要的作用。鉴于地域性文学总集的这一功能,其编纂者也常常抱着保存地方文献的初衷对各种文献资料予以精心整理。孔延之《会稽掇英总集序》曰:

> 会稽称名区,自《周官》《国语》《史记》,其衣冠文物,记录赋咏之盛,则自东晋而下,风亭月榭,僧蓝道馆,一云一鸟,一草一木,觊缕而曲尽者。自唐迄今,名卿硕才,毫起栉比,碑铭颂志,长歌短引,究其所作,宜以万计;而时移代变,风摩雨剥,见于今者,盖亦仅有。考之壁记,自唐武德至光启,为之守者几百人,其间高情逸思,发为篇咏者,岂无四五,而今所传者,元、薛、李、孟数人而已。或失于自著,或怠于所承,此予之所以深惜也。①

孔延之对会稽文献的大量散失感到深深惋惜,于是利用自己在会稽为官的机会发动当地贤士搜集有关会稽的文献,保存了大量珍贵文献。

如上所述,由于宋人地域观念的兴起和强化,推动了地域文化的发展,地方志作为地域文化的一种表现形式在两宋时期进入了繁荣期,而宋代地方志的繁荣在某种程度上又刺激了地域性文学总集的编纂。宋人在编修地方志时对地域文学相当关注,因此当时一些地域性文学总集应是修地方志的副产品。由志而文的路径,可从宋人文集序跋中得到印证。董棻《严陵集序》云:

> 棻与僚属修是州图经,搜访境内断残碑版,及脱遗简编,稽考

---

① 祝尚书:《宋人总集叙录》,中华书局,2004年,第56页。

订正,既成书矣,因得逸文甚多。复得郡人喻君彦先悉家所藏书讨阅相示,又属州学教授沈君傃与诸生广求备录,时以见遗,乃为整比而详择。①

可见,董棻与僚属在编纂《严陵志》的过程中,发现大量有关严陵的文学作品,从而产生了编纂文集的设想,于是又广求文献,详加整择,终成《严陵集》一书。宋人之所以在方志之外,又大费周章地另编地域性文学总集,当有其客观原因。尽管在两宋时期的地方志中已新增了"艺文"一类,但碍于体例,地方志中的"艺文"根本无法将有关当地的文学作品网罗殆尽,于是宋人往往在地方志"艺文"之外,再另行编纂地域性文学总集,并且认为地方志与地域性文学总集两者相辅相成,互为补充。真德秀《清源文集序》云:

郡有志何始乎?昉于古也。郡有集何始乎?昉近世也。有志矣而又有集焉,何也?志以纪其事,集以载其言,志存其大纲,集著其纤悉也。志犹经也,集犹纬也,可以相有而不可以相无也。②

真德秀认为地方志和地域性文学总集两者并行不悖,"可以相有而不可以相无",并且提倡各地在修地方志之后应相应地编纂地方文学总集,认为只有这样才能让一个地方的文化得以凸显和保存。

如果说宋人在修地方志时关注和收录地方文学作品,还不足以表明宋人地域文学意识自觉的话,那么要求在地方志之外另行编纂地域性文学总集的主张,应是宋人地域文学意识自觉的最好明证。宋代大量地域性文学总集的编纂具有开创之功,它对明清两代产生了重要的典范意义。

---

① 祝尚书:《宋人总集叙录》,中华书局,2004年,第68页。
② 曾枣庄、刘琳主编《全宋文》,第313册,上海辞书出版社,安徽教育出版社,2006年,第142页。

二、宋代文集序跋中的地域抒写

宋代地域意识的强化在时人撰写的文集序跋中有着鲜明的体现,他们甚至将地域传统转化为一种地域书写方式。此种书写方式往往通过对文集作者生活地域的自然地理环境的铺叙来完成,由地域之钟灵毓秀推出人物之含英咀华,进而导出作品之锦绣卓伦;又或是通过对文集作者成长区域人文环境的追述,表明某地域确是人文荟萃之地,英才辈出之所。在此铺垫之基础上,再论述生于斯长于斯之文集作者如何才比扬雄,文超子建。宋人的这种地域化书写方式实际上是一种地理人文环境决定论,这种思想在中国源远流长。古人论人多先论其籍贯出身,并考察其地域之自然或人文环境,民间有所谓"名山秀水出才人,穷山恶水产刁民"之说。在宋代地域意识觉醒的前提下,人们自然对这种观点更为服膺和强调。对地域自然人文环境的关注,在诸如撰序题跋等特定场合逐渐形成了固定成熟的叙写模式。

(一)文集序跋对文集作者所在地域自然环境进行铺叙。中国人自古以来就比较关注自然环境对人的影响,如《礼记·王制》曰:"凡居民材,必因天地寒暖燥湿,广谷大川异制。民生其间者异俗,刚柔轻重、迟速异齐、五味异和、器械异制、衣服异宜。"①可见,作为儒家经典的《礼记》即开始强调自然环境对世人风俗习惯的影响了。《颜氏家训·音辞》曰:"南方水土和柔,其音清举而切诣,失在浮浅,其辞多鄙俗。北方山川深厚,其音沉浊而钝,得其质直,其辞多古语。"②到南北朝时,颜之推不再普泛性地谈论自然环境对人的影响,已开始注意并具体论述南北不同的自然环境对两地之人的发音及语言风格所产生的影响。《隋书·文学传序》曰:"江左宫商发越,贵于清绮,河朔词义贞刚,重乎气质。气质则理胜其词,清绮则文过其意,理深者便于时用,文华者宜于咏歌,此其南北词人得失之大较也。"③魏徵等人继承了颜之推的某些思想,将地域分为南北两地,但其更加具体地指出环境对文学

---

① [汉]郑玄注,[唐]孔颖达疏《礼记正义》,卷十二,北京大学出版社,2000年,第466页。
② [北齐]颜之推:《颜氏家训》,卷七,王利器集解,中华书局,1993年,第529页。
③ [唐]魏徵等:《隋书》,卷七十六,中华书局,1973年,第1730页。

风格以及文学内容之浸染。由《礼记》到《隋书》，人们在谈论自然环境的作用时，有一个逐步细化、明确的趋势：由自然环境影响到生活于某一地域的人的风俗，进而影响到其人的语言风格，并最终影响到其文学。这说明古人对于自然环境影响文学创作的认识越来越具体明确，同时开始注意并强调文学的地域性特征。

宋人在文集序跋中继承了前代关于地域影响论的思想认识，强调自然环境对作家的影响，但宋人所谓的自然环境具有明确的地域指向，不再是没有针对性的宏大论述，也不再是普泛式的南北两地，而是具体限定在文集作者所生活的地域，如闽地、蜀地、齐鲁之地、吴越之地等，甚至是具体到某一府一县，如刘克庄《跋周梦云诗文》云："衢为今左冯，人物萃焉。自顷岁旧零落，山川寂寥，于是著作徐君、秘书郎留君、掌故刘君迭以直声姱节相唱和，盖孟子所谓一国与天下之善士而并见于一乡，盛矣哉。"①有宋一代人们对地域的区分更加具体，使得区域性指向更加明确。此种渐趋明确化的地域特色与宋人地域意识的自觉有着千丝万缕的联系。南宋晚期金履祥《紫岩于先生诗集序》云：

> 金华东州佳山，盖南条朝源山也，而灵洞又金华垂尽处。韩昌黎谓："凡清淑之气盛而不过者，则蜿蜒扶舆，磅礴郁积，必有魁奇才德之民生其间。"夫南条自岷山之阳至于衡山，而衡之南又自连延东趋者为括苍，由衢岭历大庚至邵武，而北趋为渔梁岭，又自渔梁以北趋者为括岭，由衢婺望之南山也。自括岭转而北趋，卷东阳江诸源，又转而西峙，是为金华之山。阴阳者流，所谓朝源顾祖者。清淑之气，钟为三洞，古今多贤辈出于其阳。其山西界瀔江而止，将止未止之间，而为洞者有三焉，所谓灵洞是也。灵洞之石玲珑清莹，深不可测，山荣而林秀，石窦云根之奇，不可为数，清淑之气可

---

① 《刘克庄集笺校》，辛更儒笺校，中华书局，2011年，第4435页。

掬也。①

金履祥为了强调文集作者丛聚山川灵秀之气,不惜浓笔重墨地介绍金华之山的源头以及金华之山的绵延情况,而金华之山的尽头则是灵洞。金履祥认为生活于灵洞附近的文集作者感蕴其中的山川灵气发而为诗,故其诗清丽温雅。作为撰序者,金氏在此侧重对文集作者所生活地域山水的描摹,并借此强调文学创作受自然环境之影响。由此可见,金氏完全认同地域影响论的思想,并突出强调其对文学创作的影响。

又,南宋卫宗武《陈南斋诗序》曰:

> 南斋,台人也。台山万八千丈之峻拔雄秀,钟于气禀,游于吴而观诸海,茫洋澎湃,不知几千里。日月风云之吞吐,鼋鼍蛟龙之出没,珠宫贝阙之变衒有无,尽览而得之眉睫,融之胸次,当肆而为长吟巨篇,卓荦宏伟,如李、杜、欧、苏等作,岂但琐琐局缩于贾岛、许浑声律俪偶之句而已乎?②

在此,卫宗武认为陈南斋的诗歌之所以"卓荦宏伟",具有"浩然若决江河"之气势,一方面是陈南斋禀受其家乡山川环境的影响,另一方面又受其游吴观海之激发。这种对游历之地自然环境的关注也是文学受地理环境影响论的一个重要内容。北宋苏辙秉持此一观点,他在《上枢密韩太尉书》中说自己十九岁出川之前,所交不过是乡党之人,所见也不过数百里之间,尽管遍读"百氏之书",皆是"古人之陈迹",这一切均不足以激发他的志气,于是"决然舍去,求天下奇闻壮观,以知天地之广大。过秦汉之故都,恣观终南嵩华之高,北顾黄河之奔流,慨然想见古之豪杰。至京师仰观天子宫阙之壮,与仓

---

① 曾枣庄、刘琳主编《全宋文》,第 356 册,上海辞书出版社,安徽教育出版社,2006 年,第 320 页。
② 曾枣庄、刘琳主编《全宋文》,第 352 册,上海辞书出版社,安徽教育出版社,2006 年,第 244 页。

廪府库城池苑囿之富且大也,而后知天下之巨丽"①。苏辙认为这一游历生涯丰富了他的生活,从而为其文学创作提供了更多的素材。可见,宋人不仅强调乡土自然环境对作家的影响,而且也注重游历之地自然环境对文学创作的影响。

(二)文集序跋对文集作者所在地域的人文环境进行追述。地域人文环境书写模式主要是指通过对特定地域文学及文化传统的追溯,来发掘文集作者发而为文的精神和文化源泉。周必大《跋抚州邬虑诗》云:

> 临川自晏元献公、王文公主文盟于本朝,由是诗人项背相望,近世如谢无逸、幼槃兄弟及饶德操、汪信民皆杰然拔出者也。南渡以来,又得寓公韩子苍、吕居仁振而作之,四方传为盛事。其后儒冠则曾季狸裘父,释氏则文惠大师惠岩,道士则黎道华师侯,同时以诗鸣,人喜称之。今邬君文伯复以科举余力刻意吟咏,橐其新旧稿远以相示。予虽不能诗,然亦知其为佳作也。盖木有本可以干霄,水有源可以至海,以君之才进而不已,追前人而与之齐,斯无难矣。②

周必大在对江西临川文化名人如数家珍似的铺写之后,转而对文集作者予以勉励,认为邬虑生长于人才辈出之乡,定会受其沾溉,并强调其诗文创作的精神素养也渊源有自。同时,周必大又认为临川一地荟萃如此之多的先贤达学,这些文化名人具有强大的感召力,能够激励后来者积极从事诗文创作。此种书写模式在宋代文集序跋中所占比重较大,如周必大《杨谨仲诗集序》、杨万里《杉溪集后序》、陈天麟《太仓稊米集序》等,均采用如此的表述路径。宋人在文集序跋中不厌其烦地对文集作者所在地域的文学传统进行追

---

① 《苏辙集》,陈宏天、高秀芳点校,中华书局,1990年,第381页。
② 曾枣庄、刘琳主编《全宋文》,第230册,上海辞书出版社,安徽教育出版社,2006年,第431页。

溯，足以说明宋人地域观念之强烈。

宋人在文集序跋中除了对文集作者所在地域文学传统进行追溯外，还注重对文集作者所在地域文化背景的阐述，从而强调地域文化对文集作者的影响。有时，序跋作者会开门见山地对文集作者所在地域的地域文化予以颂扬，如晁补之《张穆之触麟集序》曰：

> 鲁俗当周之盛，及孔子时，文学为他国矜式。周衰，诸侯并争，而鲁为弱国，文学亦微。然其故俗由秦汉迄今，尚多经儒忠信之士。分裂大坏如五季，文物荡尽，而鲁儒犹往往抱经伏农野，守死善道，盖五十年而不改也。太祖皇帝起，平祸乱，尽屈良、平、信、越之策，休牛马而弗用，慨然思得诸生儒士与议太平。而鲁之学者始稍稍自奋垄畎，大裾长绅，杂出于戎马介士之间。①

晁补之在集序伊始即强调张肃的故乡在金乡，"金乡故隶兖，兖，鲁地"，乃齐鲁文化荟萃之所，多"经儒忠信之士"，进而对鲁地之儒生在世道危难之际依然固守其"道"的精神予以揄扬。张肃生活于此文礼深厚之乡，必然会受其地域文化之熏染。如此，为下文进一步评骘张肃之文行找到了精神源泉，而张肃在朝的一切忠义之举也就顺理成章了。此种书写方式在宋代文集序跋中也为数不少，如陆游《云安集序》、李心传《九华集序》、周必大《王推官洋漫斋文集序》等，大抵遵循此种模式。

为了让文章在结构上更完美，有些撰序者在集序伊始并不对地域文化做任何阐释，而是采用迂回的创作手法，使序跋文在整体上能有一波三折之美。北宋刘跂在为龚鼎臣《东原集》作序时就采用了此类创作手法。刘跂《东原集序》可分三部分：文章一开始首先对吴季札聘鲁听歌而"识其国俗之变及其得失之迹""汉儒称民性刚柔，系水土之风气"，"四方分野，禀受各异"

---

① 曾枣庄、刘琳主编《全宋文》，第126册，上海辞书出版社，安徽教育出版社，2006年，第102页。

等说法表示怀疑,认为皆是史家之穿凿附会;进而追忆自己结识来自山东东平的龚鼎臣,并评骘龚氏曰:"刚毅诚悫,行安而节和,其为文章似其为人。"接着才是对龚鼎臣乡土地域的地域文化进行铺陈:"上世居莱芜,徙淄川,又徙东平,皆在齐鲁儒学之地。自孙宣公、贾存道先生、泰山孙、徂徕石二先生、兵部王公、吴文肃公、李天章公十数人者,皆以经学治行,大显于时,而公继之,磊落相望,立乎大中之途。"为了前后照应,刘跂在文章结尾发叹曰:"世所谓醇儒朴学,诚在齐鲁为多,则分野之论于是焉信。"①此种创作手法既做到了首尾挽合,也突出了地域文化对文集作者的影响,尤为难得的是在文章章法上别具动态之美。

在宋人看来,若文集作者既能禀受山川之灵气,又能沾滋乡土文化之英华,就更加难能可贵了,故宋代在文集序跋中有时会对地域自然环境、人文环境并重不悖,认为两者相得而益彰。南宋陈必复《端隐吟稿序》云:

> 七闽山川奇秀,行建、剑以南,溪流益驶,杰峰俊崖,挺挺峭立。渟涵钟结,发为人物,皆环伟俊明,抱负之美至不减中州,故担簦负笈来试于京者,常半天下。家有庠序之教,人被诗书之泽,而仕于朝为天子侍从亲近之臣,出牧大藩、持节居方面者亦常半。而今世之言衣冠文物之盛,必称七闽。②

陈必复在为福建长乐人林尚仁的《端隐吟稿》作序时,既强调了闽中的"山川奇秀",又写到其地人物之盛,故林尚仁"生于山川奇秀之区,而家于文物衣冠最盛之地",必能"呼吸其所谓环伟俊明之气",如是发而为文则情韵兼致。陈必复在此即强调了自然环境和人文环境两方面因素对文学创作产生的影响。

---

① 曾枣庄、刘琳主编《全宋文》,第 123 册,上海辞书出版社,安徽教育出版社,2006 年,第 200 页。
② 曾枣庄、刘琳主编《全宋文》,第 341 册,上海辞书出版社,安徽教育出版社,2006 年,第 299 页。

此外,周必大《王推官洋漫斋文集序》也一并强调自然环境与人文环境对文集作者文学创作的影响,他在该序文中写道:"龙泉在庐陵郡西几三百里,南与横浦、义梆接。非四达之途,游客罕至,故其人安分寡求;非百货所聚,无富商大贾往来贸迁,故其俗纯而不杂。独山幽水清,实钟美于秀民,往往忘外慕而志不分,专以文章致身,殆与诸县争长雄。"周必大认为,正是由于龙泉所在地理位置的原因,其人大多"安分寡求",故能专心于文章。如此心无旁骛,方能在文学创作上取得相应成就。有如此的地域成长环境,文集作者才能"诗赋赡缛,集类精切,诗话博雅,长短句清新"①。此种对文集作者所在地域自然环境和人文环境的一并关注与发掘的写作模式往往能取得更好的效果,使读者在观览整个文集之前对文集作者之所以能够取得相应文学成就的成长环境以及相关创作源泉有一个大致的把握和了解。

综上所述,宋人在文集序跋中往往强调自然环境和人文环境对文学创作的影响,并将这种观念转化为一种地域书写方式。地域书写方式的出现和盛行使得宋代文集序跋呈现出一种鲜明的"地域情结"。宋代文集序跋中的"地域情结",是两宋时期地域观念强化的结果和表现,而作为一种文化现象,它反过来又不断刺激巩固着时人的地域意识。

三、序跋作者与文集作者之间的地域关联

通过考察撰序题跋者与文集作者之间的地域关系,可以发现宋代文学具有很强的地域性特征。由于宋代地域观念的兴起,人们对自己的乡域有着较强的认同感和归属感,若序跋作者与文集作者籍贯相同,则序跋中常常会用"吾邑""惟我"等第一人称的词语来表达其对地域的深厚情感,这种地域意识实际上是一种浓厚的乡土情结。杨万里在《杉溪集后序》中认为宋文经过仁宗朝的欧阳修、神宗朝的苏轼、哲宗朝的黄庭坚等人的共同努力,取得了辉煌的成就,谁知"中更群小,崇奸绌正,目为僻学,禁而固之",面对斯

---

① 曾枣庄、刘琳主编《全宋文》,第 230 册,上海辞书出版社,安徽教育出版社,2006 年,第 142 页。

文之厄，谁能力挽狂澜呢？"惟我庐陵有泸溪之王，杉溪之刘两先生，身作金城，以郛此道。"①杨万里对同属庐陵的王庭珪、刘才邵予以高度颂扬，表达出深以庐陵为荣的厚重乡土意识。陈必复与《端隐吟稿》的作者林尚仁均为福建长乐人，陈氏在《端隐吟稿序》中一开始笼统地陈述七闽山川秀丽，人才济盛，可谓人杰地灵，接着重点强调自己的故乡长乐道："吾福又七闽之盛也，古为长乐郡，县因以名。"故在有宋一代，人们为同乡文人的文集撰序题跋时都或多或少带有一种地域认同意识。

在宋代，文人向来有请名人为自己文集撰序题跋的习惯，因为能得到名人的认可是当时文人成名的最大捷径。②对此，北宋毕仲游曾感叹道："（欧阳修）以道德文章为三朝天子之辅，学士大夫皆师尊之，出文忠之门者，得其片言只辞见于文字为称道，已足自负而名天下。"③如上所述，在宋代地域意识勃兴的情况下，请本区域的文化名人为文集撰序题跋无论是心理上还是实际效果上，都会更容易让人接受。因此，在两宋时期，文集序跋作者与文集作者在地域上同属一邑的情况相当普遍。在中国传统社会中，一个地方的文化名人都是当地的"地方精英"④，这些人大都有仕宦经历，在地方上具有很大的影响力。他们影响地方的方式多样，诸如创办义庄、制定乡约、规

---

① 《杨万里集笺校》，辛更儒笺校，中华书局，2007年，第3350页。
② 可参见王兆鹏：《宋代作家成名的捷径：名流印可》，《中州学刊》2005年第3期。
③ 曾枣庄、刘琳主编《全宋文》，第111册，上海辞书出版社，安徽教育出版社，2006年，第102页。
④ 美国宋史学家注重对宋代"地方史"(local history)的研究，"地方"(local)作为与"中央"相对应的词语频繁出现，进而提出南宋士大夫的"地方化"，认为他们由朝廷大臣(statesmen)变为地方绅士(gentlemen)，全力致力于地方事务，维护地方利益。这些观点以韩明士(Robert Hymes)和包弼德(Peter K.Bol)为代表。韩明士的《官宦与士绅：两宋江西抚州的精英》(*Statesmen and Gentlemen：The Elite of Fu-Chou, Chiang-His, in Northen and Southern Sung*)，剑桥大学出版社，1986年(Cambridge University Press,1986)；包弼德的《斯文：唐宋思想的转型》，刘宁译，江苏人民出版社，2001年。同时，也有学者对此看法表示异议。如包伟民：《精英们"地方化"了吗？》，《唐研究》第11卷，北京大学出版社，2005年。又何晋勋：《宋代鄱阳湖周边士族的居、葬地与婚姻网络》，《台湾大学历史学报》1999年第24期。笔者在此并不胶着于"地方精英化"这一论题，本文引入"地方精英"这一概念，意在说明在地方文化建设方面，这些"地方精英"具有巨大的凝聚力和向心力。

划义田等，从事地方文化建设也是其道义上的责任。作为地方士绅，他们本身文化素质高，在地方影响大，常常会形成以其为核心的地域文学圈子，从而对整个地域文化的发展起到积极的推动作用。这些"地方精英"以其强大而无形的号召力，引导着本地域文学的发展，而撰序题跋实际上成为他们与地方文学圈中年轻后辈进行沟通交流的一种方式。

兹以刘克庄及其所撰文集序为例，来考察一下宋代序跋作者与文集作者之间的地域关系及地方文化精英在当地文化的发展中如何发挥影响。刘克庄所撰文集序共计六十一篇，其中总集序十一篇，别集序五十篇。在这五十篇别集序中，有为同一个人的不同文集所作之序，如《林同孝诗序》与《林同诗序》，《宋希仁四六序》与《宋希仁诗序》；有为同一部文集写了两篇序，如《刻楮集序》《刻楮集后序》，《竹溪诗序》《竹溪集序》。如此，刘克庄所撰文集序实际涉及四十六人。此四十六人的地域分布情况如下：

表6-1　刘克庄所撰文集序之文集作者及其籍贯简表

序号	文集序篇名	文集作者	文集作者的籍贯
1	《刘圻父诗序》	刘子寰(字圻父)	建宁府建阳(今属福建)
2	《陈敬叟集序》	陈以庄(字敬叟)	建宁府建安(今属福建)
3	《瓜圃集序》	翁定(字应叟，号瓜圃)	建宁府建安(今属福建)
4	《退庵集序》	吴渊(字道夫，号退庵)	宣州宁国(今属安徽)
5	《艾轩集序》	林光朝(字谦之，学者称艾轩先生)	兴化军莆田(今属福建)
6	《野谷集序》	赵汝鐩(字明翁，野谷是其别墅名)	袁州宜春(今属江西)
7	《贾仲颖诗序》	贾仲颖	永嘉(今属浙江)
8	《张尚书集序》	傃斋张公	不明确
9	《王南卿集序》	王阮(字南卿)	德安(今属江西)
10	《竹溪诗序》	林希逸(字肃翁，号鬳斋，又号竹溪)	福州福清(今属福建)
11	《王子文诗序》	王埜(字子文，号潜斋)	金华(今属浙江)

续　表

序号	文集序篇名	文集作者	文集作者的籍贯
12	《赵寺丞和陶诗序》	赵子谭	不确定(曾在莆田为官)
13	《张昭州集序》	张潞(字东之)	吉州永新(今属江西)
14	《网山集序》	林亦之(字学可,学者称网山先生)	福州福清(今属福建)
15	《乐轩集序》	陈藻(字元杰,学者称乐轩先生)	福州福清(今属福建)
16	《铁庵遗稿序》	方大琮(字德润,号铁庵)	兴化军莆田(今属福建)
17	《刘尚书集序》	刘榘(字仲则,号求斋)	兴化军莆田(今属福建)
18	《王与义诗序》	王与义(字公矩)	天台(今属浙江)
19	《韩隐居诗序》	韩永(字昭文)	福州怀安(今属福建)
20	《林同诗序》	林同(字子真)	福州福清(今属福建)
21	《迂斋标注古文序》	楼昉(字旸叔,号迂斋)	鄞县(今属浙江)
22	《山中别集序》	赵庚夫(字仲白)	兴化军莆田(今属福建)
23	《吴归父诗序》	吴周(字归父)	信州玉山(今属江西)
24	《刻楮集序》	刘克永(字子修,刘克庄之弟)	兴化军莆田(今属福建)
25	《徐先辈集序》	[唐]徐寅(字昭梦)	兴化军莆田(今属福建)
26	《宋去华集序》	宋藻(字去华)	兴化军莆田(今属福建)
27	《陈天定漫稿序》	陈天定	三山(今属福建)
28	《晚觉闲稿序》	章樅(字林伯)	不明确
29	《翁应星乐府序》	翁应星	建宁府崇安(今属福建)
30	《赵逢原诗序》	赵崇槲(字逢原)	上饶(今属江西)
31	《叶朝瑞诗序》	叶朝瑞	建宁府建阳(今属福建)
32	《宋希仁诗序》	宋庆之(字希仁)	永嘉(今属浙江)
33	《听蛙诗序》	方审权(字立之,号听蛙)	兴化军莆田(今属福建)
34	《诗镜集序》	方信孺(字孚若,号好庵)	兴化军莆田(今属福建)
35	《杨彦侯集序》	杨汝南(字彦侯)	龙溪(今属福建漳州)

续　表

序号	文集序篇名	文集作者	文集作者的籍贯
36	《信庵诗序》	赵葵（字南仲，号信庵）	衡山（今属湖南）
37	《辛稼轩集序》	辛弃疾（字幼安，别号稼轩）	历城（今属山东）
38	《平湖集序》	陈尧道（字子敬）	乐清仙溪（今属福建）
39	《曹东甽集序》	曹豳（字西士，号东甽）	温州瑞安人（今属浙江）
40	《林太渊文稿序》	林泳（字太渊，林希逸嫡长子）	福州福清（今属福建）
41	《游受斋集序》	游九功（字勉之，号受斋）	建宁府建阳（今属福建）
42	《虞德求诗序》	虞德求	台州（今属浙江）
43	《勿失集序》	林合（字子常，林同之弟）	福州福清（今属福建）
44	《李后林诗序》	后林李公	丰城（今属江西）
45	《徐贡士百梅诗序》	徐用虎（刘克庄的乡友）	兴化军莆田（今属福建）
46	《林子熙诗序》	林子熙	浙江

注：文集序篇目均源自《全宋文》，文集作者的籍贯除文集序中所作介绍外，还参考了《宋史》《宋元方志丛刊》等史志资料以及《全宋诗》《全宋词》《全宋文》中的相关作者小传。

在刘克庄四十六篇文集序中，无法判断文集作者籍贯者共计三篇，其余四十三人籍贯为福建者共计二十六人，在刘克庄所撰文集序中占据一半以上，并且这二十六人之籍贯以莆田为中心，向四周辐射，近至福州福清，远及建宁府崇安。①

刘克庄（1187—1269），字潜夫，号后村，福建莆田人，是南宋后期享有盛誉的诗文大家。根据刘克庄的年谱载录，其一生中有长达五十多年的时间里居于福建莆田。② 作为"地方精英"，刘克庄对莆田当地文人群体的影响力和感召力十分强大。林同曾在《竹溪鬳斋十一稿续集原序》中记载了刘克庄在淳祐八年（1248）退居故里时，当地文人相聚的盛况："（淳祐戊申）后村先

---

① 据《宋史·地理五》可知在宋代福建路分为六州二军，即福州、建州、泉州、南剑州、漳州、汀州以及邵武军和兴化军。南渡后，升建州为府，即建宁府。又据谭其骧主编《中国历史地图集》第六册，可知莆田属兴化军，与福州的福清接壤，而建宁府在福建路的最北边，与兴化军相隔遥远。

② 程章灿：《刘克庄年谱》，贵州人民出版社，1993年。

师时方辞宗正少卿之召,先皇以魏国年高,就畀宪节,即家建台。一时麾节照映之盛,真有壶山之所未有。宾僚乎其间者,盖莫不人自磨濯奋励,求以所讲习、所蕴蓄、所设施而于学问、于文章、于政事有可以表表自见者,爨下之音,囊中之颖,又夫孰无是心哉!"①

刘克庄除了具有号召莆田文学群体的魅力之外,在文学创作上对当地之文人群体也有着强大的影响力。刘克庄于淳祐十年(1250)作《梅花十绝答石塘二林》,在这组诗的最后,他自注道:"石塘二林,寒斋子也。长名同,次名合,各以梅绝句示余,喜其后生有志,为作百首。既成,有示余以前辈李伯玉百咏者,客诵而余听之,如汉宫洞箫,梨园羯鼓,居然协律。观余所作,樵歌牧笛尔。"②他认为李伯玉所作梅花百咏,诵而听之,犹如"汉宫洞箫",而自己所作梅花百咏如"樵歌牧笛",当然这是一种谦虚的说法。据记载,刘克庄的"梅花百咏"组诗一出,和者云集。他在《徐贡士百梅诗序》中曰:"余二十年前有百梅绝句,和者甚众,或缙绅先生,或江湖先生,体制各异。"③又在《跋黄户曹梅诗》中云:"和余百梅绝句者二十余家。"④当时不仅和者众多,而且还有人为此百梅绝句作注。刘克庄在《跋江咨龙注梅百咏》中曰:"昔为梅百咏,和者十余人,如袁湘子、赵克勤、方蒙仲、王景长皆已物故,存者各离群索居,忽得漳江江君咨龙所注梅百咏。"⑤又在《跋徐贡士百梅诗注》中云:"乡友徐贡士用虎和余百梅诗,又偏偏下注脚,发药余甚多。"⑥据侯体健统计,在这次地域性的和诗行动中,有具体名字可考者二十一人,其主体是莆田周围的官吏和士人。⑦基于刘克庄在当地的巨大影响力,通过宴游、和诗等群体

---

① 曾枣庄、刘琳主编《全宋文》,第 353 册,上海辞书出版社,安徽教育出版社,2006 年,第 282 页。
② 《刘克庄集笺校》,辛更儒笺校,中华书局,2011 年,第 965 页。
③ 《刘克庄集笺校》,辛更儒笺校,中华书局,2011 年,第 4137 页。
④ 《刘克庄集笺校》,辛更儒笺校,中华书局,2011 年,第 4494 页。
⑤ 《刘克庄集笺校》,辛更儒笺校,中华书局,2011 年,第 4576 页。
⑥ 《刘克庄集笺校》,辛更儒笺校,中华书局,2011 年,第 4625 页。
⑦ 参见侯体健:《刘克庄的文学世界:晚宋文学生态的一种考察》,复旦大学出版社,2013 年,第 72—73 页。

性的地域文学行为,逐渐形成了以刘克庄为中心,以莆田周围的士人为主体的地域性文学群体。

刘克庄曾在《公论》诗中曰:"公论无过月旦评,吾衰安敢主乡盟。触蛮力劝休争战,猿鹤相安不怨惊。髡彼两髦乎作友,长吾一日敬为兄。前身定是徐先辈,延寿溪头了一生。"①在此诗中刘克庄对乡党公推他主盟地域文坛表示推辞,他以唐代徐夤自喻,希望自己能像徐夤一样归隐延寿溪。② 乡党公议刘克庄主持地域文坛既是乡人对他文学成就的高度认同与肯定,同时也对他提出了一种期待,希望能在他的带领下促进莆田文化的发展。刘克庄不负众望,热情投身于莆田地方文化建设,大力提倡对地方先贤文集进行整理和校订。他在《刘尚书集序》中云:

> 吾乡诸老惟蔡公遗文最详备。陈谏议当时、朱给事君贶,党籍忠贤也;王察院景深,道乡辈人也,集皆不传。渡江以来,如陈、龚二公仅有诗、奏议刊行。龚言语妙天下,四六尤高,世遂不得而见。至于叶、郑两宰辅,薛、陈二柱史,郑渔仲山林特起,黄伯耆台阁胜流,今家集存否不可知,其言议风旨日远日亡,更数十年,将恐后学晚生不复见前辈之大全矣。盖其始也,或失于因循而未暇论次,或有所避就而不欲流布;其久也,遂至于散逸而不可收拾。此岂非象贤继志者之责乎!③

在该篇序文中,刘克庄历数蔡襄、陈次升、朱绂、王回、郑樵、黄艾等乡贤们的文集留存传布情况,表达出其对乡贤文集散失的担忧以及整理乡贤文集的紧迫性。

刘克庄不仅致力于乡贤文集的整理,还通过撰序题跋的形式与地方后

---

① 《刘克庄集笺校》,辛更儒笺校,中华书局,2011年,第2219页。
② 据《唐才子传》,徐夤,莆田人。刘克庄在其《徐先辈集序》中对徐夤"萧然于草堂之下、钓矶之上,以终其身"的生活表示向往。
③ 《刘克庄集笺校》,辛更儒笺校,中华书局,2011年,第4038页。

学晚生进行沟通交流。根据刘克庄自己的记述,其文集序跋大都作于他晚年里居乡里之时,在他的四十六篇文集序中,其撰序的对象主要是当地文人。刘克庄在文集序跋中一方面对乡贤前辈文学成就予以肯定,为当地文化发展树立典范,另一方面对乡里后辈学人多勉励之辞,以期他们能取得更大的进步。同时,刘克庄在其文集序跋中多角度、多层次地阐发自己的文学思想,这些文学主张通过文集序跋在区域文人群体中传播开来,最终对莆田文人士群的诗文创作产生潜移默化的影响。对此,刘克庄本人有着明确的认识,他在《赵逢原诗序》中道:"屈原楚人也,故骚盛于楚;浮丘伯、辕固齐人也,申公鲁人也,故《诗》学盛于齐、鲁;卿、云蜀人也,故词赋盛于蜀。"①如刘克庄曾云:"杜公云:'诗是吾家事。'余亦云:'四六是吾家事。'"②尽管刘克庄主要以诗歌成就而著称,但晚年有大量的四六作品,并且对如何做好四六颇多体会,他在《宋希仁四六序》中云:"作四六如抡众材而造宫,栋梁榱桷用违其材,拙匠也;如和五味而适口,咸酸甘苦各执其味,庩庖也。炼字如铸金,一分铢未化,非良冶(疑为冶)也;成章如织素,一经纬不密,非巧妇也。用故事如汉王夺张耳军,否则金不止,鼓不前,反为故事所使矣;偶全句如龙泉之合太阿,叔宝之壻彦辅,否则目一眇,支偏枯,反为全句所累矣。"③在此,刘克庄对四六的章法结构、使事用典、炼字、对偶等方面均提出了自己的主张,以便更好地指导后学从事四六文创作。据相关史料记载,莆田士人在南宋后期从事并擅长四六文创作者人数众多,这当与刘克庄的倡导有着密切的关联。刘克庄的经历与作为是两宋时期文学地域性的一个缩影。从文集序跋的情况来看,如果序跋作者与文集作者在地域上存在同乡关系,序跋作者的地域观念在文集序跋中一般或多或少会有所体现。

简言之,两宋时期,地域意识兴起,政治生活中存在的地域观念可谓这种文化现象的鲜明注脚,地方史志的编修和发展也同样是这一时期地域意识强化的体现。编修地方志过程中对区域文学的关注,又在一定程度上刺

---

① 《刘克庄集笺校》,辛更儒笺校,中华书局,2011 年,第 4088 页。
② 《刘克庄集笺校》,辛更儒笺校,中华书局,2011 年,第 4501 页。
③ 《刘克庄集笺校》,辛更儒笺校,中华书局,2011 年,第 4094 页。

激了地域文化意识的自觉,从而推动了地域性文学总集的大量编纂。在这样的时代文化背景下,宋人甚至将这种地域文学传统转化为一种书写方式内化在文集序跋中。

第二节 宋代文集序跋的家族文化考察

家族是以血缘关系为纽带,成员之间有着共同的文化观念和严格的等级关系的社会组织。家族这一起源于人类社会早期的组织,在中国传统社会结构中扮演着重要角色。随着宋代新型家族制度的建立,宋人有了新的家族观念,诸如敬宗收族、重视科举等。在文治昌盛的大背景下,两宋时期涌现出大量的文学家族,诸如"三苏"(苏洵、苏轼、苏辙)、"三孔"(孔文仲、孔武仲、孔平仲)、"三洪"(洪适、洪遵、洪迈)等,这些文学家族由于父子、兄弟等在文坛上俱有声誉,人们常常会将该家族的相关作品汇集成一部家族总集,以示推挹。两宋时期家族总集的竞相编纂是当时家族传统中重文的一种表现,也是宋代存在众多文学家族的反映。序跋作者受宋代家族观念的熏染,常常对文集作者先辈文学成就予以追述,以表达文集作者的文学创作渊源有自,或对文集作者子嗣的文学成就予以赞扬,对文集作者后继有人感到欣慰。宋人的这一撰写思路,使得"家族文化传统"在文集序跋中转化成为一种文学叙写方式。

一、宋代新型家族文化的内在理念

徐扬杰认为,中国古代家族制度历经数千年的发展演化,大致可分为以下几个阶段:"原始社会末期的父家长制家族、殷周时期的宗法式家族、魏晋至唐代的世家大族式家族、宋以后的近代封建家族。"[①]在家族制度的发展过程中,两宋时期是一个重要的关捩点,这一时期是近代封建家族制度形成的

---

① 徐扬杰:《中国家族制度史》,人民出版社,1992年,第18页。

肇始期。随着魏晋隋唐的世家大族式家族制度（门阀家族制度）的逐渐衰落，宋代形成了以"敬宗收族"为主要特征的家族制度。"敬宗收族"最早出自《礼记·大传》："人道亲亲也。亲亲故尊祖，尊祖故敬宗，敬宗故收族。"①即人的本性是亲亲，"亲亲"就是亲爱自己的亲属（跟自己有血缘关系的人）。人们由亲亲而尊崇祖先，由尊祖而尊敬同宗，由敬宗而团结族人。宋代统治者利用人们的血缘关系，给人们灌输血亲相爱、家族团聚的观念，达到聚集同一个祖先的子孙、组成一种社会组织而不致溃散的目的。② 这种新型家族制度的形成，对两宋时期社会各个层面均带来深远的影响，其中对时人的家族观念影响尤大。家族观念是维系一个家族的思想基础，是家族成员共有的意识和理念。家族观念决定了家族成员的行为模式和思想方式，对整个社会价值观念的存续和发展也起到重要的作用。随着新型家族制度的建立，宋人的家族观念也呈现出新的特征。

（一）尊尊亲亲。尊尊亲亲是宋人家族观念在伦理道德层面的表现。尊尊包括尊崇祖先、尊敬长辈等，而亲亲要求家族成员之间互相体谅，互相帮助，和睦共处。由尊尊观念滋生出的道德规范主要是"孝悌"，由亲亲观念派生出的道德规范主要是"友爱"。③ 因此，孝悌和友爱即成为家族成员共同遵守的道德准则，也是家庭教育的必要内容。宋代杨亿《家训》云："童稚之学，不止记诵，养其良知良能，当以先入之言为主。日记故事，不拘今古，必先以孝弟忠信、礼义廉耻等事，如黄香扇枕、陆绩怀橘、叔敖阴德、子路负米之类，只如俗说，便晓此道理，久久成熟，德性若自然矣。"④杨亿认为，教育后代不只是记住历史上那些孝悌之事，最重要的是通过长期耳濡目染、言传身教的引导，使其内化为人的自然至诚之性。通过不断教化和提倡，这些道德规范在有宋一代的家族文化中逐渐得到遵循和体现，如澶州晁氏家族成员之间孝悌、友爱之风甚浓：晁迥之子晁宗悫"性敦厚，事父母孝，笃故旧，凡任

---

① ［汉］郑玄注，［唐］孔颖达疏《礼记正义》，卷三十四，北京大学出版社，2000年，第1178页。
② 徐扬杰：《中国家族制度史》，人民出版社，1992年，第304—305页。
③ 王善军：《宋代宗族和宗族制度研究》，河北教育出版社，2000年，第267—276页。
④ 曾枣庄、刘琳主编《全宋文》，第15册，上海辞书出版社，安徽教育出版社，2006年，第5页。

子恩皆先其族人"①;晁宗悫之子晁仲衍"天性孝笃……事诸长上必恭,厚昆弟以爱,赒群从以恩,与朋友以信,凡岁时吉凶问遗,罔不如礼之中"②;晁宗愿之子晁仲询"礼文仪物,行于宗族者,随岁时寒暑,酒炙行焉,率以为亲庭之乐也"③。澶州晁氏家族内的孝悌、友爱之情代代相传,是维系这样一个庞大家族长盛不衰的精神纽带。

在尊尊亲亲家族观念的影响下,家族成员将忠君、孝悌、友爱转化为一种日常行为。家族中所有成员彼此相连,形成一个命运共同体,每个人都不能只顾自己而不顾家族其他成员,正所谓"一荣俱荣,一损俱损"。朱熹在《五朝名臣言行录》载记范仲淹语曰:"吾吴中宗族甚众,于吾固有亲疏,然吾祖宗视之,则均是子孙,固无亲疏也。吾安得不恤其饥寒哉?且自祖宗来,积德百余年,而始发于吾,得至大官,若独享富贵而不恤宗族,异日何以见祖宗地下?今亦何颜以入家庙乎?"④范仲淹在此从整个吴中范氏家族的整体利益着眼,表达其设立义庄、义田的良苦用心,他认为人不能独享富贵而不顾家族中的其他人。南宋卫宗武也认为人不能只顾自己名声流传,同时也应考虑到自己亲人的情况,所以他对谢东庄在编刻自己文集时将其父的篇章置于卷首予以肯定,他在《谢东庄诗集序》中赞扬道:"以厥考篇章冠之帙首,故诸公无不更赞而迭美。因慨夫士之负寸长以求闻达于时者,知所以显其身而莫知有以显其亲,能使其身之名传而莫能使其亲之名并传,皆非真知有亲也。东庄不没其父之美,而昭揭其所比兴于前,仰乔俯梓,将使俱垂名于不朽,是真知有亲者矣。"⑤

在两宋新型家族制度的形成过程中,由尊尊亲亲家族观念滋生出的伦

---

① [元]脱脱等:《宋史》,卷三百五,中华书局,1985年,第10088页。
② 曾枣庄、刘琳主编《全宋文》,第53册,上海辞书出版社,安徽教育出版社,2006年,第230页。
③ 曾枣庄、刘琳主编《全宋文》,第130册,上海辞书出版社,安徽教育出版社,2006年,第312页。
④ [宋]朱熹:《五朝名臣言行录》,卷七,四部丛刊本。
⑤ 曾枣庄、刘琳主编《全宋文》,第352册,上海辞书出版社,安徽教育出版社,2006年,第240页。

理道德规范,很快成为时人品评人物的道德标准。相比于唐及以前的时代,宋人评骘人物的观念发生了很大的变化,在他们看来,一个人声誉地位的确立,并不在于其门第、财富或地位,而在于其道德情操。对一个家族来说,要想历史悠久,长存于世,主要依靠的是家族成员的"德行"。李石《家谱后序》曾云:"大抵续传之作,皆本先御史崇善劝后之美意,而其要则以行义为先,而宦达次之,致富饶者又次之,欲使族人皆自力于知行,并进之学而汲汲务外之习。"①这种由尊尊亲亲家族观念派生出对人的道德情操的注重,使得宋代文人大多具有良好的人格与涵养。

（二）重教崇举。随着魏晋隋唐门阀家族制度的式微,那种根据家族门第、阀阅高低来取士、论人和婚配的传统也随之瓦解。宋代科举制度的完善为更多出身寒微的士子提供了参与政治的机会,正如时人评论所言:"今天子三年一选士,虽山野贫贱之家所生子弟,苟有文学,必赐科名,身享富贵,家门光耀,户无徭役,休荫子弟,岂不为盛事。"②科举选士的公平激发了普通家族发展教育的热情。宋人普遍认为家族可以通过个人之努力而成为新的望门大族,科举"进士及第"是家族地位提高、跻身世家大族的必备条件,故一般家族为了让其成员能够科场得捷光耀门楣,常常极为重视教育。宋代共有四次大规模的兴学运动③,在全国各地建立了许多学校,但这些学校依然无法满足人们接受教育的需要,故一些有实力的家族常常会专门建立"义学"或"族塾"。如两宋之际李仲永非常重视李氏族人的教育,"于所居之东三里间,自立义学……招延师儒,招聚宗党,凡预受业者逾三十人"④。南宋末期衡山赵氏亦重视族人教育,特"立义学,中祠忠肃,旁辟四斋。岁延二

---

① 曾枣庄、刘琳主编《全宋文》,第 205 册,上海辞书出版社,安徽教育出版社,2006 年,第 341 页。
② 曾枣庄、刘琳主编《全宋文》,第 51 册,上海辞书出版社,安徽教育出版社,2006 年,第 341 页。
③ 有关宋代四次大规模的兴学情况可参见祝尚书的《宋代科举与文学》,中华书局,2008 年,第 523—535 页。
④ [宋] 洪迈:《夷坚志》,卷十,何卓点校,中华书局,1981 年,第 1382—1383 页。

师,厚其饩禀,子弟六岁以上入小学,十二岁以上入大学"①。这些宗族"义学"除了对族人进行启蒙教育外,还会重点培养有望科举及第的族内子弟。在科举选士的大背景下,科场及第是振兴一个家族并保持其长盛不衰的主要法宝。李弘祺研究宋代八个大家族后认为:"在宋代,许多杰出人物的家庭(家族),其族人当官的通常可维持五代之久。也就是说,其中许多家庭在连续五代中,至少每代能有一人科举及第。"②

尽管国家选官制度有荫补制度,依靠先辈的恩泽,后代可以得到一官半职,但在宋代"恩荫不仅授官较低,而且升迁亦远较进士者缓慢,即使位极人臣的宰相之子,亦只授予一名小京官,至于一般官员余亲,只能授试贤、斋郎之类长期不得放选又无具体差遣的小官"③。因此,即使是世家子弟要想跻身官场主流,在政治上有所发展,还是需要与平民子弟一样参加科举考试。科举既是一般家庭起身发家的不二法门,也是世家大族保持其政治、文化地位的重要筹码,故有宋一代举凡家族不论寒贵均非常重视科举。如南宋葛立方在《韵语阳秋》中记述了葛氏家族连续五世荣登科第:"当时尊长皆有诗以纪庆。曾大父赠先祖诗云:'传家何用富金籝,教子何如只一经。庆历科名今已继,更教来叶嗣前馨。'先大父赠先人及伯父诗云:'广场笔阵数千人,喜汝穿杨箭镞亲。庆绪绵长时幸会,文科兴后事还新。昔年继榜熙宁岁,今偶同科绍圣春。从此莫教书种断,孙曾应复值昌辰。'文康公赐某诗云:'儿曹春榜预言扬,窃吹知难复士乡。黄绢未能摘好语,青毡偶幸继前芳。穿扬喜共东床客,攀枝同标北寺房。盛世选才如华岳,积尘曾不愧豪芒。'……"④在科场连捷的喜庆中,葛氏家族众长辈纷纷以诗相纪,在欣慰的同时,又郑重提出期望,祈盼家族成员闱场之捷能代代相传,保持长盛不衰。

在两宋时期,由于没有门阀家族制度的世袭,一个家族的政治、文化地

---

① 曾枣庄、刘琳主编《全宋文》,第 330 册,上海辞书出版社,安徽教育出版社,2006 年,第 332 页。
② 李弘祺:《宋代官学教育与科举》,联经出版事业公司,1994 年,第 241 页。
③ 何忠礼:《科举与宋代社会》,商务印书馆,2006 年,第 130—131 页。
④ [宋]葛立方:《韵语阳秋》,历代诗话本,中华书局,2004 年,第 631—632 页。

位都是家族成员通过自身努力得来的,但如果一个本来依靠科举起家的家族,连续几代没有科场及第者,那么这个家族不管曾经多么荣耀风光,其文化及社会影响力都会很快消退。因此,宋代家族的地位经常出现较为频繁的变化和流动。南宋洪迈曾对李昉、李沆家族之衰落深为惋惜,他在《大贤之后》中感叹道:"本朝三李相,文正公昉、文靖公沆、文定公迪皆一时名宰,子孙也相继达宦。然数世之后益为萧条,又经南渡之厄,今三裔并居余干,无一人在仕版。文定濮州之族,今有居越者,虽曰不显,犹簪缨仅传。而文正、文靖无闻,可为太息!"①正是由于这种不稳定性,家族成员常常会有很强的忧患意识,担心先辈筚路蓝缕开创的大好局面因自己怠于奋斗而付之东流,因此大多倍加珍惜和努力。这种忧患意识代代相传,成为维系一个家族绵延久远的精神支柱,也是促使族中不断有人春闱折桂的巨大动力。

  概言之,随着魏晋隋唐以来门阀家族制度的崩溃,到宋代形成了以"敬宗睦族"为主要特征的新型家族制度,形成了以"尊尊亲亲"为核心的家族伦理新观念,这种家族伦理观念注重对家族成员伦理道德的培养,以形成孝悌仁爱的家风。良好的家风成为他人评价一个家族的重要参照,也是一个家族立于不败之地的重要保证。另外,随着宋代科举制度的发展完善,以前依靠门第和阀阅取得政治、经济地位的家族不再有世袭的机会,无论是世家大族,还是普通庶族,均要通过科举来实现振兴家族的梦想。要想科举及第,重视家庭教育就势在必行。宋代家庭教育内容相当丰富,有以科举为目的的应试教育,也有注重提升家庭成员基本素质的文化教育,诸如"图书积累和嗜学、博学风气的培养以及对后代文学创作才能的发现植护"②等,从而形成良好的家学。家学的代代传承对一个家族,尤其是文学家族来说,是至关重要的,它在很大程度上决定了一个家族在科举和文化的道路上走多远和行多久的问题。家风和家学从不同层面影响着家族成员的道德修养和学业素养,从而最终影响到一个家族的存续和发展状况。

---

① [宋]洪迈:《容斋随笔》,卷十二,中华书局,2005年,第574页。
② 张剑、吕肖奂、周扬波:《宋代家族与文学研究》,中国社会科学出版社,2009年,第34页。

二、宋代新型家族文化的外在形式

如上所述,中国以血缘为纽带的家族文化经过长期的发展演化,至两宋时期经历又一次重大嬗变,从晋唐时期的世家大族阶段进入近代封建家族阶段,整个家族文化的内在理念发生了重大变化,如影随形,家族文化的外在形式亦随之出现新的变化,主要表现在积极编修家谱和热情编纂家族总集两个方面。

（一）家谱的编修。① 在宋代以前,谱牒是朝廷治理社会的重要凭据,编修谱簿尚属国家行为,私家修谱并不多见。南宋郑樵曾在《通志·氏族略》中对宋以前谱牒的发展总结道：

> 自隋、唐而上,官有簿状,家有谱系,官之选举必由于簿状,家之婚姻必由于谱系。历代并有图谱局,置郎、令史以掌之,仍用博古通今之儒知撰谱事。凡百官族姓之有家状者则上之,官为考订详实,藏于秘阁,副在左户。若私书有滥,则纠之以官籍；官籍不及,则稽之以私书。此近古之制,以绳天下,使贵有常尊,贱有等威者也。所以人尚谱系之学,家藏谱系之书。自五季以来,取士不问家世,婚姻不问阀阅,故其书散佚而其学不传。②

郑樵在此分析了隋唐时期,官有簿状,家有谱牒。这些簿状、谱牒是国家取士、世家婚姻的主要凭证。由于簿状、谱牒的重要作用,国家专门设立"图谱局"予以管理,还出现了专门从事考订谱牒的谱学专家。但是到了五代时期,谱牒与政治的关系不再那么密切,所以谱牒和谱学逐渐衰亡。

宋代是中国家谱发展史上的新时期,随着"敬宗睦族"新型家族制度的确立,宋代修谱的宗旨和主体发生了根本的变化。宋代以前,家谱是官吏选

---

① 此一部分系据笔者《宋代家谱序跋的文化意蕴》一文改写,原文刊于《社会科学家》2012年第8期。
② ［宋］郑樵：《通志二十略》,中华书局,1995年,第1页。

拔和望族婚姻门第的重要参照物。然自宋代始，由于科举制度的完善，取士、婚姻不再依靠门第、阀阅，家谱的传统职能逐渐丧失，取而代之的是一种新兴的职能，即"敬宗收族"，正所谓"管摄天下人心，收宗族，厚风俗，使人不忘本"①。就修谱的主体而言，宋代以前家谱由官府组织编修，世家大族虽然自己也修家谱，但最终还需要得到国家相关机构的核实。而自宋代始，家谱转由私家编修，正所谓"至宋而私谱盛行，朝廷不复过而问焉"②。

在宋人看来，修家谱不仅能起到"敬宗收族"的作用，也是实现其尊尊亲亲家族观念的最好途径，正如北宋末期的汪澈所云："族谱名者，所以谱吾族之人，以尊吾之尊，亲吾之亲也。族不谱，则祖先存殁之日莫之知，葬埋之地莫之认，而吾身之所自出，将馁而亨，尊尊之道乖矣。族为亲疏之名分列，将远近降杀之服泽不识，而吾亲之一体如分者，将有同如路人，亲亲之道废矣。"③有关宋代家谱的编修和续修、结构体例以及功用价值等，学界多有讨论④，兹不赘述。

尽管宋代私修家谱盛行，但目前留存在世的宋代家谱少之又少，我们很难窥见宋代家族以及家族文化的相关情况，这样家谱序跋就具有了重要作用。笔者据《全宋文》及相关文献钩沉，宋代共有九十八篇家谱序跋存世。通过这些家谱序跋，我们可以管窥宋人的家族意识。

首先，宋人敬祖追远，具有浓厚的远代世系情结。所谓远代世系是指始祖以前的远代祖先的谱系。宋人在家谱序跋中常常将所述家族的远代世系上溯到秦汉之世，远者乃至于三皇五帝之时。在宋代九十八篇家谱序跋中，有二十九篇追溯其始祖以前的远代祖先。有的一带而过，然后与本支宗族连接起来，如杨杰《杨氏世谱序》云："杨氏，姬姓。其先曰尚父伯侨，盖周武

---

① 《张载集》，章锡琛点校，中华书局，1978年，第258页。
② ［清］钱大昕：《十驾斋养新录》，上海书店，1983年，第268页。
③ 曾枣庄、刘琳主编《全宋文》，第206册，上海辞书出版社，安徽教育出版社，2006年，第251页。
④ 有关宋代家谱研究详参陈捷先的《中国的族谱》，艺术家出版社，1999年；王善军的《宋代宗族与宗族制度研究》，河北教育出版社，2000年；王鸣鹤主编的《中华谱牒研究》，上海科学技术文献出版社，2000年。

王第三子。唐叔虞之后,始封为杨侯。"①谢神甫《陈氏族谱序》云:"陈氏望颍川。按姓氏书,有妫乃虞舜之后,食采太皞之虚,以国为氏。"②有的则不厌其烦地去追溯自己的远代祖先,蔚为大观,如欧阳修《欧阳氏谱图序》云:

> 欧阳氏之先,本出于夏禹之苗裔,自帝少康封其庶子于会稽,使守禹祀,传二十余世至允常。允常之子曰勾践,是为越王。越王勾践卒,子王鼫与立。自鼫与传五世,至王无疆,为楚威王所灭。其诸族子分散争立,滨于江南海上,皆受封于楚。有封于欧阳亭者,为欧阳亭侯。欧阳亭在今湖州乌程欧余山之阳,其后子孙遂以为氏。③

这些远代世系的追溯,有些是移录旧史,有些是直接从姓氏书中搬来,更有甚者纯系附会杜撰。故对这些材料,我们只能姑且听之。但若从撰写心理分析,这种远代世系的漫溯就不仅仅是姓氏材料的堆积,其中包含着一种文化心理,即强烈的寻根认宗心理。中国古人注重落叶归根,强调根、本的重要性,如支遁《大小品对比要钞序》云:"夫物之资生,靡不有宗;事之所由,莫不有本。宗之与本,万理之源矣。本丧则理绝,根巧则枝倾,此自然之数也。"④修家谱除了保族外,在很大程度上也是在寻根。在宋人看来,一个家族若不能追溯其根源,就如无源之水、无本之木。故在家谱序跋中,人们在追寻远代世系时,当是蕴含着强烈的寻根意识,如苏洵《谱例序》曰:"死者有庙,生者有宗。"⑤薛季宣《贾氏家谱序》曰:"万物本乎天,人本乎祖。"⑥在这

---

① 曾枣庄、刘琳主编《全宋文》,第 75 册,上海辞书出版社,安徽教育出版社,2006 年,第 207 页。
② 曾枣庄、刘琳主编《全宋文》,第 277 册,上海辞书出版社,安徽教育出版社,2006 年,第 51 页。
③ 《欧阳修全集》,李逸安点校,卷七十四,中华书局,2001 年,第 1066 页。
④ [清]严可均辑《全上古三代秦汉三国六朝文》,第 4 册,中华书局,1958 年,第 2366 页。
⑤ 曾枣庄、刘琳主编《全宋文》,第 43 册,上海辞书出版社,安徽教育出版社,2006 年,第 173 页。
⑥ 曾枣庄、刘琳主编《全宋文》,第 257 册,上海辞书出版社,安徽教育出版社,2006 年,第 320 页。

些家谱序跋中,家族之先祖常被比作"水之源""木之本",如朱熹《吴氏族谱跋》云:"水一源而万派,木一本而万枝,无不由本源之深,而致枝派之繁远也。祖宗,人之本源;子孙,人之枝派。本源苟浚,则枝派安得而奋哉。"①文天祥《燕氏族谱序》云:"尝谓人之有祖也,如水之有源,木之有本也。夫源之深者流必长,本之固者末必茂。此自然之理,已然之验也。"②这种水源、木本之喻的普遍使用正表明宋人的寻根意识和认宗心理。

其次,宋人重名求长,期望本家族繁盛长兴。一个家族绵延时间之长以及一个家族中历代为官人数,在宋人的家族观念中占据着重要地位,故宋人在家谱序跋中常不惜笔墨地陈述该家族绵延时间之长,并罗列族人历代为官情况等,以此来表达其对该家族的扬誉和推崇。一个家族令后人引以为豪的资本常常是历史悠久,且代有名贤。如何梦桂《何氏祖谱序》:

> 虽人品高下不可以一概律,而其簪绂蝉联,冠盖相望,汗青简册,代不乏人。自汉末逮晋、齐,椒房之贵,照映三朝。……本派自晋吏部侍郎相士,肇基于永嘉八年间,盖千载于此。③

从"汉代""晋代"延续到本朝,并且能"千载于此",此种书写,旨在表明所述家族历史悠久,堪与其他家族相匹敌。宋人在家谱序跋中对世代久远的铺叙,也寄托着其对该家族后代子孙能将祖辈荣耀发扬光大的意愿,正所谓"天下之理,可久者必可大"④。

一个家族世代久远,必多孝子贤孙,必有可书可叹之奇行义举,故在家谱序跋中罗列该家族为官人数,也是突显该家族特色的一种方式。其"人

---

① 曾枣庄、刘琳主编《全宋文》,第 251 册,上海辞书出版社,安徽教育出版社,2006 年,第 178 页。
② [宋]文天祥:《文山先生全集》,商务印书馆,1937 年,第 332 页。
③ 曾枣庄、刘琳主编《全宋文》,第 358 册,上海辞书出版社,安徽教育出版社,2006 年,第 86 页。
④ [宋]文天祥:《文山先生全集》,商务印书馆,1937 年,第 348 页。

数"不仅指该家族实际人数,如王炎《续九族图后序》曰:"我王氏盛时,聚而居者三数百人,鸣鼓而后食,家之内外井井有条,肃如官府。"① 王炎在此所述"三数百人",当指王氏族人实际总人数。更多的时候是指该家族历代为官人数。文天祥《跋吴氏族谱》曰:

> 自宋兴以来,衣冠灿然,盖升学者二十有二,举于乡者五十有七,荐于漕者三,奏于礼部及精究科、贤良科者九,而特科恩封、世赏拜爵者又三十有四人。盛哉,可睹矣。②

又,朱长文《朱氏世谱》曰:

> 逮本朝之兴,昂显于荆,巽显于扬,符显于蜀,寀称于宋。其他列于朝者亦众。而华亭朱氏,至郡守、监司者三人,于东南为盛。③

文天祥与朱长文在各自文中所列之数字显然是指所述家族的科举及为官人数。总而言之,无论是对家族长盛不衰的铺叙,还是对族人为官人数的详述,人们对其家族的溢美之情是显而易见的。一个家族若能保持久远且代有显人,一般来说该家族应较为显赫,能超越其他家族,或至少有该家族之特色。但有些家族一直在政治、文化等方面没有较大的起色,缺乏明显的优势,甚至有些家族面临中道衰落的尴尬情况。针对如此局面,该家族成员在心理上并不服输,而往往表现出一种家族必兴的信念,认为本家族当前正处于积蓄力量的阶段,等时机一到定会喷涌爆发,人才辈出,颇有寄厚望于未来之意。如洪咨夔《於潜洪氏谱系图序》:

---

① 曾枣庄、刘琳主编《全宋文》,第 270 册,上海辞书出版社,安徽教育出版社,2006 年,第 290 页。
② [宋] 文天祥:《文山先生全集》,商务印书馆,1937 年,第 348 页。
③ 曾枣庄、刘琳主编《全宋文》,第 93 册,上海辞书出版社,安徽教育出版社,2006 年,第 173 页。

《昇元宗谱》一侍御,三尚书,则鄱阳三洪之远祖也。得姓以来,鄱阳为鼎盛。而在潜之洪,四五百年间种德艺善,源深流长,曾未有显者,岂闻崖仙之风,以肥遁为高欤? 抑名山大川,英淑之气有待而发,蓄云闭霆,然后大沛施欤?①

洪咨夔在该篇序文中指出同为洪氏,可鄱阳洪氏远远盛于於潜洪氏,但洪咨夔并不气馁,而是连用两个反问句表达家族必兴之信念,相信"厚积"之后定会"迸发"。无独有偶,在曾丰的《重修族谱序》中,曾丰指出同为曾氏"而南丰、温陵之派独盛",而永丰曾氏一支"皆仕不甚显",作者为了表示家族必盛,也连用两个反问句:"惟天无私,岂于彼厚而我薄耶? 其迟速先后之各有时也?"曾丰甚至在该序文的最后把家族的必兴上升到事物消长的哲理高度,"在《易》,《否》极则《泰》,《剥》极则《复》。盖消长盈虚之理然也,其效可立而待。惟我曾氏根丰源深,其流庆固不偏于南丰、温陵。天连回环,必有当之者"②。

　　(二)家族总集的编纂。家族总集是现代学者根据文集收录对象之间的关系而给此类总集的命名。关于此类总集的名称,呈现多样化的趋向:有称之为"宗族类总集"者,"宗族类总集专收一姓或一个家族内之作家作品,传统目录学一般称之为'氏族'之属或'家集'"③;有称之为"家集"者,"家集是指汇合刊印的家族性作品,它可以是一代家族成员的作品,亦可包含数代。家集多为文学作品,在四部之中,列入总集的'氏族之属',紧随'郡望之属'"④。针对现代学者对此类总集的命名,家族总集似乎与家集可以画等

---

① 曾枣庄、刘琳主编《全宋文》,第307册,上海辞书出版社,安徽教育出版社,2006年,第118页。
② 曾枣庄、刘琳主编《全宋文》,第277册,上海辞书出版社,安徽教育出版社,2006年,第307页。
③ 夏勇:《论清代宗族类总集的概貌与特征》,《中国石油大学学报》2011年第6期。
④ 徐雁平:《清代家集总序的构造及其文化意蕴》,《文学遗产》2011年第3期。

第六章　宋代文集序跋中的地域、家族文学叙写 / 211

号。但根据宋代文献,家族总集尚不能与"家集"等同。我们通过宋代有关"家集"的文献可以发现,宋人在使用"家集"这个概念时可能有两种不同的指向和情形:第一种情形是仅指汇集某一特定个人作品的文集;第二种情形则与我们现在理解的"家族总集"含义相同。如王禹偁《冯氏家集前序》云:"《冯氏家集》者,故江南常州观察使始平冯公之诗也。公讳谧,字某,其先彭城人也。"①可见,此《冯氏家集》只是收录了冯谧的诗歌作品。岳珂《鄂王家集序》中介绍了其父岳霖收集其祖岳飞文集的情况,其中言道:"搜访旧闻,参稽同异,或得于故吏之所录,或传于遗稿之所存,或备于堂札之文移,或记于稗官之直笔",最后由岳珂编辑整理成书,"凡三万六千一百七十四言,厘为十卷,阙其卷尾,以俟附益"②。可见,此《鄂王家集》也只是指岳飞个人作品的集合。同时,宋人在使用"家集"这个概念时,有时也会指一个家族一代或几代数人作品之集合,即家族总集,如韩琦《韩氏家集序》云:"取五代祖而下及诸宗属所为文章,编为六十卷。仍以墓志、行状及授官告辞冠于首篇。命诸子侄,人录一本,以藏于家。"③鉴于以上情况,我们在遇见以"家集"命名的文集时不能武断地认为其就是家族总集,应根据文集序跋或文集内容来做出正确合理的判断。

家族总集应始于唐代,但数量有限。笔者据相关目录书和史书记载,能确定编于唐代的家族总集只有褚藏言所辑的《窦氏联珠集》和李乂所辑的《李氏花萼集》④。到了宋代,家族总集的编纂数量急剧增多,呈现出一派繁荣景象。首先,宋人所编家族总集在数量上明显多于唐代。笔者根据相关

---

① 曾枣庄、刘琳主编《全宋文》,第 8 册,上海辞书出版社,安徽教育出版社,2006 年,第 23 页。
② 曾枣庄、刘琳主编《全宋文》,第 320 册,上海辞书出版社,安徽教育出版社,2006 年,第 325 页。
③ 曾枣庄、刘琳主编《全宋文》,第 40 册,上海辞书出版社,安徽教育出版社,2006 年,第 22 页。
④ 《新唐书·李乂传》:"李乂,本名尚真,赵州房子人也。少与兄尚一、尚贞俱以文章见称,举进士……兄尚一,清源尉,早卒;尚贞,官至博州刺史。兄弟同为一集,号曰《李氏花萼集》,总二十卷。"

目录书以及宋人所撰文集序跋统计,宋人所编家族总集多达三十余种。① 当然宋人所编家族总集的数量和规模无法与明清两代相比,但其编纂的体例和结构对明清两代家族总集的编纂有很多借鉴意义。其次,宋人所编家族总集收录范围广泛,不再局限于家族中同一代人的作品,往往包括整个家族几代成员的作品。如上所述,韩琦所编《韩氏家集》就收录了其五世祖以下该宗族成员的全部作品;汪闻所辑《谢氏兰玉集》,"集谢安而下,子孙历宋、齐、梁、陈,凡十有六人,诗三百四十余篇"②。有的家族总集甚至将他人对该家族成员颂扬、题咏之作也囊括在内。周必大在《王氏济美集序》中介绍三槐王氏自晋国公王祜始,宗族迅速崛起,成为宋代较为显赫的大族,其后世孙王淹曾收集先辈作品以及他人记载先辈的作品成《济美录》一书,"哀晋公(王祜)以来史传铭志、前贤纪述、先世遗文,总为十卷,号《济美录》,而以文正(王旦)子懿敏公(王素)所纂遗事及懿敏子巩(王巩)杂记三篇,与其父(王从)书并为一集刻之"③。由此可见,王淹编刻的《济美录》收文范围之广。最后,宋人所编纂的家族总集不以本朝为限,其热情及于前朝历代。北宋唐庚曾编《三谢诗》,其《书三谢诗后》曰:"江左诸谢,诗文见《文选》者六人。希逸五诗,宣远、叔源有诗,不工。今取灵运、惠连、玄晖诗,合六十四篇,为《三谢诗》。"④南宋徐民瞻在云间(二陆为云间人)为官期间曾编《晋二俊文集》,

---

① 据笔者统计,《宋史·艺文志》载录宋人所编家族总集有:《梅江三孙集》三十一卷(原注:孙立节及子鹭、孙何所著)、《晁新词》一卷(原注:晁端礼、晁冲之所撰)、沈晦《三沈集》六十一卷、唐庚《三谢集》一卷、《石声编》一卷(原注:赵师旦家编集)、《三苏文类》六十八卷、《三苏文集》一百卷(原注:郎晔进)、《三洪制稿》六十二卷(原注:洪适、遵、迈撰)、孔文仲《三孔清江集》四十卷、李焘《谢家诗集》一卷、《谢氏兰玉集》十卷(脱脱等:《宋史》,中华书局,1985年),共计十一种。《四库全书总目》载录宋人所编家族总集有:《清江三孔集》四十卷、《三刘家集》一卷、《二程文集》十三卷、《柴氏四隐集》三卷(纪昀等:《钦定四库全书总目》,中华书局,1997年),共计四种。此外,据文集序跋统计,宋人所编家族总集另有将近二十种。
② [宋]王应麟:《玉海》,广陵书社,2003年,第1023页。
③ 曾枣庄、刘琳主编《全宋文》,第230册,上海辞书出版社,安徽教育出版社,2006年,第175页。
④ 曾枣庄、刘琳主编《全宋文》,第139册,上海辞书出版社,安徽教育出版社,2006年,第341页。

其在序言中道："访其遗文于乡曲,得《士衡集》十卷于新淮西抚干林君,其首篇冠以《文赋》,《士龙集》十卷则无之。明年,移书故人秘书郎钟君,得之于册府,首篇《逸民赋》,悉如所闻。亟缮写命工锓之木以行,目曰《晋二俊文集》。"①

由于宋代的右文政策以及选官制度,宋代家族向来注重其成员的文化培养,所以宋人大多嗜书博学。而文学素养作为人文素质的重要组成部分,在两宋时期尤为家族所重视,所谓"诗书传家久"。世人对一个家族的评价大都也会着眼于该家族的文学成就,如评价晁氏家族,人们认为"晁氏自迥以来,家传文学,几于人人有集"②。另外,宋人普遍认为一个家族要长存于世,得"其人"尤为重要。真德秀《跋郤氏族系》中写道:"东坡有云:'君子之泽,岂止五世而斩,盖得其人则可至于百传。'信哉。"③在宋人看来,只有具有文章与德行之人才能承担传家之责,即家庭教育除了注重家族成员的道德修养外,还要注意对家族成员文学素养的植护。文天祥《跋吴氏族谱》曰:"自昔以知力持世,功利起家,有道所忌,传不数世,惟诗书之泽绵绵延延,愈久而愈不坠。赫赫而蹶,孰与循循而至者哉。"④文天祥在此对吴氏家族以诗书传家予以肯定和颂扬。世人在对一个家族进行评价时,也多从道德与文章两个角度着眼。文天祥《燕氏族谱序》曰:"兄弟俱有文名,以仁睦族,以礼待人,若河东三凤,谢氏之彦秀者也。自是子孙蕃衍,食指浩繁,常于余暇之际,从容商略,故有陆贾之分。"⑤文天祥在文章中对燕氏兄弟既有"文名",又有仁义之礼相当认同,给予很高评价。两宋时期澶州晁氏家族亦相当有清望,人们评价曰:"澶州晁氏为北宋文献之宗,自文元而后,不但巍科清秩,中外联翩,如景迂说之、深道咏之、叔用冲之、无咎补之、伯咎公迈、子止公武、

---

① 曾枣庄、刘琳主编《全宋文》,第293册,上海辞书出版社,安徽教育出版社,2006年,第351页。
② [清]纪昀等:《钦定四库全书总目》,卷一五八,中华书局,1997年,第1363页。
③ 曾枣庄、刘琳主编《全宋文》,第313册,上海辞书出版社,安徽教育出版社,2006年,第186页。
④ [宋]文天祥:《文山先生全集》,商务印书馆,1937年,第349页。
⑤ [宋]文天祥:《文山先生全集》,商务印书馆,1937年,第332页。

子西公遡,各以气节文章名当世。"①

正是由于宋人对文学传家的重视,两宋时期产生了大量的文学家族,正所谓"在宋朝以文章名世,父子兄弟齐名者甚众。若三苏、三刘、三沈、三孔,则其彰彰尤著者也"②。家族总集的编纂既是对该家族文学成就的肯定,同时也为该家族后代子孙乃至其他家族人士提供了可供效法的典范,激励他们将文学传统发扬光大。

三、"家族文化传统"成为一种文学叙写方式

宋人在撰序题跋时常常从家族的角度着眼来评鉴文集作者,要么追述文集作者的家学渊源,要么对文集作者的家法后继有人感到欣慰,这种以家族为视角的叙述方式使得宋代文集序跋在书写上颇具特色。南宋吴锡畴的《兰皋集》,在本朝共有七人为其撰写序跋。③ 在这七篇序跋中,有四篇序跋不约而同地提到吴锡畴之祖父吴儆(竹洲先生)。在铺叙成文时,这些序跋作者要么将吴锡畴与其祖父吴儆两人的诗风进行对比,要么对吴氏家族后继有人表示欣慰。王应麟《题兰皋集后》曰:"本深而末茂,实大而华荣。竹洲亦然,节行事业之外,诗文超轶绝尘,宜凤毛之世美也。竹坡摘兰皋五七言佳句,而以竹洲吟咏妙处勉其进。审言之有子美,余既见之矣;荥阳之有东莱,岂直以诗鸣而已哉!嗣德有继,将不一书。"④王应麟在为《兰皋集》题跋时,对竹洲先生的节行和诗文予以推挹,并以此勉励其孙吴锡畴,希望吴锡畴能承继吴儆的文章行义。吕午《兰皋诗集跋》曰:"余每念竹洲先生以文章行义惊动一世,岂无有能继家声者?近岁逢原以诗名,实先生曾孙;今兰皋又先生之孙,吴氏世不乏季子矣。"⑤吕午首先讲到自己对吴儆之家声能否

---

① [清] 陆心源:《续谈助》,十万卷楼丛书本。
② [宋] 章定:《名贤氏族言行类稿》,卷三四,影印文渊阁四库全书本。
③ 宋人为吴锡畴《兰皋集》撰写的七篇序跋分别是吕午的《兰皋诗集跋》、方岳的《兰皋集跋》、程鸣凤的《跋兰皋稿》、陆梦发的《兰皋集序》、王应麟的《题兰皋集后》、罗椅的《跋兰皋编》、宇文十朋的《兰皋诗集跋》。
④ 祝尚书编《宋集序跋汇编》,第5册,中华书局,2010年,第2126页。
⑤ 祝尚书编《宋集序跋汇编》,第5册,中华书局,2010年,第2124页。

有后继者感到忧虑,后又在发现吴锡畴等人之后,对吴儆的"文章行义"后继有人感到欣喜。由此可见,从家族的角度为文集撰序题跋在宋代文集序跋中的普遍性。

从家族的角度展开论述,是宋代文集序跋的一个独特视角。这一独特的叙述视角主要通过以下三种叙写方式展开。

（一）慎终追远,对文集作者的家族文学谱系进行梳理。宋代家庭教育注重家族成员文学素养的植护,以文学传家在宋代家族中颇为常见,如南宋芮辉《归愚集序》曰:"辉观近代文章之盛,莫若本朝,其间名公卿材大夫以文世其家者,代不乏人,或父子相继,或兄弟同时。"①故有宋一朝产生了大量的文学家族。先辈的文学积累,即"家法",是后代子孙诗文创作的源头,因为家族成员要想从事文学创作,很少有生而知之者,大多需要学而知之。既然要学而知之,那么学习的对象不外乎师友和家学。南宋程元凤《书李氏家集后》曰:"邹鲁儒生崇诗礼,王谢子弟尚风流,师友之讲明,家庭之训习,入耳著心,固易易也。况一性所禀,万善具焉,广而口之,火然泉达。学问之道无他,求诸此而已矣。入而家庭濡染有素,出而师友切磨有方,其不为成德君子之归乎。"②程元凤在此强调了"学问之道"在师友和家庭。刘克庄在《跋李炎子诗卷》中也有同样的认识,他在跋文中道:"看人文字必推本其家世,尚论其师友……樵士李君云仲示诗三帙,读而异之。问其谱系,果斋其诸父也;观其赋咏,斛峰、径畈其师也。卷中格律若未离唐体,然其意度脱换《骚》《选》……自昔经生学士、词人墨客,智所未及、笔力所未能发者,皆长言而永歌之。盖其濡染于家庭、熏炙于师友者深矣。"③对一个文学家族来说,强调更多的是学之源头在"家法",并且源头越久远越表明该家族的文学传统连绵流长,被后世子孙发扬光大的效果越明显,正如"岷山之发江,仅若瓮口,

---

① 曾枣庄、刘琳主编《全宋文》,第220册,上海辞书出版社,安徽教育出版社,2006年,第84页。
② 曾枣庄、刘琳主编《全宋文》,第343册,上海辞书出版社,安徽教育出版社,2006年,第91页。
③ 《刘克庄集笺校》,辛更儒笺校,中华书局,2011年,第4548页。

淮出桐柏,力能泛觞,卒之成川注海,以其所从来远也"①。宋人在文集序跋中通过对文集作者所在家族文学谱系进行梳理,来表达对家族文学源头的重视。

孙觌在《曾公卷文集序》中一开始就曾纾家族的文学谱系进行梳理曰:

> 南丰曾氏,太平兴国中谏议大夫、密国公讳致尧者,以文章有大名,著《仙凫书》《西垂要纪》《中台志》等书百八十余卷藏于家。欧阳文忠公铭其碑。有子曰太常博士鲁国公讳易占,能传父学,著时议数十万言,皆当世要务。将献之朝,行次南京,遇疾卒,不果上。荆国王公志其墓。生六子,多知名,而三人尤称于天下:曰中书舍人巩,以文儒道德为学者宗,号南丰先生;曰右丞相布,以正言直道历事三朝,有勋有劳,在受遗之籍,谥文肃;曰翰林学士肇,高文硕学,出处大节与先生齐名,谥文昭。皆有文集行于世。今宝文公,丞相第四子也,讳纡,字公卷。年甫八岁,南丰先生授以韩吏部诗,一览而诵。先生喜曰:"曾氏代不乏人矣。"②

孙觌在此对南丰曾氏家族的文学谱系予以梳理,从曾致尧开始,中间经过曾易占、曾巩、曾布、曾肇等后代子孙的努力,终于确定了曾氏家族在宋代文坛上的地位。这样一种叙写方式是为下文重点讲述曾纡做铺垫,即为曾纡的文学创作找到了源头,而曾纡文学成就的取得就犹如"有本之木""有源之水"。

又,芮辉在为葛立方《归愚集》作序时,也对葛氏家族文学谱系予以梳理,他写道:"葛氏自通议(葛密)起家,清孝(葛书思)继之,而官犹未达也。文康公(葛胜仲)是以文章大厥声,为天子近臣于铺张太平之时。至吏部(葛

---

① 曾枣庄、刘琳主编《全宋文》,第106册,上海辞书出版社,安徽教育出版社,2006年,第243页。
② 曾枣庄、刘琳主编《全宋文》,第160册,上海辞书出版社,安徽教育出版社,2006年,第304页。

立方),又以文章掌制于南渡中兴之后。吏部之子正言郯(葛郯),今复以文接踵台阁,言论风旨,为时人闻。盖葛氏之家学,通议、清孝培其本,文康发其华,吏部撷其英,而正言又将以润色而振耀之者也。其资深力久哉。"①芮辉认为葛氏家族的文学传统,从葛密、葛书思开始,中间经过葛胜仲、葛立方父子将其发扬光大,最终奠定了葛氏家族在宋代文坛上的地位,使其成为有宋一代颇有影响的文学世家。

宋人在文集序跋中对文集作者所在家族的文学谱系不惮其烦地予以铺写,一方面是对该家族人才济济的颂扬,另一方面也是承认文集作者的创作渊源有自。在两宋时期,无论是本家族的人,还是其他人对某一家族成员的评价常常蕴藏着家族视角,往往会用到"家法""家学"等概念,这种家族意识的出现正是宋代新型家族制度形成后,敬宗睦族意识在人们言行中的一种外化和表现。这种思想意识和行为方式表现于文集序跋中,遂使"家族文化传统"成为一种文学叙写方式。

(二)授子传孙,对文集作者家族家学后继情况进行记述。宋代新型家族制度的形成使得宋代家族地位的不稳定性加剧,而"代不乏人"是维系家族地位的必要条件。家族显赫地位的确立需要先辈不止一代人的不懈努力,而要维持家族这种地位的稳固仍需后世子孙兢兢业业不断努力和发奋。一个家族若二至三代中接连无人可继家声,就会很快走向衰落;一个家族后代子孙若能代有名贤,克绍家学,就会延续久远。宋代家族形态的特殊性强调后世子孙自身的努力在维持家族地位中的重要性,这一特点也影响着宋人的文化心理,他们在文集序跋中多注意强调父作子述、克绍家学,特别关注文集作者所在家族的子孙后代情况。在宋人所撰文集序跋中,有对家学后继无人的惋惜,如南宋何德固《冯太师集序》曰:"韩昌黎一世儒宗,毫端所向,变化莫测,而得心应手之妙,已不能授其子,他可知也。"②南宋舒岳祥在

---

① 曾枣庄、刘琳主编《全宋文》,第 220 册,上海辞书出版社,安徽教育出版社,2006 年,第 84 页。
② 曾枣庄、刘琳主编《全宋文》,第 293 册,上海辞书出版社,安徽教育出版社,2006 年,第 179 页。

《王任诗序》中也有同样的记述,"吾邑元祐间,赤诚罗公适始有集,惜其无以世之者"①。当然,两宋时期的文集序跋更多的是对家学后继有人表示欣慰,如南宋陈贵谦为滕州使君李洪的《云庵类稿》作序曰:"使君(李洪)长子吏部直养尝以使事至襄阳兵间,风绩甚伟。次子直柄今守湖南望郡,有治理,行见世其家者殊未艾也。"②南宋文及翁在为姚勉的文集作序时感叹道:"成一(姚勉字)之志与气节,奋乎百世上下,而官仅校黄本书,备青宫寀,年仅四十有六,遽修文白玉楼,骑鲸白云乡去,岂不可悲也夫。"但同时又为姚勉感到庆幸,曰:"不幸之幸,成一有从子龙起得升天子之学,有一子元夫已受天子之命,振家声而接文脉,不在兹乎。"③无论是对后继无人的惋惜,还是对后继有人的欣慰,其最终着眼点都是强调克绍家学的重要性,也是宋代新型家族制度在宋人文化心理和观念上的一种反映。

根据一个家族兴起的途径以及赖以延续久远的方式来看,宋代家族可以分为科宦家族、文化家族等多种形式。④ 科宦家族,顾名思义,主要是靠科举起家,且后代子孙多以科举功名来维持其家族的政治地位和影响力。相比之下,文化家族则是家族成员以学问见长,擅长文学创作,后代子孙克绍家学,代代相传,所谓"诗书传家久"。针对各个家族存在的不同形态,宋人在评价一个家族时着眼点会有所不同,有些关注家族成员的科举功名和仕宦情况,有些则侧重于家族成员的文学成就。杨万里在为庐陵乡先生罗天文的《一经堂集》作序时,对罗天文后世子孙的科举及第和为官情况尤为关注,不惜笔墨地罗列道:

---

① 曾枣庄、刘琳主编《全宋文》,第353册,上海辞书出版社,安徽教育出版社,2006年,第5页。
② 曾枣庄、刘琳主编《全宋文》,第315册,上海辞书出版社,安徽教育出版社,2006年,第8页。
③ 曾枣庄、刘琳主编《全宋文》,第354册,上海辞书出版社,安徽教育出版社,2006年,第380页。
④ 张剑、吕肖奂、周扬波的《宋代家族与文学研究》将宋代家族分为政治家族、经济家族、军功家族、文化家族,并对各种家族的特征做了解释说明,可谓全面深刻。

> 建炎戊申,其仲子上行始登第;绍兴丙戌,其长孙全略又登第;后几年,其孙维藩、维翰同年又登第;后几年,其孙全材又登第;后几年,其孙全德又登第;后几年,其曾孙瀣又登第。至于蒋名者上达,先生之长子也;曰维申、曰孚,皆先生之孙也;曰澥,亦先生之曾孙也。维申以特奏名得官,上达之子、瀣之父也。①

这种叙写方式看似累赘冗长,但其中却蕴藏着杨万里的良苦用心,他一方面对罗氏家族后代子孙能奋发有为表示揄扬,另一方面也强调了后世子孙荣登科第对一个家族来说具有重要作用,是维系一个家族地位稳定的重要法宝。

另外,宋代序跋作者鉴于家族的不同形态,除了强调家族的科举及第情况外,对一些家族的文学成就也会予以特别关注,以此来突出该家族的传家特色。南宋何梦桂为胡柳塘的诗集作序时,其着眼点便在胡氏家族以文学传家的这一家族特色:

> 诗有谱,而家谱尤亲。歆、向家于文,谈、迁家于史,故诗不可以无家。胡氏家世于诗,诗源于静轩,派于庸斋、坦斋,而流衍于诸孙,若植芸,若饭牛,若天放,若象先,皆攻诗。柳塘最晚出,诗锋霮䨴逼人,政似诸王子弟缀珠作凤、下床虎跳,总自不凡。余是以嘉柳塘伯仲之昌于诗,而喜静轩诸老诗世之不坠也。②

何梦桂在此记述了胡氏家族以诗学名家,并且胡氏后代子孙能克绍家学,一直保持着以诗学传家的传统。由于胡氏家族以诗学传世名家,其家族后代曾将该家族四世十二人的诗作编为一部家族诗歌总集,即《清雅集》,何梦桂在《胡氏清雅诗集序》中对胡氏家族能代代以诗学传家予以颂扬,其称赞道:

---

① 《杨万里集笺校》,辛更儒笺校,中华书局,2007 年,第 3275 页。
② 曾枣庄、刘琳主编《全宋文》,第 358 册,上海辞书出版社,安徽教育出版社,2006 年,第 84 页。

"古之诗人以诗闻世多矣,而鲜世其家。杜审言有孙甫,牧之有子荀鹤①,谢氏有连、运,陆氏有机、云,然仅间一再世见而已。清溪胡氏一家四世十二人皆以诗名,诗集题曰《清雅》。"②

文学家族的形成需要一个漫长的过程,需要先祖几代人的努力,而文学家族要想绵延久远则需要后代子孙继承家学,正所谓"积德钟庆,贻范将来,必有贤子孙继其后。身享重名,膺受福禄,必有先祖考启于先。此古今之通理也。历考载籍,士大夫家世济其美,浸以光大,靡不由此"③。故文集序跋中对家族文学谱系的梳理是向上追溯其祖辈的文学成就,以此来追寻文集作者的文学源头,说明文集作者的文学成就渊源有自;而对文集作者文学成就后继有人的记述,则是为了强调后代子孙在维持家族地位中所做的努力。在宋代文集序跋中采用这两种文学叙写方式其实是一个问题的两个方面,两者相辅相成,不可分割,正所谓"不积不精,不传不永"④。

(三)重德守训,对文集作者家族的家风进行评述。钱穆曾将魏晋南北朝时期家庭教育的内容归纳为两大方面:"当时门第传统共同理想,所期望于门第中人,上自贤父兄,下至佳子弟,不外两大要目:一则希望其能具孝友之内行,一则希望其能有经籍文史学业之修养。此两种希望,并合成为当时共同之家教。其前一项之表现,则成为家风;后一项之表现,则成为家学。"⑤一般来说,家风侧重对家族成员道德礼法的规育,而家学侧重对家族成员诗书文艺的培养,两者相互补充,要求家族成员内外兼修德才具备。宋人对家族成员的教育大致也是从这两个方面入手,前面笔者已探讨了宋人对家学的重视,知道宋人多是从诗书文艺的角度加强对家族成员进行教育,而宋人

---

① 今人对杜荀鹤是否为杜牧之子聚讼不已,多有纷争。何梦桂之笔或可提供一证。
② 曾枣庄、刘琳主编《全宋文》,第 358 册,上海辞书出版社,安徽教育出版社,2006 年,第 105 页。
③ 曾枣庄、刘琳主编《全宋文》,第 172 册,上海辞书出版社,安徽教育出版社,2006 年,第 62 页。
④ 曾枣庄、刘琳主编《全宋文》,第 238 册,上海辞书出版社,安徽教育出版社,2006 年,第 226 页。
⑤ 钱穆:《中国学术思想史论丛》,第 3 册,东大图书公司,1977 年,第 171 页。

对家风的重视和培养也有自己的特点,考察时人所撰文集序跋可得而知之。张守《又跋邹舍人诗》曰:

> 古语有云:"孔子家儿不知骂,曾子家儿不知瞎。"生而见教也。舍人邹公于其子筮仕之初,诲饬如此。都官奉以周旋,仕虽不达,而清德著于家,余泽种其后。至道乡先生,以谠言劲节冠映搢绅,而子若孙皆有万石君之家法。盖生而见之,世守其训,莫敢坠失,遂济登兹。①

据张守跋该文可知,邹氏家族②从邹元庆到邹霖,再到邹浩,素以品德高洁、气节高尚著称,在这一优良家风的化育之下,邹氏子孙谨守家风,传承不辍,遂致家族兴盛,世人敬佩。

又,南宋家铉翁《孝先诗卷序》曰:

> 余久羁古瀛,地与鲸川相接,只张氏为孝弟之门,由祖而子而孙,传以孝弟。至于孝先,不懈愈勤,乡党称之,士大夫敬之……余语之曰:子之德修之于身,行之于家,由祖至孙,传之如一日,世所为实行,不期报于造物,而造物之报常在焉,所谓孝弟之道通于神明者也。③

家铉翁在为张孝先的诗卷作序时,既不评价张孝先,也不品评张孝先的诗作,而把笔墨重点用在对张氏家族从祖辈到后世子孙皆以"孝弟"传家的家

---

① 曾枣庄、刘琳主编《全宋文》,第 174 册,上海辞书出版社,安徽教育出版社,2006 年,第 6 页。
② 南宋方蒙的《宋故广济军录事参军监真州军资库邹君墓志铭》对邹氏家族有所介绍,可参阅。曾枣庄、刘琳主编《全宋文》,第 93 册,上海辞书出版社,安徽教育出版社,2006 年,第 232 页。
③ 曾枣庄、刘琳主编《全宋文》,第 349 册,上海辞书出版社,安徽教育出版社,2006 年,第 98 页。

风的叙写上。这种叙写方式在宋代文集序跋中颇有特色,反映了宋代家族教育注重家训家风的一个方面。

概而言之,随着宋代理学的复兴,宋人对道德情操的要求越来越高,道德教育遂成为两宋时期家庭教育中相当重视的内容。从家族文化角度来考察宋代文集序跋可以发现,时人在品评某一个人及其文学创作时对其家族成员的道德操行多有关注,往往强调家风在维持家族地位中的重要作用。

第七章　宋代理学家文集序跋

宋代理学从形成、发展直至成为占统治地位的学术思想，经历了漫长的过程。在此期间，理学家们一方面致力于理学思想体系的建构，另一方面也积极投身于文学创作，理学文学与文人文学共同促成了宋代文学的繁荣。南宋末期吴渊在《鹤山集序》中回顾两宋三百年间的文章变化，认为其大势"无虑三变"，而其中"一变"就是理学家们的文章。吴渊在该序文中曰："已而濂溪周子出焉，其言重道德，而谓文之能艺焉耳，于是作《通书》，著《极图》，大本立矣。余有所及，虽不多见，味其言蔼如也。由是先哲辈出，《易传》探天根，《西铭》见仁体，《通鉴》精纂述，《击壤》豪诗歌，论奏王、朱而讲说吕、范，可谓和顺积中而英华发外矣。"①因此，理学家文学是宋代文学的重要组成部分，考察宋代文学不可不关注这一时期的理学家文学。实际上，学界对此已经有相当的探讨和研究。② 对已有成果进行梳理可知，此前的研究多是从整体上把握理学家们的文学成就，多涉他们的文学思想、文学创作等。笔者在此拟将关注点放在理学家所撰文集序跋方面，通过对其文集序跋进

---

① 曾枣庄、刘琳主编《全宋文》，第334册，上海辞书出版社，安徽教育出版社，2006年，第24页。
② 目前学界对宋代理学家群体的研究已经较为深入而广泛，且并不限于哲学、政治学、伦理学层面的研究，对理学家的文学成就也有相当之关注，且力作不断。如郑定国《邵雍及其诗学研究》(文史哲出版社，2000年)、莫砺锋《朱熹文学研究》(南京大学出版社，2000年)、杜海军《吕祖谦文学研究》(学苑出版社，2003年)、陈忻《南宋心学学派的文学研究》(中国社会科学出版社，2006年)及《宋代洛学与文学研究》(中国社会科学出版社，2006年)、张文利《魏了翁文学研究》(中华书局，2008年)等。这些研究成果均肯定了理学家的文学成就，从而丰富了理学家群体研究的学术思路。

行研究,以期更好地把握理学家群体独特的文艺观与审美趣尚。

第一节 宋代理学家群体文集序跋概况

理学是传统儒学发展到宋代以后形成的一种新的哲学形态,它是以传统儒学为主要内容,同时融合了释、道等多家思想。有关"理学"的称谓十分复杂,先后有"道学""宋学""义理学""性理学""新儒学"等,而"理学"在范畴上又有广狭之别。本文所谓的"理学家群体"一般是指狭义上的理学派别。

一、北宋理学家群体文集序跋分析

北宋时期是程朱理学发展的初期,主要是以二程为代表的洛学。二程闻道于周敦颐,后逐渐形成自己的哲学体系。在二程思想中,他们把"理"或"天理"视为哲学的最高范畴,强调万事万物皆有理,然而这一切理皆归于"天理",即"万理出于一理"。程颢曾云:"吾学虽有所授受,'天理'二字,却是自家体贴出来。"①可见,"天理"在二程思想体系中居于何等重要之地位。二程在本体论、认识论、人性论等方面都形成了自己的思想体系,故二程学说的出现,标志着宋学思想体系的正式形成。二程的门人弟子将其思想发扬光大,在社会上形成重大影响。清代全祖望曾指出:"洛学之入秦也,以三吕(吕大临、吕大忠、吕大钧)。其入楚也,以上蔡(谢良佐)司教荆南。其入蜀也,以谢湜、马涓。其入浙也,以永嘉周(行己)刘(立之)许(景衡)鲍(若雨)数君,而其入吴也以王信伯(蘋)。"②可见,经过程门弟子的不懈努力,二程学说已传遍大江南北,最终奠定了二程在宋学史上的地位。

《宋元学案》之"明道学案",共列明道门人十五人,"伊川学案"共列伊川门人二十五人,其中刘绚、李籲、谢良佐、杨时、游酢、吕大忠、吕大钧、吕大

---

① [宋]朱熹:《二程外书》,卷十二,朱子全书本。
② [清]黄宗羲、全祖望:《宋元学案》,卷二十九,陈金生、梁运华点校,中华书局,1986年,第1047页。

临、田述古、邵伯温、苏眒十一人被列为二程共同的门人，这样《宋元学案》列二程门人共计二十九人。在这二十九人中以杨时、谢良佐、游酢、尹焞、吕大临影响最大，这些人广收门徒，弘扬二程思想，他们所收的门徒，可以说是二程的再传弟子。据上蔡学案、龟山学案、廌山学案、和靖学案、兼山学案，其二程再传弟子共计四十多人。本文所谓"北宋时期理学家群体"就是以二程直传弟子和再传弟子为主要考察对象，同时兼顾私淑二程者，北宋时期私淑二程者主要有邹浩等人。私淑二程者尽管没有得到二程的亲身教授，但私淑者毕竟景仰二程学问并尊之为师，最重要的是私淑者致力于二程思想的秉承和传播，以二程门人自居，故将其归入程朱理学一系也是合情合理的。

二程直传弟子和再传弟子以及私淑弟子有文集序跋留存于世者共计十四家，其具体情况见表7-1。

表7-1 北宋时期理学家群体所撰文集序跋简表

序号	理学家	文集序跋篇数	师承关系
1	杨时	7篇	二程门人（直传弟子）
2	吕大临	1篇	二程门人（直传弟子）
3	邢恕	1篇	程颢门人（直传弟子）
4	程端中	1篇	程颐之子
5	尹焞	1篇	程颐门人（直传弟子）
6	许景衡	4篇	程颐门人（直传弟子）
7	陈渊	3篇	程颐门人（直传弟子）
8	周行己	1篇	程颐门人（直传弟子）
9	邹浩	6篇	私淑弟子
10	吕本中	2篇	杨时门人（二程再传弟子）
11	沈晦	2篇	尹焞门人（程颐再传弟子）
12	张九成	1篇	杨时门人（二程再传弟子）
13	祁宽	1篇	尹焞门人（程颐再传弟子）
14	胡寅	6篇	杨时门人（二程再传弟子）
总计		37篇	

由上表可知,北宋理学家群体留存于世的文集序跋数量不是太多,且集中于杨时、邹浩、胡寅三人。因为北宋时期主要是宋代理学的形成期,二程理学在社会上还没有多大影响,也得不到政府的支持,故二程理学在北宋一直处于民间状态。在北宋时期,还存在着其他众多的思想派系,如荆公学派、温公学派、苏蜀学派等,其中占据主导地位的是荆公学派,以二程为代表的理学派只是众多流派中一个不甚起眼的小宗派。这种局势决定了以二程为代表的理学派阵容还不够强大,成员相对单一,故其留存于世的文集序跋数量相对较少也就不足为奇了。

然而,通过这些为数不多的文集序跋,我们依然能够发现北宋理学家群体在人生追求和艺术审美方面所表现出来的与众不同的特点和内涵。

首先,北宋理学家群体具有鲜明的济世情怀。我们一般认为理学家群体大多是沉溺于心性道德、鄙视事功实用之人。清初的颜元在其《存学编》中将程朱理学视为异端,指出理学家群体只知以正心诚意为宗旨,以志心养气为旨归,以讨论性命天人为授受,与传统儒学相背离,"尧、禹得闻,天下所可见者,命九官、十二牧所为而已。阴阳密旨,文、周寄之于《易》,天下所可见者,王政、制礼、作乐而已。一贯之道,惟曾、赐得闻,及门与天下所可见者,诗、书、六艺而已。乌得以天道性命常举诸口而人人语之哉"①。明末清初掀起的对程朱理学进行批判的飓风有其深刻的时代原因,明末清初的儒者"目击明季诸儒崇尚心学,放诞纵恣之失,故力矫其弊,务以实用为宗"②。但明末清初学者对程朱理学的批判也有其不科学之处,因为程朱理学从形成、繁荣直至最后的衰落,前后经历几百年的历史,其间程朱理学也经历了相当的发展变化。故我们应该以变化的眼光来看待程朱理学而不能因为这种学问在后来变得僵化保守,沉溺于心性道德而不顾事功,就想当然地认为其在甫一出现尚处于上升发展阶段时即已腐朽如此。

明末清初学者对程朱理学的批判主要着眼于程朱理学之末流,而在宋

---

① 《颜元集》,王星贤、张芥尘点校,中华书局,1987年,第37页。
② [清]纪昀等:《钦定四库全书总目》,中华书局,1997年,第1275页。

代,尤其是北宋时期,理学家群体却有着强烈的济世情怀。这种济世情怀表现在文集序跋中,主要是对文集作者政治生涯之铺叙以及对文集作者未能实现其政治理想之慨叹。杨时《邹公侍郎奏议序》云:"公之将亡,余适还自京师,闻公疾革,未及弛担即驰往省之,见其苶然仅存余息,然语不及私,犹以国事为问。盖其平生以天下之重为己任,至垂绝而不忘也。"[1]在此,杨时对邹浩至死不忘国事的精神予以揄扬。胡寅在其《熏峰集序》中先用"仁勇人也"来概括吴慎微的一生,然后重点铺叙了吴慎微"勇"的一面,"方建炎、绍兴间,金人荐侵,群盗四起,主持国论率以通和讲好、招安抚纳为策。志义之士格不得用,仇敌日横,寇攘日恣。君(吴慎微)自小官被荐得见天子,首请应天顺人,张皇威武,北向而雪耻。诸弄兵屯聚无悛革心者,宜悉力致讨以除民害。光武中兴,省并官吏,今添差冗员,当一切罢去。磊落三章,词气激烈,当时切务,莫过于此"[2]。胡寅指出吴慎微在南渡之后积极要求北伐,并在政局稳定之后极言上书,痛陈国家当务之急在于改变冗员冗政的局面,可谓所言确然。胡寅在其文集序中对文集作者积极于功业的精神予以颂扬,从而从一个侧面表现出其强烈的济世情怀。另外,杨时在《跋贺方回鉴湖集》中认为贺铸"自少有奇才,若仪、秦之辩,良、平之画"[3],本可以成就一番事业,但最后还是"世变屡更,流落州郡不少振",对贺铸空有一番才智而不得施之于世,感到愤愤不平。

北宋理学家群体在其文集序跋中对文集作者政治功业的铺叙,或对文集作者壮志未酬而深感憾惋,这些发自肺腑的言辞真实生动地反映出身为理学士人的序跋作者自有一腔饱满的济世情怀。理学士人在撰写文集序跋时对文集作者事功的强烈关注充分说明北宋理学士群之经世济民的人生

---

[1] 曾枣庄、刘琳主编《全宋文》,第124册,上海辞书出版社,安徽教育出版社,2006年,第255页。
[2] 曾枣庄、刘琳主编《全宋文》,第189册,上海辞书出版社,安徽教育出版社,2006年,第358页。
[3] 曾枣庄、刘琳主编《全宋文》,第124册,上海辞书出版社,安徽教育出版社,2006年,第264页。

追求。

另外,将北宋时期理学家群体文集序跋与南宋时期理学家群体文集序跋进行比对,更能发现北宋时期理学士群之济世情怀。南宋时期理学家群体在其文集序跋中关涉到对文集作者的品评时,更加注重文集作者的道德修养或人格修养,而对文集作者之生前事功关注不多。北宋时期的邢恕[①]与南宋时期的魏了翁均为邵雍的《击壤集》撰过序,通过此两篇文集序的比照,我们也可发现其中的差异。魏了翁《邵氏击壤集序》由三部分组成:一是概述邵雍的著述情况,其中写道:"心术之精微在《皇极经世》,其宣寄情意在《击壤集》。"二是叙述《击壤集》的内容,曰:"凡立乎皇王帝霸之兴替,春秋冬夏之代谢,阴阳五行之运化,风云月露之霁曀,山川草木之荣悴,惟意所驱,周流贯彻,融液摆落,盖左右逢原,略无毫发凝滞倚著之意。"三是肯定邵雍的圣人地位,挹赞曰:"洙泗已矣,秦、汉以来诸儒无此气象。"[②]邢恕在其《康节先生伊川击壤集后序》除了概述邵雍的著述情况、诗歌特色外,还对邵雍在当时的影响以及死后得到的荣誉予以记述,而邢恕在此文集序中还特别抒发他的济世思想,曰:"其(邵雍)行己立言,若使遭遇其时,摅发其蕴,则虽致其君为尧舜,疑不难。"邢恕在此表达的济世思想与苏轼的"笔头千字,胸中万卷,致君尧舜,此事何难"又是何其相似,最后邢恕还针对邵雍之遭遇感叹曰:"道不小行,人不易知,故荜门环堵,卒老于伊、洛之间。"[③]从而对邵雍未能"致君尧舜"表达出深深的遗憾。通过北宋、南宋两位理学家为同一部文集所撰之序的比对,我们可以很容易发现北宋与南宋理学士群的人生追求不尽相同。

---

① 《宋史》将邢恕列入"奸臣传",且曰:"恕本从程门,得游诸公间,一时贤士争与之交。恕善为表襮,早致声名,而天资反覆行险冒进。为司马光客,即陷光;附章惇,即背惇;至与三蔡为腹心,则之死弗替。上谤母后,下诬忠良,几于祸及宗庙。"由此看来,邢恕的人品在当时颇遭人非议。笔者在此对邢恕之人品不做过多评价,只是就文论文。
② 曾枣庄、刘琳主编《全宋文》,第 310 册,上海辞书出版社,安徽教育出版社,2006 年,第 14 页。
③ 曾枣庄、刘琳主编《全宋文》,第 84 册,上海辞书出版社,安徽教育出版社,2006 年,第 40 页。

我们一般认为理学家的最高人生追求应是"内圣",而北宋理学家群体却如此积极于事功。其实"内圣"与"外王"本就是一个矛盾的统一体,不可彼此分割——"内圣"是为了更好地实现"外王",而"外王"正是"内圣"思想的实施。据余英时分析,宋代的儒家士大夫先后经历了三个阶段:第一阶段为从宋初到仁宗朝,儒家士大夫致力于重建一个以"三代"理想为依归的政治、社会秩序;第二阶段为熙宁变法时期,此是儒家士大夫从"坐而言"转到"起而行"的时期;第三阶段为南宋理学文化占据正统地位时期,理学家群体努力发展"内圣"之学,为"外王"奠定坚固的精神基础。① 可见,北宋时期儒学士大夫更多地发展其"外王"之学,而作为北宋儒学士大夫群体之一部分的理学家群体不可能脱离整个时代的大背景而存在,故北宋理学士群与南宋理学士群相比,其更倾向于"外王"之学。这种思想主导着北宋理学家群体的人生追求和价值评判标准,表现在文集序跋中就是他们对文集作者政治事功的强烈关注,对壮志未酬者表达出深深的惋惜。

其次,北宋理学家群体在文集序跋中关注诗文的艺术成就较多而论道说理较少。许景衡在《跋苏子美诗》中评价苏舜钦有些诗歌"笔力雄秀可骇,骎骎颜鲁公",有些诗歌"容与闲淡,绰有晋人风度"②。邢恕在《康节先生伊川击壤集后序》中评邵雍诗歌曰:"其诗如璞玉,如良金,温粹精明,而不见其廉隅锋颖。"③杨时在《田曹吴公文集序》中评吴辅诗文曰:"其辞直而文,质而不俚,优游自适,有高人逸士之气。"④北宋理学士群大多推崇平淡质朴的文风,因此在文集序跋中评文以质朴、平易作为自己的标准,从而表达了北宋理学士群共同的审美趣尚。

---

① 余英时:《朱熹的历史世界——宋代士大夫政治文化的研究》,生活·读书·新知三联书店,2011年,第407—421页。
② 曾枣庄、刘琳主编《全宋文》,第144册,上海辞书出版社,安徽教育出版社,2006年,第83页。
③ 曾枣庄、刘琳主编《全宋文》,第84册,上海辞书出版社,安徽教育出版社,2006年,第40页。
④ 曾枣庄、刘琳主编《全宋文》,第124册,上海辞书出版社,安徽教育出版社,2006年,第257页。

实际上，北宋理学士群追求平淡质朴的诗文风格与北宋文学家的审美趣尚是一致的。北宋梅尧臣是较早提出"作诗无古今，惟造平淡难"者，之后欧阳修、苏舜钦对平淡诗风的推举不断。欧阳修《梅圣俞墓志铭》曰："初喜为清丽闲肆平淡，久则涵演深远。"①极为推崇梅尧臣诗歌的平淡美。苏舜钦《诗僧则晖求诗》曰："会将趋古淡，先可去浮嚣。"②以此来指导诗僧则晖如何让诗歌趋于古淡。苏轼、黄庭坚在欧阳修、梅尧臣、苏舜钦的基础上，将"平淡"诗风推向更为自觉的层面。北宋文学家在诗文创作上推崇以"平淡"为美的风格与北宋初期西昆体盛行以及北宋中期的古文运动有着千丝万缕的联系。理学家推崇平淡质朴的诗文风格除了当时文坛的大背景外，还与其宇宙观、人生观有着一定的联系。理学家认为万事万物皆归于"理"，而"若理，则只是个净洁空阔底世界，无形迹，他却不会造作"③。作为万物本体之"理"本就是一个自然、平和的世界。同时，理学家的最高人格理想是通过存养本心达到圣贤的境界。而宋代理学家关于"孔颜之乐"的讨论其终极目的是达到"孔颜之乐"这种至高的精神体验，这就要求个体与自然同在，澄思静虑，保持一颗淡定平和之心。理学家群体所认同及追求的宇宙观及人生观体现在审美领域则表现为一种冲和平淡的审美追求。北宋理学家群体在文集序跋中品评文集作品时，也形成了平淡质朴的审美趣尚，而这种平淡质朴的审美观与北宋文学家的主流观点保持一致。可以想见，同一时代不同群体之间不可避免地存在着互相影响的趋向。可以说，平淡之美是北宋时期审美领域的时代风尚，每一个身处其中的成员都会或多或少地浸润其中，接受这一时代潮流的洗礼。

与北宋时期理学士群在文集序跋中更多关注诗文的艺术成就相比，南宋理学士群在文集序跋中有较多的"说理"倾向。如魏了翁除了在评人、评文时以一个理学家的身份阐发其美学思想外，有时彻底撇开文集作者或文集文本，而只是板着脸孔"说理"。《杨恭惠公（辅）奏议序》云：

---

① 《欧阳修全集》，李逸安点校，卷三十三，中华书局，2001年，第497页。
② 《苏舜钦集》，沈文倬点校，中华书局，1961年，第105页。
③ [宋]黎靖德编《朱子语类》，王星贤点校，卷一，中华书局，1986年，第3页。

> 古之仕者虽事有小大而其心一，为委吏而会计当，为乘田而牛羊茁，夫亦事其所当事而不敢越耳。使为公卿大夫则有公卿大夫之事，为侯伯子男则又各有其事。虽官有尊卑，禄有贫富，而是心之体无大小，无远近。在《易》曰位、曰所，在《书》在《大学》曰止，随其所遇而无不当尽焉。杨公出入中外余三十年，令圭（杨辅之孙）谱其年爵以识其所论奏，盖居一官则尽心于一官，任一道则尽心于一道，即年比事而心之精神炯炯方策。①

魏了翁在为杨辅的奏议集撰序时，并不像一般文学家那样或对杨辅丰功伟业进行铺叙，或对杨辅敢于直言，勇于批逆鳞之精神进行颂扬，而是彻底抛开杨辅及其奏议，冷静客观地谈其理学思想。"心"是魏了翁哲学思想中的重要范畴，他说："心者，人之太极，而人心又为天地之太极，以主两仪，以命万物，不越诸此。"②他所谓"心"不是某个具体事物，而是一种形而上之概念，即此"心"不是某人之私心，而是天下万世之公心，也就是"天理"。此"心"主宰一切，事物无论大小还是远近，心都能够认识到；同时此"心"也规范着人的行为，人们只有顺应此"心"才不至于违背"天理"。故魏了翁在《杨恭惠公（辅）奏议序》中认为"居一官则尽心于一官，任一道则尽心于一道"就是体会此"心"的最高境界。

又，魏了翁在《史少弼云庄集序》中大谈"节"，其中曰：

> 凡大小轻重无过不及、得中而适宜者，皆节也。《节》之为卦，三阴三阳，刚柔分而刚得中。其象曰："泽上有水，节。君子以制数度、议德行。"泽上之水过则溢，不及则竭，数度、德行过则苦，不及则嗟。是故阴阳适等、刚柔得中而后谓之节。譬诸财用，过则溢，

---

① 曾枣庄、刘琳主编《全宋文》，第 310 册，上海辞书出版社，安徽教育出版社，2006 年，第 49 页。
② 曾枣庄、刘琳主编《全宋文》，第 309 册，上海辞书出版社，安徽教育出版社，2006 年，第 96 页。

不及则隘;譬诸饮食,过则饫,不及则馁。盖节义与节约一也。不宁惟是,虽时节、符节、乐节、竹节,大抵皆无过不及而得中适宜之谓,是安有二义邪?①

魏了翁在此序中既不谈文集作者,也不谈文集作品,而只是阐发了"节"这一概念,其所谓"节"就是"大小轻重无过不及,得中而适宜者",即适度、得中。他对"节"的解释,其实是儒家中庸思想的再诠释。无论是节义、还是节约、时节等,举凡与"节"相关之内涵皆归于"适度",这样"节"就具有形而上的哲学意义,也成为魏了翁理学思想的一个范畴。

理学家作为一个身份相对特殊的群体,其在诗文创作中"说理"本无可厚非。清代王士祯曾云:"昔人论诗曰:'不涉理路,不落言筌。'宋人惟程、邵、宋诸子为诗好说理,在诗家谓之旁门。"②在此,王士祯明确指出理学诸子在诗歌中具有偏好说理的特点。但作为一个群体,他们除了有群体的共性之外,也有群体在每个时段的时代性,北宋理学士群相对南宋同道来说,在文集序跋中关注文集作者及文学作品本身要更多一些。出现这样差异的原因大概是因为程朱理学在北宋时期尚处于初期,尚未形成像南宋时期那样的盛况,其关于义理的争论还未形成一种普遍的社会风气,因此也就不会出现铺天盖地的讲道说理的情形。

二、南宋理学家群体文集序跋分析

南渡之后,宋学发生了巨大变化,占据主导地位的荆公新学由于政治原因开始衰落,而二程理学却得到突飞猛进的发展。二程理学在南宋初期得以发展除了荆公新学的衰落为其提供了难得之机外,主要是二程弟子在弘扬二程理学方面做出了重大努力。南渡之后,率先在朝廷上揄扬二程理学的人是杨时。杨时曾批驳新学曰:"安石挟管、商之术,饰六艺以文奸言,变

---

① 曾枣庄、刘琳主编《全宋文》,第310册,上海辞书出版社,安徽教育出版社,2006年,第24页。
② [清]王夫之等:《清诗话》,上海古籍出版社,1978年,第152页。

乱祖宗法度。当时司马光已言其为害当见于数十年之后,今日之事,若合符契。其著为邪说以涂学者耳目,而败坏其心术者,不可缕述。"①一时之间,杨时对荆公新学的批评与朝廷出于政治考虑对荆公新学的批判桴鼓相应。二程理学南渡之后得以迅猛发展,杨时可以说是一大功臣,诚如《宋史》杨时本传所云:"凡绍兴初崇尚元祐学术,而朱熹张栻之学得程氏之正,其源委脉络皆出于时(杨时)。"②

除杨时之外,胡安国是南渡之后弘扬二程理学的又一重要人物。清代全祖望曾曰:"文定从谢、杨、游三先生以求学统,而其言曰:'三先生义兼师友,然吾之自得于遗书者为多。'"③可见,胡安国思想得之二程者为多。胡安国精通春秋学,撰有《春秋传》三十卷。楼钥在《春秋后传序》中云:"自王荆公安石之说盛行,此道几废,建炎绍兴初,高宗皇帝复振斯文,胡文定公安国承伊洛之余,推明师道,劝讲经筵,然后其学复传,学者以为标准。"④可见,胡安国曾为宋高宗讲春秋学,弘扬二程理学。南渡之后,胡安国对传播二程理学起了重要的作用,后来的朱熹、张栻、吕祖谦是其再传弟子。在杨时、胡安国等人的努力之下,再加上时代的际遇,二程理学在南渡之后得到很好的弘扬与发展。

南宋理学从传承来看不出二程洛学,但在后来的发展过程中二程理学内部出现了分化。胡宏在洛学的体系中,继承的是大程的学说,胡宏和他的门人张栻对大程的学说发明颇多,后来形成了以张栻为代表的湖湘派;以吕祖谦为代表的金华学派注重致用,与永嘉学派、永康学派颇为接近;唯独朱熹立足于小程学说,著书立说,统一二程思想,成为理学的集大成者,并最终占据南宋思想界的主导地位。可见,南宋理学繁荣,流派众多,理学家阵容不断扩大,彼此之间既有合作也有辩难,形成了较为活跃的学术氛围。而南

---

① [元]脱脱等:《宋史》,卷四百二十八,中华书局,1985年,第12741页。
② [元]脱脱等:《宋史》,卷四百二十八,中华书局,1985年,第12743页。
③ [清]黄宗羲、全祖望:《宋元学案》,卷三十四,陈金生、梁运华点校,中华书局,1986年,第1170页。
④ [宋]陈傅良:《春秋后传》,卷首,影印文渊阁四库全书本。

宋理学家群体所撰文集序跋也呈现出繁荣局面,其数量远远超过北宋时期。兹将南宋理学家群体所撰文集序跋列表如下:

表7-2 南宋理学家群体所撰文集序跋简表

序号	理学家	文集序跋篇数	师承关系
1	王庭珪	8篇	尝从杨万里游
2	曾几	1篇	胡安国门人
3	朱松	1篇	师从浦城萧子庄、建浦罗仲素
4	胡铨	11篇	学于胡文定(安国)
5	史浩	4篇	横浦(张九成)门人
6	林之奇	2篇	师从吕本中
7	王十朋	9篇	紫岩(张浚)门人
8	林光朝	3篇	子正(陆景端)门人
9	沈度	1篇	从学默堂(陈渊)几二十年
10	汪应辰	16篇	师从吕本中
11	韩元吉	7篇	学于和靖(尹焞)
12	谢谔	3篇	白云先生(郭雍)门人
13	陆游	94篇	从张浚游
14	尤袤	4篇	少从喻樗、汪应辰游
15	周必大	78篇	张浚、胡铨门人
16	杨万里	49篇	张浚、胡铨门人
17	黄铢①	1篇	从刘屏山游
18	朱熹	58篇	师从李侗
19	张栻	3篇	胡宏门人
20	薛季宣	2篇	从艮斋薛文宪公(薛薇言)学

① 南宋时期有两人名黄铢。据《全宋文》,其一是师事刘子翚,与朱熹同学,字子厚,世家建州瓯宁,徙浦城。绍兴三年(1133)撰有《题冲虚居士词》;其二是黄庭坚玄孙,字公权,洪州分宁人,京镗之女婿。嘉定元年(1208)八月撰有《豫章先生遗文跋》。本表黄铢指师事刘子翚者。

续　表

序号	理学家	文集序跋篇数	师承关系
21	刘清之	1篇	受业于子和（孝敬先生刘靖之）
22	楼钥	51篇	师从汪默、李鸿渐、薛季宣
23	陈傅良	10篇	薛季宣、郑伯熊门人
24	赵汝愚	2篇	师从汪应辰
25	章颖	2篇	师从朱熹
26	刘光祖	6篇	从族兄东曦先生伯熊学
27	叶适	32篇	思想渊源于陈傅良、薛季宣二人
28	陈亮	5篇	郑伯熊、芮煜门人
29	赵蕃	2篇	刘清之、朱熹门人
30	黄䇓	2篇	师从刘云庄先生爚
31	黄榦	1篇	晦翁门人
32	赵汝谈	1篇	师从刘云庄先生爚
33	曹彦约	11篇	师从刘云庄先生爚
34	李壁	2篇	师从迂斋先生（楼昉）
35	李埴	2篇	师从迂斋先生（楼昉）
36	楼昉	1篇	师从吕东莱
37	吕乔年	3篇	师从吕东莱
38	徐元杰	2篇	师事真西山
39	陈宓	23篇	师从刘云庄先生爚
40	郑性之	1篇	师从真德秀
41	洪咨夔	5篇	楼功媿、崔与之门人
42	郑清之	1篇	少从楼迂斋学
43	魏了翁	42篇	友李敬子、辅潜斋
44	真德秀	40篇	早从詹体仁游
45	张端义	3篇	尝师项平斋
46	吴泳	5篇	勉斋（黄榦）门人
47	王迈	3篇	师从真西山

续表

序号	理学家	文集序跋篇数	师承关系
48	刘克庄	184篇	尝受业于真西山
49	游似	1篇	从鹤山先生游
50	杨简	1篇	师从陆九渊
51	吴渊	2篇	师邹南堂(斌)
52	赵汝腾	9篇	朱熹再传
53	吴潜	3篇	师邹南堂(斌)
54	王柏	16篇	从何北山(基)学
55	袁燮	8篇	师从陆九渊
56	江万里	2篇	为林子武(夔孙)门人
57	罗椅	1篇	双峰(饶鲁)弟子
58	欧阳守道	28篇	与江万里等人游
59	黄震	17篇	师从王鲁斋柏
60	陈著	27篇	习庵侄,为辅广之学者
61	王应麟	8篇	从王子文埜受学
62	谢枋得	4篇	径畈(徐霖)门人
63	王埜	2篇	真西山门人
64	牟巘	26篇	牟子才之子
65	金履祥	1篇	师从王鲁斋先生(王柏)
66	家铉翁	3篇	师从陆九渊
67	陈耆卿	6篇	师从叶适
68	包恢	4篇	师从陆九渊
69	吴子良	7篇	师从叶适
70	刘辰翁	27篇	文宋瑞、邓中父、刘会孟皆出巽斋之门
71	文天祥	14篇	巽斋(欧阳守道)门人
共计		1015篇	

注:此表"师承关系"一栏参考了张春义《宋词与理学》一书中有关"南宋理学家词人"的相关材料,并有所补充。

南宋理学家群体阵容庞大，其中涉及诸多理学派系和众多理学诸子。在这些理学家中有些还取得了较高的文学成就，兼有理学家和文学家的双重身份，如陆游、杨万里、周必大、叶适、刘克庄、刘辰翁、文天祥等。身份的兼容使其在从事文集序跋创作时理学的意蕴不是那么突出，乃至与一般文学家所创作的文集序跋之内容和写作模式相类似，泯然众人，以至于我们很难提炼出理学家所特有的东西。反倒是那些文学成就不甚突出者，更多地保存着理学家的色彩，其在文集序跋创作中更多展现出其不同于文学家的特色，故本节主要探讨这些理学家的文集序跋作品。另外，南宋理学派系众多，一个派系之所以得以形成，固有维系其派系的理论与思想，不同的思想体系决定了不同派系的理学诸子在评人、评文时会有不同的评价标准和文学观。由此，我们很难把握不同派系之间共通的特征，故在分析南宋理学士群所撰文集序跋时只能结合不同派系分而论之。根据南宋理学家群体具有的这一特征，在此姑以派系为主干兼及该派系中理学诸子的文集序跋进行分析。

（一）以朱熹为代表的正宗理学派。南宋孝宗乾淳年间（1165—1189），理学得以迅猛发展，形成了以张栻为代表的湖湘学派、吕祖谦为代表的婺州学派以及以朱熹为代表的闽学派。张栻本以二程为正宗，但在本体论方面又突出"心"的作用，因而带有"心学"的色彩；他又明义利之辨，不尚空谈，重实用，因此又具有"事功派"的特色。故在张栻之后，其弟子有宗心学者，有宗事功派者，有宗朱熹者[1]，正如黄宗羲所感叹，"五峰（胡宏）之门，得南轩（张栻）而耀。从游南轩者甚众，乃无一人得其传，故道之明晦，不在人之众寡矣"[2]。吕祖谦的理学思想有调和朱熹理学和陆九渊心学的倾向，其在强调"理"是万事万物的总则之外，还强调"心"的作用，并且吕祖谦后来又提倡治经史以致用，渐趋事功派，再加上吕祖谦寿命较短，只活到四十四岁，故在吕祖谦之后弘扬其思想者甚少，其弟子大都宗事功派。综上所述，本来鼎足

---

[1] 侯外庐、邱汉生、张岂之：《宋明理学史》，人民出版社，1987年，第338页。
[2] ［清］黄宗羲、全祖望：《宋元学案》，卷五十，陈金生、梁运华点校，中华书局，1986年，第1635页。

而立的三大理学流派,只有以朱熹为代表的理学派以其醇正、严密的理学思想体系绵延时间最长,最终占据了主导地位。

朱熹以其缜密的思想捍卫着正宗理学的神圣领地,朱子门人继承和发扬了其思想,使程朱理学成为中国封建社会后期的正统思想。朱熹是宋代理学的集大成者,其成就和贡献得到世人的公认,同时朱熹的文学成就也得到学界的关注,相关成果颇多。本文主要结合朱熹所撰文集序跋与正宗理学派诸子如黄榦、王柏、吴泳、陈淳、陈宓、黄震等人创作的大量文集序跋,分析这一理学派系在文集序跋中所表现出来的共同文学观和创作主体论。

其一,提倡载道之文,反对文士之文。南宋赵汝谠在《水心文集序》中将"文"分为三种:"以词为经,以藻为纬,文人之文也;以事为经,以法为纬,史氏之文也;以理为经,以言为纬,圣哲之文也。"①在正宗理学派诸子看来,"圣哲之文"除了指承载着儒家思想学说的文章外,还包括能让人体认"道(理)"的文章,总称为载道之文。提及载道之文,就不得不提到文与道之间的关系。朱熹的文道观既不同于周敦颐的"文以载道"说,也不同于程颐的"作文害道"论,而是糅合众家形成道文一贯说。②朱熹在《与汪尚书》中曰:

> 夫学者之求道固不于苏氏之文矣。然既取其文,则文所述有邪有正,有是有非,是亦皆有道焉,固求道之不可不讲也;讲去其非,以存其是,则道固于此乎在矣,而何不可之有?若曰惟其文之取,而不复议其理之是非,则是道自道,文自文也。道外有物,固不足以为道;且文而无理,又安足以为文乎?盖道无适而不存者也,故即文以讲道,则文与道两得而一以贯之,否则亦将两失之矣。③

---

① 曾枣庄、刘琳主编《全宋文》,第 304 册,上海辞书出版社,安徽教育出版社,2006 年,第 14 页。
② 罗根泽:《中国文学批评史(两宋卷)》,中华书局,1961 年,第 190 页。
③ 曾枣庄、刘琳主编《全宋文》,第 245 册,上海辞书出版社,安徽教育出版社,2006 年,第 47 页。

在此，朱熹承认道文一贯是有前提的，他坚持认为"道"是唯一的，"道"外无物，"道无适而不存"，即"文"不可能外于"道"而存在，同样"文"若"无理"或不"讲道"，也不足以称之为"文"。故朱熹的道文一贯说依然强调"道"的根本性，"文"只有根诸"道"才是他所理解的"文"，否则将是文人之文。在这一思想指导下，正宗理学派诸子大都承认"文"有存在的必要性，但此"文"必须是"载道之文"，否则就成为"文人之文"。陈宓在《跋饶司理文稿》中强调："以文载道，则文足经世，以文相夸，则文为末扳。"在陈宓看来，只有载道之文才能起到经世致用的作用，进而认为："饶君之文，论理义则不悖于圣贤，为歌诗则有关于风化，大篇短章华而质，简而尽，可谓得为文之法矣。"①

朱熹的三传弟子王柏在其所撰文集序跋中提出"正气"说，虽然"文以气为主"自古就有，但王柏提倡"正气"一说可算是其首创。何为"正气"，王柏在《发遣三昧序》中解释道："文章有正义，所以载道而纪事也。古人为学，本以躬行讲论义理融会贯通，文章从胸中流出，自然典实光明，是之谓正气。"②在此，王柏认为由"正气"发出的"文章"是载道纪事之文。王柏提倡文由"正气"而生，也是提倡载道之文，与其他正宗理学诸子观念相似。关于"道"与"气"的体用关系，王柏认为"道"是体，而"气"是用，"夫道者形而上者也，气者形而下者也"，"道苟不明，气虽壮，亦邪气而已，虚气而已，否则客气而已，不可谓载道之文也"③，强调"道"的根本性，只有"道"明、"气"壮才能生发出"载道之文"。

正宗派理学诸子在倡导"载道之文"的同时，对"文人之文"多有批判，对文士多有不满。吴泳在《陈侍郎文集序》中曰："矜词章以为富，负言语以为

---

① 曾枣庄、刘琳主编《全宋文》，第 305 册，上海辞书出版社，安徽教育出版社，2006 年，第 176 页。
② 曾枣庄、刘琳主编《全宋文》，第 338 册，上海辞书出版社，安徽教育出版社，2006 年，第 162 页。
③ 曾枣庄、刘琳主编《全宋文》，第 338 册，上海辞书出版社，安徽教育出版社，2006 年，第 193 页。

奇,皆文人之病也。"①陈淳在《题徐君大学诗后》曰:"大抵穷理与作文章不同,作文章逐旋修饰润色,惟教好看;穷理只是讲明个是与非,是者的知其为真是,非者的知其为真非。"②吴泳与陈淳都认为文人之文只注重词藻的外在修饰,而缺乏内涵,这当然是理学诸子的一种偏见。这种偏见的存在只是为了强调他们对载道之文的重视,从而表明自己的文学观不同于一般文士。

其二,注重创作主体的学问功力。对于如何体认"道(理)"这一重大问题,朱熹提出"格物致知"论和"持敬"说。朱熹认为只有深究事物,才能知道万事万物之理,即"格物穷致事物之理"。关于如何"穷理",朱熹提出了三条途径,即"如读书以讲明道义,则是理存于书;如论古今人物以别其是非邪正,则是理存于古今人物;如应接事物而审处其当否,则是理存于应接事物"③。其中,"读书"是朱熹"穷理"方法中较为重要的一种。朱熹认为通过读书,可以探寻书中的义理,体悟道德修养和治理国家的方法,即"大抵学者读书,务要穷究。'道问学'是大事,要识得道理去"④,为学者只有矻矻孜孜,勤奋不已,博览群书才能形成深厚的学问。因此,学问深厚与否也是衡量学者能否体悟到"理"的一个标准。出于这种认识,正宗理学派诸子在文集序跋中对创作主体的"学问"较为关注。他们认为只有涵养深厚的学问,发而为文才能粲然成章,正如曹彦约在《黄西坡文集序》中所言:"切磋于经籍章句之精微,而泛滥于《庄》《骚》、太史、子云、相如之蕴奥。发而为文,各究其体,见于行事,各得其当。"⑤

"学问"之得来,除了个人的努力,还离不开老师的指导和朋友之间的切磋,故无论是孔子的"独学而无友,则孤陋而寡闻",还是杜甫的"转益多师是

---

① 曾枣庄、刘琳主编《全宋文》,第 316 册,上海辞书出版社,安徽教育出版社,2006 年,第 302 页。
② 曾枣庄、刘琳主编《全宋文》,第 295 册,上海辞书出版社,安徽教育出版社,2006 年,第 208 页。
③ [宋]黎靖德编《朱子语类》,卷十八,王星贤点校,中华书局,1986 年,第 391 页。
④ [宋]黎靖德编《朱子语类》,卷十,王星贤点校,中华书局,1986 年,第 162 页。
⑤ 曾枣庄、刘琳主编《全宋文》,第 293 册,上海辞书出版社,安徽教育出版社,2006 年,第 30 页。

汝师",均强调在治学的过程中师友必不可少。学者与师友之间的交游也是提高学问的一条重要途径,正宗派理学诸子在文集序跋中除了对创作主体的学问功力尤其关注外,还特别注重创作主体的师友交游,认为唯有广交师友,创作主体学问之形成方为"有本之木""有源之水"。郑性之在《复斋先生龙图陈公文集序》中认为,陈宓"已知文公朱先生之学,而读其书,遂受业于勉斋黄先生(黄榦)之门,与瓜山潘公切磋磨琢,朝夕不舍"①。如此,才使得陈宓学大进,而正是由于陈宓学问深厚,发而为文才会一切犹如胸臆自然流露,敷畅流行。

（二）以陈亮、叶适为代表的事功派。事功派主要指以陈亮为代表的永康学派以及以叶适为代表的永嘉学派,由于这两个地方在南宋时期均属于浙东路,故一般又称之为浙东事功派。这一派系与正宗理学派、心学派鼎足而立,彼此之间互为辩难、争论,带来了南宋中后期学术之繁荣。事功派讲究经世致用之学,注重事功,反对空谈道德性命之理。陈亮曾曰:"往三十年时,亮初有识知,犹记为士者必以文章行义自名,居官者必以政事书判自显,各务其实而极其所至,人各有能有不能,卒亦不敢强也。自道德性命之说一兴……为士者耻言文章、行义,而曰'尽心知性';居官者耻言政事、书判,而曰'学道爱人'。相蒙相欺以尽废天下之实,则亦终于百事不理而已。"②在此,陈亮对道学空谈性理的危害予以强烈抨击和谴责。叶适也曾曰:"读书不知接统绪,虽多无益也;为文不能关教事,虽工无益也;笃行而不合于大义,虽高无益也;立志不存于忧世,虽仁无益也。"③叶适认为,为文要关教化,笃行要合大义,立志要忧世,强调一切行为皆切于实用。在这一思想指导下,诸如陈亮、薛季宣、陈傅良、王十朋、楼钥、叶适、吴子良、陈耆卿等事功派诸子在文集序跋创作中,在文学观与审美观方面形成了不同于正宗理学派及心学派之处。

---

① 曾枣庄、刘琳主编《全宋文》,第 306 册,上海辞书出版社,安徽教育出版社,2006 年,第 33 页。
② 《陈亮集》,卷十五,中华书局,1974 年,第 179 页。
③ 《叶适集》,刘公纯、李哲夫等点校,中华书局,1961 年,第 607 页。

其一,事功派诸子重视诗文的实用价值。陈亮曾编纂欧阳修文章一百三十篇为《欧阳文忠公文粹》,其在题后曰:"公之文根乎仁义而达之政理,盖所以翼《六经》而载之万世者也。"他认为欧阳修之文源于"仁义",并且有利于为政之道。读欧阳修之文,"蔼然足以得祖宗致治之盛",陈亮最终认为欧阳修之为文"其关世教"①。陈亮对欧阳修文集之评价完全聚焦于其功用性,具有事功派评文的典型特点。同样,楼钥在《酌古堂文集序》中评王卿月之文曰:"未尝无为而作文,遇论事则明白洞达,援据审谛,切于世务。""皆如五谷药石适于实用。"②与陈亮、楼钥一样,叶适也强调诗文的功用性,其在《跋刘克逊诗》中曰:"孔子诲人,诗无庸自作,必取中于古,畏其志之流,不矩于教也。后人诗必自作,作必奇妙殊众,使忧其材之鄙,不矩于教也……二君(刘克庄、刘克逊)知此,则诗虽极工,而教自行,上规父祖,下率诸季,德艺兼成而家益大矣。"③在此,叶适认为诗文应以政教为法度,即"矩于教",强调诗文风俗教化方面的实用性。

对诗文功用性的关注,在中国传统文化语境中渊源深远,传统的儒家诗教就特别强调诗歌的实用性。《毛诗序》曰:"《关雎》,后妃之德也,风之始也,所以风天下而正夫妇也。故用之乡人焉,用之邦国焉。风,风也,教也;风以动之,教以化之。"《汉书·艺文志》中亦云:"古有采诗之官,王者所以观风俗,知得失,自考正也。"④对于文章的实用性,无论是文学家,还是道学家均强调"文以载道",只是彼此对"道"的内涵理解有所差异。总之,无论是传统儒家的实用诗论模式,还是"文以载道"的功用文论形式,均强调诗文的经世致用之功效,而南宋事功派诸子强调诗文的功用性又有不同于一般文学家之处,他们特别强调诗文根诸"义理"。叶适曾曰:"夫文者,言之衍也。古人约义理以言,言所未究,稍曲而伸之尔。其后俗益下,用益浅,凡随事逐

---

① 《陈亮集》,卷十六,中华书局,1974年,第195页。
② 曾枣庄、刘琳主编《全宋文》,第264册,上海辞书出版社,安徽教育出版社,2006年,第115页。
③ 《叶适集》,刘公纯、李哲夫等点校,中华书局,1961年,第613页。
④ [汉]班固:《汉书》,卷三十,中华书局,1974年,第440页。

物,小为科举,大为典册,虽刻秾损华,然往往在义理之外,岂所谓文也。"①叶适强调文辞根诸"义理"似乎与道学家的观点接近,但叶适的"义理"是与"功用""实用"紧密相连的,与道学家将"义理"视为一种抽象的、形而上的道德性命又有所不同。总之,南宋事功派诸子强调诗文的教化和功用性虽有其传统和渊源,但在特殊的时代背景下又形成了自己的特色,正所谓:"歌谣文理,与世推移,风动于上,而波震于下。"②

其二,事功派诸子推崇雄健的文风。理、气是道学家的本体论,事功派也谈"气",并认为"气"是形成"文"不可或缺的部分。对此,吴子良《筼窗集跋》认为:"为文大要有三,主之以理,张之以气,束之以法。"③虽然事功派与道学家都以"气"论道,但事功派所指之气更多指"阳刚之气",所谓"文以气为主,非天下之刚者莫能之。古今能文之士非不多,而能杰然自名于世者亡几,非文不足也,无刚气以主之也"④。事功派诸子认为为学者只有胸中涵养一股浩然之气,发而为文章事业才能无愧于世,正所谓"孟子以浩然充塞天地之气,而发为七篇仁义之书,韩子以忠犯逆鳞、勇叱三军之气,而发为日光玉洁、表里六经之文"⑤。故事功派诸子在论文、评人时,常常会关注文集作者是不是有豪气。如叶适在《归愚翁文集序》中评郑伯英(郑伯熊之弟)时认为他"才大气刚",故其"俊健果决,论事愤发,思得其志,则必欲尽洗绍圣以来弊政,复还祖宗之旧,非随时默默苟为禄仕者也"⑥。在此,叶适对郑伯英秉承阳刚之气发为事业、不碌碌无为的精神予以肯定和颂扬。同样,楼钥在其《北海先生文集序》中评价綦崇礼时亦曰:"公(綦崇礼)笃意经术,博览强

---

① 《叶适集》,刘公纯、李哲夫等点校,中华书局,1961年,第219页。
② [梁]刘勰:《文心雕龙》,范文澜注,人民文学出版社,1958年,第671页。
③ 曾枣庄、刘琳主编《全宋文》,第341册,上海辞书出版社,安徽教育出版社,2006年,第24页。
④ 曾枣庄、刘琳主编《全宋文》,第208册,上海辞书出版社,安徽教育出版社,2006年,第391页。
⑤ 曾枣庄、刘琳主编《全宋文》,第208册,上海辞书出版社,安徽教育出版社,2006年,第391页。
⑥ 《叶适集》,刘公纯、李哲夫等点校,中华书局,1961年,第216页。

记,以直道自任,才高而气刚,平时为文不为崖异之言,而气格浑然天成。"①

事功派诸子对雄健文风的推崇是其"开物成务"思想的具体体现。由于事功派诸子推崇"阳刚之气",而创作主体孕育"阳刚之气"发而为文定会形成一种雄肆、刚健的文风,故事功派诸子在评文时大多体现出对雄健文风的推崇,他们大多在文集序跋中用形象的比喻来表达文章特有的雄丽刚劲风格。叶适曾评李焘诗文曰:"大抵以笔势纵放、凌厉驰骋为极功,风霆怒而江河流,六骥调而八音和,春辉秋明而海澄岳静也。"②楼钥评林景思诗曰:"笔力宏放,间见层出,如淮阴用兵,多多益办,变化舒卷,不可端倪。"③其中,"凌厉驰骋""变化舒卷"均指为文变化多端、气势雄浑。

(三)以陆九渊为代表的心学派。陆九渊强调"心即理"。陆九渊所理解的"心"是万物之本体,其认为宇宙万物之理即在心中,所谓:"道,未有外乎其心者。自可欲之善至于大而化之圣,圣而不可知之神,皆吾心也。"④心学派以"明心"("立心")为最高追求。陆九渊的高徒杨简在其《象山先生集序》中对陆九渊的思想做了很好的总结:

> 因言忽觉澄然清明,应用无方,动静一体,乃知此心本灵、本神、本明、本广大、本变化无方。奚独某心如此,举天下万世人心皆如此。《易》曰:"百姓日用而不知。"孔子曰:"二三子以我为隐乎?吾无隐乎尔,吾无行而不与二三子者。"《大戴》记孔子之言,谓忠信为大道。忠者忠实,信者诚信不诈伪。而先儒求之过,求诸幽深,故反不知道。孔子又名大道曰中庸。庸者,常也,日用平常也。孟子亦谓徐行后长即尧舜之道,又谓以羊易牛之心足以王。先生谆

---

① 曾枣庄、刘琳主编《全宋文》,第 264 册,上海辞书出版社,安徽教育出版社,2006 年,第 103 页。
② 《叶适集》,刘公纯、李哲夫等点校,中华书局,1961 年,第 210 页。
③ 曾枣庄、刘琳主编《全宋文》,第 264 册,上海辞书出版社,安徽教育出版社,2006 年,第 119 页。
④ 《陆九渊集》,卷十九,钟哲点校,中华书局,1980 年,第 227 页。

谆为学者剖白斯旨,深切著明。①

杨简首先强调"心"的主体性,随后引用《易》"平常日用不离道,百姓日用而不知"与孔子的言论告诉人们"心"("道")不是离开我们的日常生活而存在的,而是寓于日常生活之中。然后通过孔子的"忠信为大道",孟子的"徐行后长""以羊易牛"来论证陆九渊所谓的"心"也是一种伦理性的实体观点,并进而强调人心的本质应具有忠、信、孝、仁等特点,即"仁义者,人之本心也"②。

在这一"心"学思想指导下,陆九渊及其弟子在撰写文集序跋时往往提倡诗文心发论。胡铨应是较早倡导文从心发者,其曾为陈允忠《洙泗文集》撰序曰:"圣言不华,自然成文。某是书,圣人心法在焉,学者能如伊川先生真积力久,味其言以契圣人之心,则道可几也,独文乎哉,独文乎哉。"③他认为陈允忠所编《洙泗文集》乃是圣人之心的表露,认真研读《洙泗文集》就能体会到"圣人之心"。胡铨提倡诗文心发说,陆九渊及其弟子也倡导诗从心发,但以杨简、袁燮、包恢、舒璘等为代表的陆九渊之弟子,在文集序跋中表述相关论点时,没有直接用"心"而是用"志"。袁燮在其《题魏丞相诗》中云:"古人之作诗,犹天籁之自鸣尔,志之所至,诗亦至焉,直已而发,不知其所以然,又何暇求夫语言之工哉?故圣人断之曰:'思无邪。'心无邪思,一言一句,自然精粹,此所以垂百世之典刑也。"④他认为"心无邪思",则发而为诗就会成为后世诗歌之典范。包恢在评价戴复古的诗歌时也认为"其(戴复古)

---

① 曾枣庄、刘琳主编《全宋文》,第 275 册,上海辞书出版社,安徽教育出版社,2006 年,第 104 页。
② 《陆九渊集》,卷一,钟哲点校,中华书局,1980 年,第 9 页。
③ 曾枣庄、刘琳主编《全宋文》,第 195 册,上海辞书出版社,安徽教育出版社,2006 年,第 262 页。
④ 曾枣庄、刘琳主编《全宋文》,第 281 册,上海辞书出版社,安徽教育出版社,2006 年,第 138 页。

为诗正大醇雅,多与理契,志之所至,诗亦至焉"①。

既然诗从心发,那么要创作出卓越的诗文作品,"养心"就显得尤为重要。故"心学"诸子在文集序跋中强调"心"有所本,"心"有所养才能创作出具有生命力的作品。袁燮在《跋云巢王公续雅》中曰:"(王公)嗜古书,有美才,而恬于荣利,凡世俗所乐者,不入于心,而岩壑奇绝之趣,斯须不忘也。胸襟如此,发而为诗,清新俊逸,出乎尘垢之外,理当然尔。"②他认为正是由于云巢王公心有所本,胸襟如此,创作的诗歌才能超然尘外。包恢在评论吕开的诗歌时同样认为吕开"神情冲淡,趣向幽远,有青山白云之志,而欲超然出于尘外者。志之所至,诗亦至焉者"③。

"心学"诸子在评人时,以"立足本心"为首要标准。何为"本心",袁燮解释道:"人之本心,万善咸具,乍见孺子将入井,皆有怵惕恻隐之心,嗟来之食,宁死不受,是之谓本心。"④他认为"本心"就是善心,就是一种气节。袁燮在《跋陈宜州诗》中对陈宜州在关键时刻能保持"本心"予以颂扬,"人心至灵,是非善恶,靡不知之。以边功幸赏之故,而置六十四人于死地,岂人之本心哉?利欲诱之,不能自克尔。宜州力争之,宁得罪以去,而不忍六十四人死于非辜,卒全其生。非有为而然,本心著明,自不能已尔"⑤。在袁燮看来,为了得到皇帝的宠幸赏赐,不惜牺牲六十四人性命者丧失了"本心",而陈宜州为了保全六十四人之性命而不顾个人安危则是"本心著明"的表现。

简言之,南宋是理学的繁荣期,无论是南宋前期,还是中后期,各个理学

---

① 曾枣庄、刘琳主编《全宋文》,第 319 册,上海辞书出版社,安徽教育出版社,2006 年,第 304 页。
② 曾枣庄、刘琳主编《全宋文》,第 281 册,上海辞书出版社,安徽教育出版社,2006 年,第 131 页。
③ 曾枣庄、刘琳主编《全宋文》,第 319 册,上海辞书出版社,安徽教育出版社,2006 年,第 317 页。
④ 曾枣庄、刘琳主编《全宋文》,第 281 册,上海辞书出版社,安徽教育出版社,2006 年,第 141 页。
⑤ 曾枣庄、刘琳主编《全宋文》,第 281 册,上海辞书出版社,安徽教育出版社,2006 年,第 140 页。

流派互相辩难，争论不断，促进了有宋一代学术的繁荣，从而也带来了理学思想的丰富。在这一时代氛围之中，各个派系的理学诸子在从事文集序跋创作时均立足于本派系所固有的思想体系和理论基础来阐发他们所特有的文学观及审美标准，这也成为宋代文学研究中不可不予以关注的现象。

第二节　真德秀所撰文集序跋探析

真德秀(1178—1235)，字希元，一字景元，号西山，学者称西山先生，建宁浦城人(今属福建)，是南宋后期一位重要的理学家。清代全祖望曾云："乾淳诸老之后，百口交推，以为正学大宗者，莫如西山。"①真德秀与朱熹为同乡，其学术思想深受朱熹影响，并且他对朱熹推崇备至，曾评价朱熹曰："巍巍紫阳，百代宗师。"②尽管他未能师事朱熹，但其私淑朱子之学，致力于弘扬朱子之学，"慨然以斯文自任，讲而续之，行于身，诵于朝，发施于政事"③。真德秀以经筵侍讲的身份，向理宗讲授理学，可以说是在庆元党禁之后较早在朝廷中宣扬朱子之学者，全祖望对此评价曰："党禁开而正学明，回狂澜于既倒，盖朱子之后一人也。"④

真德秀的理学思想对朱子之学并不是一味地守成，而是在结合时代环境，顺应时代潮流的情况下有所创新和发展，其理学思想又有融合众家思想之倾向。与朱熹反对心学不同，真德秀对心学采取包容的态度，其在《跋包敏道讲义》中首先记述包敏道"从朱、陆二先生游，得诸传授者既甚的"；接着肯定了朱熹、陆九渊二者的学术贡献，"昔晦庵先生尝讲于玉山县学，发明四端之旨，幸惠学者至深。象山先生亦尝讲于庐山白鹿之书堂，分别义利，闻

---

① ［清］全祖望：《鲒埼亭集》，外编卷三十一，四部丛刊初编本。
② 曾枣庄、刘琳主编《全宋文》，第 313 册，上海辞书出版社，安徽教育出版社，2006 年，第 323 页。
③ ［宋］黄震：《戊辰修史传》，四明丛书约园刊本。
④ ［清］全祖望：《鲒埼亭集》，四部丛刊初编本。

者或至流涕"①;最后对自己未能拜学于二先生而深感遗憾。可见,真德秀并未将朱熹的理学与陆九渊的心学对立起来。另外,与朱熹对史学颇多微词不同,真德秀对理学与史学之间的关系采取折中态度。以朱熹为代表的正宗理学派大都重经轻史,浙东事功派大多出经入史,真德秀对两者采取折中态度。他在《周敬甫晋评序》中曰:

> 儒者之学者有二:曰性命道德之学,曰古今世变之学,其致一也。近世顾析而二焉,尚评世变者指经术为迂,喜谈性命者诋史学为陋,于是分朋立党之患兴,而小人乘之,借以为并中庸者之术,甚可畏也。呜呼,盍亦观诸圣门乎!有五经以明其理,有《春秋》以著其用,而《论语》所纪,微而性与天道,显而忠信笃敬,至于泰伯文王之为德,三仁之为仁,子产之惠,卞庄之勇,莫不具论其所以然者……其言天命之性者,理也;言王季、文王之述作以及于武王、周公之达孝者,用也。其言仁义者,理也;而言井田学校之政与夫三王五霸之功罪者,用也。然则言理而不及用,言用而弗及理,其得为道之大全乎?故善学者本之以经,参之以史,所以明理而达诸用也。②

"性命道德之学"是朱熹之学,"古今世变之学"是事功派之学,真德秀认为"其致一也",意在糅合两派。真德秀认为传统儒学家本是经史并重,"五经以明其理""《春秋》以著其用",而到了近世尚史学者指责经术过于空疏,而喜谈性命之学者诋毁史学过于浅陋,彼此不能兼容,故真德秀觉得真正善学者应是"本之以经,参之以史",如此这般才能"名理而达诸用"。

真德秀强调"穷理以致用",在"穷理"的前提下提倡经世致用,反对空疏

---

① 曾枣庄、刘琳主编《全宋文》,第 313 册,上海辞书出版社,安徽教育出版社,2006 年,第 236 页。
② 曾枣庄、刘琳主编《全宋文》,第 313 册,上海辞书出版社,安徽教育出版社,2006 年,第 155 页。

之学。同时,真德秀对《大学》推崇备至,著有《大学衍义》一书。在《大学衍义》卷一《帝王为治之序》中强调"正君之心"的重要性,"朝廷者天下之本,人君者朝廷之本,而心者又人君之本也。人君能正其心,湛然清明,物莫能感,则发号施令,罔有不藏,而朝廷正矣"①。故真德秀在心学与经世致用方面,对朱子之学多有发明,从而避免了朱子之学流于空洞。

在这一理学思想指导下,真德秀创作的文集序跋一方面与一般理学家有相似之处,如他倡导诗文要有补于世,强调诗文的经世致用功能。在《跋西园宋茂叔遗稿》中对宋茂叔的诗文能够根诸"理"且有"适用"价值予以肯定:"文章议论大抵根本理道,凿凿乎皆适用之言,非世之雕镂词章者比。"②另一方面他还重视诗文要发挥义理,在《跋彭忠肃文集》中曾将汉、唐、宋三朝文章予以对比,认为汉唐文章能够"发挥理义、有补世教者"只有董仲舒、韩愈二人,但到了宋代"濂、洛诸先生出,虽非有意为文,而片言只辞,贯综至理,若《太极》《西铭》等作,至与六经相出入,又非董、韩之可匹矣"③,表达其诗文要阐发义理的文学观。与此同时,真德秀所撰文集序跋也有不同于其他理学家之处,其在文集序跋中对"气"论、作家修养论以及评人标准等方面的阐述均形成了自己鲜明的特征。

一、真德秀的"气"论

"气"是中国哲学和中国美学中的一个重要概念。从哲学的角度看,"气"具有本体意义,"气"是宇宙的本体。汉代的董仲舒、王充等人均是气本体论的代表人物,如董仲舒认为,"天地之气,合而为一,分为阴阳、判为四时,列为五行"④。在董仲舒看来,"气"是"一",具有本体性,"气"的外延有阴

---

① [宋]真德秀:《大学衍义》,卷一,朱人求点校,华东师范大学出版社,2010年,第22页。
② 曾枣庄、刘琳主编《全宋文》,第313册,上海辞书出版社,安徽教育出版社,2006年,第237页。
③ 曾枣庄、刘琳主编《全宋文》,第313册,上海辞书出版社,安徽教育出版社,2006年,第258页。
④ [清]苏舆:《春秋繁露义证》,钟哲点校,中华书局,1992年,第362页。

阳之气、四时之气、五行之气等。东汉王充认为，"含气之类，无有不长。天地，含气之自然也"①、"万物之生，皆禀元气"②。王充强调天地是秉承了自然之气而形成的，而宇宙万物又是天地所生，从而强调了气的本体性。曹丕应是最早将哲学意义上的"气"延伸到中国古代文论中的，其《典论·论文》曰："文以气为主，气之清浊有体，不可力强而致。譬诸音乐，曲度虽均，节奏同检，至于引气不齐，巧拙有素，虽在父兄，不能以移子弟。"在曹丕看来，作为创作主体的人是禀气而生、含气而存的，所以"气"决定了创作主体的个性，从而也决定了作品的风格。曹丕的"文气"说肯定了创作主体的个体差异性，是魏晋时期"文学自觉"的一种表现。此后，刘勰、韩愈、苏轼、苏辙等人从各个方面对"文气"说进行了发挥。

宋代是中国"气"论的繁荣期，在前代"气"论的基础上，宋代的文学家和理学家从各个方面对"气"论进行讨论。作为文学家，人们对"气"的讨论主要是在美学范围内进行的，包括创作主体之气和作品之气两个层面。创作主体禀气而生，此"气"内存于创作主体之体内，看不见摸不着，而创作主体只有让体内之气发而为文，人们才能更真切地感到此"气"之存在，犹如南宋郑思肖所云："天地之灵气为人，人之灵气为心，心之灵气为文，文之灵气为诗。"③创作主体秉承不同之气，也就会形成不同风格的文学作品，文学作品是创作主体精神思想的外化，也是创作主体"气"的外化，故创作主体之气与作品之气是彼此关联的。如刘宰《书恽敬仲诗卷后》曰："文章所以发天地鬼神之秘，写风雷电雹雨露雪霜寒暑晦明之变，使人物虫鱼鸟兽无所遁其情，山川泉石草木不得私其英华伟丽。必其气之清也，故物不得而汨之；必其气之直也，故物不得而挠之；必其气之和且平也，故物不得而激之；必其气之果

---

① 黄晖：《论衡校释》，卷十一，中华书局，1990年，第473页。
② 黄晖：《论衡校释》，卷二十三，中华书局，1990年，第949页。
③ 曾枣庄、刘琳主编《全宋文》，第360册，上海辞书出版社，安徽教育出版社，2006年，第45页。

毅奋发也,故物不得而沮之。"①在此,刘宰认为创作主体必须具有清直、平和、果敢坚毅之"气",才能不为外物所沮、所挠、所激,最终才能捕捉万物之变化,进而写出传世久远之文章。

宋代理学家对"气"的讨论既有哲学层面的,也有美学层面的。理学最根本的问题就是探讨世界的本原问题,理学家们都是从本体论出发来建构自己的思想体系的。宋代理学家们有"理"本体论、"心"本体论,也有"气"本体论,而"气"本体论的代表人物是张载。张载认为:"太虚无形,气之本体;其聚其散,变化之客形尔。"②"气聚则离明得施而有形,气不聚则离明不得施而无形。方其聚也,安得不谓之客?方其散也,安得遽谓之无?"③在张载看来,世界上一切物体,无论是有形之物,还是无形之太虚,都是"气"的不同表现形式,我们不能以为"聚"就是"有","散"就是"无",无论"聚""散"均是"气"变化时所呈现的外部形态。

作为理学家的真德秀,其所持有的"气"论主要是美学层面的分析,但其所谓的"气"论与文学家乃至其他的理学家相比,有其明显的独特之处。真德秀在《日湖文集序》中云:

> 圣人之文元气也,聚为日星之光耀,发为风尘之奇变,皆自然而然,非用力可至也。自是以降,则眂其资之薄厚与所蓄之浅深,不得而遁焉。故祥顺之人其言婉,峭直之人其言劲,嫚肆者亡庄语,清躁者无确词,此气之所发者然也。④

在此,真德秀认为正是由于人禀受了不同之"气",才会形成"祥顺之人""峭

---

① 曾枣庄、刘琳主编《全宋文》,第300册,上海辞书出版社,安徽教育出版社,2006年,第35页。
② 《张载集》,章锡琛点校,中华书局,1978年,第7页。
③ 《张载集》,章锡琛点校,中华书局,1978年,第182页。
④ 曾枣庄、刘琳主编《全宋文》,第313册,上海辞书出版社,安徽教育出版社,2006年,第158页。

直之人""嫚肆者""清躁者"等各色不同之人,又由于人之气质不同,发而为文才会形成不同的语言风格。这一理论并非由真德秀首先提出,他只是在前人的基础上进行了发展,将秉承不同之"气"的人划分得更为明确。真德秀的新说在于他认为"圣人之文"是禀受"元气"而成,这样就将"圣人之文"与"一般人之文"分隔开来,这显然是真德秀出于理学家的观念而提出的。如此这般,也就与文学家所谓的"文气"说分道扬镳了。

真德秀在《跋豫章黄量诗卷》中云:

> 予谓天地间,清明纯粹之气,盘薄充塞,无处不见,顾人所受何如耳。故德人得之以为德,材士得之以为材,好文者得之以为文,工诗者得之以为诗,皆是物也。然才德有厚薄,诗文有良窳,其造物者之所畀有不同邪?《诗》曰:"瑟彼玉瓒,黄流在中。"玉瓒至宝也,黄流至洁也,夫必至宝之器而后能受至洁之物。世人胸中扰扰,私欲万端,如聚蛲蛔,如积粪壤,乾坤之英气将焉从入哉! 故古之君子所以养其心者,必正必清,必虚必明。惟其正也,故气之至正者入焉。清也,虚也,明也,亦然。①

在此,真德秀认为天地间,"清气"无处不在,不同之人禀受此"清气"形成不同之体性。但是,并非人人都可以禀受得了此种"清气"的,如果人的内心充满欲望,私欲横流,"清气"是根本无法进入的。故他认为人要想秉承"清气",必须先"养心",只有让其心"正""清""虚""明",才能为"清气"流入提供适宜的空间。由此,真德秀的"清气"说是以"养心"为先,从而具有"心学"的特征,又与一般正统理学家之"气"论不同。

简言之,真德秀的"气论"是以"元气"为上,进而推崇出于"元气"的"圣人之文"。另外,真德秀认为"养心"在先,唯有这般,创作主体才能禀受天地

---

① 曾枣庄、刘琳主编《全宋文》,第 313 册,上海辞书出版社,安徽教育出版社,2006 年,第 180 页。

之"清气"。只有禀受此"清气",才能创作出摹写自然、包罗万象之文章。

二、真德秀重"诚"的作家修养论

作家修养论包括作家的精神修养和艺术修养两个层面:作家的精神修养主要包括道德、气节、人格等方面;而作家的艺术修养包括才、学、识等方面。[①] 所谓"德弥盛者文弥缛,德弥彰者人弥明"[②],"仁义之人,其言蔼如"[③],这些言论强调了作家精神修养对文学创作的影响。周必大在《张彦正文集序》中曰:"有德之人其辞雅,有才之人其辞丽,兼是二者,多贵而寿。盖以德辅才,天之所助而人之所重也。"[④]在此,周必大强调作家应精神修养和艺术修养并重。真德秀对于作家的精神修养也给予了相当的重视和关注,从其所撰文集序跋中可以发现,真德秀强调的作家精神修养论具体来说就是重"诚"。

正心诚意是儒家所倡导的一种道德修养方法。《礼记·大学》云:"欲修其身者,先正其心;欲正其心者,先诚其意。"[⑤]据朱人求先生分析,在中国儒学思想史上,《中庸》是较早系统阐释"诚"的。[⑥] 在《中庸》中有大量有关"诚"的论述,如:"诚者,天之道也;诚之者,人之道也。诚者不勉而中,不思而得,从容中道,圣人也。诚之者,择善而固执之者也。"[⑦]《中庸》将"诚"分为"天道""人道"两个层面,而作为"天道"之"诚"是本来就存在的,无须苦苦找寻,故此"诚"具有形而上之意义,但是只有圣人才具有"天道"之"诚"。一般人们所应考虑的是如何使普通人具有"诚"的德行,所谓"诚之者,人之道也"。

到了宋代,无论是二程还是朱熹,对"诚"的发挥不外乎从"天道"之诚与

---

① 吴健民:《古代作家修养论》,《阜阳师范学院学报》2001年第1期。
② 黄晖:《论衡校释》,卷二十八,中华书局,1990年,第1149页。
③ [清]董诰等编《全唐文》,中华书局,1983年,第5587页。
④ 曾枣庄、刘琳主编《全宋文》,第230册,上海辞书出版社,安徽教育出版社,2006年,第205页。
⑤ [汉]郑玄注、[唐]孔颖达疏《礼记正义》,龚抗云整理,王文锦审定,北京大学出版社,2000年,第1859页。
⑥ 参见朱人求:《真德秀对朱子诚学的继承和发展》,《哲学动态》2009年第11期。
⑦ [汉]郑玄注、[唐]孔颖达疏《礼记正义》,龚抗云整理,王文锦审定,北京大学出版社,2000年,第1689页。

"人道"之诚两个方面展开,他们对"诚"的内涵予以更为具体明确的界定。如二程释"诚"曰:"无妄之谓诚,不欺其次矣。"① 朱熹曰:"诚者,真实无妄之谓,天理之本然也;诚之者,未能真实无妄而欲其真实无妄,人事之当然也。"② 朱熹不仅对"诚"的内涵予以阐释,而且指出"人事"之"诚"需要不断地加强个体的人生修养,摈弃人性之欺诈、虚伪而最终归于"真实无妄"。朱熹的"诚"学基本上延续了《中庸》的思想,但其更加强调加强"人事"之"诚"的必要性。

真德秀对朱熹的"诚"学有了更多发挥。他在《大学衍义》中曰:"身之所以正者,由其心之诚。诚者无他,不善之萌动于中则亟反之而已。诚者,天理之真;妄者,人为之伪,妄去则诚存矣。诚存则身正,身正则家治,推之天下,犹运之掌也。"③ 真德秀认为"诚"的范畴更为广泛,不仅仅局限于"真实无妄",只要是"善"都可认为是"诚",故他认为"诚者无他,不善之萌动于中则亟反之而已"。他认为使人心"诚"的目的是推之于齐家、治国、平天下,强调"诚"的实用性,这点又与其倡导的"穷理以致用"的理学思想相吻合。故真德秀的"诚"学一方面是强化个体的道德修养,乃"内圣"之学,另一方面也注重"诚"的实用性,强调个体的外在事功。

在这一"诚"学思想指导下,真德秀在文集序跋中强调创作主体的"诚",并且其对"诚"的理解也是从强调创作主体的道德修养和注重创作主体"诚"的经世致用两方面展开的。他在《临斋遗文序》中评价汤有严(汤干、汤巾之父)诗文曰:"其诗闲淡纡徐,有自适之趣;其文敷畅条达而切于事情;至于释经,往往窥其秘奥,有世儒所未及者。"真德秀对汤有严的诗、文、注经之作予以中肯的评价。他又解释了汤有严取得这般学术成就的原因是"平时学问,一本于诚",进而阐发了学者"本于诚"的重要性:

> 士以一身之微而欲穷天地万物之理,生千载之下,欲考古昔圣

---
① [宋]程颐、程颢:《二程遗书》,卷六,潘富恩导读,上海古籍出版社,2000年,第141页。
② [宋]朱熹:《中庸章句集注》,卷一,世界书局,1936年,第10页。
③ [宋]真德秀:《大学衍义》,卷一,朱人求点校,华东师范大学出版社,2010年,第24页。

贤之心,岂易为力哉? 然而以诚求之,则无不可得。盖天地之所以
为天地,圣贤之所以为圣贤,亦曰诚而已矣。世之学者昧操存持养
之实,而徒事于语言文字之工,岂可得哉?①

真德秀认为,以一个人的微薄力量难以穷尽"万物之理",也难以考悟"圣贤之心",但只要"以诚求之",则可得"万物之理""圣贤之心",强调"诚"之于学者的重要性。在真德秀看来,当时一般的学者不顾"操存持养",只是一味地追求"语言文字之工",是不"诚"的表现,也就不会体认到"万物之理",故他呼吁学者要注意加强"诚"的道德修养。

真德秀在《跋梅溪续集》中又从另一个角度阐释了其对"诚"的理解。真德秀为解释"诚"之真谛,在该文中并未直接对王十朋予以评价,而是通过侧面烘托的方法让读者对王十朋这个人有所认识,他说:"邦人父老语及公者,必感激涕零,荛夫牧儿亦知有所谓王侍郎也。"王十朋为官一方,何以使其离官数年后父老乡亲对他仍念念不忘呢? 真德秀曰:"蔽之以一言,曰诚而已矣。"然后详细阐释了其"诚"的内涵:

盖公之为人,襟度精明,表里纯一。其立朝事君,空臆尽言,撄
龙鳞而不悔者,此诚也。居官牧民,矜怜摩抚,若父母之于赤子者,
此诚也。至于为诗与文,绝去雕琢,浑然天质,一登临,一燕赏,以
至赋一卉木,题一岩石,惓惓忠笃之意亦随寓焉。呜呼贤哉,宜泉
人之咏叹而不忘也!②

真德秀认为,王十朋的"诚"表现在"立朝事君"敢于直言,"居官牧民"能够体恤百姓。他在此又赋予"诚"以外在事功的实用性价值,与上面强调创作主

---

① 曾枣庄、刘琳主编《全宋文》,第 313 册,上海辞书出版社,安徽教育出版社,2006 年,第 146 页。
② 曾枣庄、刘琳主编《全宋文》,第 313 册,上海辞书出版社,安徽教育出版社,2006 年,第 192 页。

体的道德修养之"诚"又有所不同。

综上所述,真德秀有关创作主体的"诚"论应包含两个方面:一是创作主体理想道德的实现;一是创作主体外在事功的完成。诚如他在《大学衍义》中所云:"自人君言之,必有修德之实心,然后有修德之实事,有爱民之实心,然后有爱民之实事。未有无是心之实而能有其事之实者也,以是推之,余莫不然,是故君子实之为贵。"①

另外,真德秀除了提倡重"诚"的作家修养论,在作家的才识修养方面还重"学",这与魏了翁颇为接近。

三、真德秀的评人标准:道德、功业、辞章

孔子曰:"君子疾没世而名不称焉。"屈原曰:"老冉冉其将至兮,恐修名之不立。"辛弃疾曰:"了却君王天下事,赢得生前身后名。"这些言论均表达了中国古人有留名于后的心理期待,怀有一种强烈的对身后不朽之名的追求和渴望。唐代刘知几在其《史通》中更为具体地解释了人们汲汲于留名后世的原因:"夫人寓形天地,其生也若蜉蝣之在世,如白驹之过隙,犹且耻当年而功不立,疾没世而名不闻。上起帝王,下穷匹庶,近则朝廷之士,远则山林之客,谅其于功也名也,莫不汲汲焉孜孜焉。夫如是者何哉?皆以图不朽之事也。"②既然人们大都有留名于后的心理期待,那么实现这一目标的途径就显得尤为重要了。中国古代有"三不朽"之说,即"太上有立德,其次有立功,其次有立言,虽久不废,此之谓三不朽"③。人们认为无论是立德、立功还是立言,要想三者兼备实为不易,能居其一者就足以让人名垂千古,流芳后世。立德、立功、立言本是人们留名于后的三种途径,但中国自古又有盖棺定论、评鉴人物的传统,"三不朽"亦逐渐成为世人品评人物的标准和尺规。

考察真德秀的文集序跋可知,他大抵沿用道德、功业、辞章三个评价标准来品评文集作者,但真德秀在评价标准选择方面又有不同于一般文学家

---

① [宋]真德秀:《大学衍义》,卷十二,朱人求点校,华东师范大学出版社,2010年,第195页。
② [唐]刘知几:《史通》,赵吕甫校注,重庆出版社,1990年,第631页。
③ 杨伯峻:《春秋左传注》,中华书局,2009年,第1088页。

之处。文学家在用这三个标准来评价文集作者时，大都采取道德、功业、辞章并重的态度，并未在这三者之间排一个主次的顺序。南宋倪思在其《癯翁文集序》中曰："士君子所以立者三：功业也、节行也、文辞也。三者有其一，皆足以名世垂后，兼而有之，千百载无几人焉。盖功业之士鲜工于文辞，文辞之士多略于名检，是以全之者难。中兴以来，兼是三者，其枢密忠肃刘公乎？"①倪思认为，刘挚一生可谓功业、节行、文辞三者兼优，是世上难得之人。南宋赵粹中在其《吕忠穆公文集序》中云："文章功业，兼美为难。皋夔稷契伊博周召都俞之辞，灏噩之体，列而为经，昭若日月，固不可得而拟伦。后世若诸葛武侯、裴晋公、李赞皇，逮我本朝富郑公、司马温公，文章冠于一时，功业著于万世。三代以还，寥寥数千百载之间，能兼全者惟此数人，何其难耶！"②在赵粹中看来，一般人是无法与上古时期的皋陶、夔、伊尹等相提并论的，后世能够功业、文章兼备者也是寥寥无几，但他认为吕颐浩乃是人中之杰，有"文武王佐之才"，同时"文词卓然，自成一家"，可谓"文武双全"。文学家在用道德、功业、文章三个标准来评鉴文集作者时，一般来说并无主次之分，既要铺叙文集作者的政治功业，又要评骘文集作者的道德和文章。

相较之下，真德秀在其文集序跋中品评文集作者时，更重视他们的道德修养，其次是政治功业，最后才是文辞。真德秀在《跋许介之诗卷》中认为许介之曾登周必大、杨万里之门，二先生觉得许介之在辞章方面能有大作为。后来许介之又将自己的诗卷呈给真德秀，真德秀勉励许介之不应仅仅以辞章如何来要求自己：

> 然予视子（许介之）岂直诗人也哉！其智略纵横可以参阃外之画，其雄辩慷慨可以使不测之虏，二先生（周必大、杨万里）期子于词章之域，予将俟子以功名之会，可乎？虽然，功名外物尔，君子之

---

① 曾枣庄、刘琳主编《全宋文》，第 282 册，上海辞书出版社，安徽教育出版社，2006 年，第 306 页。
② 曾枣庄、刘琳主编《全宋文》，第 222 册，上海辞书出版社，安徽教育出版社，2006 年，第 148 页。

所性有不与存焉。子房、孔明非义在于复韩仇,讨汉贼,虽终身岩穴可也,岂汲汲于功名,蕲以自见也哉?士苟自重其身,则凡在外者举不足计也。然则予将进子于道德之场,可乎?盖道德者君子成身之本,功名则因乎时,而词章又其末也。介之勉乎哉!①

在此,真德秀通过层层剥笋之方式阐释他"君子成身之本"在于"道德"的观点,他认为功名乃身外之物,词章更是不足挂齿,只有"道德"才是最根本的,也是君子最应该追求的。真德秀在这三个标准中尤重"道德",应该是其作为理学家的本位意识。

在真德秀的评价标准中,道德无疑是居第一位的,但如果是针对一个有德行之人,那么在功业与辞章之间,其又会更注重哪一个呢?在《沈简肃四益集序》中,真德秀认为沈夏之文"片言畸字,皆凿凿适用""敷陈时病,洞见根元",其诗"笔力雄放,自与之合",最后感叹道:

公之于文瑰伟震耀如此,顾弗用是名世,岂非为事业所掩与!嗟夫!文辞末也,事业本也,向令公平生用力仅在笔墨蹊径中,不过与词客骚人角一日之誉,则亦何贵之有?惟其以实学见实用,以实志起实功,卓然有益于世,而又闻之以君子之文,于是为可贵尔。②

显然,真德秀在功业与辞章之间,更注重的是功业,提倡"以实学见实用,以实志起实功,卓然有益于世"。宋代理学家以"内圣外王"作为人生的目标,即要求内具圣人才德,外施王者之道。只有这样,在理学家看来才是最理想的状态,但正如真德秀所言"功名则因乎时",现实情况往往事与愿违,具有

---

① 曾枣庄、刘琳主编《全宋文》,第 313 册,上海辞书出版社,安徽教育出版社,2006 年,第 201 页。
② 曾枣庄、刘琳主编《全宋文》,第 313 册,上海辞书出版社,安徽教育出版社,2006 年,第 153 页。

圣人才德之人却往往并没有机会实施其"王道"。在这种情况下，一般服膺理学之人只汲汲于"内圣"之学，但若一味地追求"内圣"之学，又容易流于空疏。面对空谈道德性命之学的流弊，真德秀提出"穷理以致用"，以期充实朱子之学。真德秀身处南宋后期，民族矛盾、阶级矛盾均相对突出，先有韩侂胄专权，在没有充分准备的情况下贸然发动"开禧北伐"，结果导致惨败。后有权臣史弥远窃取大权，南宋朝廷又进入史弥远专权时期。在国家危在旦夕，政权摇摇欲坠之际，任何一个有责任感之人都不应对国事置若罔闻，而应有救亡图存的责任心，理学家如果还只是停留于"内圣"之学，空谈道德性命之理，只会遭到世人的不满和指责。真德秀以身作则，在国家危难之际挺身而出，直言进谏，他对史弥远伪造遗诏，废除本来的皇位继承人济王赵竑，立其扶植的赵昀，即理宗，为皇帝大为不满，极言上谏曰："天下之事非一家之私，何惜不与众共之。朝廷之于天下，当如天地之于万物，栽培倾覆，付之无心，可使有一毫私意于其间哉。"①真德秀一生不顾个人安危，直言敢谏，心系国家，体恤百姓，可以说用自己的行动证明了理学家并不只是一味空谈性命之理者。

"内圣"与"外王"本是一个矛盾的统一体，两者是不可彼此分离的。"内圣"是为了更好地为"外王"提供精神基础与支撑，而"外王"则是对"内圣"的实践与应用。真德秀在处理"内圣"与"外王"的关系时，强调两者是"体"与"用"的关系。他在《跋刘弥邵读书小记》中更为详细地论证了两者之间的关系：

> 孔门独一颜子为好学，颜子所问，前曰为仁，后曰为邦，舍是亡他学也。盖为仁者成己之极，而为邦者成物之极，体用本末，究乎此矣。颜子所以亚于圣人，而孟子期之以禹、稷之事业，岂非内圣外王之学已备故邪！汉以后，学者始多端，纪问综古今，文章妙机轴，号为儒者极挚。然以成己则不足，以成物则甚难，其亦何贵于

---

① [清]徐乾学：《资治通鉴后编》，卷一百三十七，影印文渊阁四库全书本。

学?予屏居八年,呻吟蠹简,未有云获,独尝窃谓士之于学穷理致用而已,理必达于用,用必原于理,又非二事也,朝思夜索,惟此是求。间以语诸人,鲜不怃然者。盖后世之学言理或遗用,其病为空虚;言用或遗理,其蔽为粗浅。不知理即用,用即理,非混融贯通不足以语学之成。①

真德秀认为"成己"为体,"成物"为用,强调了"成己"的根本性,但也不忽视"成物"。"成己"与"成物"两者紧密相连,只有明白"理即用,用即理",才可算是通达学问。而"成己"与"成物"之间的关系则更好地体现了"内圣"与"外王"的关系。

概言之,在品评人物的标准选择方面,真德秀有不同于一般文学家之处。文学家大都道德、功业、辞章并重,而真德秀更重视文集作者的道德,他在《杨实之字说》中曾云:"言语文章者,饰身之华,道德仁义者,修身之实。二者盖不容一阙,然孔门之教,必曰'行有余力则以学文',故游、夏之文学,不可先渊、骞之德行,其序固如此也。"②作为理学家的真德秀看来,文学与道德不能相提并论,当两者不能兼顾时,应以道德为优先。只有在修德持身尚有余力的情况下,方可从事文学创作。

第三节　魏了翁所撰文集序跋分析

魏了翁(1178—1237),字华父,号鹤山,学者称鹤山先生,邛州蒲江(今属四川)人,是南宋后期重要的理学家。南宋吴潜《魏鹤山文集后序》云:"至乾、淳间,大儒辈出,朱文公倡于建,张宣公倡于潭,吕成公倡于婺,皆著书立

---

① 曾枣庄、刘琳主编《全宋文》,第313册,上海辞书出版社,安徽教育出版社,2006年,第260页。
② 曾枣庄、刘琳主编《全宋文》,第313册,上海辞书出版社,安徽教育出版社,2006年,第321页。

言,自为一家……永嘉诸老如陈心(疑为止)斋、叶水心之徒,则又创为制度器数之学,名曰实用,以博洽相夸……寥寥然四五十载,我公嗣之,识照古今而不自以为高,忠贯日月而不自以为异,德望在生民,名望在四夷,文章之望在天下,后世盖所谓兼精粗、一本末,集乾淳之大成者也。"①《宋元学案·鹤山学案》曰:"嘉定而后,私淑朱、张之学者,曰鹤山魏文靖公。兼有永嘉经制之粹,而去其驳。"②由此两处记述可知魏了翁的理学思想渊源,他起初私淑程朱理学,后来又兼采浙东事功派的思想,最终糅合众家成就了自己的思想体系。对于魏了翁的理学思想,学界近年来多有探讨,而笔者在此主要通过文集序跋分析作为理学家之魏了翁的文学成就和思想,即考察魏了翁所撰文集序跋中所涵载的文学信息。

笔者钩稽《全宋文》及相关文献可知,魏了翁所撰文集序跋共计四十二篇。正所谓"道不同不相为谋",在此四十二篇文集序跋中,魏了翁所撰序题跋的对象大多是理学同道。魏了翁曾为南宋彭龟年的《止堂文集》撰序,据《宋元学案》之"岳麓诸儒学案"可知,彭龟年是朱熹的门人。有的文集作者本身不属于理学家群体,其子嗣却服膺理学,故在为其先辈文集请序时,魏了翁成为合适的选择。如南宋虞允文之孙虞刚简,曾请序于魏了翁,魏了翁撰写了《虞忠肃公奏议序》。考诸史料可知,虞刚简与魏了翁是理学同道中人。据《宋元学案》,虞刚简师从张栻,学者称沧江先生。魏了翁通过文集序跋与理学同道切磋义理,并借文集序跋阐发自己的理学思想,同时,魏了翁以一个理学家的身份品评文人,分析文学作品,由于角度与着眼点不同,其立论又有迥异于文学家之处。从地域上看,魏了翁撰序题跋的对象以蜀人为主,魏了翁曾为《云庄集》撰序,而《云庄集》作者为史公亮,为眉山(今属四川)人;魏了翁还曾为《钝斋集》撰序,《钝斋集》作者为杨济,其为崇州(今属四川)人;等等。魏氏撰序题跋的对象之所以多集中在川蜀一地,大概是因

---

① 曾枣庄、刘琳主编《全宋文》,第 337 册,上海辞书出版社,安徽教育出版社,2006 年,第 242 页。
② [清]黄宗羲、全祖望:《宋元学案》,卷八十,陈金生、梁运华点校,中华书局,1986 年,第 2650 页。

为魏了翁除了短时间在朝中为官外,大部分时间在蜀地为官,且曾在家乡创办鹤山书院,广收门徒。他是南宋晚期在蜀地有较大影响者,对理学在蜀地的传播起着重要的作用。

魏了翁以理学家之独特身份,在文集序跋中所表现出来的文学思想及品评标准有大不同于文章家之处,具有其独特的文学观及审美趋尚。

一、魏了翁重道轻文的文道观

文道观是中国古代文论中的一个重要命题,对"文"与"道"关系的探析主要集中于唐宋时期。中唐的梁肃、柳冕对于文道关系均有所关注和论述。梁肃云:"故文本于道,失道则博之以气,气不足则饰之以辞。盖道能兼气,气能兼辞,辞不当则文斯败矣。"①在此,梁肃强调了"道"的主导地位。作为唐代古文运动的先驱,柳冕针对文道关系论述道:"夫君子之儒,必有其道,有其道必有其文,道不及文则德胜,文不及道则气衰,文多道寡,斯为艺矣。"②可见,柳冕强调文须以儒道为内容,否则算不上文,只是艺而已,对"文"的内容作了界定。韩愈曾曰:"学古道则欲兼通其辞,通其辞者,本志乎古道者也。"③在韩愈看来,"文"与"道"是相互联系的。李汉《唐吏部侍郎昌黎先生韩愈文集序》云:"文者贯道之器也,不深于斯道,有至焉者不也。"④李汉认为,"文"是实现"道"的一种工具,而立足于"道"才是根本。总之,唐人在谈论"文"与"道"的关系时,一方面强调"道"的主导性,同时也未忽视"文"的重要性,他们认为"文"是实现"道"必不可缺少的一个工具,可以说是"文""道"并举。

到了宋代,情况变得相对多样化,既有文学家之文道观,又出现了理学家之文道观。文学家之文道观在很大程度上继承了唐代文学家之文道观——注重"文"与"道"的相辅相成,只是在"道"的内涵方面有一些差异。

---

① [清]董诰等编《全唐文》,中华书局,1983年,第5261页。
② [清]董诰等编《全唐文》,中华书局,1983年,第5357页。
③ [清]董诰等编《全唐文》,中华书局,1983年,第5741页。
④ [清]董诰等编《全唐文》,中华书局,1983年,第7697页。

理学家一向重道轻文,甚至认为"文以害道",故理学家之文道观有不同于文学家之处。魏了翁作为南宋后期重要的理学家,在对待文道关系上,一直坚持重道轻文的原则。

（一）重视圣贤之言而轻视文学家之言。他在《彭忠肃公止堂文集序》中云：

> 某闻之程子曰："圣贤之言不得已也,有是言则是理明,无是言则天下之理有缺焉。"又曰："后之人始执笔则以文为先,平生所为多于圣人,然有之无补,无之无缺。"且尝以是读圣贤之书,如《易》《书》《诗》《春秋》,篇具一体,不相袭言。至于曾子、子思、孟子,亦皆孔氏不言之意,非为是以求闻于世也,不则无以宅天衷、奠民极、障人欲、袪世迷,凡不得已而有言也。自灵均而后,始有文辞之士,或竞相摹拟,或刊落陈言。千七百年,何啻数千百家,然而所谓无是言则理有阙者,自汉毛、董而后至近世诸儒宗,盖可屈指,而所谓有之无补、无之无缺者,则不知其几千百家矣。①

魏了翁在此特别强调圣贤之言的价值和意义,认为圣贤之言可以"宅天衷、奠民极、障人欲、袪世迷",但却认为文辞之士的言辞"有之无补,无之无缺"。成圣成贤是宋代理学家所追求的最高人生境界,而圣贤之书承载着重要的儒家思想,是宋代理学思想之源泉。同时,作为宋代理学的核心概念"理"与圣人之间有着重要联系。程颐曾曰："圣人与理为一,故无过,无不及,中而已矣。"又曰："圣人之道,更无精粗,从洒扫应对至精义入神,通贯只是一理。"②由此可见,程颐始终强调的是"圣人与理为一"。作为集诸儒思想之大成者,魏了翁如此重视圣贤之言,可谓良有以也。

（二）注重道德修养而漠视文辞。魏了翁在《勾昜之书记之父（如埏）文

---

① 曾枣庄、刘琳主编《全宋文》,第310册,上海辞书出版社,安徽教育出版社,2006年,第50页。
② ［宋］程颢、程颐:《二程遗书》,潘富恩导读,上海古籍出版社,2000年,第66—67页。

集序》中云:"广都(勾如埏)端人也,文词小技恶足以尽其蕴?而孝子之事亲,苟可以致其忧与慼焉者,则不敢不尽也。"①魏了翁在为勾如埏文集撰序时认为,文词只是"小技",不足以让勾如埏名垂于世,反倒是勾如埏之"孝心"可以成就其一生,是他在文集序中应大书特书之处。"内圣外王"是重要的儒家思想,宋代理学家认为通过格物致知、正心诚意、修身等途径可达到"内圣",而"内圣"是理学家群体追求的终极目的。注重道德修养是实现"内圣"的一种表现,故魏了翁在其文集序中品评文集作者时,更关注文集作者的个人修养及道德操行。

(三)重视文章的思想内涵而轻视词采。魏了翁此一思想与古文家之文道观相似。古文家认为文、道应包含两方面的意义:"一是指儒家之道与儒家之文的关系;一是指文学作品的内容与形式的关系。"②古文家在处理文学作品的内容与形式的关系时,一般重文章的思想内涵而轻视文章的声韵、词采等。王安石曾曰:"所谓文者,务为有补于世而已矣。所谓辞者,犹器之有刻镂绘画也。诚使巧且华,不必适用;诚使适用,亦不必巧且华。要之以适用之本,以刻镂绘画为之容而已。"③王安石要求文章必须"有补于世",强调文章的社会现实作用,而文辞只是一种外在的形式。魏了翁关于文章的思想内容与形式方面的观点与王安石等古文家有相通之处。他在《程氏东坡诗谱序》中云:"惟文忠公之诗益不徒作,莫非感于兴衰治乱之变,非若唐人家花车斜之诗,竞为瘦辞险韵以相胜为工也。"④在此,魏了翁认为苏轼诗歌的价值在于其中蕴含着"兴衰治乱"之思想,而对唐代一些诗人只注重押险韵、怪韵的做法甚为不满。

重圣贤之言、道德修养、思想内容,轻文学、文辞、文采只是魏了翁"道"

---

① 曾枣庄、刘琳主编《全宋文》,第 310 册,上海辞书出版社,安徽教育出版社,2006 年,第 30 页。
② 王怀让:《试论欧阳修的文道观》,《齐鲁学刊》1996 年第 2 期。
③ 李之亮:《王荆公文集笺注》,巴蜀书社,2005 年,第 1362 页。
④ 曾枣庄、刘琳主编《全宋文》,第 310 册,上海辞书出版社,安徽教育出版社,2006 年,第 2 页。

之内涵的具体层面,在其心目中,"道"的最高范畴就是"理"。在理学家的哲学范畴中,"道"与"理"是两个相似的概念,朱熹明确表示,"道即理之谓也"。魏了翁强调一切文辞必须根于"理",其在《番易王养正双岩集序》中认为,王养正之所以能够"发诸文艺,往往一事物之微,一虫鱼之细,推而根极理乱之变,敛而消息进修之候,有昔人所未发者"①,正是由于其将思想植根于"义理"。魏了翁在《黄侍郎定胜堂文集序》中曰:"自余诗文杂著率尚体要,不为浮夸,虽世之矜奇炫博者反若有所弗逮。其片言寸牍得诸脱口肆笔之余,亦皆根于理义,不徒为渔猎掇拾为工。"②魏了翁认为纵笔为文时,其根本要立足于"理义",而不是以奇异和渊博而自我炫耀。在《跋康节诗》中,魏了翁也表达了同样的思想,"理明义精,则肆笔脱口之余,文从字顺,不烦绳削而合。彼月锻季练于词章而不知进焉者,特秋虫之吟、朝菌之媚尔"③。魏了翁认为,理义是为文之根本,植根于"理义"之文章比那些只知道"月锻季练于词章"者更具生命力。

概言之,重道轻文的文道观是理学家一直延续的思想,魏了翁对此是以继承为主。但对"道""文"内涵的理解上,魏了翁有其独特之处。在魏了翁的思想中,"道"主要有圣贤之言、道德修养及文章的思想内涵等层面的含义,但其认为"道"的最高范畴是根诸"义理"的,这才是魏了翁思想的核心,也是魏了翁理学家身份的象征。

二、魏了翁养气、重学的作家修养论

作为颇有文名的理学家,魏了翁对于如何提高创作主体的精神修养和艺术修养问题是有自己独特见解的。在他看来,创作主体的精神修养主要

---

① 曾枣庄、刘琳主编《全宋文》,第 310 册,上海辞书出版社,安徽教育出版社,2006 年,第 60 页。
② 曾枣庄、刘琳主编《全宋文》,第 310 册,上海辞书出版社,安徽教育出版社,2006 年,第 10 页。
③ 曾枣庄、刘琳主编《全宋文》,第 310 册,上海辞书出版社,安徽教育出版社,2006 年,第 140 页。

通过"养气"来实现,而艺术修养则要通过"重学"来实现。

　　古代关于"气"的理解一般有两种:一种是自然之"气",一种是精神之"气"。北宋张景在《河东先生集序》中云:"一气为万物母,至于阴阳开合,嘘吸消长,为昼夜,为寒暑,为变化,皆一气之动也。"①张景此处所说之"气"是生成万物的一元之气,自然之气,万物因此而生,人秉此而成。南宋李纲在《道乡邹公文集序》中曰:"士之养气则刚大,塞乎天壤,忘利害而外生死,胸中超然,则发为文章自其胸襟流出,虽与日月争光可也。"②李纲所云之"气"是一种精神力量,即孟子的"浩然之气"。魏了翁认为无论是自然之"气",还是精神之"气",均是文学创作的本原和动力,创作主体只有"养气"才能创作出杰出的作品,故文辞应根诸"气"。魏了翁在《游诚之默斋集序》中云:

　　　　文乎文乎,其根诸气、命于志、成于学乎?性寓于气,为柔为刚,此阴阳之大分也。而柔刚之中有正有偏,威仪文词之分常必由之。昔人所谓昭晰者无疑,优游者有余,其根若是,其发也必不可掩。然而气命于志,志不立则气随之,志成于学,学不讲则志亦安能以立?是故威仪之词,古人所以立诚定命,莫要焉。③

　　魏了翁强调文"根诸气、命于志、成于学",故其从两个层面上对创作主体之修养提出要求,首先创作主体须"养气",其次创作主体须"重学"。魏了翁在此提到气、志、性等概念,有糅合众多理学家思想之意。张载曾把"气"与"性"联系起来,他在《诚明篇》中云:"人之刚柔、缓急、有才与不才,气之偏也。天本参和不偏,养其气,反之本而不偏,则尽性而天矣。性未成则善恶

---

① 曾枣庄、刘琳主编《全宋文》,第 310 册,上海辞书出版社,安徽教育出版社,2006 年,第 351 页。
② 曾枣庄、刘琳主编《全宋文》,第 310 册,上海辞书出版社,安徽教育出版社,2006 年,第 22 页。
③ 曾枣庄、刘琳主编《全宋文》,第 310 册,上海辞书出版社,安徽教育出版社,2006 年,第 59 页。

混,故亹亹而继善者斯为善矣。恶尽去则善因以亡,故舍曰'善'而曰'成之者性'。"①张载认为人正是由于秉承了不同之"气",才有不同之"性",圣人的最高境界应是通过"养气",来摈弃"恶性"而吸取"善性"。在理学家看来,"气"与"志"也有着十分紧密的联系。二程的很多言论都涉及"气"与"志"。如《二程遗书》载:"持国曰:'凡人志能使气者,能定其志,则气为吾使,志壹则动气矣。'先生曰:'诚然矣,志壹则动气,然亦不可不思气壹则动志。非独趋蹶,药也,酒也,亦是也。然志动气者多,气动志者少。虽气亦能动志,然亦在持其志而已'。"②在二程看来,"气"与"志"是相互制约的,其中"志"占主导地位,影响和规定"气"的律动。魏了翁在处理"气"与"性"的关系时继承了张载的思想,故其认为"性寓于气";而在处理"气"与"志"的关系时又继承了二程的思想,认为"气命于志,志不立则气随之"。总而言之,魏了翁在处理"气""志""性"之关系时,融合了众多理学家之思想,并认为"气"是文学生成的本原与动力。

又,魏了翁在《攻媿楼宣献公文集序》中云:

> 今之文古所谓辞也。古者即辞以知心,故即其或惭或枝、或游或屈而知其疑叛,知其诬善与失守也;即其或诐或淫、或邪或遁而知其蔽陷,知其离且穷也。盖辞根于气,气命于志,志立于学,气之薄厚、志之大小、学之粹驳,则辞之险易正邪从之。如声音之通政,如蓍蔡之受命,积中而形外,断断乎不可掩也。③

魏了翁在此认为,文辞之"险易正邪"是由"气""志""学"三者决定的,从而强调了创作主体养气、重学的重要性。

既然文根诸气,那么如何汲取"气"而成就"文"呢?在理学家看来,只有

---

① 《张载集》,章锡琛点校,中华书局,1978年,第23页。
② [宋]程颢、程颐:《二程遗书》,卷一,上海古籍出版社,2000年,第60页。
③ 曾枣庄、刘琳主编《全宋文》,第310册,上海辞书出版社,安徽教育出版社,2006年,第75页。

通过"养气",即"为文须养气"。因为气有清浊,理学家"养气"的最终目的是祛除浊气而汲取清气,并且只有不断加强道德修养才能祛恶至善,实现人性的完美。故理学家重"养气",主要是关注主体的道德修养,这样一种思想决定了作为理学家的魏了翁在品评创作主体时特别关注创作主体的气节、人品,而对文本本身关注甚少。魏了翁对本朝作家多有评价,如杨亿、苏轼、黄庭坚、王安石等,在对这些人的批评中始终贯穿着一种思想,即对作家道德修养、人格品性的特别关注。魏了翁《杨少逸不欺集序》云:

> 辞虽末伎,然根于性,命于气,发于情,止于道,非无本者能之。且孔明之忠忱,元亮之静退,不以文辞自命也,若表若辞,肆笔脱口,无复雕缋之工,人谓可配《训》《诰》《雅》《颂》,此可强而能哉!唐之辞章称韩、柳、元、白,而柳不如韩,元不如白,则皆于大节焉观之。苏文忠论近世辞章之浮靡无如杨大年,而大年以文名,则以其忠清鲠亮,大节可考,不以末技为文也。眉山自苏长公以辞章自成一家,欧、尹诸公赖之以变文体,后来作者相望,人知苏氏为辞章之宗也,孰知其忠清鲠亮,临死生利害而不易其守?此苏氏之所以为文也。①

魏了翁在此篇文集序中对众多文学家予以品评,但在这一评价体系中他只用一种评价标准即对气节、人品的关注,这样一种评价标准有大不同于文学家之处。如对杨亿的评价,苏轼曾因杨亿作品词采华茂、浮靡无实而予以批评,但魏了翁却颂扬杨亿之忠诚廉正、刚直诚实之品节,并且认为杨亿"以文名"的最根本原因在于其"大节"。魏了翁在《跋杨文公真迹》中对杨亿之"大节"予以更具体的描述,他强调:"同时以文鸣者如王定国、丁谓之、孙汉公、曾正臣、梅昌言、钱希白诸人,非不争相长雄,而天下之士独宗杨、刘,至于以

---

① 曾枣庄、刘琳主编《全宋文》,第 310 册,上海辞书出版社,安徽教育出版社,2006 年,第 69 页。

文易名,则公善其美。文乎文乎,其纂组缀缉之云乎?正色直道,不苟于合,能使人主惮其性气,虽在上前亦曰:'如此富贵非臣所愿。'他日昭陵语王文康曰:'杨某为国竭忠,有君子之大节。'然则是可以为文矣,是以谓之文也。"①在魏了翁看来,正是由于杨亿正色直言、竭诚为国的品性才使其名动一时,而大节凛凛是为文之根本。

在宋代理学士人看来,创作主体除了要"养气"之外,还须重学,只有气、学并重方可创作出优秀的作品,正所谓"志气不强,不足以言文;学问不博,不足以言文"②,"学不富则辞不典,气不充则辞不壮,才不高则辞不赡"③。魏了翁强调创作主体要"重学",其在《蒲城梦笔山房记》中对江淹晚年才尽这一事实做出了自己的解释,他对史料中记载文通末年江淹梦见"张景阳夺锦,郭景纯征笔"后"才不逮前"的内容予以反驳,曰:"才命于气,气禀于志,志立于学者也,此岂一梦之间,他人所得而予乎?穷当益坚,老当益壮,而他人亦可以夺之乎?"通过两个反问,魏了翁强调若非"立志于学",坚持不懈,他人又岂可一夜之间赋予敏捷才思,生花妙笔;若坚持学习,老而不辍,本有高于八斗之才,立马可待之文,他人又如何能夺之而去。魏了翁通过对"江郎才尽"典故的论驳,特别强调了"学"的重要性。

简言之,魏了翁认为"气"是艺术创作的本原和动力,故创作主体必须"养气"才能成就其文,但"气"有清浊,这又要求创作主体通过提高自身的道德修养来驱逐浊气而汲取清气,从而达到至真至善的人生境界。对道德修养的重视影响着魏了翁的评人标准,这种标准体现在其文集序跋中就是,他对文集作者人格品性的关注多于对文学成就本身的品评,从而形成魏了翁作为理学家的独特审美标准。

---

① 曾枣庄、刘琳主编《全宋文》,第 310 册,上海辞书出版社,安徽教育出版社,2006 年,第 157 页。
② 曾枣庄、刘琳主编《全宋文》,第 230 册,上海辞书出版社,安徽教育出版社,2006 年,第 138 页。
③ 曾枣庄、刘琳主编《全宋文》,第 230 册,上海辞书出版社,安徽教育出版社,2006 年,第 142 页。

三、魏了翁自然无华的审美趣尚

"自然"是美学理论中一个重要的概念。"自然"不仅是一种风格和人生境界,还是一种创作方法。"作为一种创作方法,'自然'强调随感而发,自然而成;作为一种人生理想,'自然'是一种超越名利荣辱等现实价值规范的人格境界;而作为一种艺术风格,'自然'是诗文创作的一种最高层次的审美境界。"①"自然",一直是宋代文学家的审美追求。北宋张耒在《贺方回乐府序》中云:"文章之于人,有满心而发,肆口而成,不待思虑而工,不待雕琢而丽者,皆天理之自然而情性之道也。"②在此,张耒提倡文章应不事雕琢而自然道出。南宋何梦桂在《题方山翁牧歌樵唱诗序》中云:"余每爱牧歌樵唱之出于人心自然之韵。晞阳出没,烟雨阴晴,时听欸乃之发于柳边竹外者,声若出金石,是岂世间宫商之所能宣,丹青之所能绘哉。"③在此,何梦桂强调情感应自然流露而不造作。理学家对于平淡自然之美的追求相对于纯粹的文学家来说,更是有过之而无不及。

理学家对平淡自然之美的追求与理学家的思想渊源有着重要联系。一般认为,理学是融合了儒、释、道三家思想的一种新儒学。"自然"是道家思想的核心概念,也是道家的最高人生境界,而清静无为、清心寡欲的思想会带来心灵上的淡然。只有顺应"自然"而不去人为地改变它,才能获得从容不迫、完美自足的人生,自然的客体与淡然的内心在此得到了统一。佛禅讲究禅定,禅是静虑,观照内心;定是心不散乱而止于一处。④ 禅定是心灵净化的过程,要求人抛弃一切杂念,与佛同在,归于自然。儒家也讲究自然、淡然,《论语·雍也》记载颜回道:"一箪食,一瓢饮,在陋巷。人不堪其忧,回也不改其乐。"其实也是一种淡然的人生态度。而作为融合了众家思想之理

---

① 邓莹辉:《两宋理学美学与文学研究》,华中师范大学出版社,2007年,第138页。
② 《张耒集》,卷四十八,李逸安、孙通海点校,中华书局,1999年,第755页。
③ 曾枣庄、刘琳主编《全宋文》,第358册,上海辞书出版社,安徽教育出版社,2006年,第111页。
④ 彭富春:《禅宗的心灵之道》,《哲学研究》2007年第4期。

学,对平淡自然的推崇和追求从未间断。如程颢曾曰:"天地万物之理,无独必有对,皆自然而然,非有安排也。每中夜以思,不知手之舞之,足之蹈之也。"①程氏认为,万物归于自然,当人处于自然状态之中,觉得心旷神怡,手舞足蹈。南宋包恢在其《答傅当可论诗》中曰:"诗家者流,以汪洋澹泊为高,其体有似造化之未发者,有似造化之已发者,而皆归于自然,不知所以然而然也。"②包氏认为诗歌创作应追求质朴平淡、自然而然,无论是直接用语言表达出来的诗歌意境,还是深藏于内未曾外化的心灵世界都应师法自然,才能浑然天成,无刻楮之痕迹。总之,无论是对自然的人生境界的向往,还是对诗文中自然而然、不加雕饰的风格的推崇,均是宋代理学家推崇的一种审美追求。

作为理学家的重要代表,魏了翁在诗文创作中也力求平淡自然的文风,追求语言之朴实无华。魏了翁在文集序跋中主要以自然无华作为评人、品文的一个标准,从而体现其审美追求。魏了翁自然无华的审美标准主要表现为:一是推崇创作主体淡然的人生境界;一是提倡自然为文的创作方法。

(一)推挹平淡自然的人生境界。魏了翁对创作主体平淡自然精神的推崇在他的文集序跋中多有体现,特别是在序跋邵雍、陶渊明文集时表现得最为突出和鲜明。邵雍是北宋著名的理学家,但也有大量的诗歌作品留存于世,其诗歌作品主要收录于《击壤集》。邵雍自序其集时云:"《击壤集》,伊川翁自乐之诗也。非唯自乐,与万物之自得也。"强调其作品是静观万物得到自然之乐趣的表现。又曰:"所作不限声律,不沿爱恶,不立固必,不希名誉。如鉴之应形,如钟之应声。其或经道之余,因闲观时,因静观物,因时起志,因物寓言,因志发咏,因言成诗,因咏成声,因诗成音。是故哀而未尝伤,乐而未尝淫,虽曰吟咏情性,曾何累于情性哉。"③邵雍特别指出其作诗的旨

---

① [宋]程颢、程颐:《二程遗书》,卷一一,上海古籍出版社,2000年,第167页。
② 曾枣庄、刘琳主编《全宋文》,第319册,上海辞书出版社,安徽教育出版社,2006年,第286页。
③ 曾枣庄、刘琳主编《全宋文》,第46册,上海辞书出版社,安徽教育出版社,2006年,第52页。

趣是一切顺应自然,如同"鉴之应形""钟之应声"。魏了翁在《邵氏击壤集序》中认为,邵雍的人生境界可与"游舞雩之下,浴沂咏归"之曾晳等量齐观,并且认为"洙泗已矣,秦、汉以来诸儒无此气象",以此来肯定邵雍淡然平和的人生境界,而正是由于这种人生境地,邵雍的诗歌表现出来才会"肆笔脱口之余,文从字顺,不烦绳削而合"①,达到情感自然流出,语言平易无华的艺术境界。魏了翁对邵雍冲淡平和的人生态度以及平易自然的艺术风格极为推崇,故他常以邵雍为标杆,去衡量品评时人的作品。如他在《跋彭山宋彦祥诗卷》中云:"宋彦祥前年过我,袖出八诗,有《击壤集》中气脉。"②

理学家对陶渊明之人生态度与艺术魅力的发现与推崇的原因还是在于陶渊明"平淡自然",魏了翁在其文集序跋中对陶渊明亦大为溢美。据记载,杨时是理学家中较早对陶渊明诗歌平淡之美予以阐释者,其《语录》有云:"陶渊明诗所不可及者,冲淡深粹,出于自然,若曾用力学,然后知渊明诗非着力之在所能成。"③杨时认为,陶渊明诗歌的真谛在于淡然,而不刻意为文。之后朱熹、真德秀等人均认为陶渊明诗歌平淡"出于自然"。魏了翁在其《费元甫注陶靖节诗序》中云:"《风》《雅》以降,诗人之词乐而不淫,哀而不伤,以物观物而不牵于物,吟咏情性而不累于情,孰有能如公者乎。"魏了翁对陶渊明"不牵于物""不累于情",一切出于自然的自由创作状态予以充分肯定。"先儒所谓经道之余,因闲观时,因静照物,因时起志,因物寓言,因志发咏,因言成诗,因咏成声,因诗成音,陶公有焉。"④魏氏的这段话与邵雍自序其诗集中的言论又是何其相似,这说明魏了翁心中的陶诗,与邵雍那种平易浅近的风格极为相似。⑤

---

① 曾枣庄、刘琳主编《全宋文》,第310册,上海辞书出版社,安徽教育出版社,2006年,第140页。
② 曾枣庄、刘琳主编《全宋文》,第310册,上海辞书出版社,安徽教育出版社,2006年,第189页。
③ [宋] 杨时:《杨龟山集》,卷十,丛书集成初编本。
④ 曾枣庄、刘琳主编《全宋文》,第310册,上海辞书出版社,安徽教育出版社,2006年,第19页。
⑤ 周裕锴:《宋代诗学通论》,巴蜀书社,1997年,第353页。

（二）倡导自然为文的创作方法。魏了翁提倡一种不刻意追求，顺其自然的创作方法，其在文集序跋中屡次用到"肆笔脱口"一词，如"其片言寸牍得诸脱口肆笔之余"①、"则其肆笔脱口之余，公平坦易，明畅渊尹"②、"肆笔脱口之余，文从字顺，不烦绳削而合"③。在魏氏看来，纵笔为文时情感应自然流露，不是苦吟也不是字斟句酌，从而形成一种行云流水般的创作状态。此种创作状态之所以形成，归根结底是创作主体有所"本"，即立足本心。魏了翁认为，坐忘居士房公之诗"婉而不媚，达而不肆，心气和平而无寒苦浅涩之态"④的根本原因是立足本心，澄思静虑之后的情感外化。魏了翁曾评价黄庭坚之诗"落华就实，直造简远"，"虑淡气夷，无一毫憔悴损狄之态"，并认为黄庭坚诗歌之所以有"繁华落尽见真醇"的艺术魅力，是因其"有所养"⑤。魏了翁还曾以挽弓射箭作比喻来强调"为文之法"，他认为所养深厚则气定神闲，必定会百发百中，所养不厚则心急气躁，只会次次脱靶，故"齐量之浅深，气格之高下，毫末不能以强"⑥。故魏了翁在其文集序跋中提倡一种自然为文的创作方法，同时认为作文时能给人以"自然"的艺术效果归根结底是创作主体有所"本"。

由于魏了翁倡导一种不加雕饰、质朴无华的语言风格，故其反对创作时堆砌辞藻或拘泥于声韵。他在《注黄诗外集序》云："予尝读三《礼》，于生子曰诗负，于祝嘏曰诗怀，乃知诗之为言承也。情动于中而言以承之，故曰诗，

---

① 曾枣庄、刘琳主编《全宋文》，第 310 册，上海辞书出版社，安徽教育出版社，2006 年，第 10 页。
② 曾枣庄、刘琳主编《全宋文》，第 310 册，上海辞书出版社，安徽教育出版社，2006 年，第 75 页。
③ 曾枣庄、刘琳主编《全宋文》，第 310 册，上海辞书出版社，安徽教育出版社，2006 年，第 140 页。
④ 曾枣庄、刘琳主编《全宋文》，第 310 册，上海辞书出版社，安徽教育出版社，2006 年，第 5 页。
⑤ 曾枣庄、刘琳主编《全宋文》，第 310 册，上海辞书出版社，安徽教育出版社，2006 年，第 32 页。
⑥ 曾枣庄、刘琳主编《全宋文》，第 310 册，上海辞书出版社，安徽教育出版社，2006 年，第 82 页。

非有一毫造作之工也。而后世顾以纂言比事为能,每字必谨所出。"①魏了翁对无一造作之工的诗歌予以肯定,而对后世诗歌以"纂言比事为能"表示不满。他认为那些"辨篇章之耦奇,较声韵之中否,商骈俪之工拙,审体制之乖合"之创作,最终是"有之固无所益,无之亦无所缺",从而强调一种顺其自然的创作状态,与素朴淡然的语言特色。

简言之,魏了翁作为一名理学家,在其文集序跋中对文集作者及文集作品予以评价和品评,有其特殊的批评视角——强调一切文辞应根诸"义理",只有根诸"义理"之文辞才有其生命力,反之亦然。在作家修养论方面侧重养心治气,而加强创作主体的道德修养是"养气"的重要途径,同时正是由于创作主体"有所养"才能进入"自然"的创作境地,从而创作出独具魅力的艺术精品。在美学方面,魏了翁提倡自然无华的审美趋尚。

---

① 曾枣庄、刘琳主编《全宋文》,第 310 册,上海辞书出版社,安徽教育出版社,2006 年,第 74 页。

第八章 宋代奏议集序跋

有宋一朝广开言路,宋太祖曾立下"不诛大臣、言官"之誓约,鼓励文武百官积极上书言事,而富有浓厚修齐治平情怀的儒家士人本就有着强烈的参政议政热情,因此,在两宋时期出现了士大夫们"开口揽实事,议论争煌煌"的空前局面。心怀天下、放言国是的时代风气大大促进了宋代奏议类文章创作的繁荣,奏议类文体名目增多。宋人认为奏议为"治乱之龟鉴",并且奏议也是士大夫政治思想与从政经历的集中体现,故在宋代仕宦至相应级别的士人常常会将其奏议类文章独立于其他诗文之外,单独编纂成集。奏议集的编纂与刊印是宋人别集整理和刊印的一大特色,大量的奏议集序跋由此而生。笔者钩沉《全宋文》及相关文献可知,两宋时期存世的奏议集序跋共计八十九篇(详见本书附录)。

第一节 奏议文体辨析——以表、状、札子为例

随着人类社会历史的发展和国家治理经验的积累,国家政权组织形式由简到繁,日益完善。由于国家政权机构逐渐变得庞大而又复杂,为了能够维持其正常的运转,做到上令下行,下情上通,公文就成为一种必不可少的沟通手段。

与世界上其他古代文明相比,中国很早就发展出一套大一统的中央集权国家体制,皇帝作为最高统治者,通过一套从中央到地方的庞大国家机器,自上而下地实现其统治人民、治理国家的目标。在具体的政治运行过程

中,中央及地方官署的各类公文发挥了无可替代的重要作用。与现代政府公文类似,按照发文者与受文者之间的关系,中国古代公文同样可以分为上行公文、下行公文和平行公文。奏议类公文属于上行公文,是古代君臣沟通交流的一种重要方式。大凡臣子向皇帝言事、陈情、谢恩等均会用到奏议,故奏议类文体名目繁多。

作为政治文化的组成部分,中国古代政府公文的使用变化情况与中央集权国家体制下官僚政治制度的发展演化相呼应,其文体变迁能够充分而生动地反映出本身所蕴含的独特文化内涵。笔者在此拟以奏议文体中的表、状、札子为例,通过梳理其文体的发展变迁,并结合相关的政治文化与历史演变,以求一窥不同的奏议文体在发展变化过程中所隐藏的丰富政治文化密码。

一、"表"之变迁

表,本有表明、标示之意。如《史记·吴王濞传》载:"……(范蠡)乃装其轻宝珠玉,自与其私徒属乘舟浮海以行,终不反。于是勾践表会稽山以为范蠡奉邑。"①《史记·越王勾践世家》载:"高皇帝亲表功德,建立诸侯。"②后来,"表"逐渐演变为以奏章等向皇帝予以表明、展示。《汉书·隽不疑传》载:"(暴)胜之知(隽)不疑非庸人,敬纳其言,深接以礼意,问当世所施行。……至昏夜,罢去。胜之遂表荐不疑,征诣公车,拜为青州刺史。"③以"表"作为奏议类公文的文体名,最早见于汉成帝皇后的章疏中。《汉书·外戚传》载:"……于是省减椒房掖廷用度。皇后乃上疏曰:'……故时酒肉有所赐外家,辄上表乃决。'"④东汉以后,以"表"来代指章奏的情况越来越普遍。如《后汉书·张奋传》载:"时岁旱灾,祈雨不应,(张奋)乃上表曰:……即时引见,复口陈时政之宜。明日,和帝召太尉、司徒兴洛阳狱,录囚徒,收

---

① [汉]司马迁:《史记》,中华书局,1963年,第1752页。
② [汉]司马迁:《史记》,中华书局,1963年,第1752页。
③ [汉]班固:《汉书》,中华书局,1962年,第3035页。
④ [汉]班固:《汉书》,中华书局,1962年,第3977页。

洛阳令陈歆,即大雨三日。"①《后汉书·皇甫规传》载:"熹平三年,以疾召还(皇甫规),未至,卒于谷城,年七十一。所著赋、铭、碑、赞、祷文、吊、章表、教令、书、檄、笺记,凡二十七篇。"②

此外,在唐以后表文还出现了新的变种。宋代有所谓的"笏记",应是一种简短的表文。明代吴师曾《文体明辨序说》云:"宋人又有笏记,书词于笏,以便宣奏,盖当时面表之词也。"③明代王圻《续文献通考》曰:"笏,勿也。君有教命及所启白,则书之,备忽忘也。"④可见,宋人将表文书写于笏板之上,其目的是方便当面向皇帝进言,同时以防在面君呈辞时遗忘。"据《记》曰:'造受命于君前,则书于笏。笏度,二尺有六寸。'"笏板一般只有二尺六寸长,这一载体决定了笏记必须简短,并且笏记是面对皇帝时当场宣读,这一场所也要求笏记不能太过繁复,即"表文书于牍,则其词稍繁;笏记宣于廷,则其词务简"⑤。苏轼《笏记》云:

> 禁林之选,多士所荣。非独文章之工,俾专翰墨;当属典刑之老,以重朝廷。如臣空疏,岂宜尘冒。此盖伏遇皇帝陛下,刚健纯粹,缉熙光明。曲搜已弃之材,将建无穷之业。顾惭浅陋,将何补于盛明;惟有朴忠,誓不回于生死。臣无任。⑥

从内容来看,此文应为苏轼被委官以后所上的谢表。人们将文字写于笏板之上应早已有之,但并没有成为一种文体,只是到了宋代,"笏记"才成为一种类似于"表"的文体。

表,作为一种公文体式,在中国古代上行公文中占有重要的地位。有关

---

① [南朝宋]范晔:《后汉书》,中华书局,1965年,第1199页。
② [南朝宋]范晔:《后汉书》,中华书局,1965年,第2137页。
③ 王水照编《历代文话》,第2册,复旦大学出版社,2007年,第2092页。
④ 王水照编《历代文话》,第3册,复旦大学出版社,2007年,第2852页。
⑤ 王水照编《历代文话》,第2册,复旦大学出版社,2007年,第2092页。
⑥ 《苏轼文集》,孔凡礼点校,中华书局,1986年,第683页。

作表的格式,历代文献也多有载论。蔡邕《独断》曰:"表者,不需头。上言'臣某言',下言'臣某诚惶诚恐稽首顿首死罪死罪'……公卿、校尉、诸将不言姓,大夫以下有同姓官别者言姓。"①司马光《书仪》"表式"曰:

> 臣某言(云云),臣某诚惶诚惧,顿首顿首辞(云云),谨奉表称谢以闻,臣某诚惶诚惧,顿首顿首,谨言。
> 年月日。具位臣姓名上表②

由于编者在当初编纂时大多只注重内容而忽视形式,致使现留存于世的一些诗文别集和总集中的表文大多是删去了"表头"和"表尾"的节文,我们现在很难在诗文别集和总集中看到格式规范、内容完整的表文。

根据相关材料可知,表文作为一种重要的应用性公文,其功利性、目的性较强,带有较为明显的程序化倾向。明代朱荃宰根据不同的表文,还总结出具有程序化的写作模式。"贺祥瑞",分四段:"一破题,二解题,三颂圣,四述意。""谢表",分四段:"一破题,二自述,三颂圣,四述意。""进书表",分四段:"一破题,二解题(或自述),三颂圣,四述意。"③表文的文体性质决定了其有程式化的一面,但综观历朝历代的表文,其中也不乏情文并茂之作,如诸葛亮的前后《出师表》、孔融的《荐祢衡表》、羊祜的《让开府表》等。总之,一篇较好的表文应以简洁精致为主,其中用事不能太深僻,用语不可太新奇,铺叙不能太烦冗。

自从作为一种公文形式出现以后,表在中国传统政治生活中一直占有相当重要的地位,但在具体功能及风格等方面经历过较大的变化,不同的历史时期有其不同的特点。

首先,表文功能的变化。汉代表文主要用于陈请,魏晋以降,表文的功能不断扩大。明代朱荃宰《文通》"表"类,按表文之内容将表细分为十三类:

---

① [汉] 蔡邕:《独断》,影印文渊阁四库全书本。
② [宋] 司马光:《书仪》,影印文渊阁四库全书本。
③ 王水照编《历代文话》,第 3 册,复旦大学出版社,2007 年,第 2797 页。

论谏、请劝(劝进)、陈乞、进献、推荐、庆贺、慰安、辞解(辞官、解官)、陈谢、讼理、弹劾(诸葛亮《废李平表》)。清代孙梅《四六丛话》"表"类将"表"概括为四类:陈谢、请乞、荐达、进奉。

唐宋时期的表文相对前代而言,较为明显的变化是进书表增多,如唐代萧颖士《为陈正卿进续尚书表》、王维《为韩和尚进注仁王经表》等,宋代司马光《进资治通鉴表》、窦仪《进刑统表》、华初成《进云溪集表》等。由于唐宋时期进书表众多,人们按照进书种类的不同,对表文提出了更为具体的写作要求:"进书一门,诸书体制各不同。玉牒乃纪大事之书,国史乃已成纪传之书,实录乃编年之书,宝训则分门,日历则系日,会要则会粹,各是一体。若出进玉牒表,须当纯用玉牒事,不可以他事杂之。举此一端,其余皆然。若泛滥不切,可以移用,便不为工矣。"①

其次,表文风格的变化。汉晋时期的表文多用散体,文风相对朴实,词语简练,正如刘勰所说:"魏初章表,指事造实,求其靡丽,则未足美矣。"唐宋时期的表文则有四六体,对仗工整、排比铺叙,用事精当。但唐宋体又各有不同:"唐人声律,时有出入,而不失乎雄浑之风;宋人声律,极其精切,而有得乎明畅之旨,盖各有所长也。"②清代孙梅《四六丛话》中选录了大量唐宋时期杰出的表作,将这些作品对比更能体会唐宋时期表文之异同。

考察表类文章可以发现,其发展与中国古代政治演变密切相关,尤其是特定阶段人才选拔制度的改革对奏议类公文的流变产生了重大影响。

检诸史料可知,东汉二百年间,表文数量大增,并逐渐成为上行公文的一种主流体式。以笔者拙见,出现这一变化的原因可能与东汉时期的选官制度有关。东汉顺帝时,尚书令左雄针对政府选拔人才的察举之制存在的弊病,提出了改革的建议。对于郡国举荐的孝廉人选,左雄主张朝廷不仅要在年龄方面进行相应的限制,而且还要对他们进行相应的考试,认为只有程序严格,确保公正,才能选拔出真正有才之士。《后汉书·左雄传》载:"(左)

---

① 王水照编《历代文话》,第1册,复旦大学出版社,2007年,第971页。
② 王水照编《历代文话》,第3册,复旦大学出版社,2007年,第2792页。

雄又上言：'……请自今孝廉年不满四十，不得察举，皆先诣公府，诸生试家法，文吏试笺奏，副之端门，练其虚实，以观异能，以美风俗。有不承科令者，正其罪法。若有茂才异行，自可不拘年齿。'帝从之，于是班下郡国。"①在此，所谓"文吏试笺奏"，实际上就是考试章表。故自东汉察举改试章表以后，表文大兴。东汉安帝亲自主持对孝廉的章表考试，胡广被取为第一名。刘勰在《文心雕龙》中道："后汉察举，必试章表。左雄奏议，台阁为式；胡广章表，天下第一。"②刘勰在此所言，正是上述东汉一朝有关奏表的典章文化。

到魏晋时期，作为奏议文体的表文已经大行其道了。曹植因争位失败的政治原因，在其兄曹丕称帝之后，为求得其谅解，就曾多次拜表上奏。如黄初四年，曹植徙封雍丘王时，曾"上疏曰：臣自抱衅归藩，刻骨刻肌，追思罪戾，昼分而食，夜分而寝。诚以天网不可重离，圣恩难可再恃。……谨拜表献诗二篇"；③太和三年，曹植徙封东阿以后，又上疏曰："……不胜愤懑，拜表陈情。若有不合，乞且藏之书府，不便灭弃，臣死之后，事或可思。"④在这一时期，一些文人甚至以擅长章表而闻名于世。如"建安七子"之一的陈琳长于章表书檄，文气贯注，笔力强劲，风格雄放，在当时与阮瑀齐名。曹丕曾评价道："孔璋（陈琳）章表殊健，微为繁富。公幹（刘桢）有逸气，但未遒耳。元瑜（阮瑀）书记翩翩，致足乐也。"⑤魏晋南北朝时期是表文的繁荣期，表文种类增多，名篇多见。对此，刘勰在《文心雕龙》中描述道："文举之荐祢衡，气扬采飞；孔明之辞后主，志尽文畅。虽华实异旨，并表之英也。琳、瑀章表，有誉当时；孔璋称健，则其标也。陈思之表，独冠群才……逮晋初笔札，则张华为俊。其三让公封，理周辞要，引义比事，必得其偶，世珍《鹪鹩》，莫顾章表。及羊公之辞开府，有誉于前谈；庾公之让中书，信美于往载……刘琨《劝

---

① ［南朝宋］范晔：《后汉书》，中华书局，1965年，第2020页。
② ［南朝梁］刘勰：《文心雕龙》，范文澜注，人民文学出版社，1958年，第207页。
③ ［西晋］陈寿：《三国志》，中华书局，1964年，第563页。
④ ［西晋］陈寿：《三国志》，中华书局，1964年，第570页。
⑤ ［西晋］陈寿：《三国志》，中华书局，1964年，第602页。

进》,张骏《自序》,文致耿介,并陈事之美表也。"①魏晋南北朝时期表文创作之繁荣,由此可见一斑。

自东汉以后,经魏晋,历唐宋,终明清,章表考试一直都是官吏选拔中不可或缺的重要内容。据王应麟《辞学指南》记载,唐代的进士考试曾以制"表"作为考试内容,如唐显庆四年(659),进士试考《关内父老迎驾表》;开元二十六年(738),又试《拟孔融荐祢衡表》。由于历代统治者均重视、强调对章表的考试,应试者对于如何应对必然要做相应的准备。对此,古人的做法是,"灯窗之暇,将可出之题件件编类,如《初学记》《六帖》《艺文类聚》《太平御览》《册府元龟》等书,广博搜览,多为之备"。②这就需要平日注意积累,做到厚积薄发,到考场上方可随机应变,应付裕如。因此,古人多有强调积累之功者。王应麟曾道:"如出一贺册表,非胸中有五六件册宝,如何展布得一篇?又有不可测者,如宣和间《顺州进枸杞表》,固非场屋中出,万一试日或遇此题,平时不知枸杞为何物,焉能作灵根夜吠之语哉。"③当然,这种纯粹为了应试而作的表文,多流于程式化,虽有实用性,但大多文学性、艺术性不佳。

二、"状"之形态

汉代何休《春秋公羊解诂》曰:"课吏,长吏不称职者,为殿举免之;其有治能者,为最察,上尤异,州又状州中吏民、茂才异等。"其中"状"为陈述的意思,向上汇报一地吏民之杰出者。何休又道:"岁尽,赍所状纳京师,名奏事。"此处,所谓"状",即向皇帝"奏事"之意。故早期的"状"只是指向上陈述一地官民情况的一种行为,还不具备文体意义。清代王兆芳《文章释》曰:"状者,犬形也,形貌也,官民之事臧否之形状也。"④可见,"状"的本义是指事物之形状,后来引申为褒贬官民之事的一种行为。

---

① [南朝梁]刘勰:《文心雕龙》,范文澜注,人民文学出版社,1958年,第207页。
② 王水照编《历代文话》,第1册,复旦大学出版社,2007年,第972页。
③ 王水照编《历代文话》,第1册,复旦大学出版社,2007年,第971页。
④ 王水照编《历代文话》,第7册,复旦大学出版社,2007年,第6299页。

根据"状"类公文之内容和功能，可将其分为礼仪性的"状"和政务性的"状"。前者主要用于谢恩、贺喜、进贡、让官等，此类公文与一些表文类似，所以被称为"表状"，如韩愈《皇帝即位贺诸道状》、李德裕《进元宗马射图状》等；后者主要用于议事、奏事、弹劾等，如韩愈《论淮西事宜状》、李德裕《论朝廷事体状》等。根据受文对象之不同，"状"又可分为"奏状"和"申状"两种。

"奏状"的受文对象为皇帝，发文者是个人或某司。司马光《书仪》中"奏状式"云：

> 某司（原注：自奏事则具官，帖黄节状内事。）
> 某事（云云）（原注：若无事因者，于此便云右臣。）
> 右（云云）（原注：列数事，则云右谨件如前。）谨录奏闻，谨奏。
> （原注：取旨者则云伏候敕旨。）
> 乞降付去处。（原注：帖黄在年月前。）
> 年月日具位臣姓名（有连书官，即依此列位。）状奏①

由此"奏状式"可知，一份完整的"奏状"应包括三部分："状头"包括发文者、因何事发文；奏状的正文；"状尾"，即结束语。发文者可以是某个政府部门或机构，如韩愈《贺太阳不亏状》，其"状头"曰："司天台奏：今月一日，太阳不亏。"此发文者为"司天台"，因"太阳不亏"而发；"状"的发文者也可是某个官员，又如韩愈《谢许受王用男人事物状》，其"状头"曰："某官某乙。"②

"申状"的受文对象为上级官署，发文者则与奏状一样，可以是个人或某司。宋代司马光在其《书仪》中，将此类"状"的格式总结为"申状式"：

> 某司（原注：自申状，则具官封姓名。）
> 某事（云云）（原注：有事因，则前具其事；无所因，则便云

---

① ［宋］司马光：《书仪》，影印文渊阁四库全书本。
② ［清］董诰等编《全唐文》，中华书局，1983年，第5565页。

右某。）

　　　右(云云)。谨具状申。（原注：如前列数事，则云右件状如前云云。）某司谨状。（原注：取处分，则云伏候指挥。）

　　　年月日。具官封姓名（原注：有连书官则以次列衔。）状①

与前面提到的"奏状式"比对，我们可以轻易发现两者在书写格式上之异同。在"状头"部分，"奏状"和"申状"格式雷同，均为发文者和因某事而发文；正文部分就事论事，也无太大差异。最大不同在"状尾"部分，为了强调突出，笔者用着重号将其标出。"奏状"的结尾部分为"谨录奏闻，谨奏"，要想得到皇帝的"旨意"，则曰"伏候敕旨"；而"申状"的结尾部分为"谨具状申"，要想得到上司的命令，则曰"伏候指挥"。奏状与申状在受文对象上有明显的区分，皇帝称"奏"，上级称"申"，两者不可混为一谈。

状类公文的发展变化，能够直接反映出特定历史时期包括政府机构设置等在内的政治文化。

在现存文献中，较早记载以"状"的形式向皇帝奏事的是《汉书》。《汉书·赵充国传》："充国上状曰：'……臣谨条不出兵留田便宜十二事。'"②此篇奏状保存在《全汉文》中，即《条上屯田便宜十二事状》。魏晋六朝史料也有对"状"的记载：《晋书·张轨传》："令有司可推详立州已来清真德业……谄佞误主，伤陷忠贤，具状以闻。"③《魏书·高祖纪》承明元年（476）八月甲子诏曰："群公卿士，其各勉厥心，匡朕不逮。诸有便民利国者，具状以闻。"④可见，"状"之向上奏事的功能在汉魏时期已初步具备，而以"状"为文章命名则始于赵充国《条上屯田便宜十二事状》，之后又有张敞《条奏昌邑王居处状》，阙名《置五经博士举状》，孙权《白曹公状》。

然而，作为唐以前文章总集的《文选》未列"状"体一类，《文心雕龙》也未

---

① ［宋］司马光：《书仪》，影印文渊阁四库全书本。
② ［汉］班固：《汉书》，中华书局，1962年，第2987页。
③ ［唐］房玄龄等：《晋书》，中华书局，1974年，第2224页。
④ ［北齐］魏收：《魏书》，中华书局，1974年，第142页。

对"状"体文做过评论。由此可以推知,唐以前作为文体意义上的"状"尚未成熟,至唐代此种奏议文体始兴盛起来。近人吴曾祺《文体刍言》"状类"云:"论事之体,与奏疏同。谓之状者,谓条其事实而上之。汉以前传者有赵充国一篇,唐以后此等文甚多。"① 由于唐代出现了大量的"状"类文章,故宋人李昉等编《文苑英华》时专列"状"一目,其中将"状"细分为六类,即谢恩、贺、荐举、进贡、杂奏、陈情。此为最早选录"状"类文体的文章总集,同时也确立了"状"类文章的文体意义。

唐代状类公文的发达,应该和唐代三省六部制的机构设置有较为直接的关系。《唐六典》门下省侍中条载:"凡下之通于上,其制有六:一曰奏抄;二曰奏弹;三曰露布;四曰议;五曰表;六曰状。"② 可见,唐门下省"六书","状"居第六。据刘后滨先生解释:"这里所谓'上',不是泛指相对于各个下级而言的上级,而是相对所有臣民的'皇上',这是六种上于皇帝的文书。"③ 据《旧唐书·职官二》记载,尚书省所用文书曰:"凡下之所以达上,其制亦有六曰:表、状、笺、启、辞、牒(原注:表上于天子。其近臣亦为状。笺、启上皇太子,然于其长亦为之,非公文所施。有品已上公文,皆曰牒。庶人言,曰辞也)。"④ 尚书省"六书"中,只有"表""状"两种文体可以直接呈于皇帝。可以说,到了唐代"状"已经成为一种名副其实的上行公文。大凡臣子奏事、论事以及谢恩、荐举等均会用到"状",如韩愈《论今年权停举选状》、元稹《同州奏均田状》、刘禹锡《举崔监察群自代状》、李德裕《谢赐锦彩银器状》等。

由于中央各部及地方官员众多,若都将奏状直接上呈皇帝本人,不仅效率太低,皇帝即使勤政也处理不过来。因此,在实际朝政运行中,会将奏状分级分流处理,只将部分有真正需要的奏状向皇帝奏明。如在唐代,一些奏状需先申三省,由三省决定其是否上奏皇帝。《唐会要》"尚书省诸司上·尚

---

① 王水照编《历代文话》,第 7 册,复旦大学出版社,2007 年,第 6643 页。
② [唐]李林甫等:《唐六典》,影印文渊阁四库全书本。
③ 刘后滨:《唐代中书门下体制研究——公文形态·政务运行与制度变迁》,齐鲁书社,2004 年,第 99 页。
④ [五代]刘昫等:《旧唐书》,中华书局,1975 年,第 1817 页。

书省"载:"诸司诸使及天下州府,有事准令式各申省者,先申省司取裁,并所奏请。敕到省,有不便于事者,省司详定闻奏,然后施行。"①大历十四年(779)六月敕曰:"天下诸使及州府,须有改革处置事,一切先申尚书省,委仆射以下商量闻奏,不得辄自奏请。"②故吴丽娱先生指出:"'奏'专用于皇帝,所以这一层次(笔者注:即上给尚书省诸司之'状')的上状就改用'申'。"③唐代根据受文对象而对"奏状"与"申状"所作的区处,至宋代仍为各级官衙僚属所遵行。在宋人的别集中也能看到两者之区别,若受文者不是皇帝,常常会在"状"文题目中冠以"申"字。如朱熹《申省状》《申登闻检院状》等。

盛行于唐代的"状",历经宋、元、明、清,一直是奏议类文书中的一个重要分支。《文苑英华》之后,历代文章选家对"状"多有青睐,明代贺复征《文章辨体汇选》列有"状"和"奏状"两种,清代吴曾祺《文体刍言》奏议类将"状"单列。在众多的"状"文中,不乏精品,明代茅坤的《唐宋八大家文钞评文》按照文体对唐宋八大家之文章予以评价,除柳宗元外,其他七家均选有"状"文。其评韩愈《论淮西事宜状》云:"及读所论淮西事宜,并凿凿中名实,可当施行。其经略措置,与宋之韩、范、富、欧,亦略相当。"④评欧阳修《论修河第一状》曰:"此等奏疏,利害最深切,文字最圆畅。西汉以下不多见者。"⑤

三、"札子"之演变

在纸张发明以前,札子本来是古人用来书写文字的竹木片,后来人们也把写在木简上的文书称为"札",如《晋书·索靖传》载:"(索䌸)少有逸群之量,(索)靖每曰:'䌸廊庙之才,非简札之用,州郡吏不足污吾儿也。'"⑥到了两宋时期,札子成为官厅衙署普遍应用的一种公文的名称。徐师曾《文体明

---

① [宋]王溥:《唐会要》,中华书局,1955年,第986页。
② [宋]王溥:《唐会要》,中华书局,1955年,第987页。
③ 邓小南、曹家齐、平田茂树主编《文书·政令·信息沟通——以唐宋时期为主》,北京大学出版社,2012年,第3—46页。
④ 王水照编《历代文话》,第2册,复旦大学出版社,2007年,第1793页。
⑤ 王水照编《历代文话》,第2册,复旦大学出版社,2007年,第1852页。
⑥ [唐]房玄龄等:《晋书》,中华书局,1974年,第1650页。

辨序说》曰:"七国之前,皆称上书,秦初改书曰奏。……宋人则监前制而损益之,故有札子、有状、有书、有表、有封事,而札子之用居多,盖本唐人榜子、录子而更其名,乃一代之新式也。"①以后历代政府文书体制虽有发展变化,但到明清时期仍可在公文中见到札子的身影。宋代札子有两种类型,一种作为上行公文,即奏札;另一种作为下行公文,即省札。

作为下行公文的省札,是从唐代的"堂帖"演变而来。关于唐代的"堂帖",唐宋时期史料多有记载。《唐国史补》云:"宰相判四方之事有堂案,处分百司有堂帖。"②沈括《梦溪笔谈》亦云:"唐中书指挥事,谓之堂帖子。曾见唐人堂帖,宰相签押,格如今人之堂札子也。"③可见,唐代宰相常用"堂帖"管理四方之事,这种文书制度一直持续到北宋初期。徐度《却扫编》曾云:"唐之政令虽出于中书门下,然宰相治事之地别号曰政事堂,犹今之都堂也,故号令四方,其所下书曰堂帖,国初犹因此制。"④北宋初期赵普任宰相,"权任颇专",使宋太祖觉得"堂帖势力重于敕命",故下令禁止中书门下之堂帖,用"札子"取而代之。至此之后,"札子"一直是两宋时期一种重要的下行公文,根据发文机构不同,省札又可以分为御札、中书札子、枢密院札子、帅札等。

对于省札,笔者不拟过多论议,在此重点关注一下奏札,即作为上行公文的札子。⑤据《宋史·范质传》载:"先是宰相见天子议大政事,必命坐面议之,从容赐茶而退。唐及五代犹遵此制。及质等惮帝英睿,每事辄具札子进呈。具言曰:'如此庶尽禀承之方,免妄庸之失。'帝从之,由是,奏御浸多,始废坐论之礼。"⑥唐五代时期,宰相与天子以"坐论"的形式讨论国家大事,到了北宋初期范质等人担心"坐论"时会出现纰漏,于是事先将自己要面陈皇帝的奏事内容写成札子。诚如清代王兆芳总结云:"札子者,札,刺箸也,刺

---

① 王水照编《历代文话》,第 2 册,复旦大学出版社,2007 年,第 2094 页。
② [唐] 李肇:《唐国史补》,上海古籍出版社,1993 年,第 49 页。
③ [宋] 沈括:《梦溪笔谈》,胡道静校证,中华书局,1957 年,第 24 页。
④ [宋] 徐度:《却扫编》,大象出版社,2008 年,第 130 页。
⑤ 此后,文中如无特别注明,所谓"札子"者,均指作为上行公文的奏札。
⑥ [宋] 脱脱等:《宋史》,中华书局,1985 年,第 8795 页。

箸所言以代坐论者。宋臣下可面奏,而用札子免疏失。"①故此,宋代大臣面陈皇帝时常用札子,在宋人别集中保存着大量的札子,由此可见札子这一文体在宋代的盛行。

  札子的程式较为简单,据《庆元条法事类》载:"其用札子者,前不具官,不用右,不用年。改状奏为札子,事末云'取进止'(在京官司例用札子奏事者,前具司名)。"②由此可知,札子起首不写明官职,不标注"右"字(两宋时期其他"状"类文书,文首皆标注"右"字),只署发文人名字即可。在行文结束时,以"取进止"作结,意为听由皇上定夺进止。

  通过考察札子这种公文,可以窥见古代封建社会等级森严的政治文化。两宋时期,在札子成为经常使用的上行公文以后,当时的文书制度对于运用札子进行奏事的主体做出了明确的规定,或者说做了相应的限制。欧阳修《归田录》云:"唐人奏事,非表非状者,谓之榜子,亦谓之录子,今谓之札子。凡群臣百司上殿奏事,两制以上非时有所奏陈皆用札子。"③欧阳修这段话除了告诉我们宋人用"札子"奏事外,似乎还向我们传达了宋人使用"札子"的场所和对象——群臣百司只有上殿面陈皇帝时才可用"札子",而"非时"是指不上殿面陈时,这个时候只有"两制以上"者才可使用。同样的表述在《庆元条法事类》卷一六"文书"中也有体现:"诸臣僚上殿或前宰相、执政及外官奏军机密速,听用札子。"依据该条法规,除了上面提到的上殿呈事之大臣及宰相和执政外,还有外官奏军机大事之人。因此,在制度规定上,除了上殿面陈者用札子外,在其他情况下只有高级官员如宰相、执政等才能用札子奏事,正所谓"依故事,在外惟前两府,在内惟大两省许用札子奏事,他官皆用奏状"④。由于札子更容易得到皇帝亲览,皇帝对札子所反映的问题会更加重视,故很多级别较低的大臣也往往擅用札子奏事。当然,这种越级使用札子奏事的行为违反了朝廷有关文书制度的规定,会在一定程度上扰乱公文

---

① 王水照编《历代文话》,第 7 册,复旦大学出版社,2007 年,第 6301 页。
② [宋] 谢深甫:《庆元条法事类》,燕京大学图书馆藏本。
③ [宋] 欧阳修:《归田录》,中华书局,1981 年,第 29 页。
④ [清] 徐松辑《宋会要辑稿》,仪制七之三〇,中华书局,1957 年,第 964 页。

办理程序。因此,在宋代史料中可以发现一些官员因越级使用札子而受罚的事例。周煇《清波别志》记载:"降太康县驻泊巡检、右侍禁张孚,为雅州庐山县都监。坐用札子奏事也。故事,在外惟前两府,在京两大省,方许用札子奏事,他官皆上表状。一巡检使臣,敢以札子直达御前,固已可骇。在当时通进司亦何敢传奏?今昔法制,宽密不同如是。乃宝元、庆历间事。"① 由于张孚只是一个巡检使,却妄用札子奏事,故被贬往远恶州县降级使用。这是北宋中期的事情,到了南宋时期这种对越级使用"札子"奏事者的惩处性规定应依然存在。朱熹知南康军时就曾因越级用札子奏事而诚惶诚恐,不得不再上一道"自劾不合用札子奏事"的奏状:

> 臣僚札子奏:"臣窃见旧制,章奏凡内外官登对者,许用札子,其余则前宰执、两省官以上许用札子,以下并用奏状。乞申严有司,应帅漕郡守主兵官,如事涉兵机,许用札子,余僭越犯分,有不如式,则令所属退还"等事,三省同奉圣旨依奏者。伏念熹山野生疏,不识事体,近于今年六月二十二日,因本军陈乞蠲减税钱事,曾具札子奏闻。虽在上项指挥之前,实亦有违旧制,闻命震恐,不知所为。即欲具奏自劾,又恐复以狂妄,重干典宪,谨具状申尚书省,欲望敷奏,亟行罢黜,以为疏远小臣慢上不恭之戒。②

朱熹因减免税钱之事而越级用札子奏事,此后知道相关制度后甚是忧惧,故向尚书省上一道"申状"以作自我检讨。

两宋有关对"札子"使用权限的规定,从一定程度上反映了当时朝廷政务处理的流程以及某种特定的君臣交流方式。但作为一种上行公文,"札子"从文体功能上看,与盛行于宋代的表、状、疏等奏议类文体相似,也可分为礼仪性札子和政务性札子。从文体体式上看,札子一般比较简短,大多是

---

① [宋]周煇:《清波杂志(附别志)》,中华书局,1985年,第139页。
② 王水照编《历代文话》,第1册,复旦大学出版社,2007年,第21页。

一事一札,并且大臣上殿奏事不可超过三札。另外,札子的末尾多以"取进止"结尾,意思是听候旨意,以决行止。据叶梦得《石林燕语》载:

> 臣僚上殿札子,末概言"取进止",犹言进退也。盖唐日轮清望官两员于禁中,以待召对,故有"进止"之辞……今乃以"可否取决"之辞,自三省大臣论事皆同一体,著为定式。①

宋代形成定制的"札子",成为奏议类文体的一种重要形式,被后世一直沿用下来。明清时期依然有人使用,如明代霍韬《初政第二札子》、清代李光地《御制论诗发示覆奏札子》。历代文章选本也多将"札子"单列一目,宋代王霆震《古文集成》将文章分为二十类,"札子"居第五,明代贺复征《文章辨体汇选》将文章分为十六类,"札子"居第十三,清代张廷玉等编辑《皇清文颖》,其中也有"札子"一类。

总之,作为古代公文形式之一种,札子在两宋时期被大量运用于朝廷政务,其程式简单,运用灵活,但在当时的政治文化中,对于札子的运用主体有着严格的规定,上下等级有差,逾越者可能会受到朝廷的严厉责罚。

第二节 宋代奏议文之繁荣与奏议集之编纂

一、宋代奏议文之繁荣

在中国传统封建体制之下,皇帝居于制度金字塔的最顶端,拥有至高无上的权力,但其不可能事无巨细均亲力亲为,文武百官则成了皇帝的"耳目",帮助皇帝处理日常事务,正所谓"出纳献替,王臣之任;章疏奏议,谏者

---

① [宋]叶梦得:《石林燕语》,侯忠义点校,中华书局,1984年,第53页。

之职"①。圣明之君一般会广开言路,积极听取臣僚的意见和建议,以期更好地治理国家。皇帝和群臣们沟通交流的一种有效方式就是通过臣僚上书言事。上书言事是以一种书面报告的形式将事情之原委呈现给皇帝,而这种书面报告即奏议。在相关史书与宋人文集中保存着大量有关宋人上书言事的记录以及奏议的文本。

《建炎以来系年要录》《续资治通鉴长编》《宋史》等史书中载录了大量宋人上书言事的史实。《续资治通鉴长编》有载:"近世张知白上书言事,论议卓越,真宗拔于河阳职官。"②"(王巩)每上书言事,多切时病,吴充、冯京器其为人,尝与议及国事。"③这种记录在《宋史》中更为多见,如:"(栾崇吉)少为吏部令史,上书言事,调补临淄主簿。"④"(崔颂)诣阙上书言事,宰相桑维翰览而奇之,擢为左拾遗,选右补阙。"⑤从这些史实中可以看出,朝廷对上书言事者多加奖掖。朝廷担心下情雍塞,也常常鼓励群臣上书言事,真宗雍熙元年(984)曾下诏曰:"天下幕职、州县官,或知民俗利害、政令否臧,并许于本州附传置以闻。所言可采,必行旌赏,若无所取,亦不加罪。"⑥

在宋人文集中保存着大量的奏议,这些奏议具体真实地记录了文集作者在当时上书言事的内容。检阅宋人文集,几乎每部文集中都保存着大量的奏议类文章,并且宋人文集大多采用分体编排的方法,使得我们对奏议文章的了解更是一目了然。如:

  尹洙《河南先生文集》:卷一八表疏,卷一九札子,卷二○～卷二二奏状,卷二三奏议,卷二四～卷二五申状。

  曾巩《元丰类稿》:卷二七～卷二八表,卷二九疏,卷二九～卷

---

① [元] 脱脱等:《宋史》,卷三百六,中华书局,1985年,第10105页。
② [宋] 李焘:《续资治通鉴长编》,卷二一一,中华书局,1995年,第5127页。
③ [宋] 李焘:《续资治通鉴长编》,卷四四六,中华书局,1995年,第10742页。
④ [元] 脱脱等:《宋史》,卷二七七,中华书局,1985年,第9441页。
⑤ [元] 脱脱等:《宋史》,卷四三一,中华书局,1985年,第12816页。
⑥ [宋] 李焘:《续资治通鉴长编》,卷二五,中华书局,1995年,第581页。

三二札子,卷三三～卷三五奏状。

魏了翁《鹤山集》:卷一三表笺,卷一五～卷二〇奏议,卷二三～卷三〇状札。①

综观相关史书和宋代文人文集,宋代士人撰写并保存下来的奏议类文章可谓数量庞大。

宋代奏议类文章呈现出一派花繁叶茂的景象,不仅数量巨大,而且名篇众多。如范仲淹《奏上时务疏》、欧阳修《准召言事上书》、王安石《本朝百年无事札子》、陆游《代乞分兵取山东札子》、胡铨《戊午上高宗封事》、辛弃疾《论"盗贼"札子》等,都是传诵一时的名篇。宋代士人常融政治家、文学家、学者于一身,故其奏议文除了具有指陈时政得失的现实意义外,还具有较强的文学鉴赏价值。王安石《上仁宗皇帝言事书》,洋洋洒洒万余字,但在文章布局、章法结构上却环环相扣,井然有序,正如明代茅坤所评:"此书几万余言而其丝牵绳联,如提百万之兵,而钩考部曲无一不贯。"②

宋代奏议类文章繁荣之原因,首先是朝廷出于倾听民声知政得失之目的,对上书言事予以鼓励和提倡。正如赵汝愚在《进皇朝名臣奏议序》中所云:"国家治乱之原,系乎言路通塞而已。"③

其次是宋代的政治制度为士人上书言事提供了更多机会与保障。宋代有"议"制度,大凡国家大事均会集合群臣商议而后定之。"议"的形式种类繁多,有廷议、集议与杂议等。检阅相关史料,有关宋代"议"的记载相当丰富,随拈数例如下:

谏官欧阳修言:"其元昊请和一事,请于使人未至之前,先集百

---

① 相关文集的文献均源自文渊阁四库全书本。
② 王水照编《历代文话》,第 2 册,复旦大学出版社,2007 年,第 1901 页。
③ 曾枣庄、刘琳主编《全宋文》,第 274 册,上海辞书出版社,安徽教育出版社,2006 年,第 77 页。

官廷议,必有长策,以裨万一。"①

(景祐元年春正月)甲戌,诏执政大臣议兵农可更制者以闻。②

(隆兴元年十一月)辛丑,诏侍从、台谏于后省集议讲和、遣使、礼数、土贡四事,仍各荐可备小使者。③

从参加议政的人数来看,既有百余名官僚参加的百官之议,也有仅数人参加的宰执之议等。另外,宋代"议"的内容也丰富多彩。有针对科举、学校等问题展开的"议",如"神宗熙宁二年,议更贡举法,罢诗赋明经诸科,以经义论策试进士……诏两制、两省、学士、待制以上、御史、三司、三馆议之"④;有关于赋税问题之"议",如"(庆历三年春正月)诏辅臣议蠲减天下赋役"⑤;等等。

这些议政行为不只是口头面议,一般还会产生相应的书面报告,如宋代历史上著名的"濮议"。"濮议"是发生在北宋英宗治平年间的重要历史事件,主要是围绕着英宗生父濮安懿王的名分问题所进行的集议。治平二年(1065)四月,"诏礼官待制以上议崇奉濮安懿王典礼以闻"⑥。针对这一问题,朝中形成了以欧阳修、韩琦、曾公亮为代表的宰执一方和以王珪、司马光、吕公著、范镇等为代表的台谏一方的争论。双方各持己见以上奏文书的形式进行争论,如欧阳修上有《议濮安懿王典礼札子》,王珪上有《濮安懿王典礼议》《濮安懿王合称皇伯议》,司马光上有《濮安懿王合行典礼议》,范镇上有《议濮安懿王称号状》,等等。

另外,宋代的"对"制度也提供了皇帝和臣僚们直接交流的机会。"对"在其他时代也存在,只是在宋代"对"的频率和种类更为丰富。这种"对"制度不仅是皇帝和臣僚们面对面的口头交流,也会写成札子形成文书并提交

---

① [宋]李焘:《续资治通鉴长编》,卷一四二,中华书局,1995年,第3404页。
② [元]脱脱等:《宋史》,卷十,中华书局,1985年,第197页。
③ [元]脱脱等:《宋史》,卷三十三,中华书局,1985年,第625页。
④ [元]马端临:《文献通考》,卷三一,中华书局,1986年。
⑤ [元]脱脱等:《宋史》,卷一一,中华书局,1985年,第215页。
⑥ [明]陈邦瞻:《宋史纪事本末》,卷三六,中华书局,1977年,第311页。

给皇帝。① 据平田茂树先生分析,宋代的"对"主要有轮对、召对、引对、经筵留身等。②

轮对,亦称转对、次对。宋代赵昇《朝野类要》记载:"自侍从以下,五日轮一员上殿,谓之'轮当面对',则必入时政和利便札子。"③可见,宋代轮对一般是每五日一次。当然也有例外,如《宋史·高宗纪五》记载曰:"戊寅,命职事官日一员轮对。"④可见高宗时期曾每日轮对。除了在制度上对"轮对"做出了规定外,宋代群臣轮对的内容也丰富多彩,有对国家建设献言献策之轮对,据《宋史·应孟明传》记载,应孟明在轮对时"首论:'南北通好,疆场无虞,当选将练兵,常如大敌之在境,而可以一日忽乎?贪残苛酷之吏未去,吾民得无不安其生者乎?贤士匿于下僚,忠言壅于上闻,无乃众正之门未尽开,而兼听之意未尽乎乎?君臣之间,戒惧而不自持,勤劳而不自宁,进君子,退小人,以民隐为忧,以边陲为警,则政治自修,纪纲自张矣。'"⑤有对皇帝的行事做出规劝之论对,据《宋史·吴泳传》记载,理学家吴泳在轮对时言:"愿陛下养心,以清明约己,以恭俭进德,以刚毅发强,毋以旨酒违善言,毋以嬖御嫉庄士,毋以靡曼之色伐天性。杜渐防微,澄原正本,使君身之所自立者先有其地。"⑥

召对主要是皇帝召见臣下垂询有关政事、经义等方面的问题。据《续资治通鉴长编》记载:"大中祥符中,继修礼文之事,纶(戚纶)悉参议,与陈彭年并职,屡召对,多建条式。"⑦真宗皇帝就礼乐仪制问题多次召对戚纶。仁宗景祐元年(1034)"翰林学士承旨、兼端明殿学士盛度召对承明殿西庑,问以

---

① 邓小南、曹家齐、平田茂树主编《文书·政令·信息沟通——以唐宋时期为主》,北京大学出版社,2012年,第183—207页。
② [日]平田茂树:《宋代政治结构研究》,上海古籍出版社,2010年,第178—185页。
③ [宋]赵昇:《朝野类要》,王瑞来点校,中华书局,2007年,第22页。
④ [元]脱脱等:《宋史》,卷二八,中华书局,1985年,第527页。
⑤ [元]脱脱等:《宋史》,卷四二二,中华书局,1985年,第12611页。
⑥ [元]脱脱等:《宋史》,卷四二三,中华书局,1985年,第12625页。
⑦ [宋]李焘:《续资治通鉴长编》,卷九三,中华书局,1995年,第2146页。

边计,退而条十事上之"①,仁宗皇帝就边计问题在承明殿召对了盛度。司马光曾言:"陛下每日听政余暇,宫中无事之时,特赐召对,与之从容讲论古今治体、民间情伪,使各竭其胸臆所有,而陛下更加采择,是者取之,非者舍之,忠者进之,邪者黜之。"②由此可知,相对于轮对,召对可能更加随意,不论时间、地点,可随时为之。

经筵留身是另外一种独特的"对"形式。经筵本是为皇帝讲论经史而特设的御前讲席,其初始并不是为讨论政治而设立的。但到了宋代经筵官常常利用跟皇帝正面接触的机会,在向皇帝讲经道史之时,附加一些政治议题,从而让宋代的经筵增加了政治咨询的功能。南宋理宗时期,"(魏了翁)经帏进读,上必改容以听,询察政事,访问人才。复条十事以献,皆苦心空臆,直述事情,言人所难。上悉嘉纳,且手诏奖谕"③。经筵留身即是讲论经史之后留下来进行"对"的一种形式。据《续资治通鉴长编》记载,仁宗庆历二年(1042)端明殿学士李淑曾侍经筵,进讲之后,"上访以进士诗、赋、策、论先后"④。

宋代"对"制度发达,种类繁多,是朝廷广求直言、广开谏路的一种途径。每次"对",臣僚均会就时政利弊发表自己的观点,为了能够在与皇帝当面沟通交流时取得较好的效果或避免临场遗忘,参与"对"的大臣都会事先准备好相应的文书材料,对于随机发生的"对",参与的大臣虽无法事先预备材料,但一般会在事后以文字形式记录下来。杨万里《诚斋集》中保留着大量的轮对札子,如《癸巳轮对第一札子》《乙巳轮对第一札子》《转对札子》等。臣僚被召对时,皇帝当场提及的问题,有时不可能马上形成书面文字,但事后臣僚会就此形成书面材料呈递。周必大的《答选德殿圣问奏》原注曰:"八月六日,上召吏部侍郎王之奇、太子詹事陈良翰及某三人同对选德殿,袖出

---

① [宋]李焘:《续资治通鉴长编》,卷一一五,中华书局,1995年,第2689页。
② [宋]李焘:《续资治通鉴长编》,卷二〇二,中华书局,1995年,第4896页。
③ [元]脱脱等:《宋史》,卷四三七,中华书局,1985年,第12969页。
④ [宋]李焘:《续资治通鉴长编》,卷一百三十五,中华书局,1995年,第3897页。

御笔一通,即前所问也。"①另外,经筵留身时,臣僚们也会上奏札子,如周必大淳熙二年(1175)四月二十五日的《论久任边帅札子》,此篇前原标"讲筵留身札子一首"②;淳熙六年(1179)四月三日的《论安定郡王袭封人》,此篇前原标"讲筵留身札子三首"③。

概言之,奏议作为一种实用文体,具有匡扶人君、下情上达的政治功能,是宋代士人施展治国平天下的政治抱负,参与国家行政管理事务的重要途径和方式。故有宋一朝,奏议类文章数量巨多,且名篇迭见,成为宋代文学不可或缺的重要部分。

二、宋代奏议集之编纂

如上所述,宋代奏议类文章呈现繁荣的局面,几乎留存于世的每部文集中都收录了大量的奏议类文章。对于作者来说,这些奏议既是实现政治理想的一种工具,也是政治思想的一种载体。对于读者来说,这些奏议为其提供了有关国家政治和社会制度的信息,具有重要的借鉴意义和史料价值。宋代儒学复兴,士人们在"士当以天下为己任"的号召下,形成了"共治天下"的政治主体意识。儒家"内圣外王"的思想,本身就体现了道德与政治的统一。儒家士人讲究"仁""义",追求道德的完美,但在修身齐家的同时,又心怀天下黎民苍生,抱有一种"致君尧舜上,再使风俗淳"的政治理想。两宋时期儒道大盛,再加上赵宋朝廷优待士人的政策使得宋代儒士在内修道德的同时,也对国家政治保持着浓厚的兴趣,他们积极热情地投身到社会政治活动中去。钱穆曾曰:"宋学精神,厥有两端:一曰革新政令,二曰创通经义,而精神之所寄则在书院。"④而"革新政令"正是儒家汲汲于出世思想的体现。

---

① 曾枣庄、刘琳主编《全宋文》,第 228 册,上海辞书出版社,安徽教育出版社,2006 年,第 13 页。
② 曾枣庄、刘琳主编《全宋文》,第 228 册,上海辞书出版社,安徽教育出版社,2006 年,第 23 页。
③ 曾枣庄、刘琳主编《全宋文》,第 228 册,上海辞书出版社,安徽教育出版社,2006 年,第 80 页。
④ 钱穆:《中国近三百年学术史》,商务印书馆,1997 年,第 7 页。

宋代士人"言政教之源流,议风俗之厚薄,陈圣贤之事业,论文武之得失"①,无时不在关注着国家的政治和社会变化。在这样的大环境下,宋代士人的政治主体意识增强,参政议政的愿望迫切,而集中体现和展示其政治理想的奏议类文章正是他们参与政治建设、推动社会变革的重要手段。因此,在两宋时期,政治热情高涨的士人群体除了热衷于奏议类文章的撰写外,还特别注重对此类文章的编纂和刊印。

首先,宋人经常将奏议类文章单独编纂和刊印,使其单行于世。陈宓《题先君正献奏议遗文》云:"亟取存稿刊于家。奏议表札合三百篇,为四十卷,诗文别为集。"②可见,陈宓在整理其父文集时将其奏议集单独编行。《宋史·艺文志》记录宋人别集时,常常会在文集之外有"又奏议若干卷"的字样。如《宋史·艺文志》载录有:吕惠卿文集一百卷,又奏议一百七十卷;孙觉文集四十卷,又奏议十二卷;李清臣文集一百卷,又奏议三十卷;吕诲集十五卷,又章奏二十卷;等等。诸如此类的载录在《宋史·艺文志》中达六十五处之多。由此可见,宋人一般是将奏议类文章独立于其他文集之外而单独结集。宋代有仕宦经历的文人对于文集中展现自己政治理念和治国才能的奏议类文章极为重视,他们除了将奏议类文章单独编纂外,还常常把奏议集放在其他文集之前进行整理和刊印。南宋姜注《梁溪先生文集跋》曰:"邵武乃公(李纲)之故乡,郡斋已刊《奏议》,独贻集尚缺,无以副邦人景行之思,注假守绣里,莅事之余,屡加搜访,了不可得。"③可见,在《梁溪先生文集》刊印之前,李纲的奏议文集已整理、刊印。又,陈宗禬《范忠宣文集跋》云:"元祐丞相忠宣范公道德事业载在国史,出处大节见于国论。奏议、言行录,学者朝夕敛衽肃容,起敬起慕,独其文集世所未见。"④可见,在范纯仁的文集刊印

---

① 《范仲淹全集》,李勇先、王蓉贵点校,四川大学出版社,2002年,第205页。
② 曾枣庄、刘琳主编《全宋文》,第305册,上海辞书出版社,安徽教育出版社,2006年,第151页。
③ 曾枣庄、刘琳主编《全宋文》,第318册,上海辞书出版社,安徽教育出版社,2006年,第363页。
④ 曾枣庄、刘琳主编《全宋文》,第318册,上海辞书出版社,安徽教育出版社,2006年,第392页。

流传之前，其奏议集早已结就并广为传播。

宋人将奏议集独立于其他文集而单独编纂，或先于其他文集进行编纂与刊印，充分体现了宋人对奏议集的重视程度。奏议集之所以格外受人重视和青睐，归根到底是因为奏议集承载着宋代士人的政治思想，是他们参与政治活动的一种重要途径和成果，更是他们一生政治功业的见证。

其次，宋代奏议集的编纂颇具特色。由于宋人非常重视奏议集的整理和编纂，所以奏议集的编纂有时能够达到一时一集或一官一集的程度。一时一集者，《宋史·艺文志》中载录有王安石《熙宁奏对》七十八卷，主要收录的是王安石在神宗熙宁年间的奏议；清代黄虞稷、倪灿《宋史艺文志补》中载录有南宋人李椮《免籴奏议》三卷，主要是李椮在孝宗淳熙年间的奏议。一官一集者，据晁补之《张穆之触麟集序》可知，《触麟集》乃是张肃在太宗时为御史时所上疏议。另外，《宋史·艺文志》中载录有韩琦《谏垣存稿》三卷，韩琦《谏垣存稿序》云："某景祐中任三司度支判官，以族贫求外补，得舒州。将行，而上以谏官缺，擢授右司谏而留之。"① 由此可知，《谏垣存稿》主要收录的是韩琦任谏官期间的奏议。谏官在宋代政治舞台上占据着重要地位，享有"风闻言事"的职权，几乎在每一次重大政治事件中都可以发现谏官的身影。诚如司马光《吕献可章奏集序》云："欧阳观文有言：'士学古怀道者仕于时，不得为宰相，必为谏官，谏官与宰相等。坐乎庙堂之上，与天子相可否者，宰相也；立乎殿陛之前，与天子争是非者，谏官也。'"② 在中国古代传统的政治价值观念中，谏官这一职位具有独特的身份和政治地位，被人们赋予了相当高的荣誉和期许，而有机会担任谏官的士人也深以此为荣。多数谏官都会有一种为民请命，以天下兴亡为己任，以政治昌明为追求的使命感和责任感，由此使得曾任职谏官者对其在任期间的谏草尤为重视，常常会将此类谏议类文章特别认真地进行整理和编纂。晁公武《郡斋读书志》中载录有欧阳

---

① 曾枣庄、刘琳主编《全宋文》，第 318 册，上海辞书出版社，安徽教育出版社，2006 年，第 19 页。
② 曾枣庄、刘琳主编《全宋文》，第 56 册，上海辞书出版社，安徽教育出版社，2006 年，第 108 页。

修《谏垣集》八卷、鲜于侁《鲜于谏议集》三卷。陈振孙《直斋书录解题》中载录有韩琦《谏垣存稿》三卷、赵抃《南台谏垣集》二卷、陈瑾《谏垣集》二卷。《宋史·艺文志》中载录有刘随谏草二十卷；钱彦远《谏垣集》三十卷，又《谏垣遗稿》五卷；余靖集二十卷，又谏草三卷；范镇《谏垣集》十卷；等等。

  宋代奏议集除了有一官一集或一时一集的编纂体例外，还有人将奏议类文章按照专题进行归类汇编。如《宋史·陈靖传》载："靖平生多建画，而于农事尤详，常取淳化、咸平以来所陈表章，目曰《劝农奏议》。"①陈靖在太宗至道年间曾任劝农使，真宗咸平年间又任度支判官、京畿均田使等职，于农事尤为注意，屡上条陈，议多诏行。《劝农奏议》即是陈靖规劝皇帝提倡农事的奏议类文集。此类专题奏议集在宋代奏议类文集中是颇具特色的。

  此外，宋人出于"资治通鉴"之目的，也曾专门编纂过一些奏议总集。在这些奏议总集中，甚至搜罗囊括了前朝古代的奏议，如据《宋史·刘颜传》载，刘颜曾采汉、唐时期的奏议，编为《辅弼名对》。宋代，尤其是南宋时期，朝廷对奏议集的编纂也相当重视。据吕祖谦之从子吕乔年《太史成公编皇朝文鉴始末》载："上（孝宗）甚喜，曰：'朕欲见诸臣奏议，庶有益于治道。卿可谕令进来。'"②可见，在吕祖谦编《皇朝文鉴》时，曾编有本朝诸臣奏议，后来赵汝愚认为"馆阁儒臣编类《国朝文鉴》，奏疏百五十六篇，犹病其太略"③，故重新编纂本朝诸臣奏议，即《国朝名臣奏议》。此奏议集始自宋太祖建隆时期，迄于钦宗靖康时期，全书共分十二门，一百一十四子目，共计三百卷。后来李壁又编有《国朝中兴诸臣奏议》，据其《国朝中兴诸臣奏议序》可知，此奏议总集续赵汝愚所编奏议总集，收录的是高宗建炎到绍兴年间的诸臣奏议，共计四百五十卷。宋代官私之所以致力于这类奏议总集的编纂，其出发点在于"存圣代之典"，以利于"治道"。

---

① ［元］脱脱等：《宋史》，卷四二六，中华书局，1985年，第12694页。
② 曾枣庄、刘琳主编《全宋文》，第304册，上海辞书出版社，安徽教育出版社，2006年，第94页。
③ 曾枣庄、刘琳主编《全宋文》，第274册，上海辞书出版社，安徽教育出版社，2006年，第77页。

由于宋人对整理与编纂奏议类文集的重视,两宋时期出现了大量的单行奏议集,最终使得章奏这一门类在传统目录学中的地位得以独立和彰显出来。陈振孙《直斋书录解题》始以"章奏"为一门,列于集部之末,其章奏类解题曰:"凡无他文而独有章奏,及虽有他文而章奏复独行者,亦别为一类。"①陈振孙在集部末单列"章奏"一门正是对当时奏议集编纂盛行于世的一种回应,其中共载录宋人奏议集三十六家。在此之后,元代马端临《文献通考·经籍考》将集部分为赋诗、别集、诗集、歌词、章奏、总集,"章奏"单列一门。《钦定四库全书总目·诏令奏议类》叙录云:"《文献通考》始以奏议自为一门,亦居集末。"②由上可知,此种说法是不准确的,"奏议"单列一门的开创之功应归更早一些的陈振孙。

若从奏议的政治功能来看,其应归于史部;若从奏议的文学魅力来看,其归于集部也无可厚非。综观历朝历代目录书,对奏议类文集在四部中的归属问题的确是存在分歧的。《汉书·艺文志》载《奏事》二十篇,列在《战国策》《史记》之间,附于《春秋》末。《隋书·经籍志》载录了十种奏议,如《汉名臣奏事》《汉朝驳议》《南台奏事》等,这些奏议在《隋书》中被归属于史部中的刑法篇。《新唐书·艺文志》载录了二十多种奏议、表状,如陆贽《论议表疏集》十二卷、《翰苑集》十卷,李绛《论事集》三卷、刘三复《表状》十卷等,这些奏议在《新唐书》中被归属于丁部集录。由此可见,唐代的奏议类文集已不同于汉、晋。汉晋人奏议类文集是以集合多人的综合性文集为主,而唐代的奏议类文集则多以别集形式存在。以别集形式存在之奏议类文集始于唐代而繁荣于宋代,如上所述,《宋史·艺文志》集部中载录了大量以别集形式存在的宋人奏议,陈振孙《直斋书录解题》已开始明确在集部中单列"章奏"一门。另外,《宋史·艺文志》史部故事类载录有田锡《三朝奏议》五卷、程师梦《奏录》一卷等。通过《宋史·艺文志》对奏议的载录情况可知,一般综合性的奏议类文章总集归属于史部,而集合了某个人奏议作品的奏议集归属于

---

① [宋]陈振孙:《直斋书录解题》,上海古籍出版社,1997年,第634页。
② [清]纪昀等:《钦定四库全书总目》,中华书局,1997年,第763页。

集部。可以说,《宋史·艺文志》对奏议的归属既有对前代史书书目的继承,又反映出根据时代发展而出现的新变化。《四库全书总目》在史部中单列"诏令奏议类",既载录综合性奏议类文章总集,如赵汝愚《诸臣奏议》,也载录一些奏议类别集,如包拯《包孝肃奏议》十卷、刘安世《尽言集》十三卷等。对此,《四库全书总目》叙录曰:"此政事之机枢,非仅文章类也,抑居词赋,于理为亵。"①从四库馆臣对奏议的归类及其评论来看,其一方面较为看重奏议类文章,但另一方面对于纯文学类词章却又流露出某种轻视的态度,这从某种程度上反映出修书馆臣思想之陈腐与落后。基于馆臣这种落后的认知,《四库全书总目》最终对奏议类文集的归类反而不如《宋史·艺文志》科学合理。

奏议作为一种相对特殊的文体,其内容多为朝廷施政的治乱得失,具有较强的政治性,同时一些奏议类文章也不乏文学色彩,具有较强的文学性。由于奏议类文集同时兼具政治性与文学性的独特文体特征,历代的目录学家对其归属在认识上存在一些分歧与争论也是在所难免的。

第三节 宋代奏议集序跋之书写特色及心理期待

宋代奏议类文章的繁荣带来了奏议类文集编纂的勃兴,单行的奏议类文集成为宋代别集编纂的一大特色。正是由于大量奏议类文集的单行才使得奏议类文集序跋在宋代文集序跋中别树一帜,成为一种颇有特色的序跋种类。针对奏议这种相对特殊的文体,宋人所撰序跋也有不同于其他一般文集序跋之处,奏议类文集序跋在其发展过程中逐渐形成了相对明确的特征。此外,对于这种政治性较强的奏议类文集,序跋作者在撰序题跋时往往倾注了独特的情感与期待。

---

① [清]纪昀等:《钦定四库全书总目》,中华书局,1997年,第763页。

一、褒贬讴歌：奏议集序跋之书写特征

奏议类文集作为一种政治性较强的文集，序跋作者在为其撰写序跋时，一般都会认真阅读文集所收文章，并会考虑到其特殊性，对其进行品评的过程与对待一般文集序跋不同，其标准与要求都出现了较大的变化。晁说之《韩文忠富公奏议集序》曾云："命为他文或敢，而序韩文忠之奏议，则孰敢？"①在晁说之看来，为奏议类文集撰序题跋无疑应更为慎重与严肃。一般来说，奏议类文集序跋的内容分为以下几种：（一）强调奏议有利于"治道"的政治功能；（二）对奏议文风格特征的概述；（三）对奏议作者之政治生涯的评骘；（四）对积极进谏者仗义执言为民请命精神的颂扬等。在宋人所撰奏议类文集序跋中尤以后两者为多，也最具特色。

首先，对奏议作者政治生涯中典型事例进行重点描述。一部奏议类文集往往集中展现了文集作者的政治思想，载录着其从政经历及业绩荣辱，鉴于奏议类文集的这一特殊性，撰序题跋者往往会关注并突出文集作者在重大政治事件中的立场态度及举止作为，从而凸显出其高洁品性、政治操守及为政能力。作为官员，其在日常公务中处理的事务不计其数，而决定其一生荣辱之事则并不多，这一特殊的情况决定了序跋作者不可能对奏议作者一生行状事无巨细地罗列，而只是选取其政治生涯中影响重大的事件予以描述与渲染，从而达到突出奏议作者政绩的效果。

晁说之《韩文忠富公奏议集序》先概述了富弼在仁宗、英宗、神宗三朝的言论及其对当时政治的影响，"公于仁宗时，言犹雨露也，陨而为天下泽。其在英宗时，言犹海潮也，震天地，转山石，孰不骨骇胆逝而敢抗之与？其在神宗时，言犹凤鸣也，律吕于九霄之上，而余音千里之远"②；随之又重点突出地胪列了在三朝中影响重大的几次历史事件。一是在仁宗朝，富弼曾在契丹

---

① 曾枣庄、刘琳主编《全宋文》，第 130 册，上海辞书出版社，安徽教育出版社，2006 年，第 71 页。
② 曾枣庄、刘琳主编《全宋文》，第 130 册，上海辞书出版社，安徽教育出版社，2006 年，第 71 页。

屯兵境上时勇敢出访契丹,其不避生死、不辱使命的精神赢得了仁宗的认可。二是在英宗朝,一日富弼向英宗进呈除授官吏的文书,英宗龙颜大怒,将文书扔向榻下,若是一般人面对这种情况肯定会知难而退,富弼不仅没有退下,而是拾起文书从容陈辞,曰:"前日陛下在藩邸时,喜怒犹不可妄,况今即天子位?窃以天子亦有怒焉,出九师以伐四夷,否则陈斧钺以诛大臣。今日陛下之怒不为常事除目也,必以臣等有大过恶可怒者,何不斩臣以谢天下?"①由此可知,富弼的胆识与勇气非常人可比。三是在神宗朝,神宗针对"边事"问富弼,富弼不惮其烦地陈述了数十条意见,其中不乏作为一个政治家的真知灼见,深得神宗欣赏。序跋作者通过这些典型事例,使富弼不避生死的气魄,勇于直谏的胆识,超凡脱俗的见识一一展现在读者眼前,也使得富弼这一人物显得有血有肉,形象丰满起来。

情况相类似的还有朱熹《丞相李公奏议后序》。李纲一生积极主张抗金,南渡之后要求出师北伐,但终其一生这些愿望未能实现,可以说李纲在历史上是一个悲剧性人物。朱熹在《丞相李公奏议后序》中主要围绕李纲被贬的相关历史事件展开叙述:先是徽宗政、宣之际,因论对夷狄兵戎之祸应防范未然而被贬官;然后是钦宗靖康之际,因反对向金人割地讲和而远谪遐荒;最后是建炎期间积极"分布要害,缮治城壁,建遣张所抚河北,傅亮收河东,宗泽守京城,西顾关陕,南茸樊邓,且将益据形便,以为必守中原、必还二圣之计"②,但不久又"遭谗而去"。可以说,朱熹在《丞相李公奏议后序》中谱写了李纲政治生涯的悲剧史,最后总结曰:"使公之言用于宣和之初,则都城必无围迫之忧;用于靖康,则宗国必无颠覆之祸;用于建炎,则中原必不至于沦陷;用于绍兴,则旋轸旧京、汛扫陵庙以复祖宗之宇,而卒报不共戴天之仇,其已久矣。"③从而为李纲壮志未酬流露出无限的遗憾之情。

又,虞允文一生政绩显之于采石矶大捷,故刘光祖在《雍国虞忠肃公奏

---

① 曾枣庄、刘琳主编《全宋文》,第 130 册,上海辞书出版社,安徽教育出版社,2006 年,第 72 页。
② [宋]朱熹:《晦庵先生朱文公文集》,卷七十六,朱子全书本。
③ [宋]朱熹:《晦庵先生朱文公文集》,卷十二,朱子全书本。

议序》中紧紧围绕采石矶大捷这一典型事例展开。据刘光祖《雍国虞忠肃公奏议序》,在绍兴辛巳(1161)之前虞允文就曾轮对曰:"虏必叛盟,兵必分五道,正兵必出淮西,奇兵必出海道,宜令良将劲卒备此二境。"①后果不其然,从而展现了虞允文在采石矶大捷前敏锐的预见能力。此后,金人果然叛盟,完颜亮带兵南下,虞允文上奏曰:"令成闵五万人到池州驻池州,到江州驻江州。他日虏重兵出上流,则荆湖之军扞其前,江、池之军进而援之;虏重兵出淮西,则池州军出巢县,江州军出无为,可为淮西官军之援。"序文记此运筹帷幄之细,展现了其在采石矶大捷中周密的部署能力,真所谓"因一军之出而两用之,最为得计"。虞允文因其出色的军事才干,最终在千钧一发之际,挽狂澜于既倒,取得了采石矶大战的胜利。很多人可能因暂时的胜利而骄矜,而虞允文没有,他未雨绸缪,"又令设备于瓜州,其他区画,悉各精密而不苟",序文通过这些内容又突出了虞允文在采石矶大捷后不留后患的果断力。

选取奏议作者一生典型事例进行重点描绘是宋代奏议类文集序跋的一大特色,这种叙事方式可以达到以少总多、万取收一的艺术效果。

其次,对奏议作者敢于触逆鳞、逆圣听的精神进行颂扬。中国古代封建社会是一种金字塔式的等级森严的专制社会,皇帝居于金字塔之顶端,拥有至高无上的权力,所谓"溥天之下,莫非王土;率土之滨,莫非王臣",即使是公卿百官亦对皇帝存在着严重的人身依附关系——若顺从君主就可能飞黄腾达,若违逆君主就可能带来杀身之祸。君主这种口含天宪,一言定生死的权力使得群臣百官对其诚惶诚恐,常常感到伴君如伴虎。很多大臣为了保身只能委曲求全,仗马寒蝉,只有少数正直之士才会置个人生死于不顾抗颜直谏。在宋代奏议集序跋中,序跋作者常常对昧死以谏者予以肯定,充分表达出对这种难能可贵的为民请命精神的歌颂。

史浩《跋陈忠肃公谢表稿》记述了在绍圣、元符年间,蔡京、蔡卞专权,

---

① 曾枣庄、刘琳主编《全宋文》,第279册,上海辞书出版社,安徽教育出版社,2006年,第69页。

"识者愤之,而不敢言",但陈瑾"乃奋不顾,为书数万言,力辟其非是",最后被"流离窜逐"①,诚如刘克庄所言:"自昔端人正士欲为朝廷区别忠邪,卒之忠邪不可区别,而身反受其祸。"②这种因直言而被贬的事例屡见不鲜,但正直之士并未因此而却步,而是一如既往地犯颜撄鳞,攘斥奸邪。他们所持所争者不是为一身之荣辱,而是"为陛下忧,为社稷忧,为天下贤人君子忧"③。正是这种强烈的以天下为己任的使命感,才使得正直之士能言时人所不敢言之事,能争时人所未敢争之理。

在两宋风云变幻之际,陈东即因直言而被诛杀。据《宋史·忠义·陈东传》载:在蔡京、王黼掌权时,钳制言路,在朝之人多不敢言,但陈东率太学生们上书论曰:"今日之事,蔡京坏乱于前,梁师成阴谋于后,李彦结怨于西北,朱勔结怨于东南,王黼、童贯又结怨于辽、金,创开边隙。宜诛六贼,传首四方,以谢天下。"④持论凛然,言辞激烈。南渡之后,高宗曾罢免李纲,陈东又上书曰:"在廷之臣,奋勇不顾,以身任天下之重者,李纲是也,所谓社稷之臣也。其庸缪不才、忌疾贤能、动为身谋、不恤国计者,李邦彦、白时中、张邦昌、赵野、王孝迪、蔡懋、李梲之徒是也,所谓社稷之贼也。"⑤陈东对阻碍恢复中原的投降派之指责直言不讳,慷慨淋漓。由于屡次直言抗上,再加上朝中小人屡进谗言,最后陈东被冤杀,用生命谱写了一曲为国尽忠、九死而不悔的动人乐章。陈东之遗稿留存后世,被反复传诵,后人对其不避生死、勇于直谏的精神予以赞美和颂扬。南宋黄震在其《陈少阳谏稿跋》中将陈东与伯夷、范滂并提,"伯夷叩马之谏,谏虽不偶,而首阳高风,千古大闲。范孟博慨然澄清犹易事,惟甘戮如饴,别家人恬若平时,最不可强。今观少阳稿及其

---

① 曾枣庄、刘琳主编《全宋文》,第 200 册,上海辞书出版社,安徽教育出版社,2006 年,第 36 页。
② 《刘克庄集笺校》,辛更儒笺校,中华书局,2011 年,第 4389 页。
③ 曾枣庄、刘琳主编《全宋文》,第 154 册,上海辞书出版社,安徽教育出版社,2006 年,第 223 页。
④ [元] 脱脱等:《宋史》,卷四五五,中华书局,1985 年,第 13359 页。
⑤ [元] 脱脱等:《宋史》,卷四五五,中华书局,1985 年,第 13360 页。

临死帖,当与伯夷同功,与孟博同传"①。南宋潘汇征在其《跋陈少阳奏议》中亦论道:"公卿大夫,宁欺君卖国而不忍失富贵,布衣痛哭言事,乃杀其身不悔,不亦异乎!虽然,身可杀,名不可灭。"②后人这些赞叹是对陈东眛死以闻精神的认可,也是对他最好的纪念。

真德秀在《跋傅侍郎奏议后》中对宁宗嘉定名臣傅伯成屡谏屡黜的精神予以扬誉:庆元初,韩侂胄用事时,"无敢撄其锋者",而傅伯成独恳恳上言,后来"坐是不合而补郡以去";等到韩侂胄专权已久,朝廷已无异议者,而傅伯成依然上奏,"逆论其不可出使鄂渚",最后又"坐是愈不合而罢斥以归"。真德秀最后议论曰:"学者平时诵孔孟之言,孰不以直道自期,一旦立人之朝,宠禄饵于前而刑祸怵于后,鲜有不委己徇人而畔其素学者。虽或勉强于一时之暂,而知之不深,守之不固,一黜而悔者有矣。若再三黜焉而不悔,则几希矣。至于直道自持,终其身而不悔,则虽古昔亦无几焉。"③真德秀此论可谓至矣。在功名利禄、身家性命与直道真理、大义原则之间,能经受威逼利诱而仍坚守如初者,实不多焉,大多"靡不有初,鲜克有终",由此更可知傅伯成等人行为的难能可贵。

在中国传统政治话语中,政治人物大致可分为贤臣、庸臣与奸臣。爱国忧民,愤世疾邪者是为贤臣。明哲保身,尸位素餐者,可谓庸臣。祸国殃民,陷害忠良者,实是奸臣。贤臣、庸臣、奸臣在国家政治中扮演着不同的角色,他们相互之间的矛盾冲突与调和在历朝历代不断上演。宋代奏议集序跋中对正直之士、社稷之臣直言敢谏精神的颂扬,代表着序跋作者鲜明的价值取向,他们在用舆论之笔进行着对恶势力的挞伐和对正能量的弘扬。

---

① 曾枣庄、刘琳主编《全宋文》,第 348 册,上海辞书出版社,安徽教育出版社,2006 年,第 196 页。
② 曾枣庄、刘琳主编《全宋文》,第 323 册,上海辞书出版社,安徽教育出版社,2006 年,第 222 页。
③ 曾枣庄、刘琳主编《全宋文》,第 313 册,上海辞书出版社,安徽教育出版社,2006 年,第 187 页。

二、君臣契合：奏议集序跋之追期

按照中国古代传统政治伦理，理想的治世应是君正臣贤，天下和合。作为一名圣君，一定要广开言路、善于纳谏，而贤臣则要心系国家安危，不畏强势，敢于直谏。故君思贤臣、臣思圣君是历朝历代政治良性循环的必要条件。所谓"君使臣以礼，臣事君以忠"，圣君、贤臣相洽相得才能最终带来政治清明、国泰民安的理想局面。依照儒家政治理论，臣子肩负着对上知无不言，对下知无不为的责任和义务，而奏议则充当了君臣沟通交流的一种媒介，但这种媒介能不能发挥作用，其决定权在君王手中，即臣子的意见和建议能不能被采纳和实施，其最终决定于君王。君臣相得、上下契合是君臣关系中最融洽、最和谐的境界，也是最可能臻于至治的重要基础。然而这样的和谐盛世，又是难得一见的。在宋代奏议集序跋中，序跋作者大致通过两种途径来表达其对君臣契合的追求与期待。

首先，奏议类文集序跋通过对士大夫因言去官壮志难酬的描述，来表达对君臣契合的期待。君臣契合是古代君臣关系中最理想的状态，但圣主难逢，大多数情况下君臣之间总是有或多或少的背隙。陆游《跋欧阳文忠公疏草》云："庆历之盛，盖庶几汉文景矣，而贤人君子犹如是之难。文忠公之奏议，非独不明诸公之谗也，身亦堕排陷中，滁州之谪是已。呜呼悲夫！"[①]仁宗庆历时期向来被认为是有宋一朝的盛世，是君臣一心、政治相对清明之时，然而就是在此时，贤人君子如欧阳修者要想实现自己的政治理想与抱负仍然受到谗毁排挤而被贬谪，更不用说在昏君暗昧于上、权臣奸弊于下的非常世道了。

在宋代奏议集序跋中记述了大量贤臣因直言而被贬谪的事实，序跋作者常常由这些事例引发出圣主难逢之慨叹，同时对因言左迁的大臣表达出一种惋惜之情，并在更深的层面上表达出对君臣契合的期待。袁燮《跋中丞陆公奏稿》云："当是时，士大夫柔佞成风，而独能排奸如此，所谓凤鸣朝阳者

---

① 《陆游集》，第五册，中华书局，1976年，第2262页。

耶？未几补外，可为太息。"①就在朝廷上下一片附和谄媚之声时，唯独中丞陆公挺身而谏，但最后还是被贬官外迁，袁燮在此除了感叹惋惜直言进谏者被贬斥外，同时也流露出对君臣未契的遗憾之情。又，袁燮《跋胡文恭草稿后》云："苏子由以直言对策，指陈缺失，批逆鳞而不顾，可谓忠谠矣，而坚欲黜之，何哉？"②苏辙也因直言而被贬，可见君臣际会之难。在该篇跋文中，袁燮还表达出其对君臣契合的一种深深向往。忠诚义士抗颜切谏，挺身直言，其结果不是被贬官就是被罢黜，序跋作者在对这些史实进行载录评述时，还隐含着其对君臣背离，嘉言不纳的一种深层愤懑与担忧。

忠直之臣直言进谏面折君王，很多情况下被黜逐出朝廷，或被贬官，或被流放偏远之地。人生际遇由此大变，在身不由己富贵在人的情况下，九死不悔还是畏途知返确实是一个艰难的抉择。通过宋代奏议集序跋，可以发现这些被排挤出政治中心之臣子士人，随着仕途之挫折，宦海之沉浮，会做出不同的人生选择。有些人会秉持一种"身在江湖，心系朝廷"的态度与情怀，这也是古代士大夫人格伟大之处。史浩《跋陈忠肃公谢表稿》记述陈瓘因直谏被贬官之后，"幽居南蓝，裘葛不足蔽体，箪瓢不能继日，人不堪其忧，而公温然盛德之容，了无愠色，笑谈舒愉，若被文绣而饱膏粱者。暨并谪台城，欣然就道，临岐掺袂，犹以京、汴为忧"③。史浩在最后称赞道："非其所存介然不渝，安能甘此！"像陈瓘这样的士大夫在犯颜直谏，左迁贬谪远离朝政之后，依然心系天下，其精神可嘉，其人格伟大，而序跋作者在对这些人的人格和精神予以颂扬的同时，更多表现的是对君臣未契的遗憾惋惜之情。杜范《跋倪文杰遗奏》云："嘉定更化，召用诸老，济济在廷，而公独危言激论，落落不合，自此一斥不复。屏居十年，闭门著书，暇日棹扁舟、策短杖，赋诗

---

① 曾枣庄、刘琳主编《全宋文》，第 281 册，上海辞书出版社，安徽教育出版社，2006 年，第 132 页。
② 曾枣庄、刘琳主编《全宋文》，第 281 册，上海辞书出版社，安徽教育出版社，2006 年，第 133 页。
③ 曾枣庄、刘琳主编《全宋文》，第 200 册，上海辞书出版社，徽教育出版社，2006 年，第 36 页。

酌酒,几与世相忘者。至其亲稿遗奏,爱君一念,至死不忘。"①杜范在此跋文中描述了倪思在被斥去官后选择一种侣鱼虾而友麋鹿的生活,但又身在江湖,心系君国,最后杜范感叹道:"使公之志得行于时,岂有二三十年秽染坏烂、不可收拾若是? 其可痛哉!"在此,杜范既表达出对倪思材不为世用,道不行于时的惋惜,又流露出对因言斥官,君臣未契的憾嗟。

其次,奏议类文集序跋通过对君臣契合的追叙进而感叹盛时之难得,表达出一种对上下相得君明臣贤的盛世政治的向往和期待。宋代以前,以君臣相得而传为佳话者,如燕昭王与乐毅,经常受到后世的赞美。李白《行路难·其二》云:"君不见昔时燕家重郭隗,拥篲折腰无嫌猜。剧辛乐毅感恩分,输肝剖胆效英才。"②李白在此热情颂扬了燕昭王与郭隗、乐毅君臣契合,成就霸业的史实。此外,经常作为君臣契合榜样的还有唐太宗与魏徵。《新唐书·魏徵传》云:"徵状貌不逾中人,有志胆,每犯颜进谏,虽逢帝甚怒,神色不徙,而天子亦为霁威。"③魏徵对唐太宗可谓披肝沥胆,推心置腹,故在魏徵逝世之后,唐太宗深为怀念,作《望送魏徵葬》曰:"望望情何极,浪浪泪空泫。无复昔时人,芳春谁共遣。"④深刻表达出因魏徵去世而无人与共的遗憾与思念之情。唐太宗与魏徵,作为君臣契合上下相得之典范成为唐代贞观年间政治清明的标志,也是"贞观之治"得以形成的基础和关键。作为一种政治愿望,在宋代奏议集序跋中也多有对君臣契合的追慕与期待。曾巩《范贯之奏议集序》云:

> 自天子、大臣至于群下,自掖庭至于四方幽隐,一有得失善恶,关于政理,公无不极意反复,为上力言。或矫拂情欲,或切劘计虑,或辨别忠佞而处其进退。章有一再或至于十余上,事有阴争独陈,

---

① 曾枣庄、刘琳主编《全宋文》,第 320 册,上海辞书出版社,安徽教育出版社,2006 年,第 234 页。
② 复旦大学中文系古典文学教研组选注《李白诗选》,人民文学出版社,1977 年,第 76 页。
③ [宋]宋祁、欧阳修:《新唐书》,卷九十七,中华书局,1975 年,第 3881 页。
④ 复旦大学中文系古典文学教研组选注《李白诗选》,人民文学出版社,1977 年,第 76 页。

或悉引谏官御史合议肆言。仁宗常虚心采纳，为之变命令，更废举，近或立从，远或越月逾时，或至于其后，卒皆听用。①

范师道作为人臣，矫拂世俗之弊，规劝君主之过，仁宗则虚心采纳，"为之变命令"，这种君臣之间难得的配合与默契，最终带来的是仁宗朝"朝政无大缺失，群臣奉法遵职，海内乂安"的局面。曾巩对君臣契合的描述并未就此而止，而是进一步通过感叹盛时难再表达出一种对君臣相合上下协同的追期，其在《范贯之奏议集序》最后感叹曰："见其上下之际相成如此，必将低回感慕，有不可及之叹，然后知其时之难得。"

张田在《包孝肃奏议集题辞》中首先颂扬了仁宗皇帝之圣明，文曰："仁宗皇帝御天下四十年，不自有其圣神明智之资，善容正人，延谠议，使其谋行忠入，有补于国，卒大任以股肱者。"接着描述了包拯之贤能："公上裨帝阙，下疗民病，中塞国蠹，一本于大中至正之道，极乎是，必乎听而后已。其心亦无他，止知忠于君而为得也。"②可以说，正是由于仁宗之圣明才显示出包拯之贤能，诚如"臣幸得遭明盛之朝，蒙危言之策，无忌讳之患"③。若无仁宗之圣明，包拯即使有经天纬地之才、匡国济世之智，亦会有英雄无用武之地的慨叹。故张田最后总结曰："非会仁宗皇帝至明上圣，有不可惑之聪，公欲必行其道于时，难矣乎！"

北宋仁宗朝向来被认为是政治清明、君臣默契之时，有"汉文景"之誉，而南宋孝宗朝也被后人认为是君臣关系融洽的一个时期。真德秀《跋著作刘公奏稿》曰：

（刘公）轮对则斥近幸盗权，以为阴侵阳之应，其上讨论事又申言之，至谓"流荡戏狎，常始于燕游之无度；人兽杂乱，常出于御幸

---

① 《曾巩集》，陈杏珍点校，中华书局，1984 年，第 200 页。
② 曾枣庄、刘琳主编《全宋文》，第 48 册，上海辞书出版社，安徽教育出版社，2006 年，第 195 页。
③ ［汉］班固：《汉书》，卷六十四，中华书局，1962 年，第 2830 页。

之无节"。呜呼,其亦可谓激切也已! 使遭前代讳言之时,其召谴贾祸当如何耶? 而我阜陵优容讲纳,曾无纤介忤意,主圣臣直,讵弗信夫!①

真德秀在此跋文中对著作刘公敢于直言的精神和孝宗皇帝勇于纳谏的魄力予以推挹,对主圣臣直上下相得的称许,又流露出对本朝能够出现如此政治局面的自豪与欣慰。

昔人有云:"君臣相遇,虽一语而有余;上下未孚,虽千万言而奚补? 为臣子者,惟当罄其忠爱之诚而已尔。"②君臣契合在封建社会中是难得一遇的,故历朝历代士大夫都对此理想境界向往有加。宋人在奏议集序跋中对士大夫因言去职壮志难酬的叙写与感叹,表达出对君臣未契的遗憾,同时也流露出发自内心地对君臣相遇的理想状态的向往。宋人在奏议类文集序跋中表现出来的这种对"君臣契合"的追期,可以说是那个时代的"兴国梦",这既反映出中国传统儒家政治旺盛的生命力,当然同时也暴露出其本身所具有的一种局限性。

---

① 曾枣庄、刘琳主编《全宋文》,第 313 册,上海辞书出版社,安徽教育出版社,2006 年,第 212 页。
② 王水照编《历代文话》,第 2 册,复旦大学出版社,2007 年,第 1619 页。

结　语

　　唐宋文集序跋主要指唐宋时期，人们所撰写的文集序跋，既包括唐宋时期人们为前代文集所撰之序跋，也包括为本朝文集所撰之序跋。唐宋时期是文集序跋的大繁荣期，其中不仅产生了文集序跋的经典之作，还产生了许多享誉后代的文章大家。唐宋文集序跋内容丰富，其中包含着丰富的文化信息，我们从中可以发现唐宋时期的文化精神和学术思潮，尤其是两宋时期，文集序跋甚至成为文人之间沟通交流的一种方式，我们从这些文集序跋中可以一窥这一时期文人的生活情景与方式，甚至能从这些遗存中解读出当时独特的审美心理与社会心态。

　　有宋一代，文集作者多有在生前整理自己文集的习惯，甚至能够达到一官一集或一时一集之程度。由于序跋意识的自觉，宋人对"文以叙传"有着强烈的认同，故每当一部文集结就，他们通常都会请亲朋好友或名人贤士为之作序。由于文集序跋为世人所重，故宋人对其创作技巧相当关注，有人专门对为文集撰序题跋的相关要求进行了总结。如谌祐《自知集序》曰："昔之诗，诗言志，昔之序，序作者之志。'顾瞻周道，中心怛兮'，音调敷畅，庸或可知。'彼美人兮，西方之人兮'，雍容和平，序者何以知其刺不用贤也？予以是知诗非苟作，'发乎情，止乎礼义'，序非苟作，'以意逆志'，是为得之。"[1]在此，谌祐提出为文集撰序的基本要求是"以意逆志"，即要求撰序者应从文章之意旨去探求文集作者创作之初衷。

---

[1] 曾枣庄、刘琳主编《全宋文》，第 349 册，上海辞书出版社，安徽教育出版社，2006 年，第 42 页。

在两宋时期,由于人们对"文以叙传"的广泛认同,很多人往往喜欢请名人大家为其文集撰序题跋,但这种做法在当时也遭到一些人的批评。如卫宗武《刘药庄诗集序》曰:"古之人缔章绘句以擅名于当时,后之作者为之序,非故交则门人,又否则诵其诗、味其辞,敬慕油然于中而发扬赞美蔚然于外,不能自已者也。今则不然,凡遭兴于风云月露,寄情于草木华实,有片言只字之长,则必属诸人侈大张皇,以求闻于时。而其人望实足以轩轾人物,则亦不敢不徇其情。苟矫世咈情,则咸谓雅量不弘,不足为时人表厉。流风靡靡,循袭者众。"①卫宗武对有些文集作者请人撰序题跋"以求闻于时"的初衷予以批评,对序跋作者多碍于情面而不能客观地评价文集作品的情况表示不满。序跋不一定能使诗文显扬,一部文集影响力的大小及能否存世流传关键还是在于文集作品本身的优劣。实际上,两宋时期很多人对此已经有了理性客观的体认。邓光荐曾在《翠寒集序》中云:"作诗难,序诗尤难。子虚(宋子虚)之诗显果在予序,则唐之三百家无序者,其诗皆能晦乎?系其诗之工拙尔。少陵云:'清诗句句尽堪传。'"②宋人对文集序跋的功能与意义所展开的争论以及对序跋创作方式与要求所进行的总结,从一个侧面反映出两宋时期文集序跋的繁荣状况。

唐宋文集序跋具有较强的抒情性,文集作者在撰序题跋时没有正襟危坐之感,大多随性所至,任意抒写。考诸唐宋时期的序跋文献可见,序跋作者在记述文集作者生平时,要么为文集作者迭遭困厄最终赍志以殁而愤愤不平,要么为文集作者英年早逝宏才未展而感到深深惋惜,要么为文集作者道德、功业、辞章三者兼备而大加推挹,从而使得文集序跋具有较强的抒情性。如欧阳修在为江休复文集撰序(即《江邻几文集序》)时,开篇即对生命短暂、人生无常等大发感慨道:

---

① 曾枣庄、刘琳主编《全宋文》,第 352 册,上海辞书出版社,安徽教育出版社,2006 年,第 235 页。
② 曾枣庄、刘琳主编《全宋文》,第 356 册,上海辞书出版社,安徽教育出版社,2006 年,第 413 页。

> 自明道、景祐以来,名卿巨公往往见于余文矣。至于朋友故旧,平居握手言笑,意气伟然,可谓一时之盛。而方从其游,遽哭其死,遂铭其藏者,是可叹也。盖自尹师鲁之亡,逮今二十五年之间,相继而殁,为之铭者至二十人,又有余不及铭与虽铭而非交且旧者,皆不与焉。呜呼,何其多也!不独善人君子难得易失,而交游零落如此,反顾身世死生盛衰之际,又可悲夫!而其间又有不幸罹忧患、触网罗,至困厄流离以死,与夫仕宦连蹇、志不获伸而殁,独其文章尚见于世者,则又可哀也欤!然则虽其残篇断稿,犹为可惜,况其可以垂世以行远也?①

欧阳修面对故友江休复之文稿触景生情,深感众多友朋故旧凋零远逝,从而对人之死生盛衰大加哀叹,伤之于心,行之于文,使得通篇序文具有较强的抒情性。正如清代储欣所评:"一意累折而下,纡余惨怆,言有穷而情不可终;此是庐陵独步。"②同样,孔武仲在自序其《渡江集》时,也多有真情流露,其在文中写道:

> 自始应举以至于今,六至阙下而三出江淮道以行,中间往还匆匆,经耳目如晡旦相望。而岁月数迁,时事屡变,吾家亲尊逝没,兄弟凋零,以区区羸茧之身,寄食四海,南逾岭表,东至岱阳,而出入于江淮、荆湖、吴越之间。年三十有六,大病垂死,赖良医以得全活。明年,以罪罢官。此其出处险艰之大略也。盖二十五年之间,其变故之多如此。夫人之大数百年耳。方其少壮之时,筋力疲于奔走,精思涸于患难,其余借有安乐饶泰,为日几何?益知世之不足恃也。飞击潜游,以俟造化,惫而眠,饱而嬉,庶几不为达者之

---

① 洪本健:《欧阳修诗文集校笺》,上海古籍出版社,2009年,第1127页。
② 洪本健:《欧阳修诗文集校笺》,上海古籍出版社,2009年,第1128页。

讥乎！①

在这里，孔武仲对自己宦游四方，亲友凋零，漂泊险艰，命运多舛的身世大加感慨，叹息少壮以来多数时间疲于奔走，而安居欢乐的时光并不多见，他甚至期望人生能简单得像鱼鸟一样"惫而眠，饱而嬉"而不用顾及其他，从而抒发了其厌恶人世烦扰功利，向往无欲无求人生境界的愿想。另外，序跋作者也常常在文集序跋中抒写自己独特的人生感悟。周紫芝《书寒山诗后》曰：

> 昔里人有豢二豕者，呼屠者于门，将以售之。其一既就执，其一辄逸去，使人物色之不得。后五日得之沟中，以木叶覆其身，气息喘喘然，若有所畏者。建炎三四年间，避盗山中，贼持戈在后，仅得以免。夜宿山穴，挽木叶以自蔽，旦为积雪所埋，几不得出，顾无异沟中之豕。乃知众生受命，其畏死未尝不同。此学佛者所以深戒乎杀也。②

周紫芝在兵荒马乱中为贼所迫，窜匿山穴，以叶自蔽，仅以身免，劫后余生之际忽然想起昔日邻家之猪因惧屠而逸，并以木叶覆身之事，从而感叹："众生受命，其畏死未尝不同。"周氏此次虎口脱险之经历与其早年所见闻之猪之逃生畏死情状甚为相似，最终使其领悟到佛教中戒杀放生之真谛。

唐宋文集序跋在文章章法上相对自由，有时极尽铺叙之能事，洋洋洒洒近千言，有时寥寥数语，戛然而止。如孙仅为了肯定杜甫的文学地位，在其《读杜工部诗集序》中不惜笔墨地胪列了秦汉、魏晋等时期的重要作家，但这些作家的文学成就均不如杜甫，最后总结曰："风骚而下，唐而上，一人而已。

---

① 曾枣庄、刘琳主编《全宋文》，第 100 册，上海辞书出版社，安徽教育出版社，2006 年，第 262 页。
② 曾枣庄、刘琳主编《全宋文》，第 162 册，上海辞书出版社，安徽教育出版社，2006 年，第 183 页。

是知唐之言诗,公之余波及尔!"①有时寥寥数言,其中却蕴含着丰富的思想内涵,以达到"咫尺应须论万里"②的艺术效果。如黄庭坚《书林和靖诗》写道:"欧阳文忠公极赏林和靖'疏影横斜水清浅,暗香浮动月黄昏'之句,而不知和靖别有《咏梅》一联云"雪后园林才半树,水边篱落忽横枝",似胜前句,不知文忠公何缘弃此而赏彼。文章大概亦如女色,好恶止系于人。"③黄庭坚在此信笔写来,如老友闲坐,漫谈无忌,读来兴味盎然。但此处内容看似闲淡无边,却韵味无穷,以通俗之言道出文章接受各有所好、因人而异之理。

唐宋文集序跋是中国古代文学理论的重要载体。唐宋时期,人们在撰序题跋时常常会阐发其文学观。有关唐代文集序跋的文学批评功能,在第一章已有论述,此不再赘言。宋人在文集序跋中有关文学理论的阐释,在第二章也有所涉及,在此补充一点,即宋人在撰序题跋时除了会阐发自己的文学观点之外,往往还会对某一时代之文学或某一文体之发展予以"史"的叙述。如陈亮《书欧阳文粹后》曰:

> 初,天圣、明道之间,太祖、太宗、真宗以深仁厚泽涵养天下盖七十年,百姓能自衣食以乐生送死,而戴白之老安坐以嬉,童儿幼稚什伯为群,相与鼓舞于里巷之间。仁宗恭己无为于其上,太母制政房闼,而执政大臣实得以参可否,晏然无以异于汉文、景之平时。民生及识五代之乱离者,盖于是与世相忘久矣。而学士大夫其文犹袭五代之卑陋。中经一二大儒起而麾之,而学者未知所向,是以斯文独有愧于古。天子慨然下诏书,以古道饬天下之学者,而公之文遂为一代师法。未几而科举禄利之文非两汉不道,于是本朝之盛极矣。……神宗皇帝方锐意于三代之治,荆公以霸者功利之说,饰以三代之文,正百官,定职业,修民兵,制国用,兴学校以养天下

---

① 曾枣庄、刘琳主编《全宋文》,第 13 册,上海辞书出版社,安徽教育出版社,2006 年,第 307 页。
② [清]刘熙载:《艺概》,上海古籍出版社,1978 年,第 77 页。
③ 《黄庭坚全集》,刘琳、李勇先、王蓉贵点校,四川大学出版社,2001 年,第 665 页。

之才。是皆神宗皇帝圣虑之所及者,尝试行之,寻察其有管晏之所不道,改作之意盖见于末命,而天下已纷然趋于功利而不可禁。学者又习于当时之所谓经义者,剥裂牵缀,气日以卑。公之文虽在,而天下不复道矣。此子瞻之所为深悲而屡叹也。元祐间,始以末命从事,学者复知诵公之文。未及十年,浸复荆公之旧。迄于宣、政之末,而五季之文靡然遂行于世。然其间可胜道哉!二圣相承又四十余年,天下之治大略举矣,而科举之文犹未还嘉祐之盛。①

陈亮一方面概括了北宋散文的发展历程,另一方面肯定了欧阳修在北宋散文发展史上的重要地位。在宋代文集序跋中,也有作者对特定文体的发展史进行梳理,介绍这一文体的孕育形成和发展演变。如宣和四年七月,王铚作《四六话序》曰:

> 铚每侍教诲,常语以为文、为诗赋之法,且言赋之兴远矣。唐天宝十二载,始诏举人策问外试诗赋各一首,自此八韵律赋始盛。其后作者如陆宣公、裴晋公、吕温、李程犹未能极工。逮至晚唐,薛逢、宋言及吴融出于场屋,然后曲尽其妙。然但山川草木、雪风花月,或以古之故实为景题赋,于人物情态为无余地;若夫礼乐、刑政、典章、文物之体,略未备也。国朝名辈犹杂五代衰陋之气,似未能革。至二宋兄弟,始以雄才奥学,一变山川草木、人情物态,归于礼乐刑政、典章文物,发为朝廷气象,其规模闳达深远矣。继以滕、郑、吴处厚、刘辉,工致纤悉备具,发露天地之藏,造化殆无余巧。……盖自唐天宝远讫于天圣,盛于景祐、皇祐,溢于嘉祐、治平之间,师友渊源,讲贯磨砻,口传心授,至是始克大成就者,盖四百年于斯矣。②

---

① 《陈亮集》,卷十六,中华书局,1974年,第279页。
② 曾枣庄、刘琳主编《全宋文》,第182册,上海辞书出版社,安徽教育出版社,2006年,第165页。

王铚在此指出律赋因科举试赋的制度而始盛于唐天宝年间,并简明扼要地叙述了唐宋时期律赋的代表作家以及宋代律赋在内容上对唐代律赋的开拓与创新。王铚对律赋这一文体发展历程的梳理,对人们正确认识律赋的发展演变有着重要的意义。宋人在文集序跋中对文学或文体之发展予以"史"的叙述,可以在某种程度上弥补我国古代没有文学史专著的缺憾,具有重要的学术史意义,我们从而得以通过文集序跋窥见一代文学发展的历程和轨迹。

总之,唐宋文集序跋内容多样,其中包含着丰富的文史信息,诸如评人、纪事、品文、辨误、版本考录等内容,从而为我们研究唐宋文学提供了不可多得的文献资料。笔者首先从宏观上考察了唐前文集序跋的特点,接着分析了唐代文集序跋的特点以及文化转型下宋代文集序跋的新变,最后分析了宋型文化特征在宋代文集序跋的体现,其中涉及宋代的政治文化、地域家族文化、理学文化以及这一时期的文集刊刻、校雠知识发展等情况。由于笔者能力及体系所限,本书对唐宋文集序跋的考察犹如冰山之一角,有很多问题尚未涉及。如可以通过宋人为一部文集所撰之序跋来分析宋人对此文集作者与文集作品的接受过程,甚至可以将宋、元、明、清历代有关一部文集之序跋做一历时性分析,从而考察人们对该文集的接受史。当然对本书已经探讨过的问题,也还有一些地方尚待进一步深化与完善。如本书在考察唐宋文集序跋时比较分析不够,只是对唐前文集序跋进行一个简单的梳理,对与其后时代的文集序跋比较研究几乎没有涉及。可以说,宋代文集序跋涉及内容广泛,非一人之力所能穷尽,笔者所为不过管中窥豹,以蠡测海,对该领域之深广度、大范围研究,尚待学界同仁的共同努力。

附　录

一、《全宋文》所收文集序跋补遗

1. 张表臣《张右史文集序》

张表臣,字正民,单父人,生卒年不详。据《宋诗纪事》记载,曾官右承议郎,通判常州军州事。绍兴中,终于司农丞。著有《珊瑚钩诗话》,与晁以道(晁说之字以道)游。[①]《全宋文》未录张表臣其人其文,今据存世文献辑佚张表臣文一篇,即《张右史文集序》。全文如下:

> 予去冬两侍太师公相,论近世中原名士,因及苏门诸君子,自黄豫章、秦少游、陈后山、晁无咎诸文集皆已次第行世,独宛丘先生张文潜文集散落,其家子弟死兵火,未有纂萃而诠次之者。因俾访求,始得公相汪公藻手编三十卷,颇复不全。继得浙西宪王公鈇所录四十卷,续集十余卷,稍为精好。又得察院何公若数卷。最后秘院秦公熺送示旧藏八册,不分卷。大抵总四家,凡百余卷。亟加考订,去其重复,正其讹谬,补其缺漏,定取七十卷,号《张右史集》。凡古赋三十二篇,古诗七百四首,五言律诗三百三十四首,七言诗

[①] [清]厉鹗:《宋诗纪事》,上海古籍出版社,1981年,第1174页。

三百三十九首,绝句诸小诗七百七首,古乐府等诗八十四首,哀挽四十一首,骚一十二篇,表状十五篇,启十三篇,文二十九篇,赞、铭、偈、疏、箴、评十九篇,题跋三十一篇,传记二十一篇,序十五篇,议说二十三篇,经史等论五十七篇,书十二篇,墓志十七篇,同文馆唱和六卷,通二千七百余篇。呜呼,其盛美哉,信君子多文之富也!

公于诸人,最为后死。其文章雄深雅健,纤秾瑰丽,无所不有,暗暧埋晦者殆数十年,一旦得师相而振发之,其光明焜耀,盖将偕五纬二十八宿灿然而垂无穷矣,不其幸欤!余年十七始识先生于陈,猥蒙诱掖。其后迁谪流离,而予侍亲南北,就学应举,多不相值。曩时杂蓄先生文集殆百卷,丧乱以来,损失皆尽。今则网罗之余固不多,然未为尽也。继自今有得,当为后集以付诸。

绍兴十三年闰四月十八日,单父张表臣叙。

按:此文辑自清代藏书家蒋光煦的《东湖丛记》。该书刊于咸丰年间,为作者蒋光煦的读书笔记,其中记录有蒋氏平生寓目的诸多珍本秘籍和金石碑帖,共一百四十一则。作者自称"随得随抄,初无义例,丛零掎拾,自备遗忘"[1],于是抄录了一些罕见典籍中的大量遗文、题跋,由此保存了一份珍贵的版本学和金石学资料。

此序主要记载了张表臣将四家所藏张耒文集"去其重复,正其讹谬,补其缺漏",定为七十卷,以及《张右史文集》七十卷本的编排体例,并且评价了张耒之文"雄深雅健,纤秾瑰丽"。《宋史·张耒传》载,张耒曾"游学于陈"[2],盖在此时张表臣与张耒相识,此年张表臣十七岁。在此之后,张耒"迁谪流离",而张表臣"侍亲南北",两人恐再无相遇。序中称"两侍太师公相"及"秦公熺送示旧藏八册",疑张表臣走投秦桧之门,晚节恐不无污点。但张表臣于张耒集的收集整理,可谓功不可没。

---

[1] [清]蒋光煦:《东湖丛记》,续修四库全书本。
[2] [元]脱脱等:《宋史》,中华书局,1985年,第13113页。

2. 陈天麟《太仓稊米集序》

陈天麟,字季陵,宣城人,生卒年不详,绍兴十八年进士及第。累官集贤殿修撰,历知饶州、襄阳、赣州、镇江,有《撄宁居士集》。①《全宋文》失录陈天麟其人其文,今辑佚文集序一篇,即《太仓稊米集序》。全文如下:

宣人之为诗,盖祖梅圣俞。圣俞以诗鸣庆历、嘉祐间,欧、范、尹、苏诸巨公皆推尊之。后百余年,又得竹坡先生继其声,而周与梅在宣为著姓,且亲旧家也。竹坡同时有王次卿、僧彦邦、道常三人,皆能诗。王死于兵,不复传;彦邦学为诗而未至;道常笔力颇过彦卿(疑为"邦"),其后亦无闻。惟竹坡之诗声厌服江左。

天麟未第时,从竹坡游,公谓予曰:"作诗先严格律,然后及句法。予得此语于张文潜、李端叔,故以告子。"且言郭功父徒窃虚称,在诗家最无法度。天麟钦佩此语,退而学诗,不敢越尺寸。久而自定,然后知公之善教人。

前年过九江,公家在焉。往拜遗像,哭而吊其孤,诵其余文,以语太守唐立夫舍人。立夫急取公文集,相与阅于庾楼上,读之声震左右。立夫最重许可,至是击节,且为序之。竹坡于书无所不读,发而为文章,不让古作者。其诗清丽典雅,虽梅圣俞当避路,在山谷、后山派中亦为小宗矣,彼郭功父辈执鞭请事可也。官晚而名不达,自兴国守罢居九江,贫不能归宣城,而江山之胜,盖为晚助云。公名紫芝,字少隐。

乾道丁亥(1167)上元,左朝散郎充集英殿修撰、知襄阳军府事、提举学事兼管内劝农营田使、充京西南路安抚使、马步军都总管兼提领措置屯田陈天麟序。

---

① [清] 厉鹗:《宋诗纪事》,上海古籍出版社,1981年,第1174页。

按：此文据文渊阁《四库全书》本《太仓稊米集》卷首补。《四库全书总目》载："《太仓稊米集》七十卷，宋周紫芝撰，紫芝字少隐，宣城人，绍兴中登第，历官枢密院编修官，出知兴国军，自号竹坡居士。是集乐府诗四十三卷，文二十七卷，前载唐文若、陈天麟及紫芝自序。"①其中提到陈天麟的《太仓稊米集序》。又见，清代张金吾《爱日精庐藏书志》卷三十一载"《太仓稊米集》七十卷，旧抄本，周紫芝撰，格栏外有'浣香居抄本'五字"②，其中录有唐文若序、陈天麟序、周自序、陈公绍跋四文。又见，清代陆心源《皕宋楼藏书志》卷八十四载："《太仓稊米集》七十卷，影宋抄本，刘疏甫旧藏。"③其中录有唐文若序、陈天麟序、周自序、陈公绍跋。

陈天麟与周紫芝是同里，皆为宣城人。陈天麟未第时已从游于周紫芝，并得由其教授诗法。据陈公绍《重修太仓稊米集跋》载，陈天麟在乾道丙戌（1166）知襄阳时，刊刻周紫芝的文集，这个刊本是周集的祖本。而该序末所署撰写时间和陈之官阶身份，与陈公绍的记载正相符合。

3. 陈公绍《重修太仓稊米集跋》

陈公绍，字兴宗，福清人，绍兴三十年（1160）进士及第，乾道间任汀州府军事推官，庆元间知漳浦县，生卒年不详④，《宋史》无传。《全宋文》失录陈公绍其人其文，今据藏书志补文一篇，即《太仓稊米集跋》。全文如下：

> 《稊米集》，宣城周左司少隐之诗文也。公之所作，裒聚成集，既没而未传。乾道丙戌，其乡人殿撰陈公天麟帅襄阳，始锓诸木，然校勘之不精，刻画之舛错，凡三百八十有五而为字千余。
>
> 淳熙辛丑春，公绍赴襄阳学官任，道过九江，见左司之仲子畴，得其家藏善本，比至，重加是正，命工修整，庶几观者靡有疑。时淳

---

① ［清］纪昀等：《钦定四库全书总目》，中华书局，1997年，第2122页。
② ［清］张金吾：《爱日精庐藏书志》，上海古籍出版社，2014年，第560页。
③ ［清］陆心源：《皕宋楼藏书志》，中华书局，1990年，第951页。
④ ［清］郝玉麟、谢道承：《福建通志》，文渊阁四库全书本。

熙癸卯孟夏中浣,谨志。

按:此题跋据清代张金吾《爱日精庐藏书志》卷三十一补,其中录有唐文若序、陈天麟序、周自序、陈公绍跋四文。① 清代陆心源《皕宋楼藏书志》卷八四收有陈公绍跋文,只是在最后的落款处多了"司书陈光远,乡贡进士、学谕兼司书王牧,学录兼直学程恭,免解进士、府学正孙光祖,从事郎、府学教授陈公绍"②。跋文落款除陈公绍外,并有程光远、王牧、程恭、孙光祖衔名,应为宋椠旧式,当是孙光祖、程恭等诸人曾参与淳熙十年(1183)陈公绍主持的周紫芝文集的修订工作,故有是款之记。

因周紫芝曾谀事秦桧,为士林所不齿,终致以人废文,故陈公绍此跋文言"公(周紫芝)之所作,裒聚成集,既没而未传"。周紫芝人品虽有瑕疵,但其诗文尚有可观,《四库全书总目》云:"其(周紫芝)诗在南宋之初特为杰出,无豫章生硬之弊,亦无江湖末派酸馅之习。"又云:"略其人品,取其词采可矣。"③前述陈天麟《太仓稊米集序》言周紫芝"其诗清丽典雅""在山谷、后山派中亦为小宗矣"云云,亦非全为溢美之词。

据该跋文可知,淳熙八年(1181)陈公绍任襄阳府学教授时,从周紫芝次子周畴处得其家藏本,对陈天麟的刻本进行了修整,改正了不少错讹之处。由此可知,陈公绍的刻本是陈天麟的补修本。陈天麟的《太仓稊米集序》与陈公绍的《重修太仓稊米集跋》在考订《太仓稊米集》的版本源流中起着重要的作用。

4. 方逢辰《雪坡集序》

《全宋文》卷八一七零至卷八一七八,收录方逢辰文共计二百一十九篇,其中文集序跋十篇,而失录《雪坡集序》一文。全文如下:

---

① [清]张金吾:《爱日精庐藏书志》,上海古籍出版社,2014年,第561页。
② [清]陆心源:《皕宋楼藏书志》,中华书局,1990年,第951页。
③ [清]纪昀等:《钦定四库全书总目》,中华书局,1997年,第2122页。

姚成一,瑞之奇气也,未可专以文章论也。予癸丑夏自吴幕入馆时,成一初第,见其文如长江大河,一泻千里,每与友朋相语,必曰:"姚成一之文章不易及也。"越数年,相会于馆中见,其持身之介,立论之壮,负气之英,且屡挫而不衰,又知成一之所以为成一者。同馆之士,其知成一者莫如予,而知予者亦莫如成一也。未几,咸以罪去。越三年,予起家承乏于瑞,则成一已下世矣。其族子龙起刊其平生所为文属予序,予曰:"成一之操守议论气概,欲为天下国家兴事立业者也,岂文章而已乎!天夺之早,仅以文章传后,惜也!"

景定癸亥秋八月四日,蛟峰方逢辰序。

按:此序据文渊阁《四库全书》本姚勉《雪坡集》卷首补。《四库全书总目》载:"此本为其从子龙起所编……外间传本颇稀,讹缺特甚。今以《永乐大典》所载各为校补;其《永乐大典》不载者则仍其旧。集首有文及翁序,称其'磊落有奇节'。又有方逢辰序,亦称为瑞之奇士。"①可见,在《雪坡集》卷首有文及翁序与方逢辰序,而《全宋文》失录方逢辰之序。

据南宋文及翁《故侍读尚书方公墓志铭》、元代黄溍《蛟峰先生阡表》,再结合此序中的指称事实可知,序中云"未几,咸以罪去"盖指开庆元年(1259)方逢辰为秘书省著作郎时,姚勉为秘书省校书郎,两人同在秘书省,后均因弹劾奸臣贾似道被贬。"越三年,予起家承乏于瑞",是指方逢辰于景定二年(1261)知瑞州,而该序当是方逢辰知瑞州时所作。方逢辰在此序中,称赞姚勉之文"如长江大河,一泻千里",高度评价姚勉之为人行事,称其"持身之介,立论之壮,负气之英,且屡挫而不衰"。

5. 王应麟《阆风集序》

《全宋文》卷八一九二至八二零四,收王应麟文几近二百三十篇,其中序

---

① [清]纪昀等:《钦定四库全书总目》,中华书局,1997年,第2180页。

跋文共计三十二篇,而失录《阆风集序》。全文如下:

　　读《虞书·庚歌》可以见诗之雅正,读《夏书·五子之歌》可以见诗之变风变雅。世道之隆污不同,而诗之正变亦异。然天典民彝之正,万古一心也,士生斯世,岂不欲以和平之声,鸣国家之盛?时不虞氏也,遇合不皋陶也,于是《离骚》兴焉,《佹诗》作焉,曰"指九天以为正";曰"弟子勉学,天不忘也"。不求人知,而求天知。一心之唐虞,岂与世变俱化哉?此陶靖节、杜少陵所以卓然为诗人冠冕,而谢灵运、王维之流不足数也。论诗者观其大节而已。

　　余少时,已闻舒景薛言语妙天下。景薛,更字舜侯,擢丙辰第,与余弟仲仪为同年进士。然自重难进,阅群飞之刺天,而无竞心,不得弦歌《生民》《清庙》之章荐之郊庙,又不得绅金匮石室书续左、马、班氏之笔。晚岁涉坎险,历蹇难,萍流蓬转,有陶、杜所未尝。气益劲,思益深,胸中之书不烬,方寸之广居浩乎其独存,弄云月于岷岩之下,友渔樵于寂寞之滨,固穷守道,皓皓乎白璧之全。其文如泉出山,达乎大川而放诸海,有本者如是。何谓本?大节之特立也。

　　余与舜侯别二十余年,时得见其诗文,有本者如是。一日书来,以《辟地》《篆畦》《蝶轩》三稿惠教。读之,如朱弦疏越之音,一唱三叹,年近而学日近,学近而文日近。《述酒》之微婉,《同谷》之悲壮,友陶、杜于千载,德业之近亦未艾也。《三史纂言》考订精确,惜不令作宋一经,以垂无穷。尝以"晚易"名斋,探索三陈九卦之蕴,以处忧患。颠沛流离不能诎其志,阨穷憔悴不能更其守。在《贲》之初九"舍车而徒",此《贲》之所以为文,岂椠人墨客所能识哉!舜侯赠余诗曰:"从来明月无今古"。此坡老所云"浮云世事改,孤月此心明",余不足以当之,而教我之意厚矣。"凡百君子,各敬尔身",盖明友相勉之诗也,愿相与切磋焉。

　　旃蒙协洽岁圉阳月既望,浚仪遗民王应麟序。

按：此序据文渊阁《四库全书》南宋舒岳祥《阆风集》卷首补。王应麟在该序文中开门见山，对世道与诗道之关系申而述之，终得出"论诗者观其大节而已"的至论，再结合舒岳祥仕途不显、蹭蹬不达的身世经历，淡泊名利、不忘初心的行事之道和气劲思深、深邃弘肆的文章诗风，慨叹其"颠沛流离不能诎其志，陁穷憔悴不能更其守"的品性，又借苏轼《次韵江晦叔二首》中"浮云世事改，孤月此心明"一句，以述心志，同时委婉地表明在河山沦陷、九州腥膻的严酷境遇中要与舒岳祥等有志遗老相励相勉，始终不渝。

王应麟在宋亡后杜门不出，隐居著书，其所作序跋文章，或只写甲子，或不记年月，如《方壶存稿序》末题识曰："重光叶洽岁中秋月朔，浚仪王应麟伯厚父书于歙郡斋。"①《小学绀珠序》末曰："浚仪王应麟伯厚父自序。"②……同样，其《阆风集序》末题识道："旃蒙协洽岁圉阳月既望，浚仪遗民王应麟序"，以规避书写蒙元诸帝年号，以示不向北房称臣。另外，序中称舒岳祥与王应麟之弟王应凤（字仲仪）同榜及第，与《宝祐四年登科录》载，王应凤于宝祐四年（1256）登科及第，第一甲共二十一人，其居第九，而舒岳祥也在同年及第，第四甲共二百四十八人，其居一百一十七③。两相印证，可知不误。

6. 王梦应《牧莱脞语序》

王梦应字圣与，一字静得，长沙攸县人。咸淳十年进士，调庐陵尉。元兵陷临安，起兵勤王，兵败，奔永新④，《宋史》无传。《全宋文》失录王梦应其人其文，今据传世文献补遗文集序一篇，即《牧莱脞语序》。全文如下：

> 咸淳天子在位之十年，故左丞相江文忠公以湘帅宾兴乡漕士，

---

① 曾枣庄、刘琳主编《全宋文》，第534册，上海辞书出版社，安徽教育出版社，2006年，第264页。
② 曾枣庄、刘琳主编《全宋文》，第534册，上海辞书出版社，安徽教育出版社，2006年，第259页。
③ 《宝祐四年登科录》，文渊阁四库全书本。
④ ［清］厉鹗：《宋诗纪事》，上海古籍出版社，1981年，第1870页。

得公甫、道甫、同甫计闻,与余皆公门生。明年,道甫同年、其季父山泉位于朝,数迁,陈氏于时盛矣,二宋科目亦止此。又三年,余望吾皇海上,不得死,沦江南,四方文献欲尽。厚得于天,其明睿大于世,其奇闻异观集于势,内固卓绝,而外之相,其耳目俱盛明。一日之得,有寒畯终身所难,非独莲化至是也。

同甫当年少学赡,举子业外,他文浩荡不可涯,《汴都赋》外,吾见其人焉。诗学唐,又进矣。盖穆陵以来,场屋之士须暇不及,而同甫余力沛然,席盛大者发必宏,非欤！天之于甲氏,必有异焉者。子厚大笔足当昌黎,而雄歆奇字常在,或谓长卿流风也。至天圣古文起,又为今人奇观。此于文事奚属？云阳辟世之盛,余夙昔愿之,何时青袜布鞋是间,当细论。

年家生王梦应敬书,乙未中伏。

按:此文据《续修四库全书》影印清初影元钞本《牧莱脞语》卷首补。《牧莱脞语》乃南宋陈仁子的文集。陈仁子,字同甫,号古迂,茶陵人。咸淳九年(1273),左丞相兼枢密使江万里授知潭州、湖南安抚大使。越明年［咸淳十年(1274)］,江万里主持当地漕试,陈仁子得中第一,而当年胡马渡江,遍地残破,不二年宋亡,故包括本次漕试在内的科举考试成为宋代最后一次科举取士。元兵陷临安,王梦应等起兵勤王,转战于湘粤间,崖山战后恢复无望,终赍志以没。序文中"明年,道甫同年、其季父山泉位于朝",时间当在德祐元年(1275)。"又三年,余望吾皇海上,不得死,沦江南,四方文献欲尽",应指帝昺祥兴二年(1279)一二月间惨烈的崖山之战。史载二月癸未,"……张弘范攻其南,南北受敌,兵士皆疲不能战……诸军溃……陆秀夫走卫王舟……度不得脱,乃负昺投海中,后宫及诸臣多从死者,七日,浮尸出于海十余万人"。[①] 王梦应崖山九死一生,虎口脱险,文章著述尽毁于兵燹。而陈仁子惨罹家国沦陷,遂成草野遗民,立志不仕,隐居东山,创办书院,著书讲学,

---

① ［元］脱脱等:《宋史》,中华书局,1985年,第945页。

有《牧莱脞语》《文选补遗》等传世。王梦应在为陈仁子《牧莱脞语》作序时，称赞其年少时在科举应试之外尚能余力滂沛，学为诗文，而浩荡恣肆，恢宏可观。王梦应在序文最后对于陈仁子那样的隐居避世，表达了深深的认可与向往之情。王梦应此序作于乙未中伏，当为宋亡之后十六年，即公元1295年之夏，为避用蒙元年号，而特以干支志之。

7. 陈应申《亚愚江浙纪行集句诗跋》

《全宋文》失录陈应申其人其文，今据传世文献辑佚文集题跋一篇，即《亚愚江浙纪行集句诗跋》。全文如下：

> 作诗固难，集句尤不易。前辈有云：不行万里路，莫读杜甫诗。一杜诗且病其难读，而况集诸家之诗乎？亚愚嵩上人穿户于诗家，入神于诗法，满心而发，肆口而成，玉振大成，默诣诸圣处，人目其诗，固不知其为集句，而上人亦不自知也。抑犹有妙于此者，青出于蓝，而青愈于蓝，盖诸家之体制，各随其所至而形于言。今观亚愚之集，千变万态，不楛于所见，如所谓老坡之词，一句一意，盖不可以定体求也。
>
> 虽然，愚固喜其诗，然亦有不平于上人者焉。夫以无为为有，以有识为无，此固宗风箕裘之业。顾乃挈行城市，嘲风弄月，与我辈抗衡，是果何见也？上人浩然叹曰："君之言过矣。孔墨之道，本相为用，况予由儒入释也，非为释而盗儒也。如（缺）山斋易文昌（缺）东山杨大师诸公，皆不我弃。予方以诗而与君友，君反以诗而怒我也。君苟释然于心，请为我书之于《集句》之首，或有不知我而罪我者，当以此公案为之张本。"予于是乎慨然为之书，亦以为雌黄者之戒云。
>
> 绍定四年季夏中浣，从事郎、监庆元府昌国县西监盐场宣城陈应申跋。

按:此文据文渊阁《四库全书》本《江湖小集》卷九《亚愚江浙纪行集句诗》卷末补。释绍嵩在绍定中曾云游江浙,《集句诗》就是其在此次云游期间的作品,其自序云:"今所存《集句》也,乃绍定己丑(二年,1229)之秋自长沙发行访游江浙,村行旅宿,感物寓意之所作。"[①]绍定四年(1231),陈应申为释绍嵩的集句诗作了本篇题跋,在此题跋中,陈应申认为"作诗固难,集句尤不易",然后颂美绍嵩集句之妙。尤可观而动者,在于陈应申与释绍嵩对于僧人为诗及僧儒间诗文唱酬现象的评析与论争过程。陈应申初以僧人为诗乃附庸风雅,不务正业,徒与儒士以诗文相争长诘之于释绍嵩。释绍嵩断然驳之,认为释儒之间本相为用,况前人已有例在先,而自己本以诗文与陈应申等交游,陈实不应以此责之,并特要求陈应申在撰序时将两人论争一事一并记入,以便昭示于可能有同样想法的士人。此诚可谓释儒交往史中一段可叹而哂之的公案轶事。

8. 陈之强《元宪集序》

陈之强生平事迹不可考,《全宋文》未录其人其文,今据存世文献辑佚陈之强文一篇,即《元宪集序》。全文如下:

> 荆湖之间,国朝以来安州为望郡,名公巨卿相继而出。元宪、景文,宋公伯仲,则其杰也。昔太守,今右司李公揆绘其像而立之祠,逮之强之来,请于郡而春秋致祭,亦可以夸示后学矣。
>
> 然宋公之典型虽在,而文集不传于乡郡,谓之阙典可也。寓公李令尹之家,旧有缮本,太守、今都运王公允初昔为通守,每与之强言欲借而刊之,未能。逮持节京西,于其行,以帑藏之余几千缗,属之强与之锓本,以广其传,又分数册以往,将以速其就也。然考之二集,既富且赡,其言八十余万。工以字计,为钱几四百万,米以石

---

① 曾枣庄、刘琳主编《全宋文》,第 336 册,上海辞书出版社,安徽教育出版社,2006 年,第 384 页。

计,百有二十,他费不预焉。之强惧其难成,而白之今太守陈公苃。公一闻之,欣然谓之强曰:"是亦予志也。郡当疮痍之后,虽赈恤施予,日不暇给,然亦当辍他费以成之。二公政事文章,两极其至,故能于悾偬艰难之际,而为粉饰治具之举,其与蓄财而不知予,妄费而不知用者,岂不大有径庭耶?"之强深有感焉。因其成也,书之篇首,以告来者。若夫赞元宪、景文之巨篇大作,则有国史在;于前辈之铺张扬厉而为之序,则之强晚生,不敢措辞。观是集者,自当知所敬叹,今之序姑记其文集之传云尔。

嘉定二祀三月上浣,郡文学陈之强序。

按:此序据文渊阁《四库全书》本宋庠《元宪集》卷首补。据此序,陈之强在宁宗嘉定年间为德安府府学教授,对当地前贤宋庠、宋祁之"文集不传于乡郡",甚感遗憾。于是,以李令尹家缮本为底本,几经努力,将宋庠、宋祁之文集予以刊刻,即嘉定本。今此本已不存,无法知其规模。但据此序,"然考之二集,既富且赡,其言八十余万",应是一部卷帙浩繁之作。

经过府学教授陈之强和两任知府王允初、陈苃之努力,宋庠、宋祁文集之合刻本得以刊刻出版,实属不易。王允初在当初知安州时,曾欲刊之,但不久"持节京西",心愿未遂。据《浙江通志·温州府志》载,王允初,字元甫,永嘉人,登淳熙第,曾通判德安府,"开禧间,金人以重兵围城,甚亟,允初登陴,固守相持百八十日,敌解围去,擢知本郡,迁京西提刑"①。今湖北省安陆市,唐代为安陆郡,后改为安州,宋宣和元年(1119)升州为府,称为德安府。浙江永嘉人王允初曾通判德安府,在宁宗开禧年间的抗金斗争中守城有功,被擢升知德安府事,后又迁京西路提点刑狱公事,与陈之强序文所述史实相符。王允初离任之时,曾将"帑藏之余几千缗"给予陈之强,希陈之强玉成其事。

据楼钥《华文阁直学士奉政大夫致仕赠金紫光禄大夫陈公行状》,陈苃乃陈居仁之子。② 据《城阳山志》,陈苃曾累官知德安府,至于其知德安府的

---

① [清]嵇曾筠等:《(雍正)浙江通志》,卷一七四,文渊阁四库全书本。
② 曾枣庄、刘琳主编《全宋文》,第265册,上海辞书出版社,安徽教育出版社,2006年,第201页。

时间,《城阳山志》未载,但据陈之强之序文,可推测陈苪曾于嘉定二年(1209)前后知德安府。

9. 林机《淮海居士文集后序》

《全宋文》卷四三七八,收林机文共计4篇,失录《淮海居士文集后序》一文。全文如下:

> 元祐中,海内之士望苏公门墙,何止数仞?独高邮秦君与黄鲁直、张文潜、晁无咎四人者,以文章议论颉颃其间,而秦君受公之知为最深,以贤良方正直言极谏科荐于朝,且上其文,汲汲焉不啻若己出。王介甫平时重许可,得其诗文于苏公。自谓尝鼎一脔,使奄而大嚼,饫味其余,又不知作何等语也。抑由养之于中,博洽宏深,故发越于外,宜乎粹然一出于正,足以关治道而补名教者,且于《淮海》所载是也。至于感兴咏怀,间于歌词,世之浅薄往往谓尤长于乐府,未见好德如好色者也。

> 惜高邮荐更兵火,索囊善本,舛讹失真。里人王公定国之牧是邦,刬裁丰暇,开学校以先士类,谓舍匠石之园,而抡材于远,天下之大弊。以公之文易于秾式,搜访遗逸,咀华涉源,一字不苟,校集成编,总七百二十篇,厘为四十九卷。板置郡庠,使一乡善士,其则不远。可谓知设教之序矣。

> 呜呼!士有穷而荣达而拙者。公平生仕进,奇蹇不偶,竟不如志,一何不幸。至其为文,有苏公以主盟于前,王公以膏馥于后,将弥亿载而愈光,又何其幸耶!

> 乾道癸巳正月望日,左朝奉大夫试给事中兼侍讲三山林机景度叙。

按:此文据日本国立公文书馆藏宋元本汉籍选刊《淮海集》卷末补。[①] 据

[①] 杨忠、稻畑耕一郎等编《日本国立公文书馆藏宋元本汉籍选刊》,国外所藏汉籍善本丛刊本,凤凰出版社,2013年。

《八闽通志》卷七十二载:"王定国,字安卿,福安人,少有大志。绍兴之末,叩阍上边宜十策,高宗幸金陵,复进十五事……隆兴间陈敏知高邮,辟定国为判官,协力守城。与虏兵凡九十三战皆捷,孝宗大悦,特创高邮军佥判以处之。"①乾道九年(1173)六月,高邮太守陈敏以疾而卒。② 孝宗以王定国"忠义勇略齐备",委任其为知高邮军。证之《宋史》与《八闽通志》,林机所述王定国知高邮事不缪。

据该文,王定国知高邮时,发现《淮海集》屡经兵燹,已舛讹失真,于是搜访遗逸,校集成编,付高邮军学刻印,即《淮海集》四十九卷本,亦称乾道本。陈振孙《直斋书录解题》曰:"《淮海集》四十卷,《后集》六卷,《长短句》三卷。"③陈氏《解题》记《淮海集》卷次与林机该跋文所载相同,盖其所见或为乾道本。而《天禄琳琅书目后编》卷七记录得更加详尽,云:"淮海集,二函十册,宋版,书凡《正集》四十卷,《后集》六卷,《长短句》三卷。末有乾道癸巳林机跋,略云:里人王公之牧是邦,搜访遗逸,校集成编,总七百二十篇,厘为四十九卷,版置郡庠,后记《淮海集》版数、纸数、贯陌。"④林机强调诗文的社会价值,不满于时人谓秦观尤擅作词的偏见,认为《淮海集》足以"关治道而补名教"。

10. 谢雱《淮海集跋》

《全宋文》卷五八二四,收谢雱文1篇,即《台州司户厅壁记》,而失录《淮海集跋》一文。全文如下:

> 右秦学士《淮海集》前、后四十六卷,文字偏旁,间有讹缺、读者

---

① [明]黄仲昭:《八闽通志》,北京图书馆古籍珍本丛刊本,书目文献出版社,1998年,第1019页。
② [元]脱脱等:《宋史》,北京:中华书局,1985年,第12183页。
③ [宋]陈振孙:《直斋书录解题》,上海古籍出版社,1987年,第510页。
④ [清]于敏中、彭元瑞等:《天禄琳琅书目 天禄琳琅书目后编》,中国历代书目题跋丛书本,上海古籍出版社,2007年,第541页。

病焉。雯以蜀本校之,十才得一二,或者谓初用蜀本入板也。遂与同事诸公商榷参考,增漏字六十有五,去衍字二十有四,易误字三百有奇,订正偏旁,至不可胜计,其文之不敢臆决者存之,其字之琐碎,如齐为斋,群为羣(按:疑"羣"为"郡"),教而从孝,戏而从虚,真不从匕,咸不从戌,此类甚多,不可悉改。乃以其法授同事诸公,俟他日重刻则正之。长短句三卷,非止点画讹也,如"落红万点愁如海",以"落"为"飞","两行芙蓉泪不干",以"两行"为"雨打",皆合订正。又其间有下俚不经语,几于以笔墨劝淫,疑非学士所作,然又不敢辄删去,亦并存之,以贻好事者。

绍熙壬子上巳,从事郎、军学教授永嘉谢雯跋。

按:此文据宋集珍本丛刊《淮海后集》卷末补①。据楼钥《承议郎谢君墓志铭》,谢雯,永嘉人,绍兴三十年(1160)入太学,乾道五年(1169)登进士科,授左迪功郎、福州连江县主簿,淳熙十二年(1185)为高邮军军学教授。在此期间,谢雯有感于乾道九年(1173)刻本有较多错讹之处,于是参照蜀本,对乾道本《淮海集》进行了重修,其中补漏字、去衍字、易误字,不可胜计。谢雯此次考校后,于绍熙三年(1192)重刻《淮海集》,为绍熙重修本。本次重修本,卷后有黄丕烈《跋》一篇,云:"宋乾道九年高邮军刊,绍熙三年谢雯重修本。"对此,《天禄琳琅书目后编》也有记载,其卷七云:"又,绍熙壬子谢雯(按:该目'雯'误为'云')跋,称以蜀本校,增字六十有五,去字二十有四,易误字三百有奇。云(按:应为"雯")为高邮军学教授,所重校也。"②

11. 陆之渊《柳文音义序》

陆之渊,生卒年不详,海盐人(今属浙江),高宗绍兴八年(1138)进士及

---

① 四川大学古籍整理研究所编《宋集珍本丛刊》,线装书局,2004年,第447页。
② [清]于敏中、彭元瑞等:《天禄琳琅书目 天禄琳琅书目后编》,中国历代书目题跋丛书本,上海古籍出版社,2007年,第541页。

第。①《全宋文》未录其人其文,今据传世文献辑佚其序文一篇,即《柳文音义序》。全文如下:

　　余读韩、柳文,常思古人奇字龃龉吾目,且柅吾喙也。开卷必与篇韵俱,捡阅反切,终日不能通一纸。偶得二书释音,如获指南,犹恨字画差小,不便老眼。至灞山郡斋属广文是正,将大其刻,以传学者。一旦,广文携音训数帙,示余曰:"昌黎文有江山祝充音义,既反切难字,又注其所从出,亡以复加。惟子厚集诸家音义不称是,自诡规模祝充撰柳氏释音,数月书成,余实滥觞权舆。"是书者,序引其意,讵敢以语言不工为解。自小学不兴,六书罔诏,学者平日简牍间颇有不分点画,不辨偏傍,任私意失本原。虽以字学名世者,未免斯弊,若虞永兴不知姓,颜平原不知名,况下二子者耶!甚者,以弄璋为獐,伏腊为猎,金根为银。至于古文奇字,能不失句读,辨重轻清浊者,几何人哉?惟柳州内外集,凡三十三通,莫不贯穿经、史、髎辖传记、诸子百家、虞初稗官之言,古文奇字比韩文不啻倍蓰,非博学多识前言者,未易训释也。广文中乙丑年甲科,恬于进取,尚淹选调,生平用心于内,不求诸外,遂能会稡所长,成一家言,将与柳文并行不朽,无疑矣。非刻意是书者,未必知论著之不易也。广文讳纬,字仲宝,云间人,姓潘氏。

　　乾道三年十二月,吴郡陆之渊书。

按:此序据《四部丛刊》影印元刊本《增广注释音辨唐柳先生集》附录补。《钦定四库全书总目》之《增广注释音辨柳集》(四十三卷)题童宗说注释,张敦颐音辨,潘纬音义。正集四十三卷,《别集注》二卷,《外集注》二卷,《柳河东集注附录》一卷。其中童宗说的《柳文音释》一卷,《郡斋读书志》有著录;张敦颐的《韩柳音辨》二卷,《直斋书录解题》《文献通考》均有著录;潘纬的

---

① [清]嵇曾筠等:《(雍正)浙江通志》,卷一二五,文渊阁四库全书本。

《柳文音义》三卷,《宋史·艺文志》有著录。盖三人之撰著,书贾合为一编,遂题名为《增广注释音辨唐柳先生集》。①

潘纬的《柳文音义》编就之后,曾于乾道三年(1167)自序其书,同时陆之渊亦为之作序。后来许多藏书记或读书志在著录《增广注释音辨唐柳先生集》时,均提到乾道三年陆之渊序文,如张金吾《爱日精庐藏书志》、陆心源《皕宋楼藏书志》、洪颐煊《读书丛录》以及嵇璜《续文献通考》。

据潘纬《柳文音义序》,"纬典教群舒,郡侯陆先生命之为二集(按:指韩、柳集)训释",此陆先生应是陆之渊。再结合此序,陆之渊对自己所见韩柳集音释"字画差小,不便老眼",深表遗憾,于是属舒州州学教授潘纬"将大是刻,以传学者"。潘纬在该序文中又道:"先之以诸韵《玉篇》定其音,次之以《尔雅》《说文》训其义,而又参之以经传子史,究其用字之源流。"②由此,《柳文音义》之编撰体例与方法得一窥焉。

12. 严有翼《柳文切正序》

严有翼,生卒年不详,建安人(今属福建),徽宗宣和六年(1124)进士及第,绍兴间任南剑州、泉州教授。③《全宋诗》录诗一首,即《戏题河豚》,而《全宋文》未录其人其文,今据传世文献辑佚序文一篇,即《柳文切正序》。全文如下:

> 唐之文章无虑三变。武德以来沿江左余风,则以绮章绘句为尚。开元好经术,则以崇雅黜浮为工。至于法度森严,抵轹晋魏,上轧周汉,浑然为一王法者,独推大历、贞元间。是时,虽曰美才辈出,其能以六经之文为诸儒倡者,不过韩退之而止耳,柳子厚而止耳。退之之文,史臣谓其与孟轲、扬雄相表里,故后之学者不复敢

---

① [清]纪昀等:《钦定四库全书总目》,中华书局,1997年,第2009页。
② 曾枣庄、刘琳主编《全宋文》,第224册,上海辞书出版社,安徽教育出版社,2006年,第157页。
③ [明]黄仲昭:《八闽通志》,卷三八,明弘治刻本。

置议论。子厚不幸,其进于朝,适当王叔文用事之时。叔文工言治道,顺宗在东宫,颇信重之。迨其践祚,方欲有所施为,然与文珍、韦皋等相忤。内外谗谮,交口诋诬,一时在朝,例遭窜逐,而八司马之号纷然出矣。作史者不复审订其是非,第以一时成败论人,故党人之名不可湔洗。呜呼!子厚亦可谓重不幸矣。尚赖本朝文正范公之推明之也,曰:"刘禹锡、柳宗元、吕温坐王叔文党,贬废不用,览数君子之述作,礼意精密,涉道非浅。如叔文狂甚,义必不交。叔文以艺进东宫,人望素轻,然《传》称知书,好论理道,为太子所信。顺宗即位,遂见用,引禹锡等决事禁中。及议罢中人兵权,悟俱文珍辈,又绝韦皋私请,欲斩刘辟,其意非忠乎?皋衔之。会顺宗病笃,皋揣太子意,请监国而诛叔文。宪宗纳皋之谋,而行内禅。故当朝左右谓之党人者,岂复见雪?《唐书》芜驳,因其成败而书之,无所裁正。孟子曰:'尽信书,不如无书。'吾闻夫子褒贬不以一毫而废人之业也。"呜呼!如文正公之论人,可谓明且恕矣。死者有知,子厚岂不伸眉于地下?

余尝嗜子厚之文,苦其难读,既稽之史传,以校其讹缪,又考之字书以证其音释,编成一帙,名曰《柳文切正》。虽悬金于市,曾无吕氏之精;然置笔于藩,姑效左思之笃。后之君子,无或诮焉。

绍兴三十二年,岁次壬午,春三月十一日,建安严有翼序。

按:此序据文渊阁《四库全书》本《五百家注柳先生集》附录二补。目前学界一致认为,柳集在北宋中后期已基本完成佚文搜集、文字校勘工作,而南宋时期主要集中于对柳集的音释与注解[①],先后有张敦颐《韩柳音释》、潘纬《柳文音义》以及韩醇《柳文训诂》等成果问世。其中,在当时众多有关柳集音释著作中,严有翼的《柳文切正》也是影响深远的一部。据此序,严有翼

---

① 有关柳集在南宋的传播与接受情况,可参阅拙作《柳宗元文集的传播与理学士群对其接受——以宋代文集序跋为视角》,《文艺评论》2015年第12期。

笃嗜柳文，但困于难读，于是"校其讹缪，又考之字书以证其音释"，编成《柳文切正》一卷。严有翼的《柳文切正》现存文献未见著录，盖因当时未能刊刻出版，唯有此一序文留存。

范仲淹同情永贞革新诸人的遭遇，其在《述梦诗序》中为"二王八司马"辩护，认为柳宗元等人被贬乃是"坐叔文党"，而王叔文"牾俱文珍辈，又绝韦皋私请"。后宪宗内禅，韦皋得重用，致诸人先后遭贬。严有翼在此序中对作史者无所裁正，不能审定是非，以成败论人表示不满。范仲淹历来被认为是为永贞革新集团昭雪之第一人，严有翼在此大篇幅引用《述梦诗序》文句内容，以示其对永贞革新之认同。另外，严有翼在此序中将韩、柳并称，肯定了柳宗元在弘扬孔孟之道中的作用以及柳文的价值和意义。

13. 王柏《诗准诗翼序》

《全宋文》卷七七八八至七八一〇，收王柏文共计295篇，其中序跋文共计138篇，失录《诗准诗翼序》一文。全文如下：

> 诗者声之文也，乐之本也。心有所感，不能不行之于辞，歌以伸之，律以和之，此乐之所由生也。五帝有乐，固有声诗，世远无传焉。康衢之谣，其大章之遗声乎！南风之歌，其箫韶之遗声乎！昔者圣人定《书》，特取其赓歌警戒之辞，五子忧思之章，俎豆乎典谟之上下，此《三百五篇》之宗祖也。圣人在上，礼乐用于朝廷，下达于闾里，命之以官，典之以教，所以荡涤其念虑之邪，斟酌其气质之偏，动荡其血脉，疏畅其精神，由是教化流行，天理昭著，使天下之人心明气定，从容涵泳于道德仁义之泽，故感于心，发于声，播于章句，平淡简易，有自然之和，虽伤时叹古，亦无非忠厚之至，可谓洋洋乎得性情之正矣。
>
> 圣贤之作，教化陵夷，讴吟于下者淫亵鄙俚，伤伦悖理，上之人殊不知惧，抑又扬其澜而煽烈，琢句练字，猎怪搜奇，按为事业，资为声光，凿之使深而益浅，抗之使高而益下，疲精劳神，雕心镂肝，

而终不足以铿锵于古者畎亩庑倪之侧,尚何望其动天地、感鬼神,而有广大深远之功用乎?

昔紫阳夫子考诗之原委,尝欲分作三等,别为二端,自《书》传所记虞夏以来及经史所载韵语,下及《文选》汉魏古辞,以尽乎郭景纯、陶渊明之所作,自为一编,而附于《三百篇》《楚辞》之后,以为诗之根本准则;又于其下二等,择其近于古者各为一编,以为之羽翼舆卫。紫阳之功,又有大于此者,未及为也,每抚卷为之太息。友人何无适、倪希程前后相与编类,取之广,择之精,而又放黜唐律,法度益严。予因合之,前曰《诗准》,后曰《诗翼》,使观者知诗之根源,知紫阳之所以教。盖其言曰:"不合于此者悉去之,不使接于吾之耳目而入于吾之胸次,要使分寸之中,无一字世俗言语意思。则其为诗,不期于高远而自高远矣。"呜呼,至哉言乎!于是序其本旨,冠于篇端云。

淳祐癸卯莫春望,金华处士王柏仲会父序。

按:此序据明嘉靖郝梁刻本《诗准·诗翼》卷首补,其中《诗准》四卷,《诗翼》四卷,何无适、倪希程编。① 据王柏《跋何无适帖》:"君讳钦,字无适,北山先生之嗣子也。"② 可知,何无适乃何钦,是"金华四先生"何基之嗣子。又王柏《何北山先生行状》一文载"子男二人:长钦,后先生半年而卒"③,可知何钦在其父何基逝世半年之后而卒。而据《宋史·何基传》,何基卒于南宋度宗咸淳四年戊辰(1268)十二月,年八十一,其子何钦当卒于咸淳五年(1269)六月,享年多少不得而知。王柏在何钦逝世后,曾作《挽何无适》诗,其中有曰:"乌乎无适,自幼卓绝。奴仆选骚,铨衡庄列……著书未就,不幸短折。"④

---

① 据祝尚书《宋人总集叙录》,该刻本现存于台北"中央"图书馆。
② 曾枣庄、刘琳主编《全宋文》,第 338 册,上海辞书出版社,安徽教育出版社,2006 年,第 220 页。
③ [宋]何基:《何北山先生遗集》卷四,民国补刻金华丛书本。
④ 北京大学古文献研究所编《全宋诗》,第 60 册,北京大学出版社,1998 年,第 38052 页。

据王柏《送倪君泽序》，"君旧字希程，今改字君泽。夫致君泽民，固儒者之事业，亦朋友以是期君也"①。可知，倪希程乃倪君泽。又据《南宋馆阁续录》卷九载："倪普字君泽，贯婺州，庚戌进士。"②可知倪普，即倪君泽，其于淳祐庚戌年（1250）及进士第。据《江西通志》："（倪）普，金华人，知吉州为政，以风化为先，尝曰：'国之存亡，民之死生，寄于士大夫人品之高下，世道由以重轻也。州学旧有颜鲁公祠，普增祀姜公辅、余靖，名三贤祠。人以为知治体。'"③而王柏《送倪君泽序》正是作于倪普赴南康（南康军属吉州）任之时，可谓史实相符。而倪氏家族与浙东理学之士，包括"金华四先生"，有着渊源深厚的学术交流。据《龙门倪氏族谱》，倪普官至尚书，功名显赫，公度、公武、公晦一门三孟，皆与何基、王柏等交往密切，情意甚笃。

王柏与何钦、倪普均有交游，共同切磋，促进了金华（古婺州）的理学发展。据此序，盖何钦先编成《诗准》，然后倪普又编成《诗翼》，而由王柏合二为一，即《诗准诗翼》，但仍各自独立。而此部诗歌总集以理学为精神底蕴，代表着理学诗派的审美倾向和艺术风格。

14. 赵葵《漫塘刘先生文集序》

《全宋文》卷七四七二，收赵葵文共计17篇，失录《漫塘刘先生文集序》。全文如下：

> 近世以文名者不一，虽高谈阔论雅足动人，而行不掩言者居多。惟金坛刘公，学术本乎伊洛，文艺胜于汉唐，其居乡也正直温和，其服官也明敏仁恕，诚一时之奇才，而道学之宗派也。无何，世事多艰，竟不乐仕，告归田里。朝廷屡召不起，自号漫塘病叟，隐居三十年，淡如一日。不事家业，惟好读书，生平著述不可胜纪，然皆

---

① 曾枣庄、刘琳主编《全宋文》，第338册，上海辞书出版社，安徽教育出版社，2006年，第145页。
② 佚名：《南宋馆阁续录》，卷九，文渊阁四库全书本。
③ [清] 谢旻等：《江西通志》，卷六一，文渊阁四库全书本。

散佚不存矣。今姑旧所见所闻者传之于世,以见斯文之未丧云。

嘉熙四年三月庚午,同知枢密院事赵葵序。

按:此序据台北《"中央"图书馆善本序跋集录》补。《漫塘集》乃刘宰之文集,据《宋史》本传,刘宰字平国,号漫塘病叟,金坛人。绍熙元年(1190)进士,出入州县,有济时之用,后告归,隐居三十年,施惠乡邦。① 据此序,理宗嘉熙四年(1240),赵葵有感于刘宰"生平著述不可胜纪,然皆散佚不存",于是将其文集整理刊刻,以"传之于世"。

赵葵所序之宋刊本,似清代尚存。据《天禄琳琅书目后编》卷七:"《漫塘刘先生文集》,二函,十册,书二十二卷。其分体曰赋、曰楚辞、曰五言绝句……前有嘉熙四年赵葵序。"② 又据《艺风藏书记》:"《漫塘刘先生文集》二十二卷,宋嘉熙四年赵葵序,即《天禄后目》所推为宋版者。然字形微带方体,又系活字,不敢遽定为宋刻。疑《天禄》所收为真宋本,此则明人以活字印行者。"③ 缪荃孙在《艺风藏书记》中,"疑《天禄》所收为真宋本",而《天禄后目》所推为宋版者,因"字形微带方体,又系活字",或为明人以活字所印行者。对于缪荃孙的怀疑,后来学者似乎也未能给予进一步的考据。祝尚书在《宋人别集叙录》之《漫塘刘先生文集》中曰:"天禄本已毁,无可按核。《后目》编者彭元瑞等贤于版本学,似不应认明活字本为宋椠。"④《天禄后目》所收是真宋本,还是明活字印本,最终也无定论。辽宁省图书馆刘冰曾撰《古书造伪"杰作"——〈漫塘刘先生文集〉》一文,认为"辽宁省图书馆藏 22 卷本《漫塘刘先生文集》,是明嘉靖以后书贾为射利用木活字刷印伪造宋版书

---

① [元]脱脱等:《宋史》,中华书局,1985 年,第 12183 页。
② [清]于敏中、彭元瑞等:《天禄琳琅书目 天禄琳琅书目后编》,中国历代书目题跋丛书本,上海古籍出版社,2007 年,第 545 页。
③ [清]缪荃孙:《艺风藏书记》,中国历代书目题跋丛书本,上海古籍出版社,2007 年,第 158 页。
④ 祝尚书:《宋人别集叙录》,中华书局,1999 年,第 1218 页。

本"①。因此,该序文是否为赵葵所作,尚存疑问,有待进一步考证。

15. 邓光荐《牧莱脞语序》

《全宋文》卷八二六〇,收邓光荐文共计 8 篇,失录《牧莱脞语序》一文。全文如下:

> 注癸酉客杭,同年徐云屋麟仲立台,故人陈尚友舜卿再为博士太学。麟仲每得投赞诗集,辄付舜卿与予许之。时古云陈山泉亦为博士,诗集亦在选中。距今癸巳,盖廿有一年矣。静得王圣与,以古迁陈同甫《牧莱集》似予,问其谱则山泉犹子也,诗文信有家法哉!惜予未识同甫,仅于年友余秋山乡人罗涧谷序中得其人。读其诗文,又未得与之细论也。虽然,《上林》钜丽,先汉奇作,《古诗十九首》,选题之祖也,今《脞语》首赋《南岳》,不啻摹《上林》而仿之,《长啸》似拟《行行重行行》,为第一,浩然与古人并驱,其志气才力,自负为何如!顾云屋、尚友、山泉俱已矣,无复共与评也,而予亦老矣。
>
> 庐陵邓光荐。

按:此序据《续修四库全书》影印清影钞元本《牧莱脞语》卷首补。《牧莱脞语》乃南宋陈仁子之文集。陈仁子,字同甫,号古迁,茶陵人,宋亡不仕。此集名曰"牧莱",取"牧牛于草莱间"之意。②

徐云屋,字麟仲,据刘辰翁《摸鱼儿·酒边留同年徐云屋》三首可知,其与刘辰翁同榜中进士。而据《吉安府志》卷二十"选举志"载,景定三年(1262)方山京榜,庐陵及进士第者有:王国望、李振龙、朱士可、邓光荐、萧

---

① 刘冰:《古书造伪"杰作"——〈漫塘刘先生文集〉》,《上海高校图书馆情报学刊》1992 年第 4 期。
② [清] 纪昀等:《钦定四库全书总目》,中华书局,1997 年,第 2374 页。

硕、朱一飞、刘辰翁、曹杰……①故徐云屋景定三年(1262)进士及第,是与邓光荐、刘辰翁为同年。

据刘辰翁《陈礼部墓志铭》,可知,陈尚友即陈俞,字舜卿,斋名尚友斋,三山人,理宗宝祐四年(1256)登进士第,景炎元年丙子(1276)病故,享年49岁。②据此序,邓光荐癸酉年客杭州时,其故人陈尚友"再为太学博士",而癸酉年为宋度宗咸淳九年,即1273年。而刘辰翁《陈礼部墓志铭》中只记载:"(陈俞)复除太博,十月免",未注明陈尚友再为太学博士的时间,此序可补陈俞再除太学博士之时间。陈俞与刘辰翁、邓光荐交往甚笃。

癸巳年,即元世祖忽必烈至元三十年(1293),宋亡十四年之后,友人王梦应③携《牧莱集》来,邓光荐为之序。邓氏对《牧莱集》中的《南岳》《长啸》等作品予以很高的评价,认为其"浩然与古人并驱",同时感叹故友零落殆尽,不复能与之论诗。另,邓光荐作为南宋遗民诗人,宋亡不仕,故在撰序时采用干支纪年法,以示忠于宋,而不臣于蒙元。

二、宋代奏议集序跋列表

序号	作者	篇目	文献出处
1	韩琦	《谏垣存稿序》	《全宋文》第40册,第19页
2	韩琦	《文正范公奏议集序》	《全宋文》第40册,第20页
3	张田	《包孝肃奏议集题辞》	《全宋文》第48册,第195页
4	司马光	《吕献可章奏集序》	《全宋文》第56册,第108页
5	曾巩	《范贯之奏议集序》	《全宋文》第58册,第1页

---

① [清]李兴元:《(顺治)吉安府志》,北京大学图书馆稀见地方志丛刊本。
② 曾枣庄、刘琳主编《全宋文》,第357册,上海辞书出版社,安徽教育出版社,2006年,第264页。
③ 据《宋诗纪事》,王梦应字圣与,一字静得,长沙攸县人,咸淳十年进士,调庐陵尉。

续　表

序号	作者	篇目	文献出处
6	苏轼	《田表圣奏议叙》	《全宋文》第89册，第182页
7	黄庭坚	《跋朱侍郎奏稿》	《全宋文》第106册，第215页
8	杨时	《邹公侍郎奏议序》	《全宋文》第124册，第254页
9	晁补之	《何龙图奏议序》	《全宋文》第126册，第100页
10	晁补之	《张穆之触鳞集序》	《全宋文》第126册，第102页
11	晁说之	《韩文忠富公奏议集序》	《全宋文》第130册，第71页
12	王绚	《尽言集跋》	《全宋文》第145册，第349页
13	李光	《闲乐先生奏议序》	《全宋文》第154册，第222页
14	李光	《跋富郑公奏议》	《全宋文》第154册，第225页
15	李纲	《建炎制诏奏议表札集序》	《全宋文》第172册，第30页
16	张九成	《尽言集序》	《全宋文》第184册，第39页
17	史浩	《跋陈忠肃公谢表稿》	《全宋文》第200册，第36页
18	陈俊卿	《李忠定公奏议序》	《全宋文》第209册，第349页
19	吴祗若	《跋包孝肃奏议》	《全宋文》第212册，第113页
20	汪应辰	《跋刘忠肃公陆公奏稿》	《全宋文》第215册，第185页
21	汪应辰	《题司马温公奏议》	《全宋文》第215册，第188页
22	陆游	《跋欧阳文忠公疏草》	《全宋文》第223册，第24页
23	陆游	《跋曾文清公奏议稿》	《全宋文》第223册，第49页
24	陆游	《跋周侍郎奏稿》	《全宋文》第223册，第52页
25	周必大	《吴康肃公苕湖山集并奏议序》	《全宋文》第230册，第178页
26	周必大	《黄简肃公中奏议序》	《全宋文》第230册，第180页
27	周必大	《刘谏议谏稿序》	《全宋文》第230册，第182页
28	周必大	《跋宋元宪公表稿》	《全宋文》第230册，第322页
29	周必大	《跋宋运判晌奏稿》	《全宋文》第230册，第425页
30	周必大	《跋胡邦衡奏札稿》	《全宋文》第231册，第31页
31	周必大	《跋梁仲谟尚书奏稿》	《全宋文》第231册，第35页

续 表

序号	作者	篇目	文献出处
32	周必大	《跋黄通老尚书奏稿》	《全宋文》第231册,第36页
33	赵磻老	《孝肃包公奏议跋》	《全宋文》第242册,第105页
34	朱熹	《丞相李公奏议后序》	《全宋文》第250册,第326页
35	朱熹	《记参政龚公陛辞奏稿后》	《全宋文》第251册,第40页
36	朱熹	《再跋参政龚公陛辞奏稿》	《全宋文》第251册,第43页
37	朱熹	《跋王端明奏稿》	《全宋文》第251册,第54页
38	朱熹	《跋朱奉使奏状》	《全宋文》第251册,第60页
39	朱熹	《跋王荆公进邺侯遗事奏稿》	《全宋文》第251册,第62页
40	张栻	《江谏议奏稿序》	《全宋文》第255册,第263页
41	陈造	《题陆宣公奏议》	《全宋文》第256册,第257页
42	陈造	《题范蜀公奏议》	《全宋文》第256册,第257页
43	梁安世	《跋尽言集》	《全宋文》第260册,第51页
44	楼钥	《跋陈忠肃公表稿》	《全宋文》第264册,第167页
45	楼钥	《跋温公题刘杂端孝叔奏稿》	《全宋文》第264册,第200页
46	楼钥	《跋陆宣公奏议总要》	《全宋文》第264册,第206页
47	楼钥	《代仲舅汪尚书跋了斋表稿》	《全宋文》第264册,第335页
48	陈傅良	《跋宋元宪公表稿》	《全宋文》第268册,第9页
49	陈傅良	《跋王恭简谏草》	《全宋文》第268册,第18页
50	泰州野人	《跋陈少阳奏议》	《全宋文》第268册,第412页
51	王炎	《林待制奏议序》	《全宋文》第270册,第270页
52	李某（阙名）	《魏郑公谏录跋》	《全宋文》第272册,第335页
53	赵汝愚	《进皇朝名臣奏议序》	《全宋文》第274册,第77页
54	章颖	《刊李忠定公奏议跋》	《宋集序跋汇编》第3册,第1099页
55	蔡戡	《跋张大资政奏议》	《全宋文》第276册,第276页
56	刘光祖	《雍国虞忠肃公奏议序》	《全宋文》第279册,第68页

续表

序号	作者	篇目	文献出处
57	袁燮	《跋中丞陆公奏稿》	《全宋文》第281册,第132页
58	叶适	《胡尚书奏议序》	《全宋文》第285册,第170页
59	李壁	《国朝中兴诸臣奏议序》	《全宋文》第293册,第383页
60	陈珌	《李文昌表笺集序》	《全宋文》第297册,第374页
61	程珌	《书和靖尹先生焞奏疏后》	《全宋文》第297册,第399页
62	叶筌	《石林奏议跋》	《全宋文》第301册,第285页
63	李大有	《刊忠定公奏议跋》	《宋集序跋汇编》第3册,第1103页
64	陈宓	《题先君正献奏议遗文》	《全宋文》第305册,第150页
65	陈宓	《跋陆宣公奏议》	《全宋文》第305册,第158页
66	邹应龙	《书李忠定公奏议后》	《宋集序跋汇编》第3册,第1105页
67	魏了翁	《虞忠肃公奏议序》	《全宋文》第310册,第21页
68	魏了翁	《杨恭惠公(辅)奏议序》	《全宋文》第310册,第49页
69	魏了翁	《罗文恭奏议序》	《全宋文》第310册,第58页
70	魏了翁	《跋方宣谕宗卿(庭实)奏议》	《全宋文》第310册,第158页
71	魏了翁	《跋罗文恭公(点)谏稿》	《全宋文》第310册,第172页
72	魏了翁	《跋罗文恭公后省缴驳稿》	《全宋文》第310册,第173页
73	真德秀	《跋傅侍郎奏议后》	《全宋文》第313册,第187页
74	真德秀	《跋著作刘公奏稿》	《全宋文》第313册,第212页
75	真德秀	《跋罗文恭公奏议》	《全宋文》第313册,第217页
76	真德秀	《跋袁侍郎机仲奏议》	《全宋文》第313册,第245页
77	杜范	《跋倪文杰遗奏》	《全宋文》第320册,第234页
78	刘克庄	《跋元祐王枢密奏稿》	《全宋文》第329册,第346页
79	刘克庄	《跋毋惰赵资政奏稿》	《全宋文》第330册,第88页
80	赵希澥	《国朝诸臣奏议序》	《全宋文》第335册,第223页
81	林希逸	《给事丁先生奏议跋》	《全宋文》第335册,第356页
82	赵汝腾	《陈帅参南一奏疏跋》	《全宋文》第337册,第333页

续　表

序号	作者	篇目	文献出处
83	方岳	《跋金尚书奏稿》	《全宋文》第 342 册,第 340 页
84	高斯得	《沧州先生奏议序》	《全宋文》第 344 册,第 158 页
85	高斯得	《跋朱常卿时敏奏稿》	《全宋文》第 344 册,第 174 页
86	史季温	《诸臣奏议序》	《全宋文》第 344 册,第 369 页
87	欧阳守道	《题晏尚书绍兴奏稿》	《全宋文》第 346 册,第 470 页
88	黄震	《陈少阳谏稿跋》	《全宋文》第 348 册,第 196 页
89	姚勉	《书洪玉父奏稿后》	《全宋文》第 352 册,第 14 页

参考文献

一、基本古籍文献

[汉]班固.汉书[M].北京:中华书局,1962.
[南朝宋]范晔.后汉书[M].北京:中华书局,1965.
[南朝梁]刘勰.文心雕龙[M].范文澜注.北京:中华书局,1962.
[唐]杜牧.杜牧集系年[M].吴在庆校注.北京:中华书局,2008.
[唐]房玄龄等.晋书[M].北京:中华书局,1974.
[唐]韩愈.韩昌黎文集[M].马其昶校注.上海:上海古籍出版社,1986.
[唐]刘禹锡.刘禹锡集[M].卞孝萱校订.北京:中华书局,1990.
[唐]刘知几.史通[M].上海:上海古籍出版社,1978.
[宋]蔡襄.蔡襄集[M].吴以宁点校.上海:上海古籍出版社,1996.
[宋]晁公武.郡斋读书志校证[M].孙猛校证.上海:上海古籍出版社,2011.
[宋]陈亮.陈亮集[M].北京:中华书局,1974.
[宋]陈振孙.直斋书录解题[M].上海:上海古籍出版社,1987.
[宋]程俱.麟台故事[M].张富祥校证.北京:中华书局,2000.
[宋]范成大.范石湖集[M].富寿荪标校.上海:上海古籍出版社,2006.
[宋]洪迈.容斋随笔[M].孔凡礼点校.北京:中华书局,2005.
[宋]胡仔.苕溪渔隐丛话[M].廖德明点校.北京:人民文学出版社,1984.
[宋]黄庭坚.黄庭坚诗集注[M].刘尚荣校点.北京:中华书局,2003.

［宋］李昉等编.文苑英华[M].北京：中华书局,1966.

［宋］李焘.续资治通鉴长编[M].北京：中华书局,1979.

［宋］李心传.建炎以来系年要录[M].北京：中华书局,1956.

［宋］李心传.建炎以来朝野杂记[M].徐规点校.北京：中华书局,2000.

［宋］刘克庄.刘克庄集[M].辛更儒笺注.北京：中华书局,2011.

［宋］陆九渊.陆九渊集[M].钟哲点校.北京：中华书局,1980.

［宋］陆游.陆游集[M].北京：中华书局,1976.

［宋］陆游.剑南诗稿校注[M].钱仲联校注.上海：上海古籍出版社,1985.

［宋］陆游.老学庵笔记[M].上海：上海书店,1990.

［宋］罗大经.鹤林玉露[M].王瑞来点校.北京：中华书局,1983.

［宋］梅尧臣.梅尧臣集编年校注[M].朱东润编年校注.上海：上海古籍出版社,1980.

［宋］欧阳修.欧阳修全集[M].李逸安点校.北京：中华书局,2001.

［宋］欧阳修.欧阳修诗文集[M].洪本健笺.上海：上海古籍出版社,2009.

［宋］欧阳修.新五代史[M].北京：中华书局,1974.

［宋］欧阳修,宋祁.新唐书[M].北京：中华书局,1987.

［宋］秦观.淮海集[M].徐培均笺注.上海：上海古籍出版社,2000.

［宋］沈括.梦溪笔谈[M].胡道静校注.上海：上海古籍出版社,1987.

［宋］苏轼.苏轼文集[M].孔凡礼点校.北京：中华书局,1986.

［宋］苏辙.苏辙集[M].陈宏天等点校.北京：中华书局,1990.

［宋］王安石.王文公文集[M].唐武标校.上海：上海人民出版社,1974.

［宋］王安石.王荆公文集笺注[M].李之亮笺注.成都：巴蜀书社,2004.

［宋］王溥.唐会要[M].朱继清校证.西安：三秦出版社,2012.

［宋］徐梦莘.三朝北盟会编[M].上海：上海古籍出版社,1987.

［宋］杨万里.杨万里集[M].辛更儒笺注.北京：中华书局,2007.

［宋］叶绍翁.四朝闻见录[M].沈锡麟,冯惠民点校.北京：中华书局,1989.

［宋］叶适.叶适集[M].刘公纯,李哲夫点校.北京：中华书局,1961.

［宋］曾巩.曾巩集[M].陈杏珍点校.北京：中华书局,1984.

［宋］郑樵.通志二十略[M].北京:中华书局,1995.

［宋］朱熹.朱子文集[M].上海:商务印书馆,1940.

［宋］朱熹.朱子全书[M].朱杰人、严佐之、刘永翔主编.上海:上海古籍出版社,合肥:安徽教育出版社,2002.

［元］马端临.文献通考[M].北京:中华书局,1986.

［元］脱脱等.宋史[M].北京:中华书局,1977.

［清］董诰等编.全唐文[G].北京:中华书局,1983.

［清］何文焕辑.历代诗话[M].北京:中华书局,1981.

［清］陆心源.宋史翼[M].北京:中华书局,1991.

［清］王夫之.宋论[M].北京:中华书局,1964.

［清］徐松辑.宋会要辑稿[M].北京:中华书局,1957.

［清］严可均辑.全上古三代秦汉三国六朝文[G].北京:中华书局,1958.

［清］叶德辉.书林清话[M].上海:上海古籍出版社,2012.

［清］永瑢等.四库全书总目[M].北京:中华书局,1965.

［清］章学诚.文史通义[M].上海:上海书店,1988.

北京大学古典文献研究所编.全宋诗[G].北京:北京大学出版社,1998.

郭绍虞辑.宋诗话辑佚[M].北京:中华书局,1980.

金启华等编.唐宋词集序跋汇编[G].南京:江苏教育出版社,1990.

王水照编.历代文话[G].上海:复旦大学出版社,2008.

吴文治主编.宋诗话全编[G].南京:江苏古籍出版社,1998.

曾枣庄、刘琳主编.全宋文[G].上海:上海辞书出版社,合肥:安徽教育出版社,2006.

祝尚书编.宋集序跋汇编[G].北京:中华书局,2010.

二、学术著作

［美］包弼德.斯文:唐宋思想的转型[M].刘宁译.南京:江苏人民出版

社,2001.

曹之.中国古籍编撰史[M].武汉:武汉大学出版社,2006.

程千帆、徐有富.校雠广义[M].济南:齐鲁书社,1998.

程民生.宋代地域文化[M].开封:河南大学出版社,1997.

昌彼得,王德毅.宋人传记资料索引[M].北京:中华书局,1988.

褚斌杰.中国古代文体概论(增订本)[M].北京:北京大学出版社,1990.

陈植锷.北宋文化史述论[M].北京:中国社会科学出版社,1992.

陈寅恪.隋唐制度渊源略论稿·唐代政治史述论稿[M].北京:商务印书馆,2011.

陈湘琳.欧阳修的文学与情感世界[M].上海:复旦大学出版社,2013.

成玮.制度、思想与文学的互动——北宋前期诗坛研究[M].上海:复旦大学出版社,2013.

邓小南、曹家齐、平田茂树主编.文书·政令·信息沟通——以唐宋时期为主[M].北京:北京大学出版社,2012.

邓广铭.邓广铭治史丛稿[M].北京:北京大学出版社,2010.

戴伟华.地域文化与唐代诗歌[M].北京:中华书局,2006.

邓莹辉.两宋理学美学与文学研究[M].武汉:华中师范大学出版社,2007.

[法]弗兰克·埃夫拉尔.杂文与文学[M].谈佳译.天津:天津人民出版社,2003.

[日]副岛一郎.气与士风——唐宋古文的进程与背景[M].上海:上海古籍出版社,2005.

傅斯年.傅斯年全集[M].长沙:湖南教育出版社,2003.

方勇.南宋遗民诗人群体研究[M].北京:人民出版社,2000.

郭预衡.中国散文史[M].上海:上海古籍出版社,2000.

郭英德.中国古代文体学论稿[M].北京:北京大学出版社,2005.

巩本栋.宋集传播考论[M].北京:中华书局,2009.

[日]忽滑谷快天著.中国禅学思想史[M].朱谦之译.上海:上海古籍出

版社,1994.

侯外庐.中国思想通史·唐宋卷[M].北京:人民出版社,2004.

侯外庐.宋明理学史[M].北京:人民出版社,2005.

侯体健.刘克庄的文学世界:晚宋文学生态的一种考察[M].上海:复旦大学出版社,2010.

韩经太.理学文化与文学思潮[M].北京:中华书局,1997.

洪淑芬.儒佛交涉于宋代儒学复兴——以智圆、契嵩、宗杲为例[M].台北:大安出版社,2008.

黄宽重.宋代的家族与社会[M].北京:国家图书馆出版社,2009.

蒋寅.清代文学论稿[M].南京:凤凰出版社,2009.

孔凡礼.宋代文史论丛[M].北京:学苑出版社,2006.

[美]刘子健.中国转向内在——两宋之际的文化内向[M].赵冬梅译.南京:江苏人民出版社,2002.

罗根泽.中国文学批评史(两宋卷)[M].北京:中华书局,1961.

柳立言.宋代的家族与法律[M].上海:上海古籍出版社,1998.

李浩.唐代三大地域文学士族研究[M].北京:中华书局,2008.

李浩.唐代关中士族与文学(增订本)[M].北京:中国社会科学出版社,2003.

李致忠.历代刻书考述[M].成都:巴蜀书社,1990.

李致忠.宋版书叙录[M].北京:北京图书馆出版社,1994.

李更.宋代馆阁校勘研究[M].南京:凤凰出版社,2006.

刘方.宋型文化与宋代美学精神[M].成都:巴蜀书社,2004.

刘方.唐宋变革与宋代审美文化转型[M].上海:学林出版社,2009.

刘方.城市与媒介[M].北京:中国社会科学出版社,2017.

刘宁.唐宋之际诗歌演变研究:以元白之元和体的创作影响为中心[M].北京:北京师范大学出版社,2002.

刘真伦.韩愈集宋元传本研究[M].北京:中国社会科学出版社,2004.

刘琳、沈治宏.现存宋人著述总录[M].成都:巴蜀书社,1995.

刘后滨.唐代中书门下体制研究——公文形态·政务运行与制度变迁

[M].济南:齐鲁书社,2004.

刘婷婷.宋季士风与文学[M].北京:中华书局,2010.

李贵.中唐至北宋的典范选择与诗歌因革[M].上海:复旦大学出版社,2012.

罗炳良.南宋史学史[M].北京:人民出版社,2008.

毛汉光.中国中古社会史论[M].上海:上海书店出版社,2002.

马茂军.北宋儒学与文学[M].广州:暨南大学出版社,1992.

马茂军.宋代散文史[M].北京:中华书局,2008.

马茂军.中国古代散文思想史——文化生态与中国古代散文思想的嬗变[M].北京:人民出版社,2011.

梅新林.中国古代文学地理形态与演变[M].上海:复旦大学出版社,2006.

漆侠.宋学的发展和演变[M].石家庄:河北人民出版社,2011.

[日]内山精也.传媒与真相——苏轼及其周围士大夫的文学[M].上海:上海古籍出版社,2006.

[日]平田茂树.宋代政治结构研究[M].林松涛等译.上海:上海古籍出版社,2007.

[日]浅见洋二.距离与想象——中国诗学的唐宋转型[M].朱刚译.上海:上海古籍出版社,2005.

[日]土田健次郎.道学之形成[M].朱刚译.上海:上海古籍出版社,2010.

石明庆.理学文化与南宋诗学[M].北京:中国社会科学出版社,2006.

沈松勤.北宋文人与党争[M].北京:人民出版社,2004.

沈松勤.南宋文人与党争[M].北京:人民出版社,2005.

宿白.唐宋时期的雕版印刷[M].北京:文物出版社,1993.

苏勇强.北宋书籍刊刻与古文运动[M].杭州:浙江大学出版社,2010.

沈治宏.现存宋人别集版本目录[M].成都:巴蜀书社,1990.

孙先英.真德秀学术思想研究[M].上海:上海人民出版社,2008.

谭新红.宋词传播方式研究[M].武汉:武汉大学出版社,2010.

田耕宇.中唐至北宋文学转型研究[M].北京:中国社会科学出版社,2009.

吴承学.中国古代文体形态研究[M].广州:中山大学出版社,2000.

吴承学.中国古典文学风格学[M].北京:北京大学出版社,2011.

万曼.唐集叙录[M].北京:中华书局,1980.

王毅.宋代文学家庭[M].长沙:湖南师范大学出版社,2008.

王岚.宋人文集编刻流传丛考[M].南京:江苏古籍出版社,2003.

王水照.唐宋文学论集[M].济南:齐鲁书社,1984.

王水照.宋代文学通论[M].开封:河南大学出版社,1991.

王水照.王水照自选集[M].上海:上海教育出版社,2000.

王宇.刘克庄与南宋学术[M].北京:中华书局,2007.

肖东发.中国图书出版印刷史论[M].北京:北京大学出版社,2001.

徐有富.目录学与学术史[M].北京:中华书局,2009.

徐雁平.清代世家与文学传承[M].北京:生活·读书·新知三联书店,2012.

谢琰.北宋前期诗歌转型研究[M].北京:北京大学出版社,2013.

许伯卿.宋词题材研究[M].北京:中华书局,2007.

杨庆存.宋代文学论稿[M].上海:复旦大学出版社,2007.

杨庆存.宋代散文研究[M].北京:人民文学出版社,2002.

杨渭生等.两宋文化史研究[M].杭州:杭州大学出版社,1998.

杨义.文学地理学会通[M].北京:中国社会科学出版社,2013.

姚名达.中国目录学史[M].上海:上海书店,1984.

余嘉锡.目录学发微[M].成都:巴蜀书社,1991.

余英时.朱熹的历史世界:宋代士大夫政治文化的研究[M].北京:生活·读书·新知三联书店,2011.

余英时.宋明理学与政治文化[M].长春:吉林出版集团有限公司,2008.

余英时.中国文化史通释[M].北京:生活·读书·新知三联书店,2011.

[德]H·R·姚斯.接受美学与接受理论[M].周宁等译.沈阳:辽宁人民

出版社,1987.

燕永成.南宋史学研究[M].兰州:甘肃人民出版社,2007.

张文利.理禅融会与宋诗研究[M].北京:中国社会科学出版社,2004.

张文利.魏了翁文学研究[M].北京:中华书局,2008.

张毅.宋代文学思想史[M].北京:中华书局,1986.

张剑,吕肖奂,周扬波.宋代家族与文学研究[M].北京:中国社会科学出版社,2009.

张伯伟.中国古代文学批评方法研究[M].北京:中华书局,2002.

张高评.印刷传媒与宋诗特色——兼论图书传播与诗分唐宋[M].台北:里仁书局,2008.

张秀民.中国印刷史(插图珍藏增订版)[M].杭州:浙江古籍出版社,2000.

张海鸥.宋代文化与宋代文学研究[M].北京:中国社会科学出版社,2002.

曾枣庄.宋文通论[M].上海:上海人民出版社,2008.

曾枣庄.宋代文学与宋代文化[M].上海:上海人民出版社,2001.

祝尚书.宋人别集叙录[M].北京:中华书局,1999.

祝尚书.宋人总集叙录[M].北京:中华书局,2004.

祝尚书.宋代科举与文学[M].北京:中华书局,2008.

朱迎平.宋代刻书产业与文学[M].上海:上海古籍出版社,2008.

朱迎平.古典文学与文献论集[M].上海:上海财经大学出版社,1998.

朱刚.唐宋"古文运动"与士大夫文学[M].上海:复旦大学出版社,2013.

诸葛忆兵.宋代文史考论[M].北京:中华书局,2002.

周裕锴.宋代诗学通论[M].上海:上海古籍出版社,2007.

周宝荣.宋代出版史研究[M].郑州:中州古籍出版社,2003.

周采泉.杜集书录[M].上海:上海古籍出版社,1986.

上海新四军历史研究会印刷印钞分会编.中国印刷史料选辑之《雕版印刷源流》[M].北京:印刷工业出版社,1990.

上海新四军历史研究会印刷印钞分会编.中国印刷史料选辑之《历代刻

书概况》[M].北京:印刷工业出版社,1991.

三、硕博学位论文

廖梦云.唐人所撰诗集序跋研究[D].河北师范大学,2005届硕士论文.
顾美和.词集序跋刍议[D].南京师范大学,2006届硕士论文.
于瑞娟.宋代词集序跋研究[D].广西师范大学,2011届硕士论文.
侯娇娇.清代江南女性别集序跋研究[D].广西师范大学,2013届硕士论文.
宋荟彧.宋集序跋发微:作为文学史的一个断面[D].南京大学,2013届硕士论文.
唐艳.宋人序宋别集研究[D].广西大学,2013届硕士论文.
刘冰欣.宋代唐集序跋研究[D].西北大学,2014届硕士论文.
官贵边.序体批评论[D].广西师范大学,2014届硕士论文.
彭蓉.北宋笔记序跋研究[D].华中科技大学,2015届硕士论文.
王雪薇.唐代诗文集序研究[D].河北大学,2015届硕士论文.
王月.汉代书序研究[D].鲁东大学,2016届硕士论文.
罗嘉华.金元文集序跋中的词学研究[D].暨南大学,2018届硕士论文.
王玥琳.序文研究[D].北京师范大学,2008届博士论文.
张静.北宋书序研究[D].北京师范大学,2011届博士论文.
叶宽.宋代文学传播研究[D].武汉大学,2011届博士论文.
王连旗.北宋嘉祐二年进士研究[D].河南大学,2011届博士论文.
刘秋彬.宋人所撰诗文集序跋研究[D].河北师范大学,2014届博士论文.
杨匡和.元代诗序研究[D].广西师范大学,2014届博士论文.
张敬雅.清代唐诗总集序跋研究[D].上海师范大学,2016届博士论文.

四、期刊学术论文

黄国声.古代题跋概论[J].中山大学学报,1980,(4):97—105.
周晓音.试论曾巩的目录序[J].浙江师范大学学报,1989,(4):5—11.
王锺陵.总集与评点——兼论文学史运动的动力结构[J].中国社会科学,1993,(4):147—160.
王兆鹏.宋文学书面传播方式初探[J].文学评论,1993,(2):122—130.
杨庆存.论北宋前期散文的流派与发展[J].文学遗产,1995,(2):60—69.
周裕锴.自持与自适:宋人论诗的心理功能[J].文学遗产,1995,(6):64—75.
曹之.古书序跋之研究[J].图书与情报,1996,(2):27—30.
王友胜.以宋型文化建构文学史的可贵尝试[J].复旦学报,1998,(4):105—110.
朱迎平.宋代题跋文的勃兴及其文化意蕴[J].文学遗产,2000,(4):84—95.
朱迎平.唐宋散文研究刍议[J].上海财经大学学报,2000,(1):49—55.
朱志荣.中国文学的地域风格论[J].苏州大学学报,2000,(3):50—54.
漆侠.唐宋之际社会经济关系的变革及其对文化思想领域所产生的影响[J].中国经济史研究,2000,(1):95—109.
尹洪.论古书序跋在版本鉴定中的作用[J].西北大学学报,2001,(3):20—27.
朱迎平.论南宋散文的发展及其评价[J].上海财经大学学报,2001,(1):49—55.
曹之.略论唐代诗集繁荣的原因[J].图书情报论坛,2003,(1):58—64.
罗祎楠.模式及其变迁——史学史视野中的唐宋变革问题[J].中国文化

研究,2003年,夏之卷.

周武.唐宋转型中的"文"与"道"——包弼德教授访谈录[J].社会科学,2003,(7):91—101.

田耕宇.宋代右文抑武政策对宋型文化形成的影响[J].西南民族大学学报,2004,(2):209—216.

徐鸿均、唐燮军.略论南宋浙东刻书业的地域特征及其类型[J].宁波大学学报,2004,(6):59—64.

刘方.宋型文化:概念、分期与类型特征[J].湖州师范学院学报,2005,(3):1—6.

何新所.宋代昭德晁氏家族文化传统研究[J].中州学刊,2006,(1):213—217.

张剑、吕肖奂.宋代的文学家族与家族文学[J].文学评论,2006,(4):128—136.

王启才.奏议渊源略论[J].文学遗产,2006,(6):121—123.

王水照.重提"内藤命题"[J].文学遗产,2006,(2):8—12.

张高评.宋代雕版印刷与传媒效应[J].陕西师范大学学报,2007,(4):45—57.

朱迎平.宋文文体演变论略[J].中山大学学报,2007,(5):7—14.

刘明华.地域文学史和文化史中的过境作家研究刍议[J].文学遗产,2008,(1):135—138.

彭林祥、金宏宇.作为副文本的新文学序跋[J].江汉论坛,2009,(10):98—102.

吴承学.宋代文章总集的文体学意义[J].中国社会科学,2009,(2):190—204.

曾枣庄."散文至宋才是真文字"[J].文学遗产,2009,(3):60—68.

王国强.古籍序跋在揭示著者方面的文献价值[J].图书馆论坛,2009,(6):271—274.

蒋晓光.唐文化发展进程与唐宋文化转型的必然性[J].兰州学刊,2009,

(11):219—223.

王水照.宋代文学研究的前沿问题[J].华南师范大学学报,2010,(1):55—62.

王水照.南宋文学的时代特点与历史定位[J].文学遗产,2010,(1):47—56.

曹虹.清代常州骈文集群形成的地域机缘[J].文学遗产,2010,(4):86—94.

张静.北宋文人对新旧传播方式的态度与选择——兼与当代数字化出版浪潮比较[J].中州学刊,2010,(6):112—116.

张昳.论序跋的文献学价值[J].图书馆理论与实践,2010,(8):37—42.

曾枣庄.文星璀璨的嘉祐二年贡举[J].北京大学学报,2010,(1):26—33.

张邦炜."唐宋变革论"的首倡者及其他[J].中国史研究,2010,(1):11—16.

李华瑞."唐宋变革论"对国内宋史研究的影响[J].中国史研究,2010,(1):5—10.

牟发松."唐宋变革说"三题——至此说创立一百周年而作[J].华东师范大学学报,2010,(1):1—10.

虞云国.唐宋变革视野中文学艺术的转型[J].社会科学,2010,(9):130—144.

葛焕礼.唐宋思想文化转型:国内不同学科范式下的研究与认知[J].云南大学学报,2010,(2):47—57.

罗时近.地域社群:明清诗文研究的一个重要维度[J].文学遗产,2011,(3):137—141.

刘兴亮.北宋士风之异动——以奔竞、隐逸、政争、奢靡等风气为例[J].山西师范大学学报,2011,(1):74—78.

侯体健.刘克庄的乡绅身份与其文学总体风貌的形成——兼及"江湖诗派"的再认识[J].中山大学学报,2011,(3):20—28.

侯体健.刘克庄的文化性格与其文学精神的塑造[J].文学遗产,2011,(4):73—82.

徐雁平.清代家集总序的构造及其文化意蕴[J].文学遗产,2011,(3):123—131.

叶文举.南宋理学家的文道观及其与文学创作之关系[J].内蒙古社会科学,2011,(7):150—154.

祝尚书.以道论诗与以诗言道:宋代理学家诗学观原论——兼论"洛学兴与文字坏"[J].四川大学学报,2011,(4):63—73.

张高评.宋代印刷传媒与诗分唐宋[J].江西师范大学学报,2011,(4):39—48.

张高评.宋代雕版印刷与传媒效应[J].陕西师范大学学报,2011,(4):45—53.

马茂军.唐宋文之争发微[J].社会科学研究,2012,(3):196—201.

张静.北宋书序作者所选择的传播因素分析[J].成都理工大学学报,2012,(1):85—91.

郭根群.北宋人所撰诗集序跋整体观照[J].时代文学,2012,上半月:178—182.

徐雁平."地域文学传统的建构"成为一种文学叙写方法[J].中山大学学报,2013,(1):31—39.

刘秋彬.宋代别集制名考述[J].四川大学学报,2014,(6):65—70.

牟发松."唐宋变革说"诸问题述评[J].历史教学问题,2014,(4):61—66.

徐雁平.清代用《诗》与集序的"驱动"[J].中山大学学报,2015,(6):28—36.

王晓骊.论宋代记叙性题跋的文学特征和艺术技巧[J].南京师范大学文学院学报,2015,(3):53—57.

王晓骊.论宋代题跋的学术特征[J].江西师范大学学报,2015,(6):44—50.

谢敏玉.论宋代总集序跋及其蕴含的文学思想[J].佛山科学技术学院学报,2017,(3):17—22.

张邦炜.体系意识:以唐宋变革与南宋认知为例[J].史学集刊,2017,(3):4—8.

查屏球.唐宋变革与唐人偶像的宋型化[J].文学遗产,2017,(6):168—171.

莫砺锋.关于"会通唐宋"的简单思考[J].文学遗产,2017,(6):157—159.

叶晔.从书仪到活套:南宋文章文本生成中的近世转型[J].文学遗产,2018,(1):95—105.

李贵.唐宋文学会通研究的"四文说"[J].文学遗产,2017,(6):170—174.

陈尚君.唐宋因革与文学渐变[J].文学遗产,2017,(6):160—162.

单磊.赵翼的"唐宋史学变革"思想及其对内藤湖南的影响[J].史学史研究,2017,(3):29—40.

韩姝婷.中国传统文化之唐宋变革视野中文学艺术转型研究[J].黑龙江科学,2017,(5):100—102.

何蕾.柳宗元"多元"思想与唐宋文化转型之分途——兼论柳宗元与韩愈思想比较[J].海南大学学报,2018,(1):132—139.

朱汉民,王逸之.宋代士大夫与唐宋学术转型[J].中国哲学史,2018,(3):35—42.

杨际平.走出"唐宋变革论"的误区[J].文史哲,2019,(4):121—143.

后 记

盈盈曲江,汉唐风流星云散。

峨峨钟山,六朝遗迹岂堪嗟。

忆昔长安求学时,两耳不闻户外声。竟日埋首窗牖之下,劳形书案之上,三岁不得其暇。灞桥烟柳,樊川修竹,南山云霞,多不及观,未始不为一大憾事。惶惶奔走,汲汲所图者,唯读书耳。以今日忖之,似有节制少过之嫌也。上落下泉,焚膏继晷,经年乃成一文。又张师严导,凡三反而三易之。以余材之窳劣,得审辩之平顺,赖张师之教者为多。张师于学之外,又宽而多温,曩日细事,至今思之犹爽然自欣于怀。

再返金陵,兔走乌飞,时如流水。半纪如白驹,一闪过狭隙。日月掷人去,掩卷叹西风。忽忽数年间,先是慈母见背,继而先君易簣,去岁才有小儿降生。人世有往来,几度经悲欢。煦伏之下,子女二人。或长甘罗拜相之一岁,或少孔融让梨之二年。哀哀父母,子欲养而不在;嗷嗷息胤,勉眷言以无暇。

数载以来,设教席以谋稻粱,读死书而为文章。学教之余,承潘师之不弃,复收门下,朽木再雕,朴石又琢。读古人桃李师恩言,常怀感激;研当世成果学术篇,每嗟材短。

同教诸仁,皆博文雅致,复多槃槃大材,余备数其间,常生众骑绝尘项背难望之叹,又时有青蝇附尾与骥同腾之觉。

余之为学也钝,今履历竟得完全,则被泽于潘、张两师培植之恩者,何可胜道也哉!本当发愤读书,皓首著文,以不负所望,然驽马愚下,虽上则口讲

指画,下则揣摩铅钝,所谓十驾之功者,言之尚早。所幸父母庇佑,外子扶携,且依师德宇,面讲函导,乃得勉力向学,驰骤府庭。

今既补缀成篇,得惠于诸师友者甚夥,庶乎铭感于中,在此不宣于外。

姑跋如是云。

庚子年六月二十八日书于寒舍